acabus

Carl Wilckens

13

Die Anstalt

Band 2

acabus

Wilckens, Carl: Dreizehn. Die Anstalt. Band 2. Hamburg, acabus Verlag 2018

1. Auflage
ISBN: 978-3-86282-572-1

Dieses Buch ist auch als eBook erhältlich und kann über den Handel oder den Verlag bezogen werden.
ePub-eBook: ISBN 978-3-86282-574-5
PDF-eBook: ISBN 978-3-86282-573-8

Lektorat: Laura Künstler, acabus Verlag
Satz: Laura Künstler, acabus Verlag
Cover: © Annelie Lamers, acabus Verlag
Covermotiv: © pixabay.com
Karte: © Carl Wilckens

Bibliografische Information der Deutschen Nationalbibliothek: Die Deutsche Nationalbibliothek verzeichnet diese Publikation in der Deutschen Nationalbibliografie; detaillierte bibliografische Daten sind im Internet über http://dnb.d-nb.de abrufbar.

Der acabus Verlag ist ein Imprint der Diplomica Verlag GmbH, Hermannstal 119k, 22119 Hamburg.

1 cm = 30km
> 350.000 Einwohner
< 350.000 Einwohner
Bergwerke
Whitefall
Gravesend
Highlands
Norham
Nodon
Blacktears
Silverlands
Stonefort
Rust
Oceanside
New Grays
Grey Heaven
Copperlands
Rune
Horizone
South Harrow
Eastsithwell
Westsithwell
Sithwell
Gatling
Wither
Riverton
Treedsgow
Lotusville
Woodfield

Dustrien

Albenspiegel

„Eine Spur von ihm?"

„Nein, Signore. Er ist meines Wissens auf der *Swimming Island*. Aber es heißt, sie sei gesunken."

„Und?" Der alte Mann im Spiegel legte seine Fingerspitzen aneinander.

„Solche Gerüchte erzählt man sich alle Jubeljahre, Signore. Ich vermute, Raven selbst setzt sie in die Welt. Er taucht unter und kehrt zurück, sobald die Menschen unvorsichtig werden. Manchmal dauert es Monate."

Der Alte hob die Brauen. „Und?", fragte er abermals. Er schien zu glauben, dass sein Gegenüber auf etwas Bestimmtes hinauswollte, denn das eine Wort klang diesmal wie eine Herausforderung.

Der Jüngere vor dem Spiegel zögerte. „Ich … habe mich gefragt, ob ich heimkehren dürfte, Signore. Nur für eine Weile."

„Du hast Godric End nicht gefasst", sagte der Alte schlicht. „Er hat den Namen unserer Familie beschmutzt, Junge."

„Ja, Signore." Der Jüngere ließ die Schultern hängen.

„Vermisst du deine Familie?"

„Nicht nur sie, Signore."

„Geht es um Gabriella?"

Der Jüngere schwieg.

„Du wirst sie heiraten, mein Junge. Du wirst in den Rang eines Cavaliere ad Gloria aufsteigen und eines Tages, da bin ich mir sicher, ein bedeutendes Mitglied im hohen Rat sein. Wir haben vollstes Vertrauen in dich. Aber erst musst du deine Aufgabe erfüllen."

„Ich suche schon seit Jahren, Signore."

„Hab Geduld, Junge. Sie ist eine wertvolle Tugend."

„Ja, Signore."

„Du hast dich doch nicht anderweilig vergnügt?"

„Signore!" Der Jüngere wurde rot. „Ich bin der mir Versprochenen und dem Namen meiner Familie treu!"

Der Alte nickte zufrieden. „Was wird also dein nächster Schritt sein?"

„Ich weiß von jemandem, der Godric End einst begegnet ist. Vielleicht hat sie Informationen."

„Wer ist es?"

„Ein Mädchen aus Schwarzwasserhafen. Nach meinen Informationen ist sie jetzt in Treedsgow, einer Hafenstadt im Süden Dustriens."

Der Alte nickte. „Ich erwarte deinen Bericht, sobald du dort bist", sagte er. Dann strich er mit der Hand durch die Luft, fast wie ein Abschiedsgruß, und das Bild im Spiegel verlosch.

Blackworth

Stille. Der Abend war angebrochen und die Hunte fuhren nicht mehr. Die Arbeiter hatten ihre Werkzeuge niedergelegt und die Förderbrücken abgeschaltet. Die Rauchwolken über den Schornsteinen verblassten allmählich. Sonnnacht war seit Beginn des Bürgerkriegs der einzige Tag des Viertels, an dem nicht gearbeitet wurde. Als wolle auch er dieser Tradition gerecht werden, stellte der Himmel den Regen ein.

Zellenblock 13 schwieg. Es war ein mehrstimmiges Schweigen, das sich nach dem Mord, der auf dem Zellengang geschehen war, zu den Insassen gesellt hatte. Da waren Männer, die genugtuend schwiegen. Ends Stärke und Grausamkeit, sie waren der Grund dafür, dass er zur Symbolfigur des Bürgerkriegs geworden war. Ihretwegen verspürten sie Hoffnung. Denn die an Grausamkeit grenzende Ungerechtigkeit des Bergmannsadels konnte nur mit ebensolcher bekämpft werden. End mochte behaupten, er habe stets seine eigenen Interessen verfolgt. Aber solange er gegen den Schwarzen Baron kämpfte, so dachten sie, kämpfte er auch für die Interessen des Arbeiters.

Dann waren da Männer, die erwartungsvoll schwiegen. End war zu weit gegangen. Sie fragten sich, welche Konsequenzen sein Verhalten haben würde. Würde der Leiter von Blackworth die Ankunft des Schwarzen Barons überhaupt noch abwarten? Oder würde er End an Ort und Stelle exekutieren? Das würde den Schwarzen Baron zornig stimmen, zweifellos, aber war die Angst vor ihm größer als vor End? Was würde End tun? Ihr Held, der gefangen genommen worden war. Der vergessen zu haben schien, warum er die Arbeiter einst wirklich angeführt hatte. Würde er zu sich selbst zurückfinden, wenn man ihn dazu zwang? Wenn ihm der Tod drohte? Oder würde er einfach sterben und damit den Krieg für den Schwarzen Baron entscheiden?

Die restlichen Männer schwiegen ängstlich. Dieser Mann, der behauptete, End zu sein, war nicht der Held, den sie sich ausgemalt hatten. Sie hatten von ihm gehört. Dass er die Barone in Angst und Schrecken versetzte. Dass er selbst angesichts einer Hundertschaft Soldaten einen kühlen Kopf bewahrte. Und ja, dass er bisweilen grausam war. Er kämpfte wie eine Bestie. Er verlieh den Männern an seiner Seite Mut. Männern, die nie eine Waffe geschwungen, nie mit einem Eisen gefeuert hatten, gab er den Willen, die Soldaten der Königin zu töten. Sie hatten gewusst, dass er vor der Revolution ein Schurke gewesen war. Viele hatten an seinen Absichten gezweifelt, aber für die meisten war er stets ein Mann mit Idealen gewesen. Jemand, der zum Verbrecher geworden war, weil er das Spiel der Barone nicht länger hatte mitspielen wollen. Und war nicht jeder aufständische Arbeiter in den Augen der Barone ein Verbrecher? Aber nach allem, was sie hier gehört hatten, fürchteten sie sich. Nicht vor End, sondern davor, dass alles, woran sie geglaubt hatten, eine Lüge war.

Während der Wind immer stärker wehte, wurde den Insassen von Zellenblock 13 klar, dass heute niemand mehr kommen würde. Ein Aschesturm zog auf. Wer nicht an einer Lungenvergiftung sterben wollte, saß dieses Wetterphänomen bei geschlossenen Fenstern und Türen zu Hause aus. Auch die Insassen trafen entsprechende Maßnahmen. Sie banden sich Stoffstreifen vor Münder und Nasen. Jene, die ein Fenster hatten, verhängten es mit ihren Hemden. So auch End. Immer noch schwiegen die Insassen. Erst als der Sturm an Fahrt aufnahm, gaben sie Laute von sich: Sie husteten.

Die Insassen legten sich auf ihre Pritschen, schlossen die Augen und versuchten zu schlafen. Versuchten, den Geruch nach Feuer in der Luft und das Husten zu ignorieren. Versuchten zu ignorieren, dass am anderen Ende des Zellengangs eine Leiche lag. Nur End blieb wach und wartete auf das Ende des Sturms. Nachdem der Wind verstummt war, erhob er sich und zog sein Hemd wieder an. Silbernes Mondlicht fiel in seine Zelle. Der Himmel war so klar, wie schon lange nicht mehr. Aus den Augenwinkeln bemerkte er eine Bewegung. Rutter war erwacht und sah zu ihm.

„Ist dir nie aufgefallen, dass es nur noch wenige Sterne gibt?", fragte End, ohne zurückzublicken. Der Sänger schwieg.

„Nein?", fuhr End fort. „Aber den Riss hast du bemerkt ..." In dieser ungewöhnlich klaren Nacht war er besonders gut sichtbar. Eine mondsilberne Linie, die über den Himmel verlief wie ein Riss in Glas. Angeblich war ein Splitter des Himmels auf die Erde gefallen, als er entstanden war, und hatte ein ganzes Dorf unter sich zermalmt. „Es ist eigentlich so offensichtlich", seufzte End. „Aber das Ende der Welt kommt wohl zu plötzlich. Wir glauben nicht, dass es passieren wird, weil wir es nicht glauben wollen. Hinzu kommt die Angst, dass man uns auslachen könnte. Uns für verrückt erklären könnte. Und nicht zuletzt beschäftigen uns andere Dinge. Geld. Kriege. Hass." Er seufzte noch einmal. „Ich bin müde." Er stand auf und ging zu seiner Pritsche. Legte sich darauf, kehrte Rutter den Rücken zu und verfiel in Schweigen.

Am nächsten Morgen betrat Jacob Raysome, der Leiter von Blackworth, in Begleitung dreier schwer bewaffneter Soldaten Zellenblock 13. Raysome trug einen billigen Frack, was er wohl durch eine Taschenuhr aus falschem Gold zu kaschieren versuchte. Er hatte sich der Mode entsprechend Koteletten und einen Schnurrbart stehen lassen. Wäre er einer Gruppe aufständischer Arbeiter begegnet, er wäre wohl allein für sein Aussehen massakriert worden. Er warf dem Leichnam des Essensausgebers einen angewiderten Blick zu, während er mit eingezogenem, dickem Bauch an ihm vorbeiging. Vor Ends Zelle außerhalb der Reichweite seiner Hände blieb er stehen. Er musterte seinen Gefangenen nachdenklich, als wüsste er noch nicht, wie er mit ihm verfahren solle; geradeso, als hätte er für die Entscheidung nicht die ganze Nacht lang Zeit gehabt. End würdigte ihn keines Blickes.

„Gefangener End", sagte der Leiter schließlich gedehnt. „Du wirst in Einzelhaft verlegt. Bis der Schwarze Baron hier eintrifft, kommst du in einer Zelle im Keller unter. Deine Mahlzeiten werden von dreimal täglich auf zweimal reduziert. Und …" Der Leiter lächelte. „… ich werde den Schwarzen Baron persönlich bitten, dir ein besonders grausames Ende zu bereiten." Wütendes Summen ging durch die Zellen von Block 13. Der Sänger hielt die Luft an. Begriffen seine Genossen nicht, was das bedeutete? End trug keine Handschellen mehr. War Raysome wirklich so dumm und würde seine Zelle öffnen? Auch End konnte es offenbar nicht glauben. Erst als der Leiter mit einem Schlüsselbund klimperte, blickte er auf und erhob sich.

„Zurück, Gefangener", befahl Raysome. „Mit dem Gesicht zum Fenster und die Arme hinter dem Kopf verschränken."

End gehorchte, ohne zu widersprechen. In dem Moment, da er sich umdrehte, glaubte Rutter ein Licht in seinen Augen zu sehen. Ein violettes Leuchten wie Amethyste im Sonnenlicht. Auch Raysome schien es bemerkt zu haben. Er ließ den Schlüssel sinken. Die Soldaten warfen einander fragende Blicke zu.

„Ich sollte vielleicht kein Risiko eingehen", murmelte der Gefängnisleiter verunsichert. „Solange End hinter Schloss und Riegel ist, kann er nicht entkommen. Das hat oberste Priorität." End wandte sich um. In seinem Blick lag keine Enttäuschung, sondern Spott. „Wir werden dich stattdessen aushungern lassen", knurrte Raysome, dem der Ausdruck auf Ends Gesicht nicht entgangen war. „Beiße nie die Hand, die dich füttert." Ends spöttischer Blick folgte ihm, während er zurück durch den Zellengang ging.

„Gebt in der Küche Bescheid", sagte Raysome, „und kümmert euch um den hier", fügte er hinzu und wies kopfnickend auf den Toten, als er sich dieses Mal an ihm vorbeizwängte. Die Soldaten folgten ihm, wobei sie den Leichnam und den Kessel mitnahmen. Die Tür fiel hinter ihnen ins Schloss.

„Ich hasse sie, weil sie mich einsperren. Sie sind nicht der wahre Feind, aber ich hasse sie. Niemand sperrt mich wieder an einen Ort ohne Tageslicht. Wenn sie meine Zellentür öffnen, werde ich sie töten."

In diesem Moment fing einer der Insassen an, unkontrolliert zu husten.

„Geht es dir gut, Junge?"

„Wie oft habe ich dir gesagt, du sollst mich Ronald nennen?", fragte der Junge heiser. „Ich bin kein Kind mehr. Ich bin dein Genosse und als solcher will ich sterben."

„Es ist nur ein bisschen Husten", entgegnete der Mann in der Zelle gegenüber von Ronald.

„Ich huste Blut, Arwin."

„Das bedeutet nichts."

„Es ist schwarz."

Arwin schwieg schockiert.

„Ich habe Teerhusten und ich werde in dieser Zelle verstrecken. Erweise mir die Ehre und nenne mich Genosse."

„Du wirst nicht sterben", sagte Arwin. Verzweifelte Wut lag in seinen Worten. „Ich lasse nicht zu, dass mein Genosse so stirbt."

„Danke", flüsterte Ronald. Betretenes Schweigen kehrte ein.

Nach einer Weile räusperte sich der Sänger. „Uns bleibt eine Stunde, bis sie das Frühstück bringen", sagte er und warf eine Zigarette in Ends Zelle. „Wenn du jetzt anfängst, teile ich meine Portion mit dir."

„Lass nur", sagte End. „Wenn sie dich erwischen, werden sie dich vermutlich erschießen. Außerdem ist Hunger ein alter Freund von mir." Er hob die Zigarette auf, zündete sie an und nahm einen Zug. „Wo war ich stehen geblieben?"

End

Während meiner schlimmsten Zeit unter dem Einfluss von Perl erwachte ich einige Male nach einem Rausch in den Grotten des Unterrumpfes. Mich weckte jenes eigentümliche Prickeln in den Fingerspitzen, wenn das Gefühl in die Glieder zurückkehrt. Ich fand mich im Neonlicht biolumineszierender Seepocken wieder. Die Umrisse der von Bewuchs überzogenen Wände und verrottender Kisten verschwammen vor meinen Augen. Mir fiel auf, dass ich zitterte, bevor ich merkte, dass ich fror. Die klamme Kälte dieses Ortes war mir in die Glieder gezogen, so tief, dass sie Teil meines Selbst geworden zu sein schien.

Doch was ich damals verspürt hatte, war keine Kälte. Im Wagon war es kalt. Wirklich kalt. Die Luft war trocken. Wände und Boden überzogen von Eiskristallen. Im Fell meines Mantels und in meinem Bart wucherte Raureif. Lippen, Hände und Füße färbten sich blau. Meine Eier zogen sich so tief in den Unterleib zurück, dass ich fürchtete, sie nie wieder herauszubekommen. Die Kälte näherte sich schleichend wie der Schlaf – ein Geist, der Kopf und Körper betäubt –, zog in meine Glieder ein und ließ meine Gedanken gefrieren.

Ich wurde krank und glühte vom Fieber. Der Schweiß dampfte auf meiner Haut. Ich schlief ein, in einer Ecke des Wagons sitzend, und träumte von Sam. Sie und ich waren allein auf der *Swimming Island*. Der Ozean war zugefroren und wir steckten fest, tausende Meilen entfernt vom Festland. Es war still und weiß. Sam saß mit dem Rücken zur Wand eines Decksaufbaus und rührte sich nicht. Sie war vollkommen steif. Ihre Haut blau. Ihre Augen blickten starr geradeaus. Ich setzte mich neben sie und legte den Arm um ihre Schultern, um sie zu wärmen. Doch als ich sie berührte, kippte sie zur Seite. Sie schlug auf dem Deck auf und zerbrach.

Ich schreckte aus dem Schlaf. Die in meinem Körper verbliebene Wärme hatte sich einer Streitmacht auf dem Rückzug gleich ins Herz geflüchtet, während die Kälte unerbittlich vorrückte. Hände und Füße spürte ich nicht mehr. Ich versuchte, mich aufzurichten, doch es schien, als hätte sich Eis in den Gelenken eingenistet. So blieb ich liegen und lauschte dem Rattern des Zuges. Wir waren vielleicht ein oder zwei Tage lang unterwegs, doch die Sekunden verrannen zäh wie kalter Honig.

Wir wurden langsamer. Seit ich in den Wagon geklettert war, hatten wir kein einziges Mal gehalten. Doch jetzt wurden wir langsamer. Noch einmal versuchte ich, mich zu rühren. Meine Gelenke knackten. Ich schaffte es, mich aufzusetzen. Nach einer kurzen Verschnaufpause kam ich auf die Beine. Mit letzter Kraft schob ich die Wagontür auf und kletterte ins Freie.

Es war Nacht. Der Wind wehte mir Schneeflocken ins Gesicht, die an meiner Haut haften blieben. Gasleuchten am Bahnhof spendeten fahles Licht, das Dunkelheit und Schneegestöber kaum zu durchdringen vermochte. Ich sank bis zu den Waden im Schnee ein. Ich konnte kaum drei Schritte weit sehen. War ich am Ziel meiner Reise? Unwichtig. Ich konnte nicht länger im Zug bleiben. Einzig mein Wille hielt mich am Leben. Ich musste mich aufwärmen. Etwas essen und trinken.

Ich bahnte mir einen Weg durch den Schnee. Hörte nur den Wind und das Knirschen meiner Schritte. Auf meinen Schultern bildete sich eine weiße Decke. Ich ließ den Bahnhof hinter mir, und die Dunkelheit wurde zur Bühne meines Deliriums. Schatten huschten durch die Nacht. Sie trugen die Gesichter derer, die ich getötet hatte. Jamaal, mit einem blutigen Loch, wo einst ein Auge gewesen war. Der Alte mit aufgeschlitzter Kehle und angefressenen Ohren. Olli mit bleicher Haut und einem Hass im Blick, der ihm im Tode gefroren war. Unzählige gesichtslose Süchtige und Piraten. Chemo. Black Raven.

Es folgte ein Abschnitt, an den ich mich nicht mehr erinnere; als wäre ich sturzbetrunken gewesen, fand ich mich auf den

Straßen einer Stadt wieder, ohne zu wissen, wie ich dorthingekommen war. Und dann sah ich sie. Im fahlen Licht einer Gasleuchte stand Sam mit einem Loch in der Stirn. Die Tränen wurden auf ihren Wangen zu Eis.

„Wo bist du gewesen, Fantasma?", flüsterte der Wind, ihre Stimme.

Ich streckte den Arm aus und stolperte vorwärts. Vor meinen Augen wechselte sie die Gestalt. Nun stand dort Emily, die Haut weiß wie Schnee, und zitterte. In den Händen hielt sie ein Stück Papier. Sie hatte sich verändert. War zu einer wunderschönen, jungen Frau herangewachsen. Hatte so meine Mutter ausgesehen? Hatte sie dieselbe spitze Nase gehabt, denselben kleinen Mund?

„Emily." Meine Stimme war heiser. Emily fing noch stärker an zu zittern. Jäh wandte sie sich um und rannte davon.

Ich stolperte ihr nach.

„Emily!"

Sie verschwand in einer dunklen Gasse. Ich folgte ihr, kam aber nicht weit. Ich stolperte und stürzte. Mein Kopf schlug gegen eine Hauswand. Eine Weile blieb ich im Schnee liegen, während die Welt sich um mich herum drehte. Ich biss die Zähne zusammen. Griff in die Mauerfugen der Wand und zog mich auf die Beine. Wo war Emily?

„Lass uns abhauen, Dave. Der sieht gefährlich aus."

„Sieh ihn dir an. Der ist fast tot."

Ich wandte mich um. Meine Bewegungen waren träge. Hinter mir standen zwei Männer. Es bestand kein Zweifel, dass sie alles von den Waffen an ihren Gürteln bis hin zur Kleidung an ihren Leibern zusammengeklaut hatten. Der eine groß und behaart wie ein Bär, der andere klein und viel jünger mit einem Gesicht wie eine Ratte. Hatten sie mir ein Bein gestellt?

Der Bär kam auf mich zu und packte mein Handgelenk. Ich reagierte instinktiv. Ließ den Ellbogen vorschnellen und traf seine Nase. Obwohl mein Angriff kraftlos war, floss Blut.

Der Mann grunzte und drängte mich zurück. Mir fehlte die Kraft, um mich zu wehren. Er zog ein Messer. Metall blitzte auf und brennender Schmerz flammte auf Höhe meines Rippenbogens auf. Ich sackte in mich zusammen, und der Bär verpasste mir einen Tritt in die Seite.

„Durchsuch seinen Mantel, Eagon."

„Er hat Zigaretten. Die auch?"

„Egal. Alles. Wow … woher hat der Bursche so viel Kohle?" Vor meinem verschwimmenden Blick zog die Ratte ein Bündel Banknoten aus den Taschen meines Pelzmantels.

„Was ist das?"

„Eine schwarze Perle. Was weiß ich. Wir werden schon sehen, was die wert ist." Der Bär zog mir den Siegelring vom Finger.

„Er hat ein Buch."

„Nicht schlecht. Der Schlaumeier zahlt gut, wenn es das Richtige ist." Der Bär zog meine Pistole aus dem Gürtel, Chemos Machete und auch das Messer. „Gehen wir."

„Erschieß ihn. Er sieht gefährlich aus."

„Sieh ihn dir an, du Schisser. Der ist doch schon fast tot. Wieso eine Kugel an ihn vergeuden?"

Die Ratte murmelte etwas, und er und sein Kumpane verschwanden.

Ich blieb liegen und lauschte dem Schnee, der mich unter sich begrub. Es war vorbei. Sie hatten das Tagebuch mitgenommen, meine Waffen und auch das schwarze Perl. Ich hatte nichts mehr. Nicht einmal mehr meinen Willen.

Ein Paar Stiefel erschien in meinem Blickfeld, als wäre die Person, die es trug, aus dem Himmel gefallen. Wieder wurde ich abgetastet, dieses Mal von kleineren Händen. Jemand zog mir den Pelzmantel aus. Der Unbekannte griff mir ins Haar, zog meinen Kopf in den Nacken und tastete meinen Hals ab – wohl in der Hoffnung, dass an dem Lederband, das ich trug, etwas Wertvolles hing. Er wurde enttäuscht, hatte ich doch bloß eine Muschel darauf aufgefädelt.

Nun aber sah ich etwas. Ein Blatt Papier im Schnee, beschriftet mit einer vertrauten Handschrift. Das Blatt, das Emily in den Händen gehalten hatte. Eine der dreizehn fehlenden Seiten aus Williams Tagebuch.

20. Ährengold 1713, Ruhenacht

Da war er. Ein Hinweis, der mich vielleicht zu Emily führte. Ein Funke, der meinen Lebenswillen aufs Neue entfachte. Der Fremde fasste mich an der Schulter und drehte mich auf den Rücken. Ich blickte in das Gesicht einer jungen Frau. Sie war klein und hatte Sommersprossen. Ihr Haar war flammend rot und gelockt, ihre Augen gelb wie Bernstein mit schlitzförmigen Pupillen wie bei einem Fuchs. Auf der Stirn trug sie eine Art Fliegerbrille mit runden Gläsern und Messinggestell. Als sie mir in die Augen sah, erschrak sie. Ihr Blick traf den eines Mannes, der hätte tot sein müssen. Die Haut weiß, die Lippen blau. Haar und Bart durchsetzt von Eiskristallen. Blut troff aus einer Wunde an der Stirn, wo ich bei meinem Sturz aufgeschlagen war, und gefror auf der Haut. Doch die Augen – Augen so dunkel wie schwarzes Perl – glühten vor Leben. Die Unbekannte wich zurück, ohne den Blick loszureißen. Dann rannte sie davon, den schweren Bärenpelzmantel hinter sich her schleifend.

Ein weiteres Mal zog ich mich auf die Beine. Mein Herz schlug schneller, widerwillig, wie ein Kind, das zum wiederholten Male wachgerüttelt wird. Ich schlurfte durch den Schnee wie ein wandelnder Toter. Ich brauchte dringend Hilfe. Ein Feuer, an dem ich mich aufwärmen konnte. Wasser oder vielleicht eine heiße Brühe. Doch ich bezweifelte, dass mich jemand ins Haus lassen würde; nicht so, wie ich aussah. Halbnackt und vernarbt, bärtig und blutend, das Haupthaar wegrasiert, von einem Streifen in der Mitte abgesehen.

Als ich an einem Fenster vorbeiging, sah ich ein Licht – eine Kerze hinter dunklem Glas – und eine Erinnerung fand mich.

War heute Tausonnnacht? Der letzte kalte Tag des Winters, hieß es. Man zündete eine Kerze an als Zeichen der Gastfreundschaft. Vielleicht hatte ich Glück. In dem Teil meines Hirns, der noch nicht taub vor Kälte war, regte sich etwas. *Taumondnacht. 26. Taumond … welchen Jahres?* Womöglich waren seit Williams letztem Tagebucheintrag erst wenige Monate vergangen.

Ich trat vor eine Haustür und klopfte. Nichts. Wieder klopfte ich, dieses Mal ohne Unterbrechung. Kurz darauf öffnete sich eine Klappe in der Tür und die Mündung einer Flinte erschien.

„Verzieh dich, Arschloch."

Ich wich zurück und humpelte davon. Ich konnte unmöglich in Treedsgow sein. Das war nicht die Stadt, die William in seinem Tagebuch beschrieben hatte, sondern eine Stadt voller Diebe und Mörder. Eine Stadt, in der ein versehrter Mann bei Tausonnnacht mit einer Flinte davongejagt wurde.

Wieder folgte ein Abschnitt, in dem ich ohne Erinnerung umherstreifte. Ich fand mich am Hafen wieder. Der Salzgeruch des Meeres vermischte sich mit der Kälte. Gasleuchten entlang der Promenade spendeten blasses Licht. Ich sah noch mehr Kerzen hinter dunklen Fenstern. Rudimente einer Tradition, mehr nicht.

Ich verweilte einen Augenblick und lauschte dem vertrauten Klang der Wellen. Mein Blick verlor sich über dem Meer in Schwärze und Schneegestöber. In weiter Ferne glaubte ich das Heulen einer Riesenpilzmedusa zu hören.

Ich riss den Blick los und da sah ich sie. Ein Mädchen mit blondem Haar. Ihr Blut hatte den Schnee rot verfärbt. Das Grauen war in ihren weit aufgerissenen Augen erstarrt. Die Messerstiche in ihrem Körper dampften.

Ich ging einfach weiter. Hatte nicht die Kraft, mich zu fragen, was geschehen war, oder ob der Mörder noch hier war. Ich betrat einen Bootssteg. Eine Brücke führte in die Öffnung im Rumpf einer Fleute. Das Schiff wirkte nicht alt. Vermutlich ein Nachbau. Hinter den Fenstern des Hecks brannte Licht.

Neben der Öffnung ragte ein Schild aus den Planken, auf dem eine Meerjungfrau mit nackter Brust abgebildet war. Darunter hieß es: *Zum Meeresgrund.* Ein Schiff, das zu einer Taverne umfunktioniert worden war. Ich wankte durch die Öffnung.

Blackworth

Stille. End blickte schweigend aus dem Fenster. Inzwischen war die Sonne aufgegangen. Es passierte nicht oft, dass sich die schwarzen Wolken verzogen. Aber wenn sie es taten, schien die Sonne mit unbarmherziger Hitze herab. Die Temperatur würden bald steigen.

Die Tür zu Zellentrakt 13 wurde geöffnet und zwei Männer betraten den Zellengang. Der eine schob den großen Kessel auf Rädern vor sich her. Wortlos stellte er Schalen mit Brei vor den Zellen ab und sammelte das schmutzige Geschirr vom Vortag ein. Der andere folgte ihm mit einem Behälter, in den er die Notdurft der Insassen kippte. Vor Ends Zelle blieben sie stehen.

„Godric End?“, fragte einer von ihnen. End sah schweigend zu ihm auf. „Wir werden dich hier rausholen“, fuhr der Essensausgeber mit gedämpfter Stimme fort und sein Partner nickte. Der Mund des Sängers klappte auf. „Wir gehören zu den Endern. Wir haben Blackworth infiltriert.“

Ein ungläubiger Ausdruck trat auf Ends Gesicht. „Ihr werdet jetzt meine Zellentür öffnen?“

„Wir können nicht“, flüsterte der andere. „Noch nicht. Nach dem, was du gestern getan hast, achten sie scharf darauf, dass die Essensausgeber nichts bei sich haben, mit dem man ein Schloss öffnen könnte.“

„Aber wir werden heute Mittag etwas hereinschmuggeln. Und falls es nicht funktioniert, versuchen wir es heute Abend wieder. Das ist nicht dein Ende, Godric End. Und das des Aufstandes erst recht nicht.“

„Warum habt ihr euch nicht früher zu erkennen gegeben?“, zischte Rutter empört.

„Wir konnten das Risiko nicht eingehen. Vielleicht gibt es eine Ratte im Trakt.“

„Warum habt ihr es dann jetzt gesagt", flüsterte End, „wo ihr mich doch nicht befreien könnt?" Die beiden Männer wechselten einen Blick.

„Wir … wollten nicht, dass du auch uns tötest", gestand einer von ihnen.

„Narren", flüsterte End mühsam beherrscht. „Wieso bleibt ihr dann nicht einfach außerhalb der Reichweite meiner Hände? Jetzt trollt euch, bevor ihr noch mehr Verdacht erregt." Die beiden Ender wechselten erneut einen Blick und verließen den Zellengang, ohne ein weiteres Wort zu verlieren.

„Ender?", fragte End den Sänger leise, kaum dass die Tür ins Schloss gefallen war.

„Hast du es noch nicht gehört?"

End schüttelte den Kopf. „Ich dachte, sie nennen sich Rabotniks."

„Das haben sie auch", sagte der Sänger und begann, seinen Brei zu essen. „Aber inzwischen nennen sich viele Ender. Sie meinen, dass du sie im Gegensatz zu Rabotnik zum Sieg führen wirst." Rabotnik galt nach wie vor als der Erste, der sich weigerte, eine Maschine zu bedienen, die sein Handwerk ersetzte. Er zertrümmerte sie vor fünfzig Jahren mit einem Hammer. Die Soldaten des damaligen Monarchen zerschlugen den Aufstand, und der Kapitalismus setzte seine Ausbeutung fort.

End schloss kurz die Augen. „Niemand kann als Sieger aus diesem Krieg hervorgehen", sagte er. Er erhob sich und ließ sich an der gegenüberliegenden Zellenwand nieder, wo ihm die Sonne nicht das Gesicht verbrannte. Während die anderen aßen, sagte er kein Wort. Sah aus dem Fenster und träumte von einem Leben, das nicht von Dunkelheit und Krieg gezeichnet war.

Er seufzte stumm.

„Ich betrat also Alens Taverne", nahm er seine Erzählung wieder auf, sobald Ruhe eingekehrt war.

End

Nach nur wenigen Schritten gelangte ich vor eine Tür. Sie hatte kein Schloss, diente allein dazu, den Wind auszusperren. Wärme sickerte durch die Ritzen zusammen mit einem würzigen Geruch, einer Mischung aus Rauch, Schweiß und Suppe. Ich vernahm leises Stimmengewirr und – deutlicher als den Rest – die Stimme eines Mannes.

„Raven hatte seine fünf besten Männer geschickt, um ihn zur Strecke zu bringen. Sie kamen in der Nacht. Fünf Schatten mit langen Messern, die im Mondlicht blitzten, umringten Ends Nachtlager." Ich verharrte. „Sie hoben die Waffen und stachen auf die Decken ein." Jemand keuchte. „Aber End war vorbereitet. Während seine Mörder auf einen Sack Kartoffeln einstachen …" Der Erzähler machte eine dramatische Pause.

„… schlich er sich davon", beendete jemand den Satz.

„Das hätte er tun können. Doch End mied keinen Kampf, denn er gewann sie alle."

„Natürlich! Er hat einen Bären mit bloßen Händen getötet."

„Keinen Bären, Dummkopf. Niemand tötet einen Bären mit bloßen Händen. Nicht einmal End. Nein, er hat einen Mann getötet, den man den Bären nannte. Einen Piraten aus Ravens Mannschaft. Er war über zwei Meter groß gewesen, hatte Arme und Beine wie Baumstämme und spitz gefeilte Zähne. Er aß mit Vorliebe rohes Menschenfleisch und selbst Raven fürchtete sich vor ihm."

Unter anderen Umständen hätte ich wohl noch länger den falschen Tatsachen gelauscht. Rückblickend erscheinen sie mir höchst unterhaltsam. Doch es fehlte nicht mehr viel, bis ich endgültig erfror. Ich schob die Tür auf. Feuchtwarme Luft schwappte mir entgegen, und ich betrat den Saal. Die Gespräche verstummten. Die Gesichter aller wandten sich mir zu. Nur das Knacken eines Feuers und ein brodelnder Kessel waren zu hören. Ich schlurfte am Tresen vorbei zu einem freien Tisch in der Ecke des Saals. Ich ließ mich auf einer Holzbank nieder, schloss für einen Moment die Augen und genoss das Gefühl meiner tauenden Glieder. Murmeln setzte ein. Zweifellos sprach man über mich. Fragte sich, ob ich gefährlich war, groß und schlank und muskulös wie ich war, vernarbt und bärtig und halbnackt. Und gewiss fragte man sich, wie lange ich noch leben mochte. Ich blutete aus der Wunde an meiner Stirn und dem Schnitt, den Dave mir zugefügt hatte. Meine Haut war blau, meine Augen gerötet, meine Bewegungen kraftlos. Eiskristalle funkelten in meinem Bart.

„Guten Abend, Fremder. Ich bin Derek."

Die Stimme gehörte zu dem Geschichtenerzähler. Ich musste wohl kurz eingenickt sein. Ich hatte nicht bemerkt, dass er gekommen war.

„Woher kommst du?"

Ich öffnete die Augen. Mir gegenüber saß ein Mann mittleren Alters. Er hatte schütteres Haar und einen braunen Stoppelbart, den das Alter stellenweise grau färbte. In der Hand hielt er einen Humpen. Er war Seemann oder war zumindest mal einer gewesen. Woran ich das ausmachte, kann ich nicht sagen. Es ist der Blick eines Menschen, der sich verändert, wenn man einmal mehrere Monate lang auf See gewesen ist.

Als ich nicht antwortete, hob der Mann die Brauen. „Geht es dir gut, Mann?" Statt einer Antwort fing ich an zu husten. „Alen! Bring ihm eine Suppe", rief Derek. An mich gewandt fuhr er fort: „Ganz ruhig, Mann. Wir kümmern uns um dich."

Der Wirt namens Alen stellte eine dampfende Schüssel vor mir ab und legte einen Löffel daneben. Mit tauben Fingern fing ich an zu essen. Ich spürte jeden einzelnen Schluck der fettigen Suppe meine Kehle hinunterrinnen bis in den Magen, wo sie mich von innen heraus wärmte. Derek wartete stumm.

„Einen wie dich habe ich hier noch nie gesehen", sagte er, als ich die Schüssel geleert hatte. „Ich habe gerade eine Geschichte zum Besten gegeben. Habe versucht, meinem Publikum Angst einzujagen. Und dann kommst du herein und siehst gefährlicher aus, als man es mit Worten beschreiben könnte. Es treibt sich schlimmes Pack in Treedsgow herum, aber du übertriffst sie alle."

„Woher kommen sie?" Meine Stimme war ein heiseres Flüstern.

„Flüchtlinge vom Festland. Die Versprochene des Prinzen der Landen ist ermordet worden. Keiner weiß, wie es passiert ist. Aber der Prinz glaubt, es sei auf Geheiß des tarmonischen Monarchen geschehen und hat dem tarmonischen Reich den Krieg erklärt. Nun fordert er bei Gothin seine Schuld von 1644 ein." Derek trank einen Schluck Bier. „Aber richtig übel wurde es erst seit dem Beben. Kennst die ehemalige Festung Fort New Port? Dort sperrte man die ganz schlimmen Finger ein. Vor einiger Zeit gab es ein Erdbeben und die Mauern des Forts sind eingestürzt. Und rate mal, wohin es die ganzen Verbrecher, die jetzt auf freiem Fuß sind, verschlägt."

„Treedsgow", sagte ich.

Derek nickte nach einem weiteren Schluck Bier. „Genau! Das Geld zieht die Flüchtlinge an. Und die Flüchtlinge die Verbrecher. Hier können sie untertauchen. Und zwar im wahrsten Sinne des Wortes. Treedsgow ist berühmt für sein Kanalisationsnetzwerk. Einst hat es uns den Titel der saubersten Stadt Dustriens verliehen. Nun dient es den Verbrechern als Zuhause." Derek musterte mich einen Moment lang. Dann rief er, ohne den Blick abzuwenden: „Alen! Bring meinem Freund ein Bier auf meinen Deckel."

„Kein Bier." Auf der *Swimming Island* hatte ich mir angewöhnt, keinen Alkohol zu trinken. Es war überlebenswichtig gewesen, ständig auf der Hut zu sein. Ein Bier konnte der Grund sein, warum der Instinkt dich nicht weckte, wenn die Meuchler kamen. Ich erhob mich. Augenblicklich wurde mir schwindelig. Ich wankte, lehnte mich an die Wand und glitt an ihr herab. Wieder packte mich ein Hustenanfall, dass mir die Augen tränten. Mein Magen krampfte sich zusammen und ich erbrach die Suppe. Ich bekam gerade noch mit, wie ich über der Pfütze meines eigenen Mageninhalts zusammenklappte, ehe ich das Bewusstsein verlor.

End

Das Schaukeln des Schiffes ließ mich träumen, in meiner Schlupfkajüte der *Swimming Island* zu liegen. Ich erwachte in einem Bett. Fernes Meeresrauschen füllte meinen Kopf. Der Schiffsrumpf knarrte und ich hörte das Knacken brennender Holzscheite und das Kratzen eines Füllfederhalters auf Papier.

Ich öffnete die Augen. Das Zimmer lag im Zwielicht. Vorhänge aus dickem Stoff verdeckten das einzige Fenster. Durch einen Spalt fiel ein schmaler Streifen Sonnenlicht, zerschnitt den Raum, das Bett und mich. Staub tanzte durch die Luft.

Mir war entsetzlich warm, ohne dass ich schwitzte. Jemand hatte mir ein Stück Stoff in den Mund gelegt. Ich wollte es ausspucken und stellte fest, dass es meine Zunge war. Ich versuchte, mich aufzusetzen, war jedoch an den Hand- und Fußgelenken mit dünnen Hanfseilen ans Bett gefesselt.

„Wasser", flüsterte ich.

Ein Stuhl scharrte. Sekunden später erschien das Gesicht eines Mädchens über mir. Sie wäre hübsch gewesen … nein, in Anbetracht ihres Alters hätte niedlich es eher getroffen. Doch war da zum einen ein Netz schwarzer Linien, das ihre linke Gesichtshälfte überzog. Im ersten Moment glaubte ich, es seien ihre Adern, die durch ihre Haut schimmerten. Doch bei näherem Hinsehen handelte es sich um etwas auf ihrer Haut. Vielleicht eine Tätowierung?

Dann waren da noch ihre Augen, die zu sehr den meinen ähnelten. Sie waren dunkel wie die Nacht. Zudem lag ein Schmerz in ihnen, der nach Jahren der Einsamkeit Wurzeln in ihrem Herzen geschlagen zu haben schien.

„Du bist wach." Sie ging zu einem Tisch, wo sie Wasser aus einer Kanne in einen Becher goss. Allein bei dem Klang schlug mein Herz schneller. Sie kehrte zurück und setzte mir das Glas an die Lippen. Gierig trank ich.

„Mehr?"

Ich nickte.

„Entschuldige die Fesseln." Das Mädchen goss ein zweites Glas ein. „Ist eine Vorsichtsmaßnahme. Papa meint, du siehst gefährlich aus." Sie sprach mit der Stimme eines Kindes und dem Klang einer erwachsenen Frau. Ich leerte das Glas erneut. Anschließend sagte das Mädchen, es werde seinen Vater informieren, und verließ das Zimmer. Während ich wartete, rief ich mir in Erinnerung, was geschehen war. Ich hatte den Zug verlassen und war im Fieberwahn durch Treedsgow gestreift. Zwei Männer hatten mich ausgeraubt. Hatten mir die Waffen genommen, das Geld, das schwarze Perl und das Tagebuch. Anschließend war eine rothaarige Frau gekommen und hatte mir auch noch den Pelzmantel gestohlen. Ich hatte nichts mehr bis auf die Hose, die ich am Leib trug.

Und eine der fehlenden Seiten des Tagebuchs.

Die Erinnerung kam so plötzlich, dass ich vergaß, dass ich gefesselt war. Ich versuchte, in meine Hosentaschen zu greifen. Die Hanfseile spannten sich und schnitten schmerzhaft in meine Handgelenke. Ich knurrte. Unter anderen Umständen hätte ich die Holzstangen, an die ich gefesselt war, einfach herausgerissen. Ich legte mich zurück und starrte an die Decke. Nach einer Weile überkamen mich erneut Hitze und Durst. Durch windende Bewegungen gelang es mir, die Decke von meinem Leib zu schieben.

Das Mädchen kehrte zurück. „Vater kommt gleich", sagte sie und sammelte kommentarlos die Decke ein. „Solange müssen die Fesseln bleiben." Sie fing an, die Decke zu falten.

„Wie heißt du?"

„Amrei. Und du?"

„Godric." Ich biss mir auf die Unterlippe. Angesichts der Tatsache, dass man sich bereits Geschichten über mich erzählte, hätte ich ihr wohl besser einen falschen Namen genannt.

„Ich suche ein Stück Papier, das sehr wichtig für mich ist, Amrei. Kannst du in meinen Hosentaschen nachsehen, ob es dort ist?“

„Du meinst das hier?“ Amrei verschwand aus meinem Sichtfeld und tauchte Sekunden später wieder auf. In der Hand hielt sie die Seite von Walkers Tagebuch.

„Ich habe es gelesen“, gestand sie. „Steht ziemlich verrücktes Zeug drin.“ Ich atmete erleichtert aus. „Willst du es lesen?“

„Später. Nachdem ich mit deinem Vater gesprochen habe.“ Kurz herrschte Schweigen. „Kommen deine Eltern aus den Landen?“, fragte ich.

„Wie kommst du darauf?“

„Dein Name klingt nicht dustrisch.“

„Meine Mutter war aus den Landen.“

„War?“

„Sie starb bei meiner Geburt.“

„Genau wie meine.“

„Oh.“

Wieder schwiegen wir.

„Was ist mit deinem Gesicht passiert?“

Amrei berührte flüchtig die schwarzen Linien. „Ich weiß es nicht“, murmelte sie. „Sie waren schon immer da.“

Ich spürte, dass ich einen empfindlichen Nerv getroffen hatte, und wechselte das Thema. „Wie alt bist du?“

„Zwölf. Am vierunddreißigsten Frühlingsmond werde ich dreizehn. Und du?“

„Ich weiß es nicht.“

Amrei sah überrascht drein. „Du weißt es nicht?“

„Vielleicht achtzehn oder neunzehn.“

„Und dein Geburtsdatum?“

„Ich erinnere mich nicht.“

„Kann man sowas vergessen?“

„Ich habe lange Zeit an einem dunklen Ort gelebt.“

Amreis Blick veränderte sich, und ich wusste, dass ich zu viel gesagt hatte. „Wie ist dein Nachname?“

„Ich habe keinen."

Wieder schwiegen wir. Ich tat so, als ob ich Amreis scharfen Blick nicht bemerkte.

„Wer hat dir Lesen beigebracht?", fragte ich.

„Mein Opa. Er hat mir auch das Geigenspiel beigebracht. Aber er ist jetzt tot."

„Wie ist er gestorben?"

„Wir sind überfallen worden. Als er seine Geige nicht hergeben wollte, haben sie ihn abgestochen und ins Meer geworfen."

„Wie lange ist das her?"

Das Mädchen zuckte mit den Schultern. „Etwa zwei Monate."

Schritte näherten sich. Einen Augenblick später betrat Alen, der Wirt, das Zimmer. Er trug eine Schürze und wischte sich die Hände mit einem Lappen sauber.

„Wie fühlst du dich?", fragte er.

„Durstig." Alen warf seiner Tochter einen vorwurfsvollen Blick zu.

„Ich hab ihm zwei Gläser Wasser gegeben", rechtfertigte sie sich.

„Wie dem auch sei." Der Wirt griff unter seine Schürze und zog ein Messer hervor. Für einen Augenblick erinnerte er mich an den Metzger Mario. Ich zuckte zusammen, so stark, dass das Gerüst des Bettes hölzern knarrte.

Der Wirt starrte mich an, unsicher, ob er den Hass in meinen dunklen Augen tatsächlich gesehen hatte. „Ich schneid' die Fesseln jetzt los", sagte er gequält, als wünschte er sich, es nicht tun zu müssen. Sekunden später setzte ich mich auf und streckte mich, dass meine Knochen knackten. Der Wirt und Amrei starrten mich an.

„Wie lange habe ich hier gelegen?"

„Zwei Viertel", sagte der Wirt.

„Welches Jahr haben wir?"

Amrei und ihr Vater wechselten einen Blick. „1714", sagte Alen schließlich. Mein Herz schlug schneller. William hatte das

Tagebuch im vergangenen Jahr geschrieben! Kurz herrschte Schweigen, während ich rechnete. Taumondnacht war am 26. Taumond. Also war heute der neunte Frühlingsmond. Der letzte Eintrag in Williams Tagebuch war irgendwann im Ährengold gewesen, also vor etwa fünf Monaten. Zuletzt hatte William Emily in der Nervenheilanstalt *Sankt Laplace* besucht. Gut möglich, dass sie immer noch dort war.

„Wohlgemerkt hast du hier gelegen, ohne zu zahlen", bemerkte der Wirt.

„Ich habe kein Geld. Man hat mich ausgeraubt."

Alen seufzte. „Ich hatte nichts anderes erwartet."

„Ich werde es dir zurückzahlen."

„Klar." Alen hatte sich offensichtlich damit abgefunden, kein Korn zu bekommen. Amrei reichte mir ein weiteres Glas Wasser.

„Es tut mir leid, Mann, aber wenn du kein Geld hast, musst du hier raus. Ich kann kaum das Schutzgeld zahlen."

„Schutzgeld? An wen?"

„An Damon und seine Männer. Das Gesinde, das sich in der Kanalisation eingenistet hat."

„Wer ist dieser Damon?"

Alen zuckte die Achseln. „Er lässt sich nicht blicken. Alle haben Angst vor ihm. Der Anführer der Halsabschneider eben."

„Verstehe." Ich erhob mich und winkte Amrei, damit sie mir die Seite des Tagebuchs gab. Anschließend folgte ich Alen zur Tür. „Weißt du etwas über die Nervenheilanstalt von Treedsgow?", fragte ich ihn, während wir einen dunklen Flur entlanggingen.

„*Sankt Laplace?* Nicht viel. Man erzählt sich viele Schauergeschichten, weiß aber natürlich nicht, was davon wahr ist. Es gibt einen neuen Anstaltsleiter dort. Ein ehemaliger Professor der Universität."

„Frag Derek", schlug Amrei vor. „Er weiß immer etwas."

„Derek kann sicher viel erzählen", murrte Alen. „Das heißt aber nicht, dass er viel weiß. Ich kann ihn nicht leiden", fügte er nach kurzem Zögern hinzu. „Die Leute mögen seine Geschichten, aber ich muss sie mir jeden Tag anhören. Er labert viel und weiß wenig. Wiederholt, was er so hört, erfindet so manches dazu und sagt ständig *Das weiß keiner*."

„Kommt er jeden Tag?"

„Er lebt hier." Alen seufzte. „Die Fleute hat mal ihm gehört. Ich hab sie ihm abgekauft und eingewilligt, dass er auf Dauer hier wohnen darf und drei Mahlzeiten am Tag bekommt. Ich habe die Schulden immer noch nicht abbezahlt. Das schlechteste Geschäft meines Lebens." Alen öffnete eine Tür, und ich folgte ihm in den menschenleeren Saal. Amrei blieb im dunklen Flur zurück und schloss die Tür hinter uns. „Da ist er ja schon."

„Was tut er?" Derek spähte durch eine Tür hinterm Tresen.

„Rumlungern. Er will wissen, ob das Mittagessen fertig ist." Mit erhobener Stimme fuhr der Wirt fort: „Geduld, Derek. Gegessen wird wie immer um zwei." Derek zuckte zusammen, als hätte man ihn bei etwas Verbotenem ertappt. Er sah mich und seine Miene hellte sich auf.

„Hallo, mein Freund", rief er. „Hast du dich gut erholt?" Er schlenderte um den Tresen herum. „Derek, bring unserem Gast doch auch eine Suppe. Ich zahle."

„Glückwunsch", murmelte der Wirt mir zu. „Du hast gerade eine Gratismahlzeit gewonnen. Dafür wirst du dir sein Gelaber anhören müssen." Alen verschwand durch die Tür hinterm Tresen. Derek und ich ließen uns an einem der Tische nieder. Der Seemann lehnte sich zurück und faltete die Hände über dem Bauch.

„Wie heißt du, Fremder?"

„Albert." Die Erinnerung an den Namen meines Vaters war in just dem Moment zu mir zurückgekehrt. Albert End. Falls Amrei etwas anderes behauptete, würde ich es einfach abstreiten.

„Wo kommst du her, Albert? Du siehst aus wie ein schlimmer Finger. Bist du auch aus Fort New Port geflohen?"

„Ich komme aus dem Landesinneren“, log ich. „Ich bin Söldner. Vor einiger Zeit erhielt ich einen Brief von meiner Schwester.“ Ich winkte mit der Seite des Tagebuchs. „Sie hatte einen Unfall und wäre fast gestorben. Fälschlicherweise hat man sie des Selbstmordversuches bezichtigt und nach *Sankt Laplace* gebracht.“ Alles an mir, von meinem Haarschnitt bis zu meinen abgewetzten Stiefeln, sprach dafür, dass etwas an der Geschichte nicht stimmte. Doch Derek hatte sein Stichwort vernommen.

Er sog zischend die Luft ein. „*Sankt Laplace*? Eieiei.“ Er wartete wohl darauf, dass ich fragte, was er meinte. Als ich schwieg, fuhr er fort: „Die Nervenheilanstalt ist ein schlimmer Ort. Es gibt einen neuen Anstaltsleiter, einen Hirnforscher aus der Universität, der schlimme Dinge mit den Patienten anstellt.“

„Was denn für Dinge?“

„Das weiß keiner.“ Ich begriff schnell, was Alen gemeint hatte. Derek klang, als wüsste er genauestens Bescheid. Hätte ich nicht gehört, wie er völlig falsche Tatsachen über mich verbreitete, hätte ich ihm vielleicht geglaubt. „Deine Schwester ist nicht die Erste, die unrechtmäßig dorthin gebracht wurde. Sie brauchen stets neues ... Übungsmaterial.“ Derek zeigte ein dümmliches Lächeln, das er wohl geheimnisvoll glaubte.

„Woher weißt du das?“ Die Tür hinterm Tresen ging auf und eine Küchenhilfe mit zwei dampfenden Schalen in den Händen betrat rückwärts den Saal.

„Jeder weiß es“, entgegnete Derek.

„Aber keiner unternimmt etwas dagegen?“, fragte ich, während die Küchenhilfe zunächst die Schalen vor uns abstellte und dann zwei Löffel aus ihrer Schürze fischte.

„Was sollte man schon unternehmen?“, fragte Derek, schöpfte einen Löffel Fischsuppe und blies darauf. „Die Anstalt ist eine Festung. Schwer bewacht und umgeben von einer Mauer. Zum Schutz der Insassen, behaupten sie natürlich.“

„Und der Bürgermeister?“

„Hat keinen blassen Schimmer", schmatzte Derek. „Sitzt ja hinter seiner eigenen sicheren Mauer."

„Mauer?"

„Weißt du es nicht? Er hat eine Mauer um das Universitätsviertel bauen lassen, als immer mehr Flüchtlinge und Verbrecher kamen." Die Küchenhilfe betrat abermals den Saal und legte je einen Brotkanten neben unsere Teller. Auch ich nahm den Löffel zur Hand und begann zu essen. Die Suppe war gut; heiß und schmeckte stark nach Pfeffer.

„Hast du die Anstalt mal gesehen?", fragte ich in der Hoffnung, Fakten aus Derek herauszubekommen.

„Nur aus der Ferne", meinte Derek und tunkte sein Brot in die Suppe. „Sie liegt nördlich der Stadt auf einer Anhöhe." Er biss von dem Brot ab und rief mit vollem Mund zum Tresen: „Helen! Bring mir und meinem Freund doch ein Bier."

„Kein Bier", entgegnete ich.

Derek hob die Brauen. „Kein Bier?"

„Ich habe schlechte Erfahrungen mit Alkohol", log ich. Derek musste ja nicht wissen, um welche Droge es sich wirklich handelte.

„Ein Söldner, der keinen Alkohol trinkt", brummte er. „Hat man sowas schon gesehen?"

„Kein Bier für Albert", sagte er zu der Küchenhilfe Helen, als sie wenig später zwei Krüge auf den Tisch stellte. „Schütte das hier zurück ins Fass und bring ihm Wasser."

„Kann man die Patienten besuchen?", fragte ich, sobald Helen gegangen war.

„Das weiß keiner", meinte Derek und trank einen Schluck Bier. „Aber du willst da auch gar nicht rein." Und er fing an zu erzählen. Von Experimenten am menschlichen Hirn. Von Geschrei, das nachts zur Stadt herüberwehte und einem seltsamen blauen Licht in einem der Türme der Anstalt. Von Männern und Frauen, die dorthin verschleppt worden sind („Genau wie deine Schwester!") und von Ausbrüchen der Patienten. Ich hörte nur mit halbem Ohr zu und aß meine Suppe. Ich wollte mir sobald wie möglich selbst ein Bild von der Anstalt machen. Doch im Moment konnte ich es kaum erwarten, allein zu sein, um endlich die Tagebuchseite zu lesen. Vielleicht enthielt sie einen Hinweis über Emilys Aufenthalt.

„Ich muss gehen", sagte ich, als ich den Teller geleert hatte, und erhob mich. „Danke für die Mahlzeit, Derek."

„Es ist kalt draußen", meinte Derek und musterte meinen nackten Oberkörper.

„Danke", wiederholte ich bloß. Der Seemann nickte, und ich verließ die Taverne.

Verglichen mit der Kälte im Zugwagon war es ein milder Tag. Der Schnee war geschmolzen. Ein sanfter Wind wehte und trug den Geruch des Frühlings heran. Der Himmel war klar, von wenigen Wolkenfetzen abgesehen. Die Sonne wärmte meine Haut und tränkte die Meeresoberfläche in grünes Licht. Das Rauschen von Wind und Wellen und das Knattern der Segel übertönten jeglichen Laut aus Richtung der Promenade. Nur dann und wann waren Kinder zu hören, die Glocke eines fahrenden Händlers oder die Rufe von Männern, die Kisten durch den Hafen trugen.

Ich ließ mich auf einem Fass neben dem Eingang der Taverne nieder und holte die Tagebuchseite hervor, die ich zusammengefaltet in die Hosentasche gesteckt hatte. Ich faltete sie auseinander und fing an zu lesen.

Im Verwunschenen Tal

Der Abend senkte sich herab. Die Grillen zirpten, und ein Rotkehlchen verkündete zwitschernd das Ende eines weiteren Tages des immerwährenden Frühlings. Der Geruch nach feuchter Erde hatte sich verändert. Er roch wie Morgentau. Wie Geborgenheit und Frieden. Hasen grasten auf einer Blumenwiese, ein Fuchs trank aus einem gluckernden Bach und überall im Unterholz des Waldes raschelte und quiekte es. Die Bewohner des Tals waren schon eine Weile nicht von jener dürren Gestalt gestört worden, die die Angst wie einen unsichtbaren Mantel um ihre Schultern trug.

Der Marionettenmann hatte fast alle Essensvorräte aufgebraucht. Er hatte seine Hütte seit mehreren Tagen nicht verlassen - er wusste selbst nicht, seit wie vielen. Er stand vor dem Tisch und stützte sich mit den Händen an der Kante ab. Seine Augen juckten vor Müdigkeit; insbesondere das rechte ließ ihm keine Ruhe. Vor ihm lagen die Splitter des Zauberspiegels wie ein abstraktes Puzzle. Lia, einer seiner Schrumpfköpfe, sang indessen ein langsames Lied. Obwohl sie keine Kehle mehr hatte, war ihre Stimme immer noch so schön wie zu der Zeit, bevor er sie vergiftet hatte. Sie hätte ihm diese Abfuhr besser schonend beigebracht. Ihr Gesang füllte die Gedanken des Marionettenmannes, der mit dumpfem Blick auf die Stelle des Mosaiks starrte, an der ein winziger Splitter fehlte. Er blies resigniert die Wangen auf und rieb sich die Augen. Ohne diesen Splitter konnte er den Spiegel nicht in seinen ursprünglichen Zustand versetzen. Er suchte schon seit Tagen danach. Hatte die strohgefüllte Matratze seines Bettes umgekrempelt, den Hüttenboden systematisch mit bloßen Händen abgewischt und sogar seine eigene Kleidung unter die Lupe genommen. Der Splitter schien sich in Luft aufgelöst zu haben. Konnte er durch die Wucht des Projektils zu Staub zermalmt worden sein? Der Marionettenmann hob den Kopf und sah aus dem Fenster. Der Himmel färbte sich allmählich tiefblau. Die Luft im Tal war klar und hoch oben blinkten so viele Sterne, dass es schien, als könne man bis ans Ende des Universums sehen. Vielleicht war es an der Zeit, ernten zu gehen. Die Nachtluft würde seine Gedanken klären. Der Zauberspiegel war einzigartig. Er war mächtig und vermutlich mehr wert als ein Stein der Weisen. Der Marionettenmann wäre wahrscheinlich den Rest seines Lebens damit beschäftigt, wollte er einen neuen erschaffen. Das Schlimmste aber war, dass er dem Wurmgott gehörte. Wenn er zurückkehrte - das nächste Mal, wenn die Straße, über der keine Sterne leuchteten, durch sein Tal führte - würde er ihn grausam bestrafen. Der Gott der Würmer war immer grausam zu ihm.

„Warum ist er mein Gott?", fragte der Marionettenmann sich selbst. „Ich bin kein Wurm."

„Im Vergleich zu ihm ist jeder ein Wurm", sagte Carl von seinem Platz hoch oben im Regal. Der Marionettenmann zuckte zusammen. Hatte er laut gedacht? Es wurde Zeit, dass er ging. Eilig suchte er alles, was er für die Ernte brauchte: eine Sichel, ein Messer, einen Kescher, eine Zange, eine magische Flöte, verschiedene Zaubertränke, mehrere Gläser in unterschiedlichen Größen und seinen Beutel. Wenig später fiel die Tür seiner Hütte hinter ihm ins Schloss. Der Marionettenmann blähte die Nasenflügel und sog die kühle Abendluft ein. Er roch den Frieden und seine Laune sank.

Auf der Blumenwiese hoben die Hasen alarmiert die Köpfe und flüchteten in ihren Bau. Auch der Fuchs hob den Blick und huschte durch das Unterholz davon. Die Grillen verstummten. Das Rotkehlchen schwieg.

Der Marionettenmann atmete erneut ein. Schnupperte die Angst. Seine Mundwinkel hingen nun nicht mehr ganz so weit herunter, was man bei ihm wohl als Lächeln werten konnte. Er war kaum drei Schritte weit gegangen, als er sich erneut das juckende Auge rieb und jäh begriff, wo der fehlende Splitter war.

Das Tagebuch

20. Ährengold 1713, Ruhenacht

Gestern besorgte ich mir Schutzhandschuhe, eine Schutzmaske, wie man sie beim Gasschmelzschweißen trägt, und Gehörschutz. Ich nahm die Dinge aus dem Labor von Professor Hunt – ein Delikt, für das man mich ohne Weiteres der Universität verweisen kann. Umso mehr verärgerte es mich, dass Emily mir nicht hatte verraten wollen, wozu ich diese Dinge benötigte.

(Ich rief mir in Erinnerung, was Emily zuletzt zu William gesagt hatte: „Unter dem Fensterbrett meines Schlafzimmers findest du eine Schatulle. Öffne sie und sieh, was dort drin ist. Aber trag auf alle Fälle die Schutzkleidung!")

Ich wusste nicht, wovor ich mich mehr fürchten sollte: vor der Gefahr, die vom Inhalt der Schatulle ausging … oder dass ich nur ein Stück Schnur und einen vergammelten Apfel oder sowas darin finden würde.

Heute Morgen machte ich mich auf den Weg zu Emilys Wohnung. Ich fand den Schlüssel in einer Mauerfuge des Gebäudes, wie sie es mir beschrieben hatte. In ihrem Wohnzimmer holte ich die Schutzkleidung aus meinem Rucksack. Mit klopfendem Herzen betrat ich das Schlafzimmer. Das verdunkelte Glas der Schutzmaske machte mich fast blind. Ich tastete mich zum Fenster vor. Mit beiden Händen fasste ich das Fensterbrett und versuchte, es anzuheben. Es rührte sich nicht. Das Herz wurde mir schwer. Dann existierten das Versteck und die Schatulle also nur in Emilys Vorstellung. Ich klappte die Schutzmaske hoch und erst da sah ich den Riss. Ein Teil des Brettes war abgebrochen. Ich zog daran und er ließ sich herausnehmen. Darunter kam ein Fach zum Vorschein, in dem eine hölzerne Schatulle lag. Jemand hatte Runen in ihren Deckel geschnitzt. Mein Herz schlug wieder schneller. Ich nahm die Schatulle heraus und auch den kleinen Schlüssel, der darunter lag. Setzte mich aufs Bett und schloss sie auf. Anschließend klappte ich die Maske herunter und den Deckel auf.

In der Schatulle lagen elf tränenförmige Edelsteine. Von ihnen ging eine Kälte aus, die man hören konnte. Ein Ton, so schrill wie das Kreischen einer Banshee, und hätte ich keine Ohrenschützer getragen, hätte er mir die Trommelfelle zerfetzt. Die Kälte strahlte so hell wie eine Flamme beim Schweißen. Sie überzog die Schutzhandschuhe mit Eiskristallen. Mein Atem gefror zu Wolken, das Glas des Fensters erzitterte und binnen eines Herzschlags durchzogen feine Risse die Scheibe.

Ich schlug die Schatulle zu. Eine geschlagene Minute starrte ich auf den Deckel. Was waren das für Steine? Ein bislang unbekanntes Element? Sie sahen aus wie gefrorene Tränen. Aber warum schmolzen sie nicht? Ich fürchte, nur Emily kennt die Antworten.

Ich verstaute die Schatulle in meinem Rucksack. Als ich die Wohnung verließ, beschlich mich ein seltsames Gefühl. Zunächst glaubte ich, es rühre von der unmittelbaren Gefahr, die von den Steinen ausging. Doch ich irrte. Es war das unbestimmte Gefühl, beobachtet zu werden. Mir war, als zöge ich die Aufmerksamkeit von etwas Bösem auf mich. Auf dem Heimweg glaubte ich, aus den Augenwinkeln zu sehen, wie man mir nachblickte. Doch es waren nicht die Menschen, die die Köpfe wandten, sondern ihre Spiegelbilder in den Fenstern. Wenn ich hinsah, verhielten sie sich normal. Werde ich jetzt paranoid?

Ich kehrte auf kürzestem Wege in meine Wohnung zurück. Verstaute die Schatulle unter meinem Bett und versuchte, mich auf andere Gedanken zu bringen. Ich schlug ein Buch auf und ignorierte hartnäckig das Gefühl, dass mein Ebenbild im kleinen Wandspiegel mich eindringlich ansah. Schließlich gab ich mich geschlagen, nahm ihn herunter und legte ihn mit der Glasseite nach unten auf den Boden.

Trotzdem schiebe ich auch jetzt noch, während ich diese Zeilen schreibe, alle fünf Minuten die Vorhänge beiseite, weil ich das Gefühl nicht loswerde, dass jemand die Wohnung beobachtet. Aber ich sehe niemanden. Bloß mein eigenes Spiegelbild im Fensterglas vorm dunklen Hintergrund der Nacht. Mir ist, als deute es ein Lächeln an.

W. D. Walker

End

Ich las den Eintrag noch einmal. Amrei hatte Recht. Es *stand* ziemlich verrücktes Zeug darin. Allerdings nichts Neues über den Verbleib meiner Schwester. Ich faltete die Seite zusammen und steckte sie in die Hosentasche.

„Ich weiß, wer du bist, Godric." Ich wandte mich um. An Deck der Fleute stand Amrei und traktierte mich mit düsterem Blick.

Ich begegnete ihr mit argloser Miene. „Ich heiße Albert."

„Das hat Derek auch behauptet. Aber das hat meinen Verdacht nur bestärkt. Du bist Godric End." Einen Augenblick schwiegen wir. Sollte ich ihre Worte abstreiten?

„Du hast eine blühende Fantasie, Mädchen."

„Auf deinen Kopf sind eintausend Liberty ausgesetzt", sagte Amrei mit blitzenden Augen. „Von dem Geld könnte ich mir eine neue Geige kaufen." Ich schwieg. Amrei war gewiss nicht gekommen, um mir das zu sagen. „Ich möchte dir etwas vorschlagen", fuhr sie fort, wobei sie nervös am Ärmelsaum ihrer Bluse nestelte. „Wenn du nach meiner Geige suchst, verrate ich niemandem, wer du bist."

Ich hob die Brauen. „Das klingt aber so, als sei die Geige mehr wert als eintausend Liberty."

„Darum geht es nicht", erwiderte Amrei gereizt. „Ich weiß nicht, was sie wert ist, und es ist mir egal. Sie ist eben mein Instrument. Mehr als das: Sie ist mein Freund." Die letzten Worte sagte sie leise, als schäme sie sich. Ich musterte sie. Ob sie wegen der Linien im Gesicht gehänselt wurde? Oder fürchtete man sich gar vor ihr? So oder so hatte sie gewiss nicht viele Freunde. „Du verstehst das nicht", fuhr Amrei fort und klang wieder gereizt. „Die Geige hat meinem Opa gehört. Ich will sie wiederhaben."

„Ich verstehe sehr wohl." Auch ich hatte meine Instrumente verloren - Mordinstrumente. Mein Revolver war kein Unikat gewesen. Ich könnte mir einen neuen kaufen und er würde ebenso gut funktionieren. Nein, der Grund, weshalb ich meine Waffe vermisste, war, dass sie der erste Revolver war, den ich mir erkämpft hatte. Ich hatte mit ihm schon unzählige Feinde getötet, allen voran seinen Vorbesitzer. Ich hatte sie besser gepflegt als mich selbst. Mir war, als wäre sie mittlerweile zu einem Teil meines Körpers geworden. Mit keiner anderen Waffe würde ich je so gut schießen wie mit dieser. Abgesehen davon: Eine Geige zum Freund zu haben, war gewiss nicht so verrückt wie eine Halluzination von Hunger, die versucht, einen dazu zu bringen, Menschenfleisch zu essen. Doch meine Miene blieb ungerührt. „Ich lasse mich nicht erpressen, Mädchen. Niemand wird dir glauben. Wieso sollte Godric End die *Swimming Island* verlassen haben und durch Dustrien spazieren?"

„Ich könnte dir außerdem einen Schlafplatz anbieten", fügte Amrei zähneknirschend hinzu. „Nichts Besonderes. Eine Matte unten im Schiffsrumpf, aber immerhin hast du ein Dach über dem Kopf."

Ich dachte kurz nach. „Und dein Vater?"

„Wird nichts davon erfahren."

Das Angebot war nicht schlecht. „Was, wenn die Diebe die Geige verkauft haben? Sie könnte längst im Besitz irgendeines Überseehändlers sein."

„Dann habe ich Pech. Ich möchte bloß, dass du es versuchst. Komm in der Nacht und kletter auf das Deck, wenn gerade niemand hier ist. Ich öffne dir die Tür."

„Abgemacht." Ich spuckte mir in die Handfläche und hielt sie ihr hin.

Amrei verzog angeekelt das Gesicht. „Ich möchte lieber nicht einschlagen."

„Wie willst du dann wissen, dass ich mich an die Abmachung halte?", fragte ich eine ernste Miene wahrend.

„Also gut“, meinte Amrei nach kurzem Zögern, lehnte sich über die Reling und schlug ein.

Ich grinste. „Fühlt sich gut an, nicht?“

„Arschloch“, murmelte Amrei und wischte sich die Handfläche am Rock sauber.

Ich lachte. Mein eigener Sinn für Humor überraschte mich. „Nimm es mir nicht übel. Wenn ich wirklich der bin, für den du mich hältst, weißt du ja, dass ich in meinem Leben nicht viel zum Lachen hatte. Bis heute Abend.“ verließ den Bootssteg.

Während ich der Promenade nach Norden folgte, sah ich mich im Hafen um. Ich sah die Gaslaternen und fragte mich, ob William und Emily hier das Medusajunge bewundert hatten. Hatten sie in einem der Lokale gesessen, deren Fenster nun mit Brettern vernagelt waren, und Limonade getrunken? Gewiss hatte es nicht so sehr nach Pisse gerochen wie jetzt. Und gewiss waren nicht so viele Hunde umhergestreunt. Ich warf im Gehen einen Blick über die Schulter und sah in der Ferne den Leuchtturm von Treedsgow. Dort war Diane in die Tiefe gestürzt. Kurz verharrte ich und lauschte dem Wind und den Wellen. In meiner Vorstellung hatte alles so anders ausgesehen. Und doch wirkte es vertraut.

Die Ratte und der Bär

„Was ist das?" Die Ratte rollte die schwarze Perle, die sie dem verwahrlosten Mann abgenommen hatten, zwischen Daumen und Zeigefinger und musterte sie mit kindlicher Neugier.

„Eine Perle", meinte der Bär. „Die Dinger findet man in Muscheln. Steck sie zurück in den Beutel, sonst lässt du sie noch fallen und sie verschwindet im Kanal."

„Ja, Dave." Die Ratte schulterte den Beutel, der ihre jüngste Beute enthielt, und beschleunigte ihre Schritte, um zu dem Bären aufzuschließen.

Sie befanden sich auf dem Gehsteig am Rande eines breiten Kanals unterhalb der Straßen von Treedsgow. Das Wasser floss träge dahin. Es roch nach Fäkalien. Dann und wann würgte ein Rohr glucksend Brühe ins Wasser, das dem Sithwell abgezweigt wurde. Weiter hinten, wo der Kanal ins Meer mündete, verengte er sich. Die Strömung wurde schneller und das ferne Rauschen tönte durch die unterirdischen Gänge.

„Zum Markt geht's hier lang, Dave." Die Ratte deutete in einen abzweigenden Kanal, den der Bär soeben passiert hatte.

„Bist du verrückt? Da lauern die Barnard-Brüder. Lieber würde ich in den Rattensumpf gehen, als diesen Arschlöchern noch einmal in die Falle zu laufen."

„Ja, Dave", antwortete die Ratte. Der Rattensumpf war ein Komplex aus Gängen, der unterhalb der Kanalisation verlief. Dort war es finster. Außerdem lebte ein Wesen dort, von dem niemand so recht wusste, was es war. Obwohl man sich erzählte, es könne weder Formen noch Farben sehen, sah es wohl die Auren von Menschen. Und Blut, solange es warm war.

Die Ratte und der Bär kannten bloß Geschichten über das Wesen und nannten es nur das Etwas. Damon, ebenfalls ein Entflohener aus Fort New Port, der sich selbst zum Anführer der

Banditen ernannt hatte, bestrafte gerne solche, die nicht nach seinen Regeln spielten, indem er sie durch einen Schacht in den Rattensumpf herunterließ. Bislang war keiner zurückgekehrt.

Die Ratte und der Bär passierten den Kanal und bogen stattdessen in den nächsten abzweigenden Tunnel ein. Nach einem Dutzend Schritten mündete er in einen der Hauptkanäle. Wie schon vier andere hatten die Verbrecher diesen hier trockengelegt. Sie hatten sowohl die Hauptschleusen, die Wasser aus dem Sithwell hierher leiteten, geschlossen, als auch die Rohre für die Fäkalien verstopft. Dass nun die Scheiße aus den Toiletten so manch eines Bürgers von Treedsgow lief, interessierte sie herzlich wenig.

Entlang der Kanalwände standen Buden, Holz- und Blechhütten. Neben den blassen Sonnenstrahlen, die durch die Kanalschächte hereinfielen, spendeten Ölfunzeln und Fackeln an den Hütteneingängen schummriges Licht. Der Gestank nach Fäkalien wurde hier von dem Geruch nach Armut abgelöst: nach verbranntem Essen und Abfall, nach Schweiß, Pisse und Rauch. Statt Wasser füllte Stimmengewirr den Kanal. Und Musik.

Als sie ans Ende des Marktes gelangten, wurde es dunkler. Nur das stete Tropfen und Fiepen der Ratten war zu hören. Nach kurzer Zeit versperrte ein Gitter den Weg. Nachdem der Bürgermeister von Treedsgow eine Mauer um das Universitätsviertel hatte errichten lassen, hatten sich Dutzende Einwohner durch die Kanalisation ins Zentrum der Stadt geschlichen. Bald darauf war auch ein Durchkommen durch die Kanäle unmöglich geworden.

„Gib mir mal die Machete."

Die Ratte griff in den Beutel und reichte dem Bär die Waffe. Der Hüne schlug mehrmals mit dem Knauf gegen das Gitter. Die Schläge verhallten in der Finsternis.

„Wo bleibt er denn?", knurrte der Bär. Wie zur Antwort auf seine Frage löste sich ein Mann aus der Finsternis. Er war groß und hager und wirkte in seinem Sakko mit doppelter Knopfreihe, dem Gehstock und der Kreissäge auf seinem Kopf mehr als fehl am Platz. Auf der Nase trug er eine Brille, den Schnurrbart schien er mit Hilfe einer Schablone zu stutzen. Seine blauen Augen blickten kalt, berechnend.

Die Augen des Bären hingegen wirkten umso dumpfer. „Wir haben was für dich, Schlaumeier." Auf seinen Wink hin reichte die Ratte ihm den Beutel und der Bär warf ihn vor die Füße des Mannes. Der Hagere hob ihn auf und brachte nacheinander das Diebesgut zum Vorschein. Die Pistole und das Messer würdigte er keines Blickes und legte sie gleich beiseite. Im Tagebuch blätterte er eine Weile. Zur offensichtlichen Enttäuschung des Bären legte er es ebenfalls weg. Als der Hagere den Ring herausfischte, stutzte er. „Ein Siegelring? Habt ihr einen Mann aus dem Bergmannsadel überfallen?" Er musterte die Ratte und den Bär ungläubig. Die beiden tauschten beunruhigte Blicke. „Das könnte Ärger geben." Die Stimme des Hageren hätte nicht weniger besorgt klingen können. Er legte auch den Siegelring weg und griff ein letztes Mal in den Beutel.

„Was ist das?" Er hielt die Perle hoch und betrachtete sie im fahlen Licht, das durch einen Kanalschacht fiel. „Ich gebe euch zwanzig Liberty für die Perle", sagte er.

„Zwanzig?", brauste der Bär auf. „Sei froh, dass du hinter diesem Gitter stehst, Arschloch, sonst würde ich …"

„Ich möchte sie im Labor untersuchen", fuhr der Hagere ihm dazwischen. „Wenn sie mehr als nur eine Perle ist, zahle ich euch beim nächsten Treffen was drauf." Der Bär zögerte. „Es ist doch nur irgendeine schwarze Perle, die nicht einmal ein Loch hat, an dem man sie auffädeln könnte. Mehr als zwanzig Liberty zahlt euch niemand."

„Woher willst du das wissen?"

Der Hagere lächelte milde. „Ich bin der Schlaumeier. Schon vergessen?"

Der Bär knirschte mit den Zähnen. „Her mit den zwanzig Liberty. Und ich warne dich, Schlaumeier. Falls du versuchst, mich zu verarschen, wirst du es bereuen."

Der Hagere nahm die leere Drohung wortlos hin, steckte Ends Habseligkeiten und das Geld in den Beutel und warf ihn zurück durch das Gitter. „Bis dann", sagte er, fasste sich an den Hut und verschwand.

„Gehen wir", brummte der Bär. „Ich kauf mir von dem Geld eine Hure. Den Rest darfst du behalten."

„Ja, Dave." Sie folgten dem Gang zurück zum Markt. Während der Bär nach einem Imbiss Ausschau hielt, drehte die Ratte den Siegelring zwischen den Fingern.

„Glaubst du, wir könnten wirklich in Schwierigkeiten stecken, weil …" Weiter kam er nicht, weil er in just dem Moment stolperte und der Länge nach in den Dreck stürzte. Der Ring flog ihm aus der Hand.

Der Bär lachte auf. „Hast du das Laufen verlernt, du Volltrottel? Steh auf!"

„Was ist das?" Der Bär wandte sich um. Ein Mann hatte den Ring aufgehoben und betrachtete die Initialen. „Ein Siegelring?" Der Bär schluckte. Der Mann trug ein rotes Halstuch: Er gehörte zu Damons Gardisten. Das bedeutete Ärger. „Habt ihr einen Adeligen überfallen?"

„Nein", sagte der Bär hastig. „Irgendein Herumtreiber hatte ihn bei sich. Er muss ihn einem Adeligen gestohlen haben." Der Gardist schien den Bären nicht zu hören. Ungläubig musterte er den Siegelring.

„Tom. Jasper. Seht euch das mal man." Zwei weitere Gardisten traten hinzu.

„Ein Siegelring", meinte Tom und reichte das Schmuckstück an Jasper weiter. „Habt ihr einen scheiß Adeligen überfallen?" Jasper, der sich das Halstuch wohl wegen des Gestanks wie einen Mundschutz vor das Gesicht gebunden hatte, musterte den Ring schweigend.

„Nein", wiederholte der Bär. „Der Kerl war definitiv kein Adliger. Ihr hättet ihn sehen sollen. Sag doch auch was, Eagon!"

„Das könnte Ärger geben, Paul", sagte Tom. „Wenn der Schwarze Baron davon erfährt, schickt er womöglich seine Leute nach Treedsgow, um hier aufzuräumen."

Paul biss sich auf die Unterlippe. „Wir müssen Damon davon berichten." An die Ratte und den Bären gewandt sagte er: „Mitkommen!"

„Nein", schrie der Bär. „Er wird uns in den Rattensumpf werfen!" Er stürzte sich auf Paul. Schon war Jasper zur Stelle. Geschmeidig wie ein Panther ging er zum Angriff über. Der Bär fiel in den Dreck, und Jasper verpasste ihm einen Tritt in die Seite. Der Hüne stöhnte. Jasper packte ihn am Kragen und zerrte ihn vor Paul.

„Jetzt steckt ihr in Schwierigkeiten", knurrte Paul. „Noch eine falsche Bewegung und wir legen dich in Ketten. Gehen wir." Tom nahm der Ratte den Beutel ab, und die Gardisten trieben die beiden vor sich her über den Markt. Über eine Treppe gelangten sie auf den Gehsteig des Kanals und von dort aus weiter in einen Gang. Auf halber Höhe erreichten sie eine Tür und traten hindurch. Sie befanden sich nun in einer von mehreren Zisternen, die zwischen den Hauptkanälen lagen. Wie eine unterirdische Halle, die von einem steinernen Becken beherrscht wurde. Eine Treppe führte auf der einen Seite in das Becken, das ehemals bis zum Rand mit kristallklarem Flusswasser gefüllt war, und auf der anderen Seite wieder hinaus. Hier hatte Damon sich einen Sitz eingerichtet, von dem aus er alle, die sich im Becken aufhielten, überragte. Ursprünglich hatten die Zisternen dazu gedient, die Haushalte von Treedsgow mit Frischwasser zu versorgen. Treedsgow war eine der ersten Städte, die ein Wasserleitungssystem mit Pumpstation besaß. Doch wie die Kanäle hatten die Verbrecher auch einige Zisternen trockengelegt. Diese hier hatte Damon zu seinem Thronsaal gemacht. Vermutlich wegen des direkten Zugangs zum Rattensumpf: eine Falltür am Grund des Beckens.

Damon lag mehr auf seinem Thron, als dass er saß, und rauchte. Ein paar Stufen unter ihm räkelte sich katzengleich Rocío. Sie war eine junge Frau, kaum der Jugend entwachsen. Mit olivfarbener Haut und schwarzem Haar. Eine Tätowierung, ein Mosaik aus Recht- und Dreiecken, zierte ihr Gesicht. Sie hatte ihr Haar teilweise mit einer Nadel hochgesteckt. Trotzdem fiel es ihr noch in Strähnen über die Schultern und bedeckte die sonst nackten Brüste. Manche nannten sie die Hexentochter. Es hieß, sie könne in die Zukunft blicken. Außerdem munkelten die Banditen, dass sie Damon den Kopf verdreht hatte. Angeblich hatte der Anführer einst einen Mann aus seiner eigenen Garde in den Rattensumpf geworfen, bloß weil er einen Blick auf ihre Brüste geworfen hatte.

Am Grund des Beckens saßen auf Teppichen Damons engste Vertraute. Sie rauchten Tabak aus Wasserpfeifen, begrapschten halbnackte Frauen – Huren aus dem Hafen, die sich an der Seite eines Banditen besser aufgehoben fühlten als in einem Bordell –, spielten Karten und unterhielten sich gedämpft. Ihre Worte schwebten wie feiner Nebel in der Luft. Es roch nach Tabak und Schweiß und Braten. Ein Mann mit Ukulele saß mit dem Rücken zur Beckenwand und spielte.

Die Gardisten führten die Ratte und den Bären in die Mitte des Beckens.

„Wer sind die?“, fragte Damon gelangweilt.

„Nennt ihm eure Namen“, befahl Paul und stieß dem Bären in den Rücken. Der ballte die Hände zu Fäusten, doch ein Blick in Jaspers blaue Augen genügte und er schluckte seine Wut herunter.

„Dave“, knurrte er.

„Ea… Eagon“, stammelte sein Freund.

„Was interessieren mich ihre Namen.“ Damons Stimme klang träge. Er rieb sich die Augen, als wäre er entsetzlich müde. „Warum habt ihr sie hergebracht?“

„Sie hatten einen Siegelring.“ Paul hielt den Ring ins Licht.

Damon hörte auf, sich die Augen zu reiben, und hob den Blick.

„Jasper", sagte er nach kurzem Schweigen. Paul reichte den Ring an den Gardisten, der sich das Tuch vor den Mund gebunden hatte, und der brachte ihn zu seinem Anführer. Damon nahm den Ring und betrachtete ihn im Licht der Öllampen. Das Gold funkelte.

„Das ist der Ring eines Adligen", murmelte er und strich mit dem Daumen über die Initialen. „GE."

Rocío erhob sich. Ihre Bewegungen glichen denen eines Panthers. Geschmeidig wie Quecksilber. Mit lauernder Miene umrundete sie Damons Thron und warf einen Blick auf den Ring, wobei sie die Hände auf seine Schultern legte. Die Ratte und der Bär konnten die Augen nicht von ihr wenden. Ihre olivfarbene Haut war so makellos wie die Oberfläche einer Perle. Die Öllampen malten verlockende Schatten auf ihren Körper. Es hätte nur offensichtlicher sein können, dass die beiden Ganoven die Schatten unter ihrem Haar nach ihren Nippeln absuchten, hätten sie angefangen zu sabbern. Rocío hob den Blick. Ihre dunklen Augen blitzten wissend. Hastig sahen die Ratte und der Bär in andere Richtungen.

„Woher habt ihr den Ring?", fragte Damon und reichte ihn an Rocío weiter. Hatte er zuvor müde gewirkt, war sein Blick nun berechnend.

„Wir haben ihn irgendeinem Tunichtgut abgenommen", wiederholte der Bär. „Einem Niemand, der sterbend im Schnee lag. Gewiss kein Adliger. Ihr hättet ihn sehen sollen. Trug die Haare wie eine Bürste." Er warf einen nervösen Blick zu Rocío, die nun ihrerseits über die Initialen strich und den Ring im Licht drehte. Sie beugte sich herab und flüsterte Damon etwas ins Ohr.

„Jasper", rief der Banditenanführer. „Den Beutel." Tom gab dem Gardisten den Beutel, und Jasper reichte ihn hinauf zu Damon. Der Anführer gab ihn an Rocío weiter, ohne auch nur einen Blick hineinzuwerfen. Rocío griff hinein und brachte den Revolver zum Vorschein. Wie zuvor den Ring drehte sie nun das Eisen im Licht der Öllampen. „Eine gut gefertigte Waffe", sagte sie zu niemand Bestimmten. „Wenn auch keine herausragende Handwerkskunst." Sie betätigte den Daumenschieber und die Trommel schwenkte heraus. Prüfte, wie viele Patronen geladen waren, und schnupperte an dem Metall. „Es ist jedoch nicht das Material, aus dem sie gemacht ist, oder die Qualität ihrer Verarbeitung, die sie zu etwas Besonderem macht", fuhr sie fort. Ein südländischer Akzent zierte ihre Stimme. „Sondern ihre Geschichte. Sie hätte der Liebsten ihres Besitzers beinahe das Leben gekostet und selbiges beinahe gerettet." Sie legte die Waffe beiseite und griff erneut in den Beutel. Dieses Mal nahm sie die Machete heraus. „Die Waffe eines Feindes", murmelte sie. „Sie wurde im Kampf erobert und tötete ihren einstigen Besitzer." Sie legte die Machete neben die Pistole und griff wieder in den Beutel.

„Dieser Dolch ist bemerkenswert." Die Waffe war schlicht, zudem alt und verrostet. Doch Rocío wendete sie im Licht der Öllampen, als wäre sie aus feinstem Gold. „Diese Klinge nahm Dutzenden das Leben. Ihr berühmtestes Opfer war niemand anderes als Charles Rabotnik, der Anführer des Arbeiteraufstandes. Auf der Höhe seiner Macht tötete sein letzter Besitzer mit dem Dolch einen Dämon in Gestalt eines Bären. Und als er sein bislang letztes Opfer tötete - ebenfalls ein berüchtigter Mann, ein genauso kaltblütiger wie unvergleichlicher Kämpfer - erfüllte sie eine vor Jahren ausgesprochene Weissagung. Im Besitz eines jeden anderen ist diese Waffe bloß ein rostiger Dolch. Doch in der Hand ihres wahren Besitzers wird sie zu einer mächtigen Waffe." Rocío legte das Messer behutsam neben die anderen Dinge auf die Stufen und wich mit geradezu ehrfürchtiger Miene zurück. Ein letztes Mal griff sie in den Beutel. „Was ist das?" Ihre Augen weiteten sich vor Entsetzen, als sie das Tagebuch hervorholte. Sie sah abwechselnd von der

Ratte zum Bären. „Dieses Buch ist nicht für euch bestimmt. Was ist mit seinem Besitzer geschehen?“ Der Bär wechselte einen nervösen Blick mit der Ratte.

„Keine Ahnung“, murmelte er. „Wir haben ihn im Schnee zurückgelassen. Vermutlich ist er erfroren.“

„Habt ihr ihn verletzt?“, fragte Rocío scharf.

„Nur ein bisschen verprügelt“, sagte der Bär achselzuckend.

„Nein.“ Rocío legte das Buch zu den anderen Gegenständen auf die Stufen und reckte witternd die Nase in die Luft. Wie ein Raubtier schlich sie näher, bis sie direkt vor dem Bären stand. Der Hüne schien nicht zu wissen, ob er sie zurückstoßen oder ihr aus nächster Nähe auf die Brüste starren sollte. Er widerstand beidem. Rocío zog das Messer aus dem Gürtel des Bären und hielt es ins Licht. Aufmerksam betrachtete sie die rostbraune Farbe an der Schneide. Schnupperte erst, dann leckte sie daran. „Es ist sein Blut“, murmelte sie. „Sein Blut!“ Sie zog die Nadel aus dem Haar und holte eine Glasphiole aus der Hosentasche, entkorkte die Phiole und reichte sie dem verdutzten Bären. Dann setzte sie die Messerspitze an die Öffnung der Phiole und begann, mit der Nadel das Blut abzukratzen. Zuletzt verkorkte sie die Phiole wieder, die nun Ends Blut enthielt. Sie gab dem Bären das Messer zurück und ging zu ihrem angestammten Platz hinter Damons Thron. Erneut flüsterte sie dem Banditenanführer etwas zu. Danach herrschte Stille. Der Bär kaute auf seiner Unterlippe und Ratte schluchzte leise. Damon massierte sich mit geschlossenen Augen die Schläfen. Dann schlug er die bleischweren Lider auf. „Du bist ein Idiot, Paul“, sagte er mit schwerer Stimme. Der Gardist hob verdutzt den Blick. „Glaubst du wirklich, dass diese beiden Schwachköpfe dazu imstande wären, einen Adligen und seine Leibwächter zu überwältigen?“ Paul kratzte sich beschämt im Nacken. „Die beiden haben nichts falsch gemacht …“ Der Bär atmete auf. „… und hätten sie Rocío nicht auf die Titten geglotzt, würde ich sie einfach laufen lassen.“

„Was?“ Der Bär sah abwechselnd von Damon zu Rocío. „Ich habe nicht …“ Damon winkte einem der Gardisten am Grund des Beckens.

„Augus. Die Falltür.“ Die Gardisten, die das Geschehen stillschweigend verfolgt hatten, johlten. Der Mann namens Augus trat vor und öffnete die Klappe.

„Nein!“ Als hätte Jasper seine Fluchtgedanken gerochen, war er zur Stelle, noch ehe der Bär einen Schritt gemacht hatte. Instinktiv holte der Bär zum Schlag aus. Der Gardist duckte sich weg. Glitt an ihm vorbei und packte ihn am Arm. Er drängte den Bären gegen die Beckenwand und drehte ihm den Arm auf den Rücken, dass dem Hünen die Augen tränten.

„Jasper lässt dich gleich los“, sagte Damon kühl. Langsam, als bereite ihm jede Bewegung große Anstrengung, erhob er sich von seinem Thron. „Wenn du dich nicht wehrst, geb ich dir das hier.“ Er hob die Machete auf. „Wenn du aber Dummheiten machst, bricht Jasper dir beide Arme, bevor er dich in den Schacht wirft. Verstanden?“ Der Bär nickte und blickte Damon hasserfüllt an. Jasper ließ ihn los.

„Das ist der Blick eines Mannes, der weiß, das Gewinsel nichts nutzt“, kommentierte Damon. „Ich hasse es, wenn sie vor mir kriechen. Mich anflehen. Abartig! Du bist anders. Unter anderen Umständen hätte ich dich in meiner Garde aufgenommen. Schade.“ Damon nickte Jasper zu und der Gardist verpasste dem Bären einen Stoß in den Rücken.

„Du zuerst“, sagte Damon. Der Bär blickte in den Schacht. Er verlor sich in Schwärze. Aus der Wand ragte eine Öse, an der ein Seil hinab ins Nichts führte.

„Worauf wartest du?“, fragte Damon kalt. Der Bär ließ sich vor dem Schacht nieder und steckte die Beine hinein. Er warf Damon einen letzten hasserfüllten Blick zu. Dann packte er das Seil und ließ sich in den Schacht gleiten. Langsam, um sich nicht die Hände zu verbrennen, ließ er sich tiefer hinab, fort vom warmen Licht der Öllampen. Die Luft wurde kühler. Die Schwärze dichter. Bald verschluckte sie jeden Laut bis auf das Tropfen, das durch die Gänge hallte. Glockenhell und stetig.

Der Schacht endete überraschend. Daves Füße setzten auf feuchtem Grund auf und seine Stiefel saugten sich mit Wasser voll. Ratten flohen und ihr Quieken verlor sich in den Untiefen.

Dave hob den Blick. Die Schachtöffnung war nunmehr so groß wie eine Briefmarke. Er verharrte reglos, während er überlegte, was zu tun war. Die Dunkelheit drückte auf seine Augäpfel. Jetzt bloß keinen Lärm machen. Wenn es eine Chance gab, dieser Hölle zu entkommen, dann unbemerkt.

In diesem Moment landete Eagon platschend am Grund des Schachts. „Es tut mir leid, Dave“, schluchzte er. „Es ist alles meine Schuld.“

„Halt die Klappe!“, zischte Dave. „Ich prügel dir deine Schuld schon noch raus. Jetzt sei still, sonst hört uns dieses Etwas!“

„Hey, ihr zwei!“ Dave hob den Blick. An der Schachtöffnung stand Damon und winkte mit der Machete. „Ihr habt da was vergessen.“ Er ließ die Waffe fallen. Dave packte Eagon am Kragen und zerrte ihn zurück. Die Machete verfehlte ihn knapp und schlug klirrend auf einem Stein auf. Der Lärm verhallte in den Tiefen.

„Viel Glück“, rief Damon und schlug die Klappe zu. Nun war es stockfinster. Einen Moment lang hörte Dave nichts bis auf Eagons Schniefen und das Echo von Damons Stimme, das sich in den Eingeweiden des Rattensumpfes verlief. Aber war es nur das Echo? Dave legte den Kopf schräg. War da nicht auch ein fernes Flüstern? Ein Knarren wie von rostigen Scharnieren?

„Hörst du das auch?“, fragte Eagon, und dem Zittern in seiner Stimme entnahm Dave, dass er gleich panisch werden würde.

„Da ist nichts“, knurrte er. Er tastete sich an Eagon vorbei und hob die Machete auf.

„Komm jetzt“, flüsterte er und stapfte voran. Nach kurzer Zeit gelangten sie an eine Kreuzung.

„Warte mal“, flüsterte Dave. Eine geschlagene Minute verharrten sie reglos. Dann spürte er einen Luftzug. „Nach links.“

Sie gingen weiter und wieder schwiegen sie. Dann trat Dave auf etwas, das knirschend unter seinem Stiefel zerbrach.

„Scht“, zischte er Eagon an, als wäre es seine Schuld gewesen. Vorsichtig setzte er einen Fuß vor den anderen. Doch schon bald ließ es sich nicht mehr vermeiden, auf jene knirschenden Objekte zu treten.

Eindeutig zu groß für Rattenknochen, schoss es Dave durch den Kopf. Zum ersten Mal war er froh, dass er nichts sehen konnte.

Ein dumpfer Schlag ertönte, gefolgt von Eagons Aufschrei. „Autsch!“

„Schscht!“, zischte Dave.

„Hab mir das Knie gestoßen“, jammerte Eagon. „Ich glaube, ich blute.“

„Halt die Klappe“, fauchte Dave. „Ein bisschen Blut ist gar nichts im Vergleich zu dem, was das Etwas mit dir anstellt, wenn es dich findet. Also reiß dich zusammen!“

„Ja, Dave.“

Dave bog nach rechts ab. Da war wieder der Luftzug. Der Ausgang musste in der Nähe sein.

„Warte mal“, flüsterte er nach einiger Zeit und blieb stehen. Er lauschte angestrengt. Da war wieder das Flüstern. Vielstimmig und zugleich so fern, dass er sich nicht sicher war, ob es nicht bloß der Luftzug war. Plötzlich wurde es kalt. Nicht die Sorte von Kälte, die zuerst in Hände und Füße einzog. Es war eine Kälte, die im Innersten begann.

„Weiter. Schnell. Eagon?“ Sein Freund antwortete nicht. Dave sammelte all seinen Mut und holte tief Luft. „Eagon?“, rief er.

„Dave?“ Die Stimme seines Freundes kam von weiter weg. Dieser Idiot! War er nicht abgebogen?

„Wo steckst du, du Idiot?“

„Hier.“

Dave wollte fauchen, dass *hier* keine ausreichende Beschreibung war. Doch wieder war da das vielstimmige Flüstern. So deutlich, dass Dave es verstehen konnte. Die Stimmen schrien um Hilfe. Flehten darum, erlöst zu werden. Doch etwas schien den Ton aus ihrer Sprache genommen zu haben. Dave wandte sich um und fing an zu laufen.

„Bist du das, Dave?" Eagons Stimme klang fern. Jäh wurde sie panisch. „Dave. Es ist hier. Es ist hier!" Seine Worte schlugen in Geschrei um.

„Scheiße, scheiße, scheiße", flüsterte Dave. Er stieß mit der Machete vor eine Wand. Ohne auf den Luftzug zu lauschen, wandte er sich nach rechts und lief weiter.

„Daaave! Hilf mir! Daaaaaave! Aaahhh-ha-ha-haaaaa!" Eagon schrie nicht aus Angst. Es waren Schmerzensschreie. Dave biss sich auf die Unterlippe. Was tat das Etwas ihm an? Der Tunnel beschrieb einen Knick und verlief dann lange geradeaus. Die Schreie verstummten. Fast beneidete Dave seinen Freund. Er hatte es hinter sich. Der Tunnel mündete in einer weiteren Kreuzung. Nach wenigen Minuten hatte Dave vollends die Orientierung verloren. Wie groß war dieser verfluchte Komplex? Er blieb stehen und bemerkte, dass Stille eingekehrt war. Kein glockenhelles Tropfen war zu hören. Nicht einmal das Quieken der Ratten. Wo war das Etwas? Hatte es sich zurückgezogen? Vielleicht war es satt und hatte ihn vergessen. Vielleicht hatte Eagons Opfer ihn gerettet.

Dave ging weiter. Wieder stieß er mit der Machete vor eine Wand. Dieses Mal schlug es ihm die Waffe aus der Hand. Er ging in die Hocke und tastete mit beiden Händen über den Boden. Und dann hörte er es wieder. Dave erhob sich und drehte sich einmal um die eigene Achse. Das Flüstern schien dieses Mal von überall herzukommen. Die Kälte stahl sich in sein Herz. Er öffnete den Mund zu einem Schrei, doch der Laut schien ihm in der Kehle zu gefrieren. In der Dunkelheit erwachten zwei violette Funken, die auf ihn zuschwebten. In ihrem Licht sah er eine

Knochenhand, die sich ihm aus den Lumpen einer gewiss einst prächtigen Robe entgegenstreckte. Sie legte sich um seine Kehle und sämtliche Kraft wich aus seinen Gliedern. Sein Körper fiel in sich zusammen, als rasten Jahrzehnte in Sekundenschnelle an ihm vorüber. Seine morschen Knie gaben unter ihm nach, und er hatte das Gefühl, in unendliche Dunkelheit zu stürzen.

Der runde Raum

Der runde Raum war still und dunkel, die Bahre in seiner Mitte leer. Hinter dem einzigen Fenster herrschte rabenschwarze Nacht. Auf den Anrichten aus weiß lackiertem Holz entlang der Wand stand außer einem mit Holzspachteln gefülltem Glas nichts. Sogar Staub hatte man gewischt.

Jäh wurde die Stille von einem Schlüssel, der ins Schloss gesteckt wurde, durchbrochen. Die Tür schwang auf, und eine hochgewachsene Gestalt trat ein. Sie legte einen Schalter um, und eine Glühbirne, die nackt von der Decke hing, füllte den runden Raum mit gelbem Licht und elektrischem Surren. Der Mann ging leise summend um die Bahre in der Mitte herum zu den Schränken über der Anrichte. In der Hand hielt er ein Glas, in dem zwei Augen schwammen. Er öffnete eine der Schranktüren und zum Vorschein kamen Dutzende weitere Gläser. Darin befanden sich braune Augen, hell wie dunkel, blaue Augen, graue Augen, grüne und blaugrüne Augen und - der Stolz der Sammlung - ein bernsteinfarbenes Augenpaar. Der Augensammler stellte das Glas zu den anderen. Dann schloss er den Schrank, schaltete das Licht aus und verließ den Raum.

End

Die Nervenheilanstalt *Sankt Laplace* lag abseits der Stadt. Es handelte sich um eine ehemalige Festung aus der Kolonialzeit; einst der Rückzugsort eines Adligen, hatte man ihn um einen Turm je Himmelsrichtung und eine meterhohe Wehrmauer ergänzt. Zahlreiche Bögen über den Fenstern, Säulengänge und in Stein gemeißelte Abbildungen zierten das Gebäude, soweit die Mauer erkennen ließ: das Wappen Dustriens - die Krone von Orence mit zwei gekreuzten Schwertern dahinter -, wichtige Persönlichkeiten wie Phillip Drake, der Seefahrer, der vor etwa vierhundert Jahren die erste Kolonie gründete, Alexander von Esseburgh, der die Insel vermaß und kartographierte, und Ethan Roswell, der die Unabhängigkeitskriege von 1406 anführte. Außerdem Bilder der Norvolken: Kämpfer mit Äxten und vollen Bärten, Dämonen mit Skelettmasken und ein Hund mit glühenden Augen, Baumriesen mit Gesichtern, eine weinende Frau und zwölf Männer mit Speeren und prächtigen Rüstungen. Die Abbildungen riefen viele Erinnerungen über die Geschichte Dustriens in mir wach - Dinge, die Rico Fonti, mein Lehrer aus Kindertagen, mir beigebracht hatte. Sie stießen durch die Oberfläche meines Bewusstseins wie die Bruchstücke eines versunkenen Schiffes. Nur der Mythos der Norvolken blieb hinter einer nebligen Empfindung des Wiedererkennens verborgen.

Die Festung stand erhöht auf einem felsigen Hügel und war halb hinter Fichten und Kiefern verborgen. Ich folgte einem Weg im Zick-Zack aufwärts bis vor ein Tor. Hundegebell empfing mich, und zwei Wachmänner versperrten mir den Weg. Auf der Mauer patrouillierten weitere.

„Verschwinde von hier, Abschaum", rief einer, sobald ich in Hörweite war. Ich ging unbeirrt weiter. Erst als die Wachmänner die Hände auf die Griffe ihrer Pistolen legten, blieb ich stehen.

„Ich möchte meine Schwester besuchen“, sagte ich. Die beiden Männer wechselten einen vielsagenden Blick.

„Hast du einen Besucherschein?“, fragte einer von ihnen, wobei er ein spöttisches Lächeln kaum unterdrücken konnte. Ich schwieg und musterte die beiden kalt. Ihre Blicke wanderten von meinem Bürstenhaar abwärts über den Bart zu meinem nackten Oberkörper. Verfingen sich in dem Netz aus Narben und kehrten zu meinen Augen zurück. Ihr Lächeln verblasste. Ihre Hände ruhten unverwandt auf den Griffen ihrer Pistolen.

„Woher bekomme ich einen Besucherschein?“, fragte ich. Die Wachmänner wechselten erneut einen Blick.

„Du musst einen Antrag stellen“, meinte einer von ihnen. „Einen Brief, in dem du erklärst, wen du besuchen willst und warum.“

„Und an wen adressiere ich diesen Brief?“

„An die Anstalt“, meinte der Wachmann. „Schreib ‚Antrag auf einen Besucherschein‘ darauf. Dann kommt er schon in die richtigen Hände.“ Ich war mir sicher, hätte meine Erscheinung den Wachmännern keinen Respekt eingeflößt, hätten sie bei diesen Worten höhnisch gegrinst.

„Wo muss ich den Brief abgeben?“

„Hier am Tor.“

„Und wann bekomme ich eine Antwort?“

„Keine Ahnung, Mann. Früher oder später.“

Ich nickte knapp. „In Ordnung.“ Hinter meiner kalten Miene verbargen sich Ärger und Ungeduld. Emily steckte womöglich noch immer in dieser Anstalt. Meine Schwester, die ich jahrelang tot geglaubt hatte …

„Ist meine Schwester hier? Ihr Name ist Emily.“ Wieder tauschten die Männer einen Blick.

„Wir dürfen keine Informationen über Patienten rausgeben“, sagte der eine.

„Jetzt verzieh dich", sagte der andere.

Ich schaute die beiden einige Sekunden lang kühl an. Sie standen gut fünf Schritte von mir entfernt. Trotzdem schätzte ich die Chancen gut ein, sie überwältigen zu können. Aber dann? Auf der Mauer patrouillierten weitere Wachen. Und wie viele Gegner mochten noch auf dem Gelände und in der Nervenheilanstalt warten? Ich nickte den Männern zum Abschied zu. Dann wandte ich mich um und folgte dem Weg zurück.

Am Fuß des Hügels kickte ich einen Blecheimer, der am Wegesrand lag, mit solcher Wucht, dass er mehrere Meter weit durch die Luft segelte und im hohen Gras verschwand. Konnte nicht ein Mal im Leben etwas einfach laufen? Nicht nur, dass man einen Besucherschein brauchte, nein, die Anstalt wurde auch noch so gut bewacht, als horte der Anstaltsleiter einen Haufen Gold darin. Bewaffnete Wachmänner, Hunde, vergitterte Fenster ... Das alles zum Schutz der Patienten? Oder ging etwa eine derartige Gefahr von den Insassen aus? Da stimmte etwas nicht. Würde die Mauer denn nicht reichen? Wozu die Wachhunde? Wozu die Patrouillen? Es hatte eher den Anschein, als wolle der Chefarzt um jeden Preis vermeiden, dass jemand eintrat. William hatte das alles in seinem Tagebuch mit keinem Wort erwähnt. Die Anstalt wurde vermutlich erst seit Kurzem so schwer bewacht. Vielleicht seitdem der neue Anstaltsleiter dort war? Ich dachte an die Geschichten, die Derek mir über das Sanatorium erzählt hatte. Konnte etwas davon wahr sein? Die Entführungen? Die Experimente? Das blaue Licht?

Das weiß keiner, hörte ich Dereks Stimme in meinem Kopf.

Auf dem Weg zurück zum Hafen grübelte ich über nichts anderes nach. Als ich dort angelangte, war die Nacht hereingebrochen. Keine Wolke verdeckte den Himmel. Der Mond leuchtete hell und die Sterne funkelten.

„Hey, Arschloch." Jemand drückte mir den Lauf einer Pistole in den Rücken. „Nicht umdrehen oder ich erschieß dich. Taschen leer machen und weitergehen." Ich wirbelte herum und schlug dem Dieb die Waffe aus der Hand. Die Pistole flog über die Kaimauer. Das funktioniert immer. Ein Kerl wie dieser rechnet damit, dass sein Ofer zu viel Angst hat, um nicht zu gehorchen. Ich blickte in die aufgerissenen Augen eines hageren Mannes mit Stoppelbart und faltiger Stirn.

„Du gibst mir jetzt alles, was du hast", sagte ich. Es war nicht nötig, eine Drohung auszusprechen. Zähneknirschend griff der Dieb in seine Hosentaschen und reichte mir eine Hand voll Groschen.

„Das Messer auch." Das handelte mir einen hasserfüllten Blick ein. Der Mann löste das Messer vom Gürtel und reichte es mir.

„Schuhe ausziehen", befahl ich. Der Dieb gehorchte. Ich drehte die Schuhe nacheinander um und klopfte auf die Sohlen. Aus dem Rechten fiel ein Bündel Banknoten.

„Wow", kommentierte ich. „Wie kommt ein Hohlkopf wie du an so viel Geld? Jetzt guck nicht so. Du hast angefangen." Ich ließ das Geld in meiner Hosentasche verschwinden. Dann trat ich neben den Dieb. „Halt mal kurz still." Ich tastete ihn ab, ehe ich meinen Fuß prüfend neben seinen hielt. „Mir fehlt zwar der kleine Zeh, aber unsere Füße sind trotzdem ungefähr gleich groß. Dein Pech. Die hier werde ich behalten." Ich wedelte mit den Schuhen vor seiner Nase und tätschelte ihm die Wange. „Man sieht sich." Ich folgte der Kaimauer auf dem Weg zu Alens Taverne, um mir von dem jüngst erbeuteten Geld eine Mahlzeit zu kaufen, wobei ich die Flüche ignorierte, die der Dieb mir nachjagte. Als ich den Bootssteg zur Taverne betrat, sah ich zum Himmel und blieb stehen. Ich zählte die Wächter. Zum wohl tausendsten Mal seit jener Nacht, in der ich festgestellt hatte, dass ein Sternenbild verschwunden war. Es waren elf: Bragi, Magnus, Fjalar, Smaug, Lif, Sigurd, Skeirim, Eddard, Hemord, Findrasil und Noatun. Beodill fehlte. Obwohl ich mir sicher war, dass es ihn einst gegeben hatte, zweifelte ich jedes Mal, da ich zum Himmel blickte, an dieser Erinnerung. Konnte sie beschädigt worden sein auf dem Weg zu meinem Gedächtnis? So ein Sternenbild verschwand doch nicht einfach. Noch während ich darüber nachdachte, verschwand ein Stern Skeirims. Ich starrte an die Stelle, wo er bis vor wenigen Sekunden gewesen war. Selbst jetzt, da ich es mit eigenen Augen gesehen hatte, glaubte ich es nicht. Ich rieb mir die Augen, sah ein zweites Mal hin. Wie um mir klarmachen zu wollen, dass es wirklich geschah, flackerten in just diesem Moment zwei weitere Sterne und verloschen für immer. Und dann war Skeirim nicht mehr. Ein mulmiges Gefühl beschlich mich. Die Wächter stammten aus der norvolkischen Mythologie. Doch meine Erinnerungen daran weigerten sich hartnäckig, zu mir zurückzukehren. Wen oder was bewachten sie? Einen Schatz? Einen Gefangenen? Vielleicht Lotin. Oder Ea, die Fruchtbare, in ihrem silbernen Schloss? Schließlich gab ich es auf und betrat die Taverne.

Wärme umfing mich. Es roch nach Knoblauch, Suppe und gebackenem Brot. Als Alen mich sah, trat er mir entgegen. „Ich hab dir doch gesagt, dass ich dir keine weitere Gefälligkeit erweisen kann", sagte er mit gequälter Miene.

„Ich kann bezahlen", erwiderte ich und hielt das Bündel Banknoten hoch.

Alen betrachtete das Geld einen Moment lang sprachlos, dann verdüsterte sich seine Miene. „Also gut", sagte er. „Setz dich." Im Weggehen hörte ich ihn murmeln: „Will ich gar nicht wissen." Ich ließ mich an einem Tisch nieder. Bald darauf servierte Helen dampfendes Brot mit Knoblauchbutter.

„Die Suppe kommt gleich, Mister", sagte sie und ging. Kaum hatte ich einen Bissen genommen, schwang die Tür auf und zwei Männer betraten die Taverne. Ich sah gleich, dass sie üble Burschen waren. Mit breiten Schultern und fiesem Grinsen. Außerdem trugen beide ein rotes Halstuch. Ein Erkennungszeichen? Vielleicht gehörten sie zu diesem Damon. Aus den Augenwinkeln bemerkte ich eine Bewegung. Als ich den Kopf wandte, sah ich Derek, der sich von seinem Platz erhob und durch eine Tür entschwand. Mein erster Eindruck wurde bestätigt, als einer der Männer mit verschränkten Armen neben der Tür stehen blieb, während der andere von Gast zu Gast ging und ihnen einen Stoffbeutel unter die Nase hielt. Die Gäste kannten die Prozedur offenbar schon. Sie verzogen die Gesichter und warfen Geld in den Beutel. Schutzgeld. Also waren sie mit Sicherheit die Handlanger von diesem Damon. Helen kehrte zurück und stellte wortlos einen Teller Suppe auf meinen Tisch. Sie warf den Neuankömmlingen einen verängstigten Blick zu und verschwand wieder.

„Ich bin gestern überfallen worden", sagte einer der Gäste. „Ich habe nichts mehr." Der Mann stammte vermutlich nicht aus Dustrien. Woran ich das ausmachte, war mir schleierhaft, denn seine Sätze waren fehlerfrei, seine Aussprache perfekt. Vielleicht etwas zu perfekt, als dass Dustrisch seine Muttersprache hätte sein können.

„Davon überzeuge ich mich selbst", meinte der Erpresser. „Zieh deine Schuhe aus!" Der Gast gehorchte. Der Erpresser drehte die Schuhe nacheinander um und klopfte auf die Sohle. Nichts. Er warf sie achtlos hinter sich und tastete den jungen Mann ab. Als er auch dabei nichts fand, deutete er auf etwas, das sein Opfer an einem Lederband um den Hals trug. „Und was ist das?"

„Ein versteinerter Seeigel, Mister. Ein Glücksbringer, der meiner Mutter gehörte. Nichts von Wert."

„Wirf ihn in den Sack."

„Er hat keinen Wert, Mister."

„In den Sack damit, hab ich gesagt." Mit bitterer Miene löste der Gast das Lederband und warf den Igel in den Beutel.

„Geht doch", sagte der Erpresser und grinste höhnisch. Dann trat er an meinen Tisch. Ich würdigte ihn keines Blickes und aß mein Knoblauchbrot. Es schmeckte vorzüglich! Die Butter hatte so viel Knoblauch, dass ich ein Viertel lang kein Mädchen würde küssen können. Ich bestrich ein weiteres Brot und biss hinein.

Hinter mir klingelte der Erpresser mit dem Beutel. „Hey, Mann! Bist du neu hier?"

Ich tat so, als höre ich ihn nicht. Nahm den Löffel zur Hand und schlürfte die Suppe. Sie war brühend heiß. Dafür dick und gut gewürzt. Der Erpresser stieß mir gegen die Schulter, sodass ich den nächsten Löffel Suppe über den Tisch vergoss.

„Du wirfst besser schnell was in diesen Beutel, Arschloch, oder ich schlitz dich auf."

Ich stand auf und blickte von oben auf den Mann herab. Der Zorn wich aus seinen Zügen. Er musterte mich aufmerksam. Schien erst jetzt zu bemerken, dass mit mir nicht zu spaßen war. Zuletzt blieb sein Blick an meinen Augen hängen. Dunkle Augen, die kein Mitleid kannten. Die Augen eines Mörders. Seine Hand wanderte zum Griff seiner Pistole. Ich trat auf ihn zu. Er zog die Waffe. In dem Moment, da ich sein Handgelenk fasste, feuerte er. Die Kugel bohrte sich in den Boden. Die Gäste schrien. Einige sprangen von ihren Stühlen und krochen unter die Tische. Ich verdrehte das Handgelenk meines Gegners, bis er die Waffe fallen ließ. Mit der anderen packte ich ihn am Hals und hob ihn hoch. Die Augen quollen weit hervor. Aus den Augenwinkeln sah ich, wie sein Kumpane eine Pistole zog. Ich ließ den Ersten los, nicht ohne ihn über einen der Tische zu stoßen. Duckte mich hinter einen Stuhl, hob die Waffe des Ersten auf und feuerte. Wieder schrien die Gäste. Wer noch auf seinem Platz gesessen hatte, suchte spätestens jetzt Schutz unter den Tischen. Andere flüchteten in die Küche oder duckten sich hinter den Tresen. Der Kumpane schrie und ließ seinen Revolver fallen. Ich hatte auf seine Waffe gezielt, aber die fremde Pistole lag ungewohnt in meinem Griff. Ich hatte ihm glatt die Hand durchschossen. Schon war mein erster Gegner wieder auf den Beinen. Er zog ein Messer und warf sich auf mich. Ich machte nur einen Schritt. Fasste meinen Teller am Rand und schüttete ihm die brühend heiße Suppe ins Gesicht. Der Mann ließ das Messer fallen und schrie. Sein Gesicht wurde krebsrot. Er stolperte rückwärts und stürzte über einen Stuhl. Ich hob den Beutel auf, den er fallen gelassen hatte, und leerte ihn auf meinem Tisch. Die Erpresser hatten außer dem Seeigel fünfzig Liberty in kleinen Scheinen und Münzen gesammelt. Ich nahm den Glücksbringer und warf ihn seinem rechtmäßigen Besitzer zu. Der junge Mann fing ihn geschickt aus der Luft. Falls nun die übrigen Gäste hofften, ebenfalls ihr Geld zurückzubekommen, wurden sie enttäuscht. Ich steckte die Scheine in meinen Lederbeutel. Dann zielte ich auf den Mann an der Tür, der offenbar glaubte, unbemerkt zu seiner Pistole gelangen zu können, und feuerte. Die Kugel streifte seine Schläfe und hinterließ einen blutigen Striemen.

„Aufstehen", befahl ich. Der Mann an der Tür hob die linke Hand. Die rechte presste er ans Hemd und tränkte es mit Blut. Der andere blieb in zusammengekauerter Haltung liegen, das Gesicht zwischen den Knien.

„Aufstehen!", wiederholte ich und trat ihm in die Seite. Bei solchen Typen durfte man keine Gnade kennen. Sie würden zweifellos ihrem Anführer hiervon berichten. Wenn ich sie tötete, würde er davon erfahren. Dann war mir seine Vergeltung sicher. Nein, ich musste diese beiden so sehr demütigen, dass sie maßlos übertrieben, wenn sie Bericht erstatteten. Dann würde ihr Anführer sich vielleicht damit zufriedengeben, sie für ihre Dummheit zu strafen, anstatt sich mit mir herumzuschlagen. Der Andere kam jetzt ächzend auf die Beine und tastete mit geschlossenen Augen um sich.

„Mit dem Gesicht zur Wand", wies ich sie an und verpasste dem Geblendeten einen Stoß in den Rücken. Die Erpresser gehorchten, und ich fing an, ihnen sämtliche Waffen und Munition abzunehmen. Insgesamt erbeutete ich drei Messer, zwei Pistolen und einen Haufen Patronen.

„Dein Hemd", sagte ich und stieß dem Kerl, dem ich das Gesicht mit der Suppe verbrannt hatte, mit der Pistole in den Rücken.

„Was?“

„Zieh dein Hemd aus. Und gebt mir eure Holster.“ Die beiden gehorchten. Ich zog mir das Hemd über und blickte an mir herab. Das Kleidungsstück war zwar mit Suppe bekleckert und etwas zu kurz, aber immer noch besser als gar nichts.

„Deinen Gürtel“, sagte ich und pikste nun jenem, dem ich in die Hand geschossen hatte, in den Rücken. Es dauerte, bis es ihm gelang, den Gürtel auszuziehen.

„Die Hose auch“, blaffte ich. „Aber pass auf, dass du sie nicht vollblutest.“ Der Mann warf mir hass- und schmerzerfüllte Blicke zu und knöpfte die Hose auf. Sobald er sie ausgezogen hatte, legte ich sie zu allem anderen auf einen Tisch und nahm eines der Messer. Nacheinander schnitt ich die roten Bänder von ihren Hälsen. Dann sagte ich: „Raus hier“, und fügte so beiläufig, wie um ihnen mitzuteilen, dass es morgen Reis mit Bohnen gab, hinzu: „Wenn ihr wiederkommt, bring ich euch um.“

Die beiden Erpresser verließen die Taverne wie zwei geprügelte Hunde. Im Gasthaus kehrte Stille ein. Meine Schritte klangen laut, als ich den Saal durchquerte und die Halstücher ins Feuer warf. Ich kehrte zum Tisch zurück, wo meine Beute lag. Zog mir ungeniert die Hose aus und schlüpfte in die neue, die weit weniger schmuddelig war. In den Hosentaschen fand ich noch einmal etwas Kleingeld. Als ich mir den Gürtel umband, regten sich die ersten Gäste. Einige verließen das Lokal auf schnellstem Wege. Andere kehrten an ihre Plätze zurück und warfen mir teils besorgte, teils bewundernde Blicke zu. Alen war hinterm Tresen erstarrt. Er schien zu überlegen, ob es besser war, mich anzusprechen oder nie wieder auch nur in meine Nähe zu kommen.

Ich steckte die Pistolen in die Holster und die Messer in meinen Gürtel. Dann ließ ich mich auf meinem Platz nieder und rief: „Helen. Noch eine Suppe“, und fuhr fort, mein Knoblauchbrot zu essen.

Nachdem Helen mir die zweite Suppe aufgetischt hatte, trat der Mann, dem ich den Seeigel zurückgegeben hatte, an meinen Tisch. „Meinen Dank, dass du geholfen hast“, sagte er.

„Geholfen? Ich habe mir das Geld doch selbst eingesteckt.“

„Ich bedanke mich auch nicht im Namen aller anderen“, sagte der Mann. „Nur in meinem. Ich bin ein Reisender aus Izzian. Ich würde mich gerne erkenntlich zeigen. Unten am Markt gibt es das Coffee-House Coulomb. Komm doch nächste Sonnnacht morgens vorbei.“

„Mach ich“, sagte ich, während ich das nächste Stück Brot mit Butter bestrich.

„Frag nach Roberto Fonti.“ Ich stutzte. Fonti? Er hieß genau wie mein damaliger Lehrer. Und kam aus Izzian. Ich hob den Blick, doch Roberto war schon auf dem Weg zur Tür.

„Arrivederci!“, sagte er, ohne sich umzudrehen, und verschwand in der Nacht. Ich blickte ihm nach. Konnte er mit Fonti verwandt sein? Oder war es Zufall? Bestimmt war es kein seltener Name.

Aber nein, flüsterte mir eine Erinnerung ins Ohr. *Der Name Fonti ist adlig. Es gibt nur wenige Familien, die so heißen.* Dem wollte ich auf den Grund gehen. Ich aß die Suppe und das Brot bis auf einen kleinen Rest. Dann wischte ich eines der Messer, das ich den Erpressern abgenommen hatte, an meiner Hose sauber, schnitt den Rest meines Brotes in zwei Scheiben und bestrich sie mit Butter. Ich klappte sie aufeinander und steckte sie für später in meine Hosentasche. Anschließend verließ ich die Taverne. Nachdem ich mich vergewissert hatte, dass niemand in der Nähe war, kletterte ich aufs Deck.

„Amrei?“, flüsterte ich und lauschte. Keine Antwort. Nur Wellen und Wind und die Stimmen der Gäste, die durch die Ritzen des Decks schwebten. Ich ließ den Blick schweifen. Die Nacht färbte alle Flächen schwarz. Ich schloss die Augen und sog die kalte Nachtluft ein, die noch einen Nachgeschmack des Winters trug. Ich öffnete sie wieder und ließ den Blick an der entfernten

Promenade entlangwandern. Die Gasleuchten flackerten. Ein Hund trabte durch das Licht und verschwand in einer schwarzen Gasse. Ich tat ein paar Schritte und hob den Blick. Als ich die Wächter sah oder besser gesagt *nicht* sah, beschlich mich wieder jenes mulmige Gefühl. Welche Macht konnte Sterne verschwinden lassen? Ich wollte jemandem davon berichten. Wollte die Menschen warnen. Aber wovor? Gab es überhaupt eine Bedrohung? Noch wusste ich nichts. Hatte nur eine ungute Vorahnung. Ich erinnerte mich, was ich in Williams Tagebuch gelesen hatte. Emily war Astronomiestudentin gewesen, bevor man sie nach *Sankt Laplace* gebracht hatte. Das bedeutete, dass es Menschen in der Universität gab, die den Himmel beobachteten. Ich konnte also nicht der Einzige sein, der von dem Verschwinden der Wächter wusste. Und dennoch … vermutlich zerbrachen sich die klügsten Köpfe der Universität in diesem Moment die Köpfe auf der Suche nach einer wissenschaftlichen Erklärung. Vielleicht kannten sie die Namen der Wächter, wussten aber nicht einmal, dass sie aus der norvolkischen Mythologie rührten; geschweige denn würden sie es für möglich halten, dass es etwas damit zu tun haben könnte. Nur Emily hatte die Mythen der Ureinwohner Dustriens ernst genommen.

Emily wusste etwas!

Eine salzige Brise wehte über das Deck. Ich erschauerte. Es wurde kälter. Ich ging zum Heck und versuchte, die Tür zu öffnen, die ins Innere führte. Sie war verschlossen.

„Amrei." Ich legte beide Hände an das Fensterglas neben der Tür und spähte ins Innere. Zunächst sah ich nur schwarze Schatten. Dann bemerkte ich etwas Pelziges, dessen Umrisse sich hoben und senkten, als würde es atmen. Ein Hund? Oder Amrei, die einen Pelzmantel trug und beim Warten eingeschlafen war. Besaß ein Tavernenbesitzer genug Geld, um seiner Tochter ein solches Kleidungsstück zu kaufen? Nun, immerhin hatte sie auch einst eine teure Geige besessen.

Ich klopfte gegen das Glas.

Der Schatten hob den Kopf. Ein Kopf mit einer langen Schnauze und spitzen Ohren. Der Hund sah zu mir. Kam auf die Beine und trabte zum Fenster. Zwei Sekunden lang starrten wir einander in die Augen. Dann bellte das Tier. Einmal. Zweimal. Der Hund zog die Lefzen hoch und knurrte. Bellte wieder. Es war nur eine Frage der Zeit, bis Alen kam.

„Ruhig, Dexter, sei still." Das war unverkennbar Amreis Stimme. Ihre Umrisse erschienen neben denen des Hundes, und sie streichelte ihm den Kopf. Dexter verstummte. Einen Augenblick später öffnete sie die Tür. Der Hund stürmte heraus und steckte seine Schnauze in meinen Schritt. Er war ein großes Tier. Mit grauem Fell, einem Wolf nicht unähnlich. Er stieß mit der Schnauze gegen meine Hosentasche und fing an, nach dem Knoblauchbrot zu schnappen. Ich schob seinen Kopf weg.

„Da bist du ja endlich", flüsterte Amrei, während ich dem Hund den Kopf streichelte. „Wir sollten unbedingt eine Uhrzeit ausmachen. Ich habe keine Lust, stundenlang auf dich zu warten." Ich betrachtete das Netz aus Linien auf ihrem Gesicht. Sie hatte es mir irgendwie angetan – in ihrer koketten und doch ernsten Art, warum auch immer. Sie könnte einmal eine schöne Frau werden.

„Wie lange hast du gewartet?"

Amrei zuckte die Achseln. „Ich weiß nicht. Bin eingeschlafen. Komm." Sie verzog das Gesicht. „Puh, du hast Mundgeruch. Mir tränen ja die Augen. Nery tut zu viel Knoblauch in die Butter." Wir traten ein, stiegen eine kurze Treppe hinab und gingen durch einen Flur. Öllampen spendeten schwaches Licht. Auf halber Höhe stand ein Schrank, der bis unter die Decke ragte. Er wirkte fehl am Platz, war der Flur doch ohnehin sehr schmal. Als wir ihn passierten, erklangen Schritte von dort, wo der Flur einen Knick beschrieb. Amrei sah panisch zu mir und deutete auf den Schrank. Ich öffnete die Tür. Er war bis oben mit alten Kissen gefüllt. Die Schritte kamen näher. Ich sah zu Amrei. In ihren geweiteten Augen spiegelte sich Ratlosigkeit. Ich ging an ihr vorbei zu Dexter. Der Hund blickte zu mir auf. Ich kraulte ihm den Kopf, holte das Knoblauchbrot hervor und hielt es ihm unter die Nase.

„Was soll das?“, zischte Amrei. Ich antwortete nicht, sondern steckte das Brot zwischen die Kissen und stellte mich hinter die geöffnete Tür. Dexter stürzte sich in den Schrank und begann, die Kissen herauszuzerren. Nur einen Moment später sah ich den Schatten eines Mannes, der um die Ecke trat.

„Amrei?“ Das war Alen. „Ich habe Dexter bellen hören und ... hey, was macht er denn da?“

„Ich weiß nicht“, sagte Amrei, die offenbar begriff. „Er ist ein bisschen von der Rolle. Lass das, Dexter!“

„Hat er eine Ratte gesehen?“

„Ja. Bestimmt. Schluss damit, Dexter.“

„Er soll sie ruhig fangen“, brummte Alen. „Ich hasse die Biester. War nur besorgt.“

„Warum warst du besorgt?“ Ich sah weitere Kissen, die aus dem Schrank auf den Flur flogen.

„Dieser Söldner“, meinte Alen. „Albert. Er war wieder hier.“

„Ach ja?“

„Er hat etwas zu essen bestellt. Konnte auch bezahlen. So wie er aussieht, hat er irgendein armes Schwein abgestochen und ihm das Geld abgenommen. Aber wir können es uns nicht leisten, wählerisch zu sein.“

„Du hast doch schon ganz andere Männer bewirtet. Dieser Albert sieht fies aus, aber er scheint doch in Ordnung zu sein.“

„Darum geht es nicht“, erwiderte Alen. „Er hat sich mit Damons Männern angelegt. Er hat ihnen im wahrsten Sinne des Wortes die Hosen ausgezogen. Nicht, dass ich es nicht genossen hätte. Nur befürchte ich, dass Damon das nicht auf sich sitzen lassen wird. Und wo wird er wohl nach ihm suchen?“ Alen seufzte. „Ich fürchte, dass er es an mir auslassen wird, wenn er Albert nicht findet.“ Mit erhobener Stimme fügte er hinzu: „Schluss jetzt, Dexter. Du findest das Biest ja doch nicht!“

„Lass nur, Vater. Ich räume die Kissen gleich wieder ein."

„Danke, mein Kind. Ich gehe die Taverne schließen." Alens Schritte entfernten sich.

Erst als ich eine Tür ins Schloss fallen hörte, trat ich aus meinem Versteck. Amrei hatte die Hände in die Hüften gestemmt und funkelte zu mir hoch. „Wehe mein Vater steckt deinetwegen in Schwierigkeiten", fauchte sie. Ich sagte nichts. Nahm bloß ihr Kinn in die Hand und zwang sie, meinem Blick standzuhalten. Nach einer Weile trat sie zurück, senkte den Kopf und strich sich das Haar hinter die Ohren. „Hilf mir mal", sagte sie halb verärgert, halb eingeschüchtert. Gemeinsam räumten wir die Kissen in den Schrank und schlossen die Türen. Dexter verschlang indessen schmatzend das Brot. Schließlich gingen wir weiter, traten durch eine Tür und gelangten in ein stockdunkles Zimmer mit niedriger Decke. Amrei entzündete eine Ölfunzel. Das Licht der Flamme fiel auf einen winzigen Tisch, der mit Notenblättern übersät war, ein ebenso winziges Bett und eine Kleidertruhe. Es gab keine Fenster.

„Es ist ein bisschen kalt", sagte Amrei entschuldigend, „aber ich kann dir ein paar zusätzliche Decken geben."

Ich lachte. „Kalt? Als ich vor zwei Vierteln eure Taverne betrat, war mir kalt."

Amrei lächelte wissend. Sie durchquerte den Raum und trat vor eine weitere Tür. „Vater hat den Schlüssel hierfür lange gesucht und es irgendwann aufgegeben. Ich habe ihn zufällig gefunden. Jemand hatte ihn in ein Kissen gesteckt." Während sie sprach, suchte sie erst in der Brusttasche ihrer Bluse, danach unter ihrem Kopfkissen. „Ich habe Vater nicht davon erzählt. Er würde das Zimmer vermieten wollen, sozusagen als Doppelzimmer. Aber es gefällt mir, etwas mehr Platz zu haben." Sie fand den Schlüssel schließlich eingeklemmt zwischen Matratze und Lattenrost und schloss die Tür auf. Dahinter wohnte ein goldenes Licht. „Hier kannst du schlafen." Ich betrat den Raum. Er war lang und schmal und etwa so groß wie das Zimmer von

Amrei. An einem Ende stand ein Bett, am anderen ein Schrank. Auf dem Boden lag ein mottenzerfressener Teppich. Das Licht kam von einem mit Wasser gefüllten Glas, das von der Decke hing. Drei goldene Kugeln schwebten darin, die aussahen wie winzige Sonnen.

„Was ist das?", fragte ich und trat näher.

„Ich bin mir nicht sicher", flüsterte Amrei, wie um den Zauber nicht zu verscheuchen. „Ich glaube, es sind Pflanzen aus dem Meer." Ich betrachtete das Glas einmal von allen Seiten. Im Unterrumpf der *Swimming Island* hatte ich schon biolumineszierenden Bewuchs gesehen, aber keiner hatte so hell geleuchtet wie diese Pflanzen.

„Ich habe das Glas in dem Schrank dort gefunden", sagte Amrei. „Hier sind noch mehr." Sie fasste den Zipfel einer Stoffdecke und enthüllte eine Holzkiste, in der drei weitere Gläser lagen. Diese leuchteten silberbläulich, wie ich es kannte. Pocken, aus denen kreisrunde Augen blickten, überzogen die halbe Innenwand des einen Glases. In einem anderen wuchs eine Wolke aus bläulichen Härchen und das letzte enthielt silberne Schwebepartikel, als stecke ein kleines Universum darin.

„Sie brauchen scheinbar nichts zum Überleben", sagte Amrei, während ich die Gläser nacheinander musterte. Eine Weile sagte ich nichts. Erinnerungsfetzen wirbelten durch meinen Kopf. Bilder aus den Grotten des Unterrumpfes, die ich im Rausch durchstreift hatte. Dann unterbrach ein Kratzen an der Tür die Stille.

„Dexter." Amrei ging, um ihn hereinzulassen. Der Hund stürmte an ihr vorbei zu mir und fing an, erneut meine Hose zu beschnüffeln. „Was hast du heute gemacht?", fragte Amrei.

„Ich war bei der Nervenheilanstalt", sagte ich zerstreut und legte die Gläser zurück in die Kiste. *„Sankt Laplace."*

„Suchst du diese Emily?", fragte Amrei nach kurzem Zögern. Unsere Blicke trafen sich. Klar. Sie hatte die Seite auch gelesen.

„Sie ist meine Schwester."

„Deine Schwester“, wiederholte Amrei ungläubig. Ich nickte. „Und? Hast du sie gefunden?“

„Sie haben mich nicht zu ihr durchgelassen“, brummte ich. Bei dem Gedanken verspürte ich große Lust, ein Loch durch die Wand zu schlagen.

Amrei schüttelte den Kopf. „So wie du aussiehst, überrascht mich das nicht. Mit dieser Bürste auf dem Kopf und und und ... Kein Wunder, dass mein Vater sich vor dir fürchtet. Warte mal.“ Sie holte behände einen Hocker aus ihrem Zimmer und stellte ihn vor den Schrank. Dann öffnete sie die Türen. An der Rückwand war ein Spiegel befestigt. „Setz dich. Ich hole eine Schere.“ Amrei eilte davon und entschwand Richtung Flur. Die Tür fiel hinter ihr ins Schloss.

Ich ließ mich auf dem Hocker nieder und betrachtete mein Spiegelbild. Amrei hatte Recht. Ich sah mittlerweile nicht nur gefährlich, sondern ungepflegt aus. Das Haar zu beiden Seiten der Bürste war über einen Zentimeter lang und mit meinem Bart sah ich aus, als hätte ich monatelang in der Wildnis gelebt. Ich berührte die Bürste auf meinem Kopf. Etwas in mir sträubte sich dagegen, sie entfernen zu lassen. Sie erinnerte mich an Saminthi. Ihre Hinterlassenschaft.

Unsinn! Ich konnte diese Frisur jederzeit wiederherstellen. Ohne war ich vorerst besser dran. Wenn ich die Narben auf meinem Oberkörper unter einem Hemd verbarg und ein ausgiebiges Bad nahm, würde man mir vielleicht vertrauen. Die Narben in meinem Gesicht würden jedoch für jedermann sichtbar bleiben. Ich berührte die Kerbe in meiner Augenbraue, fuhr mit dem Zeigefinger an einer dünnen weißen Linie entlang und strich über eine weitere Kerbe in meiner Unterlippe. Ohne es zu wollen, traf ich meinen Blick. Als wäre er in einen Trichter gefallen, der in den Augen meines Spiegelbildes zusammenlief. Dunkle Augen, die keine Gnade kannten. Keine Skrupel. Keine Grenzen.

Keine Grenzen? Immerhin hatte ich die beiden Kinder, denen ich während des Überfalls auf South Harrow begegnet war, verschont … Dexter fing an zu bellen. Ich versuchte, meinen Blick loszureißen, aber ich konnte nicht. Konnte mich nicht rühren. Nicht einmal blinzeln, obwohl meine Augen brannten. Mein Spiegel-Ich hob die Hände, während ich die Finger in meine Oberschenkel krallte. Es erhob sich, und ein triumphierendes Lächeln legte sich auf seine Lippen. War ich verrückt geworden? Dexter rannte davon und kratzte an der Tür. Das Spiegelbild tat einen Schritt auf das Glas zu. Seine Hand wanderte zum Griff der Pistole, der aus dem Holster an seinem Gürtel ragte.

„Ruhig, Dexter", erklang Amreis Stimme. Sie öffnete die Tür und betrat das Zimmer. „Siehst du?", lachte sie. „Sogar Dexter fürchtet sich vor dir."

Ich blinzelte. Mein Spiegelbild saß wieder auf dem Hocker. Seine Augen blickten unschuldig durch mich hindurch. Ich atmete aus. Ich hatte nicht bemerkt, dass ich die ganze Zeit die Luft angehalten hatte. Mein Herz raste. Der Schweiß stand mir auf der Stirn.

„Bist du in Ordnung?" Amrei war hinter mich getreten. Ihr Antlitz sah mich besorgt aus dem Spiegel an.

„Der Spiegel muss raus!"

„Was? Wieso?"

„Ich will ihn nicht hier haben." Ich erhob mich vom Hocker und fasste den Rand des Spiegels.

„Wieso denn?"

„Das verstehst du nicht", erwiderte ich gereizt. Es schien, als hätte jemand den Spiegel an die Innenwand des Schranks geklebt. Ich zog eines der Messer und stocherte damit hinter dem Rahmen herum.

„Lass das", rief Amrei. „Du machst ihn ja kaputt." Dexter bellte. „Hör auf damit, Godric, oder Vater wird Dexter hören." Ich ließ das Messer sinken. Die Augen meines Spiegelbildes blitzten triumphierend. „Was hast du für ein Problem mit dem Spiegel?"

„Ich kann nicht schlafen, wenn mein Spiegelbild mir dabei zusieht", sagte ich.

Amrei sah mich verständnislos an. „Dann mach den Schrank zu."

„Es macht mir Angst!"

Für einen Moment war das Mädchen sprachlos. „Dir?!" Sie rang die Hände. „Soll das ein Witz sein? Du bist Godric End! Hast du nicht einen Bären mit bloßen Händen getötet?" Ich schwieg. Amrei seufzte. „Es ist doch nur ein Spiegelbild. Es kann dir nichts tun. Du kannst die Schranktüren ja zumachen und abschließen. Jetzt setz dich, damit ich dir die Haare schneiden kann."

Ich folgte ihrer Aufforderung widerwillig. Ich schämte mich dafür, dass ein wehrloses Mädchen mir erklärte, warum ich mich nicht vor meinem Spiegelbild fürchten musste. Sie hatte nicht gesehen, was ich gesehen hatte.

Ich ließ mich auf dem Hocker nieder und Amrei stellte sich hinter mich. „Ich werde diese Bürste jetzt erst einmal dem Rest angleichen", sagte sie und fing an zu schneiden. „Viel lässt sich da leider nicht machen, aber wenn du mich in ein paar Vierteln noch einmal schneiden lässt, wird das schon." Ich beobachtete im Spiegel, wie mein Haar zu Boden rieselte. Fing es auf und betrachtete es auf meiner Handfläche. *Du kannst nicht herumlaufen wie der Zottelpepe,* hatte Sam gesagt, als sie mir das Haar geschnitten hatte. Ich hatte geschwiegen so wie jetzt, während Amrei mir die Haare schnitt. Und so wie Amrei hatte es auch Sam nicht gestört und sie hatte einfach weiter geplaudert. *Es ist unfair denen gegenüber, die dich nicht kennen. Sie halten dich für ungefährlich. Es ist, als sähe ein tollwütiger Bär aus wie ein rosa Schweinchen. Man denkt, man kann sich einen Spaß daraus machen, an seinem Ringelschwanz zu ziehen, und dann wird man zerfleischt.* Meine Kehle schnürte sich zu. Eine Träne rollte mir aus den Augen, über die Wange und verschwand in meinem Bart. Amrei sah es nicht. *So trugen die Krieger der Lamanen, ein Volk aus meiner Heimat, einst ihr Haar. Sie galten als die besten und grausamsten Kämpfer überhaupt. Viele ahmen die Frisur nach, aber die wenigsten kennen ihren Hintergrund.*

„Nun noch den Bart", sagte Amrei. Entweder hatte sie nicht bemerkt, wie die Erinnerung an Sam mich eingeholt hatte, oder sie hatte es gekonnt ignoriert. „Fertig", meinte sie nach einer Weile. „Was sagst du?" Ich betrachtete mein Spiegelbild. „Nichts Besonderes", meinte Amrei. „Aber so muss man sich wenigstens nicht mehr vor dir fürchten."

„Es ist gut", sagte ich und erhob mich. Ich klopfte mir die Haare von den Schultern. Dann zog ich das Hemd aus und schüttelte es. „Ich bin müde."

„Klar", sagte Amrei. Sie klang enttäuscht. „Wenn das Licht dich stört, leg es zu den anderen Gläsern in die Kiste. Aber sei bitte vorsichtig."

„In Ordnung."

„Brauchst du noch Decken?"

„Nein."

„Na gut. Komm, Dexter." Sie verließ das Zimmer und fügte an mich gewandt hinzu: „Gute Nacht."

„Gute Nacht", murmelte ich und sie schloss die Tür. Ich schloss die Schranktür und drehte den Schlüssel zwei Mal herum. Dann legte ich das golden leuchtende Glas zu den anderen in die Kiste und ließ mich aufs Bett fallen. Die Matratze roch nach feuchtem Stroh. Es gab nur eine dünne Decke und die winterliche Nachtluft kroch durch alle Ritzen und brachte den Salzgeruch des Meeres mit sich. Trotzdem war mir nicht kalt. Ich versteckte eines meiner Messer unter dem Kopfkissen, eines rammte ich griffbereit in den Boden neben meinem Bett und das letzte ließ ich in meinem Gürtel stecken. Die beiden Pistolen legte ich zu meiner beider Seiten auf die Matratze. Hoffentlich kam Amrei nicht auf die Idee, mich im Schlaf zu überraschen.

Ich weiß nicht, wie lange ich dalag und mit geöffneten Augen an jenen Tag zurückdachte, an dem Sam mir die Haare geschnitten hatte. Irgendwann gingen meine Gedanken in einen Traum über.

„Da bist du ja", sagte Sam, als hätte sie auf mich gewartet. „Komm rein." Ich trat ein und sie schloss die Tür hinter mir. „Ich verpasse dir jetzt einen neuen Haarschnitt."

Ich ließ mich auf ihrem Stuhl nieder. „Wirst du mir die Kehle durchschneiden?"

„Wer weiß." Sie zückte eine Schere und ließ sie zwei Mal auf und zu schnappen. *Klick, klick.*

Ich zuckte mit den Schultern. „Es ist das Risiko wert."

Sie lachte. „Wie du meinst, re agapi." Und sie fing an zu schneiden. *Klick, klick.* Sie bündelte mein Haar, das nur noch aus einem Streifen in der Mitte bestand. Kürzte es auf wenige Zentimeter Länge. Sie fasste mich am Kinn, drehte meinen Kopf und betrachtete mich von allen Seiten. Ihre Finger standen in Flammen. Ihre Berührungen jagten mir Schauer über den Körper. Sie küsste mich …

Klick, klick.

Ich öffnete die Augen. Noch immer glaubte ich, Sam so deutlich vor mir zu sehen, als wäre sie geradewegs meinem Traum entstiegen. Was hatte mich geweckt?

Klick, klick.

Ich setzte mich auf. Was war das für ein Geräusch? Mein Blick schweifte durchs Zimmer. Stille übertönte das ferne Meeresrauschen. Waren es vielleicht nur Ratten gewesen, die am Bettpfosten nagten? *Klick, klick.* Nein. Nun sah ich es. Der Drehknauf des Schranks bewegte sich. Ich zog das Messer heraus, das ich in den Boden gerammt hatte, und nahm eine der Pistolen. Katzengleich schwang ich mich aus dem Bett und schlich durch das dunkle Zimmer. Auf halbem Wege verharrte ich. Wenn das dort drin mein Spiegelbild war, würde es dieselben Waffen tragen wie ich? Nach kurzem Zögern legte ich die Pistole beiseite. Dann stellte ich mich neben den Schrank und fasste den Schlüssel. Ganz langsam, um kein Geräusch zu verursachen, drehte ich ihn herum. Einmal. Zweimal. Im Schrank rührte sich nichts. Ich wartete mit erhobenem Dolch. Mein Herz pochte. Die Sekunden verstrichen. Was trieb es dort drin? Hatte es mich bemerkt? Nun, wenn es den Schrank nicht verlassen wollte, würde ich eben zu ihm gehen. Ich fasste den Drehknauf und hielt den Atem an. Riss die Tür auf und wich zur Seite aus, das Messer erhoben, bereit zum Zustoßen. Nichts. Niemand trat aus dem Schrank. Ich wartete. Schließlich trat ich vor die Tür. Da war der Spiegel. Mein Spiegelbild ein dunkler Schatten an seinem angestammten Platz. Wollte es mich in den Wahnsinn treiben? Soweit würde ich es nicht kommen lassen! Ich hob den Dolch, um das Glas mit dem Knauf zu zertrümmern. Just in dem Moment erglühten die Augen meines Spiegelbildes in dunklem Violett. Seine Augen waren geschlitzt wie bei einer Schlange. Es dauerte nur eine Sekunde, doch das Licht erhellte sein Gesicht und offenbarte den triumphalen Ausdruck, der seine Züge beherrschte. Ich verharrte. Was hatte Martin, Koch auf der *Swimming Island*, immer gesagt? *Glück und Glas, wie leicht bricht das.* Befreite ich das Wesen am Ende, indem ich den Spiegel zerstörte? Was, wenn das Glas das einzige war, das es auf der anderen Seite gefangen hielt? Ich ließ den Dolch sinken.

„Fick dich", murmelte ich und warf die Schranktür zu. Ich drehte den Schlüssel zwei Mal im Schloss und kehrte zum Bett zurück. Wenn mein Spiegelbild genauso stark war wie ich, konnte es die Schranktür mit einem gut gesetzten Tritt aufbrechen. Sollte es kommen. Ich würde es mit zwölf Kugeln durchlöchern, ehe der letzte Holzsplitter gefallen war.

Ich schaffte es, schnell wieder einzuschlafen, schlief aber schlecht. Amrei schwebte durch meine Träume, wurde zu Sam, dann zum Spiegel. Ich träumte, dass sich die Schranktür öffnete, während ich im Bett lag und schlief. Versuchte zu erwachen, aber es wollte mir nicht gelingen. Wie ich so dalag, unfähig mich zu rühren, trat eine Silhouette aus der Dunkelheit. Es war Sam. In ihrer Stirn war ein Loch. In der Hand hielt sie eine Schere. „Ich werde dir die Kehle durchschneiden", flüsterte sie und klickte mit der Schere.

Der runde Raum

Die Tür des runden Raums stand offen. Schnaufen und Ächzen hallte von der Wendeltreppe. Einen Augenblick später erschienen zwei stämmige Männer am Treppenabsatz, die ein Objekt so groß wie eine Tischplatte trugen. Darüber war ein lumpiger Deckenbezug gestülpt worden. Die Männer stellten das Objekt vor die schräg stehende Bahre in der Mitte des Raumes. Sie atmeten erleichtert aus und ließen die Schultern kreisen, wobei sie dem bewusstlosen Mann, der an die Bahre gegurtet war, nervöse Blicke zuwarfen.

Hinter ihnen betrat der Augensammler den Raum. „Danke“, sagte er freundlich lächelnd und strich über seinen Kittel. „Ich werde den Spiegel wohl nur noch dieses Viertel brauchen. Danach könnt ihr ihn in den Schuppen stellen.“ Die Hünen nickten.

„Wozu … brauchen Sie den Spiegel überhaupt?“, wagte einer von ihnen zu fragen. Der andere warf ihm einen warnenden Blick zu. Immerhin war ihnen eingeschärft worden, keine Fragen zu stellen. Ihre Arbeit wurde gut bezahlt und ein besseres Leben konnten sich zwei ehemalige Gefangene aus Fort New Port nicht wünschen.

Der Augensammler aber lächelte nachsichtig. „Er ist Teil der Therapie. Ihr Spiegelbild hilft meinen Patienten, zu sich selbst zurückzufinden.“

„Und warum bringen Sie die Patienten nach der Behandlung hier in den Keller?“, traute sich nun auch der andere zu fragen. Unter dem Wachpersonal kursierten schaurige Gerüchte über den runden Raum.

„Sie vertragen nach der Behandlung kein Sonnenlicht“, erklärte der Augensammler geduldig. Die beiden Hünen tauschten einen Blick. Dann zuckte der eine mit den Achseln. Der andere nickte und sie verließen kommentarlos den Raum.

Der Augensammler verschloss die Tür und schaltete die Glühbirne ein, zog die Vorhänge zu und ging zur Anrichte. Er öffnete eine Schublade und holte ein Instrument hervor, das einer überdimensionierten Spritze ähnelte. Im Zylinder befand sich eine klare Flüssigkeit. Er durchquerte den Raum, entfernte den Deckenbezug vom Spiegel und enthüllte seinen schweren Eichenholzrahmen. Rundherum waren Runen in das Holz geschnitzt. Dass weder sein Spiegelbild noch das des Patienten zu sehen war, schien den Augensammler vollkommen unbeeindruckt zu lassen. Er berührte nacheinander drei wohlgewählte Runen - eine magische Formel, die stets Böse Geister derselben Kategorie beschwor - und ein Schatten, eine Gestalt aus schwarzem Rauch, materialisierte sich im Glas.

Der Augensammler setzte die Kanüle des Instruments auf die Spiegeloberfläche und sie sank darin ein, als handele es sich um eine zähe Flüssigkeit. Die Nadel drang in die Brust der Gestalt ein und der Augensammler zog den Kolben zurück. Schwarzer Rauch vermischte sich mit der durchsichtigen Flüssigkeit im Zylinder, die sich jäh verfärbte und nun aussah wie flüssige elektrische Energie. Der Augensammler hob die Spritze vor das Gesicht und betrachtete ihren Inhalt mit zufriedener Miene. Es schien, als hätte er endlich eine Sorte Bösen Geistes gefunden, die für den Eingriff geeignet war. Wieder ging er zur Anrichte, holte eine Lidsperre daraus hervor und befestigte sie am Auge des Bewusstlosen, sodass es offenstand. Dann nahm er die Spritze und bohrte die Nadel in den Augenwinkel.

End

Ich fuhr aus dem Schlaf. Packte meine beiden Pistolen und richtete sie auf den Schrank. Aber da war niemand. Auch hinter den Schranktüren rührte sich nichts. Ich schlief wieder ein, doch schon nach wenigen Minuten hörte ich ein Klicken, ganz gewiss diesmal. Ich tastete nach meinen Pistolen, aber sie waren verschwunden. Dann sah ich, dass die Schranktür offenstand. Eine dunkle Gestalt mit Augen, die violett leuchteten, stand auf Höhe der Zimmertür. In den Händen hielt sie meine Revolver. Ich sah ihr Lächeln nicht, erahnte es nur anhand der Augen. Sie richtete die Läufe auf mich und feuerte.

Ich fuhr aus dem Schlaf – dieses Mal wahrhaftig. Griff nach meinen Pistolen und richtete sie auf Amreis Gesicht. Das Mädchen wurde bleich wie eine Tote. Dexter fing an zu bellen.

„B…bitte nicht schießen“, stotterte sie. Ich ließ die Waffen sinken. Das Mädchen atmete aus und sank auf alle Viere. „Ich dachte, ich sterbe“, flüsterte sie. „Ich dachte, ich sterbe. Ich dachte, ich sterbe.“ Die Linien auf ihrem Gesicht schienen zu glühen.

Ich schwang die Beine über die Bettkante und massierte mir die Schläfen. Mein Kopf schmerzte.

„Warum schleichst du hier herum?“, fragte ich.

„Ich wollte dich nur wecken“, stammelte Amrei. „Du … du musst das Boot verlassen, bevor die Sonne aufgeht, damit dich niemand sieht. Ich wollte dich nur wecken und du hättest mich beinahe erschossen.“

Ich blickte auf. „Du weißt doch, wer ich bin?“

„Ja. Und?“

„Du weißt, wo ich gelebt habe?“

Amrei zögerte. „Im Rumpf vom Schiff von Black Raven, erzählt man.“

„Und da hältst du es für eine gute Idee, mich im Schlaf zu überraschen?" Amrei schwieg. Ich erhob mich, steckte die Pistolen in die Holster und die Messer in meinen Gürtel. „Ich gehe."

„Warte." Amrei schien immer noch mit dem Schrecken zu kämpfen. „Nery … hat Brot gebacken. Du solltest etwas essen, bevor du gehst." Ich hob die Brauen. „Sie backt es mit origonischem Pfeffer." Ich schnaubte und verließ wortlos das Zimmer. Vielleicht behauptete das die Köchin, um einen besseren Preis zu erzielen. Brot, das wahrhaftig origonischen Pfeffer enthielt, war ein Luxus, den sich Alens Gäste nicht leisten konnten. Arme, leichtgläubige Amrei. Ich hatte sie für klüger gehalten. Ich folgte dem Weg, den wir am Abend zuvor gekommen waren, und trat hinaus aufs Deck. Der Wind war noch immer getränkt von nächtlicher Kälte, doch am Horizont kündete bereits das Licht der Sonne vom Beginn des Tages. Ich schwang mich über die Reling und landete leichtfüßig auf dem Bootssteg. Ich wollte mich in Treedsgow umsehen. Den Marktplatz besuchen und mit den Einwohnern des Hafens zu Mittag essen. Mit den Menschen hier ins Gespräch kommen, Bekanntschaften machen, Informationen sammeln. Ich wollte mehr über *Sankt Laplace* herausfinden. Ich hatte nicht vor, einen Besucherantrag zu stellen. Es würde ohnehin nichts nutzen. Ich würde in die Nervenheilanstalt einbrechen. Dies bedurfte viel Geduld und gründlicher Vorbereitung. Aber zunächst brauchte ich Wasser. Der Knoblauch hatte brennenden Durst und einen unangenehmen Geschmack hinterlassen. Vielleicht würde ich auch etwas von dem Brot essen, wenn Nery keinen unverschämt hohen Preis dafür verlangte.

Während ich über den Bootssteg schlenderte, merkte ich, dass etwas nicht stimmte. Erst in dem Moment, als ich die Tür zur Taverne öffnete, wurde mir klar, was es war. Der Geruch nach frisch gebackenem Brot fehlte. Nur wenige Sekunden zu spät begriff ich, dass Amrei gelogen hatte. In dem Moment, da ich die Tür öffnete, richteten sich zehn Pistolenmündungen auf mich.

Die Taverne war überfüllt von Männern mit roten Halstüchern. Vier von ihnen hielten Alen, Derek, Nery und Helen in Schach. Der hinter Alen drückte ihm ein Messer - lang, scharf und auf einer Seite gezackt - an den Hals.

„Ist das der Kerl?", fragte einer von ihnen.

„Das ist er. Zweifellos." Der Mann, der sprach, hatte ein rotes Gesicht und verquollene Augen. „Er hat sich den Bart geschnitten, aber er trägt mein Hemd."

„Wir bringen dich zu Damon, Mann", sagte der, der Alen das Messer an den Hals drückte. „Wir nehmen dir jetzt die Waffen ab. Mach keinen Scheiß. Dann wirst du leben, bis Damon sich entschlossen hat, wie er dich töten wird." Die Gardisten lachten. Ich sah sie der Reihe nach an und schwieg. Amrei, das kleine Biest - wie hatte ich mich so in ihr täuschen können? Wie ich die Situation einschätzte, hatte ich drei Möglichkeiten. Erstens konnte ich versuchen zu fliehen. Ich stand nahe bei der Tür und würde es vielleicht hinausschaffen, ohne tödlich getroffen zu werden. Aber draußen stünden meine Chancen bei so vielen Schützen schlecht. Selbst wenn ich ins Meer spränge und versuchte, davonzutauchen. Die andere Möglichkeit war der Kampf. Ich konnte so tun, als wolle ich kooperieren. Einen von ihnen ausschalten, wenn er kam, um mir die Waffen abzunehmen. Einen Tisch umwerfen und dahinter Schutz suchen. Auf die Öllampen feuern und die Taverne in Brand stecken. Mit ein bisschen Glück - nun ja, mit viel Glück - würde ich überleben. Alen, Derek, Nery und Helen, vermutlich auch Amrei, würden mit dem Leben bezahlen. Bliebe da die letzte Option: Kooperieren und auf einen besseren Moment warten.

Ich hob die Hände und zwei Gardisten traten vor. Sie nahmen die Messer und Pistolen, tasteten mich von oben bis unten ab und fesselten mir anschließend die Hände hinterm Rücken. Während sie das taten, betrachtete ich das verbrannte Gesicht des Mannes, dem ich das Hemd gestohlen hatte. Ein Ausdruck der Genugtuung beherrschte seine Züge. Meine Augen wurden dunkel. Ich hatte ihn und seinen Kumpanen gewarnt. Hatte ihnen gesagt, dass ich sie töten würde, wenn sie noch einmal hierher kämen. Wähnten sie sich in Sicherheit? Unsere Blicke trafen sich, und der Mann zuckte zusammen. Er wich einen Schritt zurück und vergewisserte sich, dass seine Kumpanen zu seiner beider Seiten standen. Er sah nicht wieder zu mir. Ich ließ meine Augen auf ihm ruhen, bis einer der Gardisten mich umdrehte und aus der Taverne führte. Wir gingen über den Bootssteg und betraten den Hafen. Bis auf einen Hund mit einem milchigen Auge war niemand hier. Wir traten zwischen die Häuser und in ein Gewirr dunkler Gassen. Nach einer Weile gelangten wir vor einen Gullydeckel. Zwei Gardisten hoben ihn heraus. Fünf kletterten die Leiter hinab, die darunter zum Vorschein gekommen war. Erst dann löste man meine Fesseln und bedeutete mir, ihnen zu folgen.

Unten roch es nach Fäkalien, feuchter Luft und - seltsamerweise - nach gebratenem Fleisch. Meine Hände wurden wieder zusammengebunden. Die Gardisten führten mich durch ein Labyrinth aus Kanälen, Treppen und Leitern. Mehrmals passierten wir Kanäle, die größer waren als alle anderen. Dort standen heruntergekommene Buden, die mich an die Marktplätze in Schwarzwasserhafen erinnerten. Es herrschte eine vertraute und zugleich beklemmende Atmosphäre. Sicher konnte man hier allerhand gestohlener Waren kaufen und verkaufen. Zuletzt gelangten wir vor eine Tür. Dahinter befand sich eine Zisterne. Zwei einander gegenüberliegende breite Treppen führten zum Grund eines Beckens, das den Saal beherrschte. Der Boden war mit Teppichen ausgelegt, auf denen weitere Gardisten saßen und rauchten und spielten und Huren begrapschten. Außerdem war da eine Falltür. Vielleicht ein Fluchtweg? Entlang der Saalwände außerhalb des Beckens lagen kostbare Gegenstände: ein Stapel Frauenkleider, eine uralte Statue der Ureinwohner Dustriens, Gläser gefüllt mit Honig aus den Landen, eine Ukulele, ein goldener Sextant und ein offener Koffer, in dem eine Geige lag. Mein Blick blieb an dem Instrument hängen. Konnte es Amreis Geige sein?

Die Gardisten führten mich in das Becken. „Ist er das?" Der Mann, der sprach, saß auf einem improvisierten Thron auf der gegenüberliegenden Treppe. Es konnte niemand anderes als Damon sein. Sein Äußeres unterschied sich nicht wesentlich von dem der anderen Gardisten. Ein Mann, der das dreißigste Lebensjahr noch nicht vollendet haben konnte. Mit zerzaustem, schwarzem Haar und dichtem Stoppelbart. Nur seine Augen waren ungewöhnlich, waren sie doch von blaugrauer Farbe wie der Mond bei Tageslicht. Außerdem trug er ein schwarzes Halstuch.

Damon gähnte herzhaft. Er stand auf und wankte die Stufen hinab. War er betrunken? Irgendetwas stimmte nicht mit ihm. Er bewegte sich so lahm, als habe er seit einem Viertel nicht geschlafen. Konnte kaum die Augen offenhalten. Im Becken angelangt, hob er den Kopf. Unsere Blicke trafen sich.

„Du bist der, der zwei meiner Männer vorgeführt hat wie blutige Anfänger?", fragte er. „Alle Achtung. Ich wähle meine Gardisten nicht aufs Geradewohl aus. Jeder von ihnen ist ein herausragender Kämpfer oder stark wie ein Bär. Dass du mit gleich zweien von ihnen fertig wirst, hat einen Applaus verdient." Damon fing an zu klatschen. Verhaltenes Gelächter war zu hören und allmählich stimmten die Gardisten ein. Ich wartete schweigend, die Augen auf Damons Gesicht geheftet. „Welch Sinn für Humor", kommentierte Damon und ließ die Hände sinken. Der Applaus erstarb. „Was mache ich mit dir?", fragte er und fügte an seine Männer gewandt hinzu: „Was mach' ich mit ihm, Jungs?"

„Kastrieren."

„Fackel ihn ab."

„Wirf ihn in den Rattensumpf."

„Was meinst du?", fragte der Banditenanführer mich. „Soll ich dir die Eier abschneiden?" Die Gardisten lachten. Damon legte den Kopf schräg. „Aber du siehst nicht aus wie jemand, der seine Lektion lernt. Wenn du mich fragst, hält dich das höchstens vom Ficken ab. Also, soll ich dich anzünden? In den Rattensumpf werfen?“ Gejohle. „Ich habe eine bessere Idee. Bindet ihn los.“ Jemand trat von hinten an mich heran und zerschnitt meine Fesseln. Damon ging zu einem Fass neben der Treppe, in dem mehrere Säbel steckten, und nahm einen heraus. „Fang.“ Er warf mir den Säbel zu. Ich reagierte instinktiv und fing die Waffe aus der Luft. Damon nahm einen zweiten Säbel zur Hand. „Es ist nicht immer leicht, der Anführer zu sein“, sagte er und begann, im Abstand von wenigen Metern vor mir auf und ab zu gehen. „Es ist nur eine Frage der Zeit, bis einer der eigenen Männer vergisst, wer …“ Er gähnte herzhaft. „… der Boss ist. Dann muss ich ihnen auf die Fresse hauen. Und ich kann es nicht leiden, die eigenen Leute zu verprügeln. Hier kommst du ins Spiel.“ Er lächelte. Wankte. Was stimmte nicht mit ihm? Er sah aus, als würde er gleich einschlafen. „Du hast bewiesen, dass du mühelos mit meinen Gardisten fertig wirst. Aber ich werde dir jetzt eine Lektion erteilen. Auf diese Weise sorge ich sowohl dafür, dass meine Männer nicht auf dumme Gedanken kommen …“ Verhaltenes Gelächter huschte durch die Reihen der Gardisten. „… als auch für ein bisschen Unterhaltung.“ Damon gähnte erneut und dieses Mal fielen ihm tatsächlich die Augen zu. „Komm her“, murmelte er. Ich zögerte. Was war mit ihm los? Spielte er mir etwas vor? In den Mienen der Umstehenden spiegelte sich gespannte Erwartung. Etwas stimmte nicht. Ich ließ den Säbel kreisen und trat zur Seite, ohne Damon aus den Augen zu lassen. Der Banditenanführer rührte sich nicht. Sein Kopf hing herab. Er ließ die Schultern hängen und atmete regelmäßig. Ich ging langsam auf ihn zu. Keine Reaktion. Als ich kaum mehr als einen Schritt von ihm entfernt war, hob ich den Säbel und führte einen Streich auf seine Kehle. KLING! Damon hatte seinen Säbel im letzten Moment gehoben und meinen Angriff abgelenkt. Sein Kopf hing immer noch herab. Seine Augen blieben geschlossen. Er wankte auf mich zu. Ich wich zurück, wobei ich erneut mit dem Säbel auf ihn einschlug. Doch der Anführer wehrte meine Angriffe ab wie im Schlaf. Ich stieß rückwärts gegen das Fass neben der Treppe. Die Säbel klirrten. Ich zog eine zweite Waffe. Sprang auf die Stufen und schlug so schnell auf Damon ein, dass die Klingen zu silbernen Schleiern verschwammen. Ergebnislos. Der Banditenanführer wehrte die Angriffe mühelos ab und öffnete dabei nicht einmal die Augen. Ich wich zurück, den Blick unverwandt auf meinen Gegner gerichtet. Aus den Augenwinkeln bemerkte ich eine Seitentür. Ich spurtete die Stufen hinauf. Die Tür war verschlossen. Doch als ich die Klinke packte, kam Unruhe in die Reihen der Gardisten. Ich sah mich um und bemerkte, dass fast jeder im Saal eine Pistole gezogen und auf mich gerichtet hatte.

„Weg von der Tür", sagte jemand in drohendem Tonfall. Nur Damon wirkte nach wie vor entspannt. Er hatte mir das Gesicht zugewandt, doch seine Augenlider blieben gesenkt.

„Wo willst du denn hin?", fragte er, als rede er mit einem Kind. „Du verlässt diesen Saal entweder über meine Leiche oder hierdurch." Er beugte sich zu der Falltür am Boden des Beckens und schob den Riegel zurück, öffnete die Klappe und machte Platz, wie um mir die Wahl zu lassen. Runen waren entlang des Rands der Klappe ins Holz geschnitzt. Was mochten sie bedeuten? Ich stieg wieder ins Becken. Kaum hatte ich mich von der Tür entfernt, ließen die Gardisten die Waffen sinken. Die Anspannung wich. Ich warf einen Blick in den Schacht, der sich hinter der Falltür im Dunkel verlor. Plötzlich hatte ich einen Kloß im Hals. Was mochte dort unten auf mich lauern? Vielleicht gar nichts. Vielleicht war es bloß ein Gefängnis, in dem Damon seine Feinde verhungern ließ. Nur eines gab es dort mit Sicherheit nicht: Sonnenlicht. Ihr wisst wohl inzwischen, dass eines der wenigen Dinge, vor denen ich mich fürchte, ich selbst bin. Ich wollte nicht wieder zu jener Bestie werden, die ich war, als ich fern vom Tageslicht lebte. Wollte nicht vergessen, wie sich die Freiheit anfühlte.

Ein Geruch wie aus einer Gruft entstieg dem Schacht. Es roch nach Schwärze. Nach Tod und Einsamkeit. Nach Rost und Blut. Ich schloss die Augen. Schweiß stand mir auf der Stirn. Ich hörte das Geschrei eines Süchtigen. Ein stählernes Knarren.

„Nein."

„Willst du es noch einmal versuchen? Ich werde aber nicht mehr so nett sein."

„Ich gehe nicht zurück."

Einen Moment lang schwieg Damon irritiert. „Zurück?", fragte er und öffnete die Augen.

Ich sah zu ihm. Meine Augen blitzten. Mit aller Kraft schleuderte ich meine Säbel auf ihn. Ich hastete zu dem Fass und warf weitere Klingen. Der Banditenanführer wischte sie mit der eigenen aus der Luft. Sie landeten scheppernd auf dem Boden oder klirrten gegen die Wände. Die Gardisten mussten sich ducken und ihnen ausweichen. Ich zog die letzten beiden Waffen und stürzte mich auf den Banditenanführer. Meine Säbel wirbelten so schnell durch die Luft, als würden sie von einer Maschinerie angetrieben. Stahl schepperte auf Stahl. Die Wände warfen das Geräusch zurück, sodass alles – unsere Schritte, die Rufe der Gardisten, meine eigenen Gedanken – von dem Geräusch verschluckt wurde.

Aber alles, was ich erreichte, war eine kaum sichtbare Falte zwischen Damons Augenbrauen auf seinem ansonsten vollkommen entspannten Gesicht. Plötzlich riss er die Waffe hoch und fegte mir einen der Säbel aus der Hand. Ein zweiter Streich, der schneller folgte als der Flügelschlag eines Kolibris, entwaffnete mich vollends. Damon warf seinerseits den Säbel fort und zog ein Messer. Er lief auf mich zu, ein überhebliches Lächeln auf den Lippen. Ich versuchte, ihm auszuweichen, doch er folgte meiner Bewegung und verpasste mir einen Faustschlag in die Niere. Noch während ich zurückwich, riss er den Arm hoch und ließ seinen

Ellbogen gegen meinen Kiefer krachen. Ich stolperte in die Reihen der Gardisten. Hob die Faust und schlug auf jemandes Nase. Es knirschte. Ich packte den Griff der Pistole, die aus dem Holster am Gürtel meines Opfers ragte, und richtete sie auf Damon. Der Banditenanführer warf sich zur Seite. Ich folgte seiner Bewegung und feuerte zwei Mal. Die Projektile pfiffen links und rechts an seinem Kopf vorbei. Eines riss ihm die halbe Ohrmuschel weg. Hätte ich doch nur meinen eigenen Revolver! Schon stand Damon vor mir. Er schlug mir die Waffe aus der Hand und rammte mir die Faust in den Magen. Ich hustete. Die Umstehenden zogen ihre Waffen.

„NEIN!", brüllte Damon. „Mischt euch nicht ein." Die Gardisten tauschten Blicke mit hochgezogenen Brauen und zogen sich zurück. Einige verließen das Becken. Damon berührte sein verwundetes Ohr und betrachtete die blutverschmierten Finger. „Ich bin beeindruckt. Es ist bisher noch keinem gelungen, mich zu verletzen." Eine Bewegung hinter ihm zog kurz meine Aufmerksamkeit auf sich. Eine junge Frau hatte den Saal durch eben die Tür betreten, durch die ich zuvor versucht hatte, zu entkommen. Ihre Haut war olivgrün. Jede ihrer Bewegungen so geschmeidig wie das Fell eines Panthers. Ihr schwarzes Haar wurde zum Teil von einer Nadel gehalten, zum Teil bedeckte es ihre sonst nackten Brüste. Am auffälligsten war die Tätowierung, ein Mosaik aus Recht- und Dreiecken, das sich über eine Hälfte ihres Gesichtes rankte.

Ich bezahlte den kurzen Moment der Ablenkung teuer. Ein Schlag Damons erwischte mich kalt. Er hatte das Messer weggesteckt und drosch mit bloßen Fäusten auf mich ein. Ich knurrte und parierte seine Angriffe so gut wie nur möglich. Dennoch traf er häufig. Meinen Kiefer, meine Schulter, meinen Magen und wieder meinen Kiefer. Ich stolperte rückwärts. Sämtliche Knochen meines Körpers schmerzten. Damon ließ von mir ab und deutete auf die Schachtöffnung. „Du hast die Wahl. Geh oder bleib. Ich kann dir nicht garantieren, dass du die nächste Lektion überleben wirst." Seine Stimme war so beherrscht wie der Ausdruck in seinem Gesicht. Ich hasste ihn. Hasste ihn dafür, dass er stärker war als ich. „Na, was ist?"

„Ich gehe nicht zurück", knurrte ich.

Damon seufzte. „Wie du wünschst", sagte er. Dann spürte ich ein Stechen im Oberarm. Ich wandte den Blick. Eine winzige, gefiederte Nadel hatte meine Haut durchbohrt. Als ich den Kopf hob, sah ich gerade noch, wie die Frau mit der olivgrünen Haut ein ebenso winziges Blasrohr in ihrer Hosentasche verschwinden ließ. Ich zog die Nadel heraus, spürte aber schon im selben Moment, wie meine Glieder erschlafften. Die Nadel fiel mir aus der Hand.

„Weißt du", sagte Damon und zog wieder sein Messer, „ich glaube, ich werde mir den Vorschlag meiner Männer zu Herzen nehmen und dir die Eier abschneiden." Er hatte nicht bemerkt, was die Frau getan hatte. Erst als ich auf die Knie ging und seitlich wegkippte, wurde er aufmerksam. „Was? Machst du schon schlapp?" Er verpasste mir einen Fußtritt. Die Wucht der Attacke warf mich herum, und dumpfer Schmerz strahlte über meine Rippen, doch ich gab keinen Laut von mir. Konnte nicht einmal blinzeln. Nur mein Herz schlug müde, und ich atmete flach. „Warum gehst du nicht in den Schacht? Du weißt, dass du mich nicht besiegen kannst." Damon musterte mich einen Moment lang nachdenklich. „Ich denke, ich weiß warum", murmelte er. „Ich kannte mal einen Mann. Ein echt gefährlicher Typ, der mit mir in New Port eingesperrt war. Wir nannten ihn Fleischer. Man bekam ihn nur selten zu sehen, weil er die meiste Zeit im Hochsicherheitstrakt angekettet war. Dort gab es weder Licht noch Gesellschaft. Als die Mauern des Forts einstürzten, entkam auch er. Ich habe ihn gegen die Wärter kämpfen sehen. Er war eine Bestie. Er hat sie im wahrsten Sinne des Wortes mit bloßen Händen in Stücke gerissen. Aber als wir nach Treedsgow kamen und einen der Kanaldeckel wegschoben, um diesen Ort zu unserer neuen Heimat zu machen, sah er drein wie ein Mädchen, dem man sagt, ein Monster lebe unter seinem Bett. Den gleichen Ausdruck habe ich auf deinem Gesicht gesehen, als du in den Schacht blicktest. Du magst keine Orte ohne Sonnenlicht, stimmt's? Hast mal lange in Gefangenschaft gelebt, nicht wahr? Ich tue dir ja doch nur einen Gefallen, wenn ich dir die Kehle durchschneide." Er winkte einem seiner Gardisten. „Zieh das Seil rauf, Augus, und binde es ihm um die Fußgelenke." Ich wollte schreien. Um mich schlagen. Wollte jeden erwürgen, der mich dazu zwang, einen Fuß in diesen Schacht zu setzen. Aber ich konnte nicht. Konnte nicht einmal die Augäpfel bewegen. Mein Blick blieb auf die Decke gerichtet. Die Frau erschien in meinem Sichtfeld. Sie trat zu Damon und flüsterte ihm etwas ins Ohr.

„Sicher nicht", knurrte der Banditenanführer, während Angus ein Seil um meine Knöchel zurrte. Die Frau blickte den Anführer eindringlich an. „Ich sagte *nein*", schimpfte Damon. Die Frau flüsterte ihm wieder etwas ins Ohr. „Genug!", brüllte Damon. „Ich treffe die Entscheidungen. Verschwinde!" Die Frau funkelte ihn an. Sie wandte sich um, nicht ohne mir einen verzweifelten Blick zuzuwerfen, und schlich davon. Schon spürte ich, wie die Wirkung des lähmenden Gifts nachließ. Meine Atmung wurde kräftiger, meine Fingerspitzen zuckten. Doch Augus hatte das Seil bereits festgebunden und schleifte mich über den Boden zur Falltür, wobei er mit den Füßen die Teppiche zur Seite schob.

„Langsam runterlassen, Augus", sagte Damon. „Lass ihn nicht fallen." Bei der Falltür angelangt, winkte Augus einem seiner Komplizen und gemeinsam hievten sie mich mit dem Kopf voran durch die Öffnung. Meine Arme hingen schlaff herab, während sie mich tiefer in den Schacht hinabließen. Feuchtklamme Luft umfing mich. Das Licht schwand. Panik ergriff mich und kämpfte gegen das Gift in meinem Körper an. Ich gab einen Laut von mir, etwas wie einen unterdrückten Schrei, und hob die Arme. Ich beugte mich nach oben. Meine Kiefer mahlten vor Anstrengung. Ich packte das Seil und zog mich daran hoch.

Die Schachtmündung über mir – ein Quadrat aus Licht – wurde kleiner und kleiner. Schon setzte ich auf sumpfigem Boden auf. In dem Lichtquadrat erschien die Silhouette Damons.

„Viel Glück, du Held", rief er und schlug die Klappe zu. Deutlich hörte ich, wie er den Bolzen vorschob. Es wurde still. Ich blieb einige Zeit liegen, während ich darauf wartete, dass das Gift vollends aus meinem Körper wich. Ich lauschte der Dunkelheit und versuchte, mich nicht von Panik überwältigen zu lassen. *Das ist nicht der Unterrumpf.* Ich hörte Ratten und das Tropfen von Wasser. Und ich spürte den Tod. Roch Schweiß und Angst und Fäulnis. Sobald ich fühlte, dass meine Glieder nicht länger vom Gift gelähmt wurden, setzte ich mich auf und löste das Seil, das meine Fußknöchel zusammenschnürte. Es hatte schmerzhafte Striemen in meine Haut gegraben. Ich stand auf und ließ den Blick schweifen. Ich sah nur Schwärze. Ich streckte die Hände nach vorne und ging geradeaus, bis meine Fingerspitzen auf kalten, feuchten Stein stießen. Mich an der Wand entlang tastend, folgte ich dem Verlauf des Gangs. Ratten fiepten und ihre trippelnden Schritte verloren sich vor mir. Ich gelangte an eine Kreuzung. Blieb stehen und lauschte. Ein Luftzug wies mir flüsternd den Weg. Ich wandte mich nach links. Nach kurzer Zeit trat ich auf etwas Hartes, Sprödes. Ein Knacken sprang unter meiner Schuhsohle hervor und floh im Zickzack in die Stille. Knochen. Ich verharrte kurz. Als ich meinen Weg fortsetzte, brachen weitere Knochen unter meinen Sohlen. Es mussten hunderte sein. Nach kurzer Zeit gelangte ich an die nächste Abzweigung. Ich bog nach rechts in einen Gang. Mit jedem Schritt war der Boden spärlicher mit Knochen bedeckt. Dann waren wieder nur meine schmatzenden Schritte und Stille zu hören. Nach einiger Zeit gesellte sich ein weiteres Geräusch dazu. Ich musste stehen bleiben, um mich davon überzeugen zu können, dass es nicht der Wind war. Fernes, vielstimmiges Flüstern. Meine Anwesenheit war nicht unbemerkt geblieben. Was auch immer hier hauste, es hatte die Verfolgung aufgenommen. Ich biss mir auf die Unterlippe. Kurz erwog ich, den Kampf aufzunehmen. Konnte das Etwas gefährlicher sein als ein wahnsinniger Bär auf Perl? Vielleicht nicht. Aber ich besaß weder Waffen, noch verlieh mir schwarzes Perl übermenschliche Kräfte. Außerdem war da etwas, das mich glauben ließ, dass ich gegen dieses Etwas nicht viel würde ausrichten können. Eine kalte Aura, die in mir den Wunsch weckte, mich in einer Ecke zusammenzukauern, die Augen zuzuhalten und zu hoffen, dass ich unsichtbar war. Ich wandte mich um und verfiel in ein gleichmäßiges Tempo. Wenn ich zu schnell lief, würde ich wohl früher oder später geradewegs vor eine Wand rennen. Um zu entkommen, musste ich einen kühlen Kopf bewahren. Die Kälte wurde intensiver. Sie schien mit klammen Fingern durch meinen Rücken und geradewegs nach meinem Herzen zu greifen. Ich stieß mit den Fingerspitzen vor eine Wand. Ohne nachzudenken, wandte ich mich nach links, doch schon nach wenigen Schritten blieb ich stehen. *Ruhe bewahren.* Ich lauschte auf den Luftzug. Meine Nackenhärchen stellten sich auf. Die flüsternden Stimmen wurden mit jeder Sekunde deutlicher. Ich wandte mich um und wählte den anderen Gang. Der Tunnel beschrieb einen Knick und verlief dann lange geradeaus. Der Boden hier war weniger schlüpfrig, sogar fast trocken. Mein Herz schlug kräftig, mein Atem ging regelmäßig, während ich immer schneller lief. Ich lauschte auf die Stimmen hinter mir. Bildete ich es mir nur ein oder riefen sie um Hilfe? Das Etwas holte auf. Es war schnell, doch ich hörte keine Schritte. Die Kälte erreichte mein Innerstes. War im Begriff, Wurzeln im unsterblichen Teil meines Selbst zu schlagen und das Licht meines Lebens zu trinken. Ich spürte ein Leid auf mich zukommen, das nicht einmal der Tod würde beenden können. Das Wesen musste dicht hinter mir sein. Wenn ich nur eine Abzweigung fände, könnte ich mich dorthinein flüchten. So schnell, wie es war, würde es mir vielleicht nicht folgen können. Ich streckte einen Arm aus und fuhr mit zwei Fingern an der Wand entlang. *Lauf, du Narr.*

Lauf schneller! Jäh verlor ich den Kontakt: Meine Hand streifte ins Leere, ich warf mich nach links in den abzweigenden Tunnel und prallte mit der Schulter gegen die Wand. Ein Schatten flog an mir vorbei. Ein Windstoß zerrte an meiner Kleidung. Ich keuchte. Gönnte mir eine Sekunde lang Ruhe. Ich lauschte auf den Luftzug. Noch war ich auf dem richtigen Weg. Ich folgte dem Gang und bog nach rechts ab. Ich verfiel wieder in Trab, schneller diesmal. Regelmäßig schnalzte ich mit der Zunge und lauschte auf das Echo. Und dann sah ich ihn. Einen matt leuchtenden Gegenstand am Boden. Noch ließ sich nicht erkennen, was es war. Das Leuchten schien aus dem Gegenstand selbst zu kommen. Immerhin wusste ich jetzt, dass ich nicht vor eine Wand prallen würde, bevor ich ihn erreicht hatte. Ich erkannte erst, was es war, als ich nur noch wenige Schritte davon entfernt war: Eine Machete. Sie lag im Zentrum einer T-Kreuzung neben einem Häufchen Knochen und Asche. In dem Moment, da sich meine Finger um den Griff der Waffe schlossen, wusste ich, dass es meine eigene war. Jene Waffe, die ich Chemo abgenommen hatte. Jene Waffe, die zum Tod ihres früheren Besitzers geworden war. Wie war sie hierhergekommen?

Als ich die Machete aufhob, wich das Schimmern einem silbernen Leuchten. Mir war, als wüsste sie, dass ihr Besitzer zu ihr zurückgefunden hatte. Das Licht war so hell, dass ich wegsehen musste. Hinter mir zischte das Etwas. Ich wandte mich um und sah eine finstere Gestalt, die bis unter die Tunneldecke ragte und wenige Zentimeter über dem Boden schwebte. Sie schien die Dunkelheit wie einen Mantel zu tragen. Das Flüstern umgab sie wie eine hörbare Aura. Ein violettes Augenpaar funkelte auf mich herab. Ich reckte ihm die Waffe entgegen. Das Flüstern wurde lauter. *Erlöse uns!* Das Etwas wich zurück. Es fürchtete sich vor dem Licht. Ich tat einen Schritt darauf zu und es schwebte rückwärts davon, bis seine Augen verblassten. Fassungslos betrachtete ich die Machete. Was geschah hier? Einige Herzschläge lang suchte ich nach einer Erklärung – vergeblich.

Dann zwang ich mich zur Besinnung. Spielte es eine Rolle, wieso die Waffe leuchtete? Entscheidend war lediglich, dass sie mir helfen würde, diesen Albtraum zu überleben. Ich lauschte auf den Luftzug und machte mich wieder auf die Suche nach einem Ausgang. Die ganze Zeit hielt ich die Machete weit vorgestreckt. Das Etwas war nicht mehr zu sehen, doch konnte ich es fühlen. Immer wieder wandte ich mich um, um den Gang hinter mir mit Licht zu füllen. Manchmal glaubte ich, das Glühen seiner Augen zu sehen. Manchmal hörte ich bloß das Flüstern, das ihm anhaftete wie der Geruch des Todes.

Der Gängekomplex war wahrhaftig ein Labyrinth. Und es erstreckte sich nicht nur auf einer Ebene. Ich gelangte bald an eine Treppe, die mich tiefer hinabführte. Es widerstrebte mir, mich noch weiter vom Sonnenlicht zu entfernen. Doch der Luftzug log nicht. Nach unbestimmter Zeit gelangte ich wieder an eine Gabelung. Der Luftzug kam hier aus zwei Richtungen. Ich überlegte kurz, wobei ich auf die Machete in meiner Hand hinabsah. Mit der Zeit war das Leuchten blasser geworden. Vermutlich würde es bald verlöschen. Das Etwas hingegen hatte sich schon seit geschätzt einer halben Stunde nicht mehr bemerkbar gemacht. Ob es noch in der Nähe war? Wartete es nur darauf, dass das Licht verlosch? Oder hatte es aufgegeben? Ich lauschte. Hörte das stete Tropfen und sonst nichts. Nicht einmal das Trippeln der Ratten. Ich leckte mir über die Lippen. Keine Ratten? Das konnte nur bedeuten, dass sie geflohen waren. Weil sie die Anwesenheit von etwas spürten, das ich nicht spürte … Das Etwas war noch da. Ich schnupperte. Die Brise trug die salzige Luft des Meeres herbei. Ich musste ganz in der Nähe eines Ausgangs sein. Ich wählte den linken Tunnel und fing wieder an zu laufen. Ich atmete gleichmäßig. Schonte meine Kräfte. Der Tunnel schien kein Ende zu nehmen.

„Komm schon“, murmelte ich. Die Machete in meiner Hand vermochte kaum noch, die Schatten zurückzudrängen. „Komm schon!“ Hinter mir ertönte die flüsternde Aura des Etwas so plötzlich, dass es geradewegs durch die Wand geschwebt zu sein schien. Die Temperatur im Tunnel schien binnen Sekunden um mehrere Grad zu fallen. Das verbliebene Schimmern meiner Machete flackerte. Dennoch sah ich, wie mein Atem zu Nebel gefror. Es musste sehr nah sein. Ein Ende des Tunnels war nicht in Sicht. Ich wurde langsamer. Mir blieb nur der Kampf. Ich wandte mich um. In der Rechten hielt ich locker die Machete.

„Komm her, du Etwas", murmelte ich. „Ich werde dir zeigen, wer hier das wahre Monster ist."

„Tu es nicht! Komm her, hier bist du sicher." Wer hatte gesprochen? Ich wandte den Kopf und bemerkte erst jetzt, dass ich geradewegs an einer Tür vorbeigegangen war. Ein bleiches Gesicht sah mich durch den Spalt zwischen Tür und Rahmen hindurch an. Ich ignorierte meine Zweifel, dass eine Tür das Etwas aufhalten konnte, schob die Machete in meinen Gürtel und lief zu dem Gesicht, dem Etwas entgegen. In dem Moment, da ich den Rand der Tür zu fassen bekam, flammten die violetten Augen keine zwei Schritte von mir entfernt auf. Eine Knochenhand streckte sich mir aus der Dunkelheit entgegen. *Hilfe,* flüsterten die Stimmen panisch. *Hilf uns!* Ich riss die Tür auf, stieß meinen Retter beiseite und schlug sie hinter mir zu. Ich spürte sofort, dass der Unbekannte nicht gelogen hatte. Die Temperatur normalisierte sich. Das Etwas hatte hier keine Macht mehr. Ich wandte mich um und sah einen Kreis aus Runen, den jemand ins Holz der Tür geschnitzt hatte. Eine Art Schutzzauber? Ich ließ den Blick schweifen. Das schwache Licht der Machete ließ einen leeren Raum mit Gewölbedecke erkennen, die von einer gewaltigen Steinsäule in der Mitte gestützt wurde. Die Umrisse der Säule zeichneten sich unscharf vor einer weiteren schwachen Lichtquelle dahinter ab.

„Wo sind wir?", flüsterte ich.

Der Fremde trat neben mich. „Es ist ein Versteck", sagte er und klang dabei naiv wie ein Kind. Ich musterte ihn. Er war ein kleiner, dünner Mann und wirkte daher vermutlich jünger, als er war. Seine Haut war blass, sein Blick gebrochen.

„Wer bist du?"

„Eagon. Und du?"

„Ich heiße Albert."

„Hast du auch auf Rocíos Titten geglotzt?" Ich blickte ihn verständnislos an. Sein Gesicht kam mir bekannt vor. Es erinnerte mich an eine Ratte. „Damon hat mich dem Monster zum Fraß vorgeworfen. Dabei habe ich gar nicht auf ihre Titten geglotzt. Naja, vielleicht mal kurz." Der Junge kratzte sich verlegen am Hinterkopf. „Und dann habe ich Dave verloren. Meinen Kumpel. Er muss irgendwo anders abgebogen sein. Das Etwas kam und griff mich an." Er erschauerte bei dem Gedanken. „Ich dachte, jetzt ist es aus. Jetzt hat es dich. Aber dann ist es fortgelaufen. Vermutlich, um sich Dave zu holen. Ich bin eine Wendeltreppe runter und habe diesen Raum gefunden." Schwer vorstellbar, dass Eagon den ganzen Weg bis hierher zurückgelegt hatte, ohne dass das Etwas ihn zu fassen bekommen hatte. Selbst mit meiner Machete war es mir nur knapp gelungen. Es sei denn …

„Wie weit sind wir von dem Schacht entfernt, durch den Damon uns hier reingeworfen hat?"

Eagon zuckte mit den Achseln. „Nicht weit. Die Wendeltreppe rauf, immer geradeaus und dann rechts." Ich fluchte stumm. Ich war im Kreis gelaufen. Andererseits … ich fuhr mit Daumen und Zeigefinger entlang der Schneide meiner Machete. Ich konnte das Seil hinaufklettern, die Klinge durch den Schlitz der Klappe stecken und den Bolzen heraus manövrieren. Das setzte voraus, dass ich es schaffte, mein eigenes Gewicht so lange zu halten, bis es mir gelungen war, die Klappe zu öffnen. Außerdem durfte niemand in der Zisterne etwas bemerken.

„Wie lange bist du schon hier?", fragte ich.

Eagon zuckte die Achseln. „Keine Ahnung. Ein paar Tage vielleicht."

„Ein paar *Tage*?"

„Ich esse die merkwürdigen Blumen, die hier wachsen. Ich zeige sie dir." Eagon wandte sich um und führte mich um die

Säule herum. Dahinter am anderen Ende des Raumes wuchsen um einen kreisrunden Tümpel die schönsten Blumen, die ich je gesehen habe. Mit je zwei Blütenblättern, die in violettem Glanz leuchteten. Feenwürmchen umschwärmten sie. Dazwischen standen Pilze mit glockenförmigem Hut. Ihre Sporen hingen gleich einer Wolke silbernen Feenstaubs in der Luft. Am Grund des Tümpels glitzerte ein Kristall, der von innen heraus zu leuchten schien, als handele es sich um einen Splitter vom Mond. Der Anblick verschlug mir die Sprache.

„Was ist das für ein Ort?", fragte ich schließlich.

„Keine Ahnung", flüsterte Eagon. „Die Pilze solltest du nicht essen. Davon bekommt man Bauchweh. Aber die Blüten dieser Blumen schmecken süß und nur einige wenige genügen, um dich satt zu machen." Eagon kniete sich vor die Blumen, zupfte eine der Blüten ab und schob sie sich in den Mund. „Probier mal."

„Später vielleicht", murmelte ich, obgleich mir der Magen knurrte. Wer wusste schon, was die Pflanze noch mit einem anstellte? Ich kniete mich vor den Tümpel. Noch immer hatte ich jenen fahlen Geschmack im Mund, den der Knoblauch über Nacht hinterlassen hatte. Ich schöpfte Wasser und trank. Noch nie in meinem Leben hatte ich etwas derart Reines gekostet. Es rann wie kühle Energie meine Kehle hinab, löschte den brennenden Durst und milderte sogar den Hunger. Ich schloss kurz die Augen und genoss das Gefühl, wie das kalte Wasser mich von innen heraus stärkte. Anschließend wusch ich mein Gesicht und setzte mich mit dem Rücken zur Wand auf den Boden. Gedankenverloren beobachtete ich, wie Eagon sich weitere Blütenblätter in den Mund schob und schließlich herzhaft gähnte. Er rollte sich auf dem Boden zusammen und murmelte: „Nach dem Essen bin ich immer so müde." Dann fing er an, leise zu schnarchen. Auch mir fielen die Augen zu. Ich fragte mich noch, ob die Pilze das Wasser irgendwie vergiftet hatten, während ich in einen traumlosen Schlaf glitt.

Als ich erwachte, schlief Eagon noch immer. Lange Zeit saß ich einfach da und beobachtete ihn. Seine Brust hob und senkte sich. Feenwürmchen landeten auf seinem Gesicht. Sie krabbelten über seine Mundwinkel, seine Nase und seine Augenlider, doch er zuckte mit keinem Muskel. Stunden verstrichen, während ich darüber nachsann, wie ich dieser Falle entkommen konnte. Das Leuchten meiner Machete war inzwischen so schwach wie zu Anfang. Schließlich hatte ich einen Plan. Einen, der ebenso riskant wie verzweifelt war. Ich stand auf und rüttelte Eagon sanft an der Schulter. Er öffnete die Augen und setzte sich auf. „Mann, hatte ich einen Traum", sagte er. „So real …" Als er auf die Beine kam, fielen ihm wieder die Augen zu. Er wankte und für einen kurzen Moment fühlte ich mich an Damon erinnert, wie er mit geschlossenen Augen dastand, scheinbar angreifbar und bedrohlich zur gleichen Zeit.

„Hör zu, Eagon. Ich habe nicht vor, lange hierzubleiben."

„Lass mich nicht allein", flehte Eagon. „Ich werde wahnsinnig vor Einsamkeit."

„Wir werden zusammen fliehen", fuhr ich fort, „aber höchstwahrscheinlich wird nur einer überleben." Eagon schluckte schwer. „Wir verlassen dein Versteck und laufen in unterschiedliche Richtungen. Du nach links. Nach einiger Zeit gelangst du an eine Kreuzung. Wähle den linken Gang. Ich bin mir sicher, dass er nach draußen führt."

„Und du?"

„Ich gehe nach rechts und versuche, den Schacht hinaufzuklettern, durch den wir hineingelangt sind. Das Etwas kann nur einem von uns folgen." Eagon schluckte noch einmal. Dann nickte er zu meiner Erleichterung. Ich hatte befürchtet, er sei ein Feigling.

„Lass uns abhauen", sagte er. Ich stockte. Ich hatte diese Worte schon einmal gehört. *Lass uns abhauen, Dave. Der sieht gefährlich aus.* Plötzlich wusste ich, woher ich das Gesicht des Jungen kannte. Eagon hatte mich zusammen mit einem Bären von Mann bei meiner Ankunft in Treedsgow ausgeraubt! Ich ballte die Hände zu Fäusten. Einen Augenblick lang verspürte ich kalte Wut. Ich sah mich Eagon am Hals packen, gegen eine Wand schmettern und so lange zudrücken, bis ihm die Zunge heraushing.

„Du musst bis zum Ende des Gangs laufen", sagte Eagon und sah mir dabei fest in die Augen. Er schien mir die Wut nicht anzumerken. „Immer geradeaus. Dann gelangst du auf die Wendeltreppe. Dort bist du vor dem Wesen sicher. Es kann die Türen nicht passieren. Aber es kennt andere Wege! Du musst schnell sein, damit du vor ihm oben angelangst." Ich schloss die Augen und atmete einmal tief ein. Es wäre dumm, Eagon jetzt zu töten. Er erhöhte meine Chancen, zu entkommen.

„Also gut", sagte ich. „Bist du bereit?" Eagon nickte. Dann zögerte er kurz und ging auf die Knie. Er pflückte einige der Blumen und stopfte sie sich in die Tasche. „Gehen wir." Vor der Tür tauschten wir einen Blick. Ich nickte ihm zu. Nacheinander verließen wir den sicheren Raum.

„Viel Glück", flüsterte ich und lief nach rechts. Meine Schritte verhallten in den abzweigenden Gängen. Ratten flohen vor dem matten Licht meiner Machete. Ich lauschte angestrengt auf das vielstimmige Flüstern. Auf Eagons Schreie. Ich ignorierte meinen nagenden Hunger. Ich dachte an die beiden Gardisten, die mich Damon ausgeliefert hatten, und die Wut gab mir frische Kraft. Ich hatte noch eine Rechnung mit den Arschlöchern offen.

Dann hörte ich es. Das Etwas war wieder hinter mir. Ich biss die Zähne zusammen und lief noch schneller. Ich holte die Ratten ein, trat auf eine von ihnen und rutschte aus, stolperte, strauchelte – das Flüstern hinter mir. Ich fing mich und nahm wieder Fahrt auf. Das Etwas hatte aufgeholt. Wo war das Ende dieses Tunnels? Hatte Eagon mich verarscht? Hatte er gewusst, dass …

WUMMS! Mit einem schmerzhaften Aufprall stieß ich vor eine Holztür. Meine Kiefer prallten aufeinander und ich biss mir auf die Zunge. Ein metallischer Geschmack breitete sich in meinem Mund aus. Mein Knie fühlte sich an, als läge es in Trümmern und auf meinem Kopf wuchs in Sekundenschnelle eine große Beule. Ich tastete nach dem Griff der Tür. Mir blieb nur ein Augenblick. Das Etwas hatte mich fast erreicht. Die Kälte umschloss mich, als wolle sie mir den Weg abschneiden. Ich wagte es nicht, mich umzudrehen. Vor meinem inneren Auge sah ich den glühenden Blick, eine finstere Gestalt, die mit ausgestreckter Knochenhand auf mich zu schwebte. Ich riss die Tür auf und hechtete nach vorn. Mit der gesamten Energie seines Tempos krachte das Etwas vor das Holz und schlug die Tür zu. Im nächsten Moment wurde das Treppenhaus in glutoranges Licht getaucht. Als ich mich umwandte, sah ich den gleichen Kreis aus Runen, der auch in die Tür von Eagons Versteck geschnitzt worden war. Er hatte angefangen zu glühen. Es war, wie Eagon gesagt hatte. Als das Etwas merkte, dass es mich nicht mehr erreichen konnte, verzog es sich mit einem wütenden Zischen. Gewiss um das obere Ende der Treppe vor mir zu erreichen. Ich hastete die Stufen hinauf. Wenn es meinem Verfolger gelang, mir den Weg abzuschneiden, war ich verloren.

Windung um Windung schraubte ich mich höher. Wunderte mich, wie weit hinunter ich bei meinem Streifzug durch die Gänge doch gekommen war. Schließlich gelangte ich vor eine weitere Holztür. Ich riss sie auf und betrat einen Gang. Hier war der Boden wieder schlüpfrig. Ich rannte los. Inzwischen lief mir der Schweiß in Strömen über das Gesicht. Nach kurzer Zeit spürte ich Knochen, die unter meinen Sohlen brachen. Ich musste ganz in der Nähe des Schachtes sein! Ich streckte den Arm aus und streifte mit zwei Fingern an der Wand zu meiner Rechten entlang, um die Abzweigung nicht zu verpassen. Ich passierte einen nach links abzweigenden Gang und zuckte zusammen. Das Etwas kam daraus direkt auf mich zugeflogen. Ich prallte vor Schreck mit der Schulter gegen die Tunnelwand. Mein Verfolger verfehlte mich knapp. Als er mir schnell wie der Wind nachjagte, hörte ich, wie wohl seine Kleidung durch die Knochen schleifte. *Ich schaffe es nicht.* Dann hörte ich Stoff reißen. Das Etwas musste irgendwo hängengeblieben sein. An einem hervorstehenden Steinchen oder vielleicht einem Knochensplitter, der sich in den Boden gegraben hatte. In diesem Moment glitt meine Hand ins Leere. Ich hastete nach rechts und rannte, bis ich geradewegs in das Seil hineinlief. Ich packte es und beförderte mich mit kräftigen Zügen aufwärts. Ich wähnte mich in Sicherheit, da legte sich eine eiskalte Hand mit dürren, knöchernen Fingern um mein Fußgelenk. Instinktiv trat ich nach unten. Das Etwas zischte und ließ los. Ich zog meine Beine an den Leib und die Machete aus meinem Gürtel, während ich mich mit der Linken am Seil festhielt. Eisige Kälte umfing mich. Ich klemmte mir die Machete zwischen die Zähne und zog mich höher, bis ich unterhalb der Klappe angelangt war. Doch kaum war ich dort, griff die Kälte mit bislang unbekannter Intensität nach mir. Das Etwas versuchte alles, um mich nicht entkommen zu lassen. Ich knurrte. Nahm die Machete aus dem Mund und schob sie durch den Schlitz der Klappe. Kein Lichtspalt war zu sehen. Es musste schon spät sein. Damon und seine Gardisten schliefen vermutlich oder hatten die Zisterne verlassen.

Ich drückte die Machete gegen das Metall des Bolzens und schob. Der Bolzen rührte sich ein winziges Stück. Millimeter um Millimeter schob ich ihn vor. Die Muskeln in meinem linken Arm waren bis zum Zerreißen gespannt. Indessen drang die Kälte in mein Herz vor. Jeder Tropfen Blut, der mit ihr in Kontakt kam, verwandelte sich in Eiswasser in meinen Adern. Meine Finger wurden taub. Meine Zähne begannen zu klappern. Das Etwas wartete reglos, während es mir die Kraft aussaugte. Immerhin konnte es offenbar nicht zu mir heraufschweben. Doch schon spürte ich, wie ich hinabzurutschen begann. Ich blickte kurz unter mich und sah das Paar glühender Augen. Ich klemmte die Machete erneut zwischen die Zähne, wechselte den Arm und setzte meine Arbeit an dem Bolzen fort. Millimeter um Millimeter. Kalter Schweiß rann mir über die Stirn. Ein Ruck ging durch das Seil. Ich rutschte mehrere Zentimeter abwärts und schürfte mir die Hand auf. Ich ignorierte den Schmerz, wechselte noch einmal den Arm und zog mich mit letzter Kraft nach oben. Dann endlich war der Bolzen heraus. Ich öffnete die Klappe, packte den Rand, zog mich nach oben und …

… war endlich im Becken der Zisterne auf festem Grund. Obwohl die rauchig-klamme Luft in der Zisterne nicht besonders warm war, hatte ich das Gefühl, eine beheizte Taverne zu betreten. Schwer atmend drehte ich mich auf den Rücken und wartete darauf, dass sich meine Muskeln entspannten. Ich hatte es geschafft. War wahrhaftig entkommen. Ich lachte rau. Eine geschlagene Minute lag ich mit geschlossenen Augen da und genoss den Triumph. Dann schlug ich die Lider auf und bemerkte, dass ich nicht allein war. Über mir stand ein Mann. Einer von Damons Gardisten. Er hatte sein rotes Halstuch wie einen Mundschutz vor das Gesicht gebunden und sah mit klugen, blauen Augen auf mich herab.

Blackworth

Eine Krähe landete vor Ends Fenster, und er verstummte. Auch diese Krähe sah krank aus. Ein rotes Geschwür wucherte über einem ihrer Augen. Einzelne Federn fielen ihr aus, während sie über die Fensterbank lief, und ihr Gefieder war schmutzig und grau. Der Sänger runzelte bei dem Anblick die Stirn. Es war schon das zweite Tier, das in Ends Zelle geflogen kam. War dieses Verhalten denn normal für Vögel? Einen Moment lang herrschte absolute Stille. Dann öffnete die Krähe den Schnabel und krächzte drei Mal. End stand auf und ging zu ihr. Er nestelte an ihrem Fuß und hielt im nächsten Moment eine winzige Phiole in Händen. Ihr Inhalt war schwarz wie Pech. Die Krähe wandte sich um, lief zum Rand des Fensterbretts und schwang sich in die Luft. Doch ihre Flügel trugen sie nicht. Nach nur wenigen Metern sackte sie kraftlos weg und trudelte in die Tiefe.

„Was ist das?", fragte der Sänger und musterte die Phiole.

„Ein Beweis", sagte End und zog den Korken heraus. „Ihr denkt, dass eine Halluzination, die die Grenze zur Realität überschreitet, unmöglich ist? Dass Spiegelbilder kein Eigenleben besitzen? Dann werdet ihr mir das, was ich euch heute erzähle, niemals glauben, wenn ihr es nicht mit eigenen Augen seht." Schwarzer Rauch trat aus der Phiole. Einen Moment lang hing er in Form von dunklen Schleiern in der Luft. Dann zog er sich zusammen. Er verdichtete und materialisierte sich zu einem schwarzen Schmetterling. Der Sänger war sprachlos. Er konnte den Blick nicht von dem Falter wenden, der durch Ends Zelle flatterte und zahm auf seiner Hand landete. End musterte ihn kurz, dann schloss er die Faust um das Insekt und zerdrückte es.

„Nicht", hauchte der Sänger. Schwarzer Rauch trat zwischen Ends Fingern hervor und materialisierte sich erneut zu einem Schmetterling. Das Tier flatterte auf den Gang und in die Zelle des Sängers. Er streckte die Hand aus und der Schmetterling landete auf seinem Zeigefinger.

„Wie ist das möglich?", flüsterte er.

„Magie", sagte End. „Eigentlich Alchemie. Aber das ist fast dasselbe. Es handelt sich um dunkles Mana, die konzentrierte Substanz eines Bösen Geistes. Die beliebteste Grundzutat für dunkle Alchemie. Nur die fähigsten Alchemisten beherrschen die Kunst, der Substanz die Gestalt eines Schmetterlings zu geben."

„Ich höre zum ersten Mal von einer solchen Substanz", sagte der Sänger, während er das Tier von allen Seiten betrachtete.

„Du hast schon von ihr gehört", entgegnete End. Der Sänger hob überrascht den Blick. „Ihr alle habt von ihr gehört. Erinnert ihr euch an die Stelle aus Williams Tagebuch, als er und meine Schwester Dianes Messer in ihrer Tür finden? Er spricht von einer teerähnlichen Substanz."

„Was geht dort überhaupt vor sich?", fragte jemand aus den anderen Zellen.

„Ihr werdet sehen", sagte der Sänger, als der Schmetterling wieder auf den Gang hinausflatterte. Das Tier flog von Zelle zu Zelle - mal durch ein Fenster hinaus und ein anderes wieder hinein - und die Insassen bewunderten seine schwarze Schönheit einer nach dem anderen. Egal, ob sie ihm die Flügel ausrissen, oder ihn wie End in der Faust zerdrückten, es fand immer wieder in seine ursprüngliche Form zurück. Schließlich flog der Schmetterling wieder in Ends Zelle und landete auf seinem Oberarm.

„Was ist das für ein Wesen?", fragte der Sänger. „Wer schickt dir diese Raben?"

„Alles zu seiner Zeit", sagte End. „Vorerst soll er euch nur dazu bringen, mir zuzuhören. Denn eine Machete, die unter meiner Berührung anfängt zu leuchten, ist noch das Gewöhnlichste, das ihr heute zu hören bekommt."

End

Der Gardist, scheinbar vollkommen ungerührt von meinem plötzlichen Erscheinen, wartete, bis ich auf den Beinen war. Ich atmete immer noch schwer. Wankte. Hunger, Müdigkeit und körperliche Erschöpfung zerrten an meinen Kräften. Wenn der Gardist Alarm schlug, konnte ich mich genauso gut wieder in den Schacht stürzen. Aber der Mann blieb stumm. Vielleicht hatte er keine Zunge mehr. Sein Blick war wachsam. Ihm schien eins klar zu sein: Wenn es mir gelungen war, dem Etwas unten in den Schächten zu entkommen, konnte ich kein leichter Gegner sein. Er zog einen Säbel. Merkwürdig. Er trug einen Revolver am Gürtel. Warum erschoss er mich nicht einfach? Ich versuchte, in seinen klaren blauen Augen zu lesen. War es eine Frage der Ehre? Ich streckte den Arm von mir und ließ die Machete auf einen der Teppiche fallen. Ich konnte mich auf keinen Schwertkampf einlassen. Der Lärm würde womöglich andere Gardisten alarmieren.

Mein Gegenüber blieb stehen. Er sah zu der Waffe, die ich hatte fallen lassen, dann zu mir. In seinem Blick rangen Misstrauen und Ehrgefühl miteinander. Schließlich streckte auch er den Arm von sich und ließ den Säbel fallen. Ich hatte mich nicht in ihm getäuscht. Wir fingen an, einander zu umkreisen wie zwei kampflustige Tiger. Der Blick des Gardisten blieb wachsam. Ich durfte ihn nicht unterschätzen, insbesondere da er mich in einem schwachen Moment erwischt hatte. Schon ging er zum Angriff über. Er hob die Fäuste und begann, auf mich einzudreschen. Er war ein guter Faustkämpfer. Schlug zu, ohne seine Deckung zu vernachlässigen, in rascher Folge und zwang mich in die Defensive. Ich lenkte seine Schläge ab, wich ihnen aus oder blockte sie. Trotzdem erwischte er mich mehr als einmal schmerzhaft. Jeder Treffer ins Gesicht reizte mich bis aufs Blut. Ich knurrte und fletschte die Zähne wie ein wütendes Tier. Unter anderen Umständen wäre ich ihm überlegen gewesen. Wieder flog eine Faust auf mich zu. Und plötzlich schien es, als verlangsamte sich ihre Bewegung. Die Zeit blieb stehen und dann raste sie rückwärts. Monate … Jahre …

Ich war wieder im Unterrumpf. Seit einiger Zeit nahm ich regelmäßig Perl zu mir. Aufgrund meiner jüngsten Erfahrung mit dem schwarzen Perl wagte ich es noch nicht wieder, Handel mit seinem weißen Vetter zu treiben. Jeden Tag riskierte ich mein Leben, um etwas zwischen die Zähne zu bekommen. Soeben war es mir gelungen, ein Stück Brot, etwas Dörrfleisch und eine Zwiebel zu stehlen. Die erste richtige Mahlzeit seit Langem. Manchmal brachten die Piraten etwas zu essen mit, wenn sie den Unterrumpf betraten. Sie konnten einen guten Preis dafür erzielen. Es war mein Glück, dass sie den Konstruktionsschacht passierten, in dem ich mich gerade versteckte. Ich schlüpfte heraus, schnitt ihnen den Beutel mit dem Essen vom Gürtel und war wieder verschwunden, noch ehe sie zum ersten Mal geflucht hatten. Meine Beute war mir so gut wie sicher. Ich konnte den Weg zu meinem Versteck fast vollständig im Schutz der Konstruktionsschächte zurücklegen. Nur einmal musste ich einen der Gänge betreten. Kaum aber, dass ich einen Fuß ins Freie gesetzt hatte, packte mich jemand am Kragen und warf mich zu Boden. Ein Perlsüchtiger stand über mir. Er nahm den Beutel und spähte hinein. „Sehr gut, das rettet mir den Tag", sagte er mit vor Freude über den unverhofften Fund zitternder Stimme. Er schenkte mir keine weitere Beachtung und ging. Für ihn war ich doch nur ein harmloses Kind. Aber er hatte einen Fehler begangen. Er hatte sich nicht an die wichtigste Regel des Unterrumpfes gehalten.

Ich rappelte mich auf und stürmte wie ein Stier auf ihn los. Blinde Wut und Hunger trieben mich an. Der Süchtige wandte sich um – seine Augen weiteten sich – und ich rammte ihm meinen Kopf in den Magen. Er taumelte rückwärts, stolperte und stürzte. Schon war ich über ihm und drosch mit den Fäusten auf sein Gesicht ein. Ich war kein Kämpfer. Kannte keine Techniken, nur rohe Gewalt. Der Süchtige war stärker als ich. Als er eines meiner Handgelenke zu packen bekam, zog ich mein Messer und stieß es ihm in den Hals.

Er hatte mich nicht getötet, also hatte ich ihn getötet.

Als mich nun die Faust des Gardisten traf, war aller Hunger, alle Müdigkeit vergessen. Vertrieben von einer Wut so rein wie die Gedanken eines Säuglings. Ich war wieder das Kind, dem ein Süchtiger das Essen gestohlen hatte. Mein erster Gegenschlag kam mit solcher Kraft, dass ich die Verteidigung meines Gegners einfach durchbrach. Ich sah die Überraschung in den blauen Augen des Gardisten, ehe ich ihn am Kiefer erwischte. Ohne es zu wollen, hatte ich ihn getäuscht. Er hätte mir vielleicht etwas entgegenzusetzen gehabt, hätte er mich nicht längst am Ende meiner Kräfte geglaubt. Ich setzte ihm, ohne zu zögern, nach. Die Haut auf meinen Fingerknöcheln platzte auf, aber ich fühlte keinen Schmerz. Fühlte nur die Treffer, die ich einen nach dem anderen landete, bis ich meinen Gegner mit einem letzten Schlag niederstreckte. Schwer atmend stand ich über ihm, während das Blut von meinen Fingern tropfte. Ich musste mich beherrschen, um nicht weiter auf den Bewusstlosen einzudreschen. Was nun? Er war der Einzige, der wusste, dass ich noch am Leben war. Es wäre das Beste, wenn ich ihn in den Schacht warf. Auf diese Weise käme Damon nicht auf die Idee, wieder nach mir suchen zu lassen. Oder aber …

Ich warf einen Blick zur Tür. Nicht zu der, die aus dem Saal führte, sondern zu jener, durch die ich während meines Kampfes mit Damon zu gehen versucht hatte. Ich dachte daran, wie ein jeder seine Waffe auf mich gerichtet hatte, kaum dass ich die Türklinke berührt hatte. Später war die Frau, die mich mit einem winzigen Giftpfeil gelähmt hatte, durch diese Tür getreten. War es Damons Kammer? Vielleicht konnte ich ihn im Schlaf erdolchen. Damit hätte ich das Problem ein für alle Mal beseitigt. Eine solche Gelegenheit würde sich mir kein zweites Mal bieten.

Ich hob meine Machete auf. Als meine Fingerspitzen den weichen Stoff des Teppichs streiften, war ich einen Moment lang versucht, mich hinzulegen. Die Augen zu schließen und zu schlafen, selbst wenn das bedeutete, dass Damon mich wieder in den Schacht warf. Ich straffte die Schultern und unterdrückte ein Gähnen. Ich würde jetzt nicht aufgeben. Ich trat vor die Tür und drückte die Klinke herunter. Sie war nicht verschlossen. Der Raum dahinter erinnerte mich an Limbanias Versteck im Unterrumpf. Zuallererst bemerkte ich mehrere Gläser, in denen Blumen mit leuchtender Blüte wuchsen. Es waren dieselben, die Eagon gegessen hatte. Ob der Junge es geschafft hatte? Feenwürmchen umschwirrten die leuchtenden Blüten. Weitere Gläser mit Pulvern, Kräutern und Knollen standen auf einem Regal, das eine ganze Wand des Raumes für sich beanspruchte. Es gab sogar einen Schrumpfkopf. Ich dachte daran, wie Limbanias Schrumpfkopf nach ihr gerufen hatte, als mein Spiegelbild lebendig geworden war. Ich war mir immer noch nicht sicher, was davon Wirklichkeit und was Einbildung gewesen war. Ich hatte damals unter starken Entzugserscheinungen gelitten. Außerdem hatte Mario, der Metzger, mir zuvor einen harten Schlag auf den Kopf verpasst. Allerdings erschien mir ein lebendig gewordener Schrumpfkopf gar nicht mehr so unmöglich. Nicht, nachdem Limbania mir einen Dämon ausgetrieben hatte, der als Halluzination begann, Sterne vor meinen Augen verloschen waren und ich ein dämonisches Wesen mit einem magischen Licht aus meiner Machete vertrieben hatte. Ich beäugte den Schrumpfkopf misstrauisch. Er rührte sich nicht. Ich betrat den Raum und angenehme Wärme umfing mich. Neben einem Athanor stand ein kleiner Heizofen, in dem noch Kohlen glühten. Daneben auf einem Tisch eine Retorte, Mörser und Stößel und weitere Arbeitsmittel, deren Bezeichnung ich nicht kannte. Neben einem Durchgang in ein angrenzendes Zimmer glomm der Docht einer Öllampe. Der Raum dahinter lag in undurchdringlicher Schwärze.

Jäh löste sich eine Silhouette aus der Dunkelheit. Es war die junge Frau, die mich gelähmt hatte. Außer einer Hose trug sie nun einen Poncho mit bunten Stickereien. In der Hand hielt sie eine Puppe, die aus Juteflicken zusammengenäht zu sein schien. Gewiss kein Spielzeug. Mit den zwei Knöpfen, wo ihre Augen hätten sein sollen, und einem Mund, der wie zugenäht wirkte, sah sie alles andere als freundlich aus.

Die Frau drehte die Öllampe auf. Unsere Blicke trafen sich. Falls sie überrascht war, mich zu sehen, ließ sie es sich nicht anmerken. „Verschwinde von hier", flüsterte sie. „Damon steht jeden Moment auf. Du kannst ihn nicht besiegen." Sogar ihr Akzent erinnerte mich an Limbania.

„Dann werde ich ihn töten, bevor er aufsteht", zischte ich.

„Das lasse ich nicht zu", sagte die Frau kühl.

Ich hob die Brauen. „Versuch, mich aufzuhalten."

„Stehen bleiben!" Die Frau hielt die Puppe hoch. „Diese Puppe ist an dich gebunden. Was ich ihr antue, wird dir widerfahren." Sie zog ein Messer und hielt es der Puppe an die Kehle. „Zwing mich nicht, ihr den Kopf abzureißen." Ich sah ihr in die Augen. Augen, die so dunkel waren wie meine. Selbst im matten Licht der Öllampe sah ich ihre Entschlossenheit. Sagte sie die Wahrheit? Wieder dachte ich an all die unerklärlichen Dinge, die ich gesehen hatte. Und dann sah ich eine Zeile aus Williams Tagebuch ganz deutlich vor mir: *Ich glaube an nichts, aber ich halte alles für möglich.* Emily hatte diese Worte gesagt, als sie sich mit William über die Mythen der Norvolken unterhalten hatte. Hatte sie etwas gewusst? Ich verengte die Augen zu Schlitzen. Selbst wenn diese Frau in der Lage war, Voodoo-Puppen zu erschaffen, brauchte sie gewiss etwas, um den Zauber auf mich zu lenken. Ein Haar oder einen Tropfen meines Blutes.

„Ich glaube dir nicht", flüsterte ich und tat einen weiteren Schritt Richtung Durchgang zu Damons Kammer. Die Frau ließ das Messer sinken und hielt die Puppe über die Flamme der Öllampe. Augenblicklich wurde mein rechter Fuß heiß. Das

Leder meines Schuhs begann zu schwelen. Ich blieb stehen. Sie hatte nicht gelogen!

„Geh!", zischte sie.

Ich ballte die Hände zu Fäusten. „Gib mir die Puppe und ich gehe."

Die Frau lächelte spöttisch. Das Licht der Öllampe glitt als goldener Reflex über ihr Haar, als sie den Kopf schüttelte. „Ich werde diese Puppe nur dann benutzen, wenn du Damon zu nahetrittst. Warum glaubst du, habe ich dich gelähmt? Er hat mit dir gespielt wie eine Katze mit einer Maus. Ich habe dir das Leben gerettet. Zugegeben, ich hatte keine große Hoffnung, dass du den Rattensumpf überleben würdest …" Ihr Lächeln zollte mir Respekt. „… aber ich habe an dich geglaubt. Ich habe mich nicht in dir getäuscht."

„Warum hast du mir das Leben gerettet?"

Ihr Lächeln wurde breiter, beinahe anzüglich. Sie trat näher, wobei sie ihr Messer in den Rücken der Puppe drückte. „Was kümmert es dich?", flüsterte sie, wobei sie meinem Gesicht so nahekam, dass ich die Worte auf meinen Lippen spüren konnte. „Du lebst und nur darauf kommt es an. Geh jetzt. Er wacht gleich auf." Ich spielte mit dem Gedanken, ihr die Puppe aus der Hand zu schlagen, verwarf ihn aber gleich wieder. Das Risiko, dabei von ihrem Messer aufgespießt zu werden, war zu groß. „Ich werde ihm nicht verraten, dass du noch lebst." Ich betrachtete die Tätowierung in ihrem Gesicht. Sie erinnerte mich an Sam.

Ich schluckte.

Dann wandte ich mich um und verließ die Kammer. Die Frau schloss die Tür hinter mir. Zurück in der Zisterne wollte ich zuerst den Gardisten dem Etwas zum Fraß vorwerfen. Ich musste jedoch feststellen, dass er verschwunden war. Ich fluchte stumm. Hastig suchte ich zwischen den Dingen, die auf den Teppichen verstreut lagen, nach Kleidung, die mich wie einen von Damons Gardisten aussehen ließ. Ich fand eine schwarze Jacke mit Kapuze, ein Paar fingerloser Handschuhe und teuer aussehende Stiefel. Außerdem ein rotes Hemd, von dem ich mir einen Stoffstreifen abriss. Bei flüchtigem Hinsehen würde jeder es für ein Halstuch halten. Ich warf die Überreste des Hemdes und meine alten Schuhe in den Schacht und schloss die Klappe, schob den Riegel vor und war schon auf halbem Wege nach draußen, als mein Blick auf den Geigenkasten fiel. Ich nahm ihn mit, auch wenn ich mir nicht sicher war, ob ich Amrei das Instrument geben oder es vor ihren Augen zertrümmern würde. Schließlich verließ ich die Zisterne. Draußen auf dem Gang begegnete ich niemandem. Erst als ich den Hauptkanal betrat, traf ich auf einen Wachmann. Er lehnte mit verschränkten Armen neben dem Tunneleingang und döste. Im Vorbeigehen zerschnitt ich einen gefüllten Lederbeutel an seinem Gürtel und fing die Münzen auf, die daraus hervorflossen wie Blut aus einer zerschnittenen Kehle.

Der Hauptkanal war immer noch belebt. Das Knacken brennender Scheite, die die frühlingshafte Kälte vertreiben sollten, Schritte auf dem sumpfigen Kanalboden und gedämpfte Stimmen schwebten unter der Tunneldecke. Ein Stück den Kanal hinunter entdeckte ich eine Leiter, über die ich auf die Straßen von Treedsgow gelangen würde. Der Mann, der mir auf dem Weg dorthin begegnete, senkte den Blick, als er das rote Tuch an meinem Hals bemerkte. Bei der Leiter klemmte ich mir den Geigenkasten unter den Arm und erklomm ein wenig unbeholfen die Sprossen. Oben schob ich den Gullydeckel beiseite und kletterte ins Freie. Kalte Nachtluft begrüßte mich. Einige Herzschläge lang kniete ich neben dem Eingang zur Kanalisation und genoss die Kälte, die meine Lungen füllte. Ich lauschte dem Rauschen von Wellen und Wind. Hob den Blick, wie um mich davon zu überzeugen, dass der Himmel noch da war. Es war eine klare Nacht. Die Sterne glitzerten wie in nachtblauem Felsgestein eingelassene Diamanten, und nicht einmal die verloschenen Sternenbilder Beodill und Skeirim konnten mir die Freude an diesem Anblick nehmen. Schließlich erhob ich mich und folgte dem

Salzgeruch des Meeres zum Hafen. Ich folgte dem Verlauf einer Straße, vorbei an nachtschwarzen Häuserfassaden, durchquerte eine dunkle Gasse und fand mich auf der von Gasleuchten erhellten Promenade vor einer vergleichbar noblen Absteige wieder. Trotz der späten Stunde brannte noch Licht hinter den Fenstern. Man hörte die wilde Melodie eines Akkordeons, Stepptänze und Gelächter. Über dem Eingang stand in geschwungenen Lettern *Fourier*. Ich starrte auf die Front jenes Lokals, in dem William einst im Vollrausch Diane kennengelernt hatte. In meiner Vorstellung war es kleiner gewesen. Neben dem Eingang standen zwei Wachmänner. Sie trugen je eine Pistole und beobachteten mich misstrauisch. Mir war klar, dass ich immer noch den roten Fetzen am Hals trug. Ob einer von ihnen Gary war? Vielleicht der, der soeben die Hand auf den Griff seiner Pistole legte. Mein Blick schien ihn nervös zu machen. Ich wandte mich ab und kehrte in die Gasse zurück. Den Rest des Weges würde ich im Schutz der Schatten zurücklegen. Ich war zu müde, zu ausgehungert für eine weitere Auseinandersetzung. Kaum hatten die Schatten mich verschlungen, öffnete sich die Tür des *Fourier*. Musik und Gelächter nutzten die Gelegenheit, um in die Nacht zu entkommen, ehe die Tür wieder ins Schloss fiel.

„Reg dich nicht so auf, Eliza." Ein Mann sprach. „Ich habe nur Spaß gemacht." Ich blieb stehen und lauschte.

„Nun, du hast es etwas zu weit getrieben mit deinen Späßen", fauchte die Frau. Sie hatte leuchtend blondes Haar und schien den Tränen nahe zu sein.

„Eliza ..."

„Fass mich nicht an!" Schweigen.

„Lass uns wieder reingehen", versuchte der Mann es ein weiteres Mal. „Mir wird kalt."

„Du kannst ja gehen. Ich bleibe hier und überlege mir, ob ich wiederkomme."

Der Mann schnaubte. „Als ob du es wagen würdest, allein nach Hause zu gehen", sagte er. Seine Stimme war nicht länger sanft, sondern spöttisch. Vermutlich war Eliza zu empört, um etwas zu sagen. Schweigen begleitete die Schritte des Mannes. Die Tür fiel hinter ihm ins Schloss. Eine Weile lauschte ich dem Schluchzen Elizas. Dann ging ich weiter. Ich kam jedoch nicht weit. Nach nur wenigen Schritten versperrte mir eine dunkle Gestalt den Weg. Im fahlen Licht des Mondes erkannte ich einen Mann, der das rote Halstuch der Gardisten wie einen Mundschutz trug.

„Du!“, zischte ich. „Hast du es immer noch nicht kapiert? Ich hätte dich direkt in den Schacht werfen sollen.“ Ich ließ den Geigenkasten fallen und zog die Machete. Das Leuchten der Klinge war endgültig verloschen.

„Warte!“ Ich hielt inne. Es war das erste Mal, dass ich den Gardisten sprechen hörte. „Ich bin nicht hier, um mit dir zu kämpfen.“ Obwohl es dunkel war, sah ich, dass seine Augen lächelten. „Sehe ich so aus, als ob ich meine Lektion nicht gelernt hätte?“ Erst jetzt bemerkte ich, dass der sichtbare Teil seines Gesichts grün und blau war. „Mir dröhnt immer noch der Schädel von deinen Schlägen.“

„Was willst du?“

„Du hast mich besiegt“, sagte er, „aber nicht getötet. Ich hatte die Absicht, dich Damon auszuliefern, und das wusstest du. Er hätte dich mit Sicherheit getötet. Aber du hast mein Leben verschont. Ich schulde dir meinen Dank.“ Ich starrte den Mann an. Suchte in seinem Gesicht nach einem Zeichen dafür, dass er mir etwas vormachte. Ein Mann aus Damons Garde, der so viel Ehrgefühl besaß?

„Warst du in New Port?“

„Ja und nein“, sagte der Mann. „Ich komme aus Izzian, dem Land von Ehre und Bildung. Ich gehörte den Honoren an, einem Orden, den es schon seit Jahrhunderten gibt. Sie bildeten mich im Schwert- und Nahkampf aus, auch im Umgang mit der Armbrust. Aber ich habe nie verstanden, warum sie sich den Handfeuerwaffen verweigern. Dieser Orden ist ein Verbund verbockter, alter Narren, der es seinen Mitgliedern nicht einmal erlaubt, sich mit Weibern abzugeben. Ich trat aus, bevor sie mich verbannen konnten, und reiste nach Dustrien. Ich arbeitete als Gefängniswärter in Fort New Port. Als die Mauern einstürzten, hätten die Gefangenen mich fast getötet. Damon rettete mir das Leben. Daraufhin schwor ich ihm Treue und legte für die Dauer meines Schwurs ein Schweigegelübde ab." Ich hob die Brauen. Der Gardist schien zu wissen, was ich dachte. „Der Schwur und damit das Gelübde endeten, als du mein Leben verschontest. Nun bin ich hier, um dir die Treue zu schwören."

„Bis jemand anderes dir das Leben rettet, meinst du?" Der Gardist nickte und ging vor mir auf die Knie. „Warum?"

„Es ist ein Brauch der Honoren."

„Denen du selbst abgeschworen hast."

„Das spielt keine Rolle", erklärte der Gardist geduldig. „Ich habe dem Orden abgeschworen, aber das heißt nicht, dass ich seine Bräuche nicht befolgen kann, wenn es mir sinnvoll erscheint."

Ich war drauf und dran, ihn zu fragen, inwiefern denn ein Schweigegelübde sinnvoll sei, schluckte die Frage aber hinunter. „Ich verzichte auf dein Angebot."

„Meine Treue gehört dir. Du musst mich um nichts bitten, aber ich werde in deiner Nähe bleiben und dir das Leben geben, das du verschont hast."

„Ich verzichte auf deine Hilfe", entgegnete ich, „es sei denn, du würdest einen Weg nach *Sankt Laplace* kennen."

Der Gardist sah zu mir auf. Sein Blick hatte sich in Unglauben aufgelöst. „Wozu?"

„Ich glaube, meine Schwester ist dort." Der Gardist schwieg. Ich erwartete nicht, dass er wirklich eine Idee hatte.

„Es gibt da einen Mann", begann er zögerlich. „Einen ehemaligen Patienten, der es geschafft hat, von dort zu entkommen. Wenn er klug ist, hat er Treedsgow verlassen. Aber vielleicht kann ich ihn finden."

Ich schwieg überrascht. „Steh auf", sagte ich schließlich. Der Gardist erhob sich. „Ich nehme zurück, was ich gesagt habe. Ich nehme deine Hilfe an unter einer Bedingung: Knie nie wieder vor mir! Mal ehrlich, sehe ich aus wie ein scheiß Adliger?" Die Augen des Gardisten verrieten sein Grinsen. Ich vermutete, dass das Halstuch verbarg, wie jung er wirklich war.

„Ich werde deinen Mann finden", sagte er. „Eine Sache noch. Damon wird merken, dass ich ihm nicht länger diene, aber er weiß nicht, dass du dem Rattensumpf entkommen bist. Er hält dich für tot und das sollte auch so bleiben." Der Gardist griff in seine Jackentasche und holte ein schwarzes Tuch hervor. „Du solltest dein Gesicht nur noch jenen zeigen, denen du vertrauen kannst."

Ich nickte und entfernte das rote Stück Stoff von meinem Hals, band mir das Tuch vor den Mund und zog mir die Kapuze meiner Jacke über den Kopf. „Wir sehen uns …"

„Leonardo Cavallina. Unter den Gardisten bekannt als Jasper."

„Godric End."

Jasper ließ sich nicht anmerken, ob er schon mal von mir gehört hatte. Er nickte zum Abschied. „Arrivederci, Godric End." Und er verschwand in der Dunkelheit. Ich steckte meine Machete zurück in den Gürtel und folgte der Gasse. Nach wenigen Schritten bog ich in eine Straße ein, die parallel zur Promenade verlief. Ich wankte. Nicht nur Hunger und Müdigkeit zerrten an meinen Kräften. Die kalte Nachtluft, die mir nach dem Gestank in der Kanalisation wie Balsam erschienen war, saugte gierig den letzten Rest Wärme aus meinem Körper, und ich wurde schmerzlich daran erinnert, dass ich noch vor wenigen Tagen im Delirium gelegen hatte. Der Atem stand mir in kleinen Wolken vor dem Mund. Ich schätzte die Temperatur unterhalb des Gefrierpunktes. Ich wollte nur noch Alens Taverne betreten, mir etwas zu essen klauen und schlafen.

Aber die Ereignisse der Nacht waren noch nicht vorbei.

Als in einiger Entfernung eine Kreuzung in Sicht kam, bemerkte ich einen Schatten, den die Gasleuchten auf der Promenade an eine Hauswand warfen. Eine Frau, die das Gesicht in den Händen vergraben hatte. Ihr Schluchzen vermochte das Rauschen der Wellen kaum zu übertönen. Jäh trat eine Gestalt auf die Kreuzung. Sie verschwand hinter der nächsten Ecke und ihr Schatten gesellte sich zu dem der Frau. In der Hand hielt der Neuankömmling ein Messer. Die weinende Frau bemerkte die nahende Gefahr erst im letzten Moment.

„Wer sind Sie?" Diese Stimme. Das war Eliza. Sie keuchte, als sie das Messer sah. „Hilfe …" Sie bekam kaum Luft vor Angst. „Hilfe!" Der Schatten hob die Klinge und fasste Eliza am Oberarm. Ihr Schrei jagte mir einen Schauer über den Rücken, kälter als die frostige Nachtluft. Der Fremde stach zu. Einmal. Zweimal. Dreimal. Elizas Schrei verwandelte sich in ein Gurgeln. Sie sank auf die Knie. Der Schatten setzte nach. Stach immer wieder auf sie ein, auch dann noch, als Eliza zu einem Häufchen am Boden zusammengesunken war und längst keinen Ton mehr von sich gab. Schließlich wandte er sich um und ging zurück über die Kreuzung. Im Gehen wandte die Gestalt den Kopf. Die winterblauen Augen leuchteten wie das Mondlicht. Nur eine Sekunde lang sah sie geradewegs zu mir. Dann verschwand sie hinter der nächsten Häuserecke. Ich tauchte in eine Gasse ein und wartete im Schutz der Dunkelheit. Jemand musste Elizas Schreie gehört haben. Aber keine Türe öffnete sich. Keine entsetzten Bürger traten auf die Straßen. Dafür kam Bewegung in die Dunkelheit hinter den Fenstern. Ich bemerkte ein Auge, das durch einen Spalt in den Vorhängen spähte. Ein bleiches Gesicht, eine dunkle Silhouette. Ich trat tiefer in die Schatten, drehte mich um und folgte der Gasse. Sie endete vor einer Mauer. Ich warf den Geigenkasten voraus, kletterte drüber und durchquerte einen dunklen Innenhof. Ich gelangte auf eine Straße, von der aus ich einen großen Bogen um den Tatort machen konnte.

Den Rest des Weges bis zur Taverne *Zum Meeresgrund* legte ich rennend zurück, wobei ich den Geigenkasten an meine Brust drückte. Als ich den Bootssteg betrat, war ich am Ende meiner Kräfte. Die Tür zum Saal war verriegelt, doch es war ein Leichtes, sie von außen zu öffnen. Kalter Rauch hing in der Luft. In der Feuerstelle glühten noch Kohlen. Ich durchquerte den Raum und betrat die Küche. In einem Korb fand ich einen verbrannten Laib Brot. Er war hart wie Stein. Außerdem gab es noch Bohneneintopf. Ich zerhackte das Brot mit meiner Machete und rupfte das weiche Innere heraus. Mit bloßen Händen aß ich aus dem Topf, bis fast nichts mehr übrig war. Anschließend wusch ich mich an einem Wassertrog. In der Anrichte im hinteren Teil der Küche fand ich mehrere Flaschen, die mit einer trüben Flüssigkeit gefüllt waren. Ich zog den Korken heraus und schnupperte. Apfelsaft. Ich setzte die Flasche an die Lippen und trank in gierigen Zügen. Binnen weniger Sekunden hatte ich sie geleert. Ich unterdrückte einen Rülpser, stellte die Flasche zurück und nahm eine zweite für später. Ich verließ die Küche, ohne meine Spuren zu beseitigen. Sollte Alen doch wissen, dass jemand eingebrochen war. Er hielt mich ohnehin für tot. Ich trat durch die Tür, durch die ich damals zum ersten Mal den Saal betreten hatte, und folgte den Fluren auf der Suche nach Amreis Zimmer. Es war nicht schwer zu finden. Als ich noch wenige Schritte von ihrer Tür entfernt war, hörte ich Dexters Bellen gefolgt vom Kratzen seiner Pfoten.

„Ruhig, Dexter“, hörte ich Amreis verschlafene Stimme. „Was ist denn?“ Einen Moment später öffnete das Mädchen die Tür. Sie hielt Dexter am Halsband zurück, doch als sie mich sah, ließ sie ihn beinahe los. Ihre Augen wurden noch größer, als sie den Geigenkasten in meiner Hand bemerkte.

„Du hast …“ Sie brach ab, als wir eine Tür hörten, die aufgestoßen wurde. Ich bedeutete ihr stumm, das Gespräch drinnen fortzusetzen. Sie nickte knapp und trat zur Seite, wobei sie Dexter unverständliche Worte ins Ohr zischte. Ich trat ein und sie hastete zur Tür des anderen Zimmers, um sie aufzuschließen.

Sie hatte kaum die Tür hinter mir wieder geschlossen, als ich die Stimme ihres Vaters hörte.

„Was ist los?", fragte er gereizt. „Warum bellt er? Unsere Gäste wollen schlafen. Und ich auch."

„Er hat eine Ratte gesehen", stammelte Amrei, „und sie mit Haut und Haaren verschlungen."

„Ach ja?", brummte Alen. Nun klang er versöhnlich. „Guter Junge." Dexter bellte. „Schluss damit! Bring ihn zur Ruhe, Amrei, oder er muss die Nacht draußen verbringen."

„Ja, Vater."

Alen murmelte etwas, das ich nicht verstand. Dann hörte ich Schritte auf den Dielen und eine Tür fiel ins Schloss. Ich wartete, bis Amrei mein Zimmer betrat. Noch einmal musterte sie mich von oben bis unten, als zweifele sie, dass ich real war. Dexter drängte sich an ihr vorbei und steckte mir seine Schnauze in den Schritt. Immerhin bellte er jetzt nicht mehr.

Amreis Blick blieb an dem Geigenkasten hängen. „Ist das ...?"

„Ich vermute ja", sagte ich kühl.

„Kann ich ..." Amrei streckte die Hände danach aus.

„Mitnichten", sagte ich.

Sie hob den Kopf. Verbitterung lag in ihrem Blick. „Wir haben eine Vereinbarung."

„Der Deal ist geplatzt, als du mich verarscht hast", entgegnete ich.

„Ich habe nicht ...", begann Amrei.

Ich hob die Brauen. „Du hast was nicht? Behauptet, dass Nery Brot mit origonischem Pfeffer gebacken hätte, um mich in die Küche zu locken? Mir verschwiegen, dass Damons Männer dort auf mich lauerten?"

Amrei senkte den Blick. „Ich hatte Angst", murmelte sie. „Sie wollten dich, nicht meinen Vater."

„Das ist mir klar."

„Was ... wirst du mit der Geige tun?"

„Das weiß ich noch nicht. Ich behalte sie vorerst. Solange beziehe ich mein altes Zimmer – und kommt mir nicht zu nahe, du und dein Hund, ist das klar?“ Ich schloss die Tür. Anschließend verstaute ich die Geige unterm Bett und vergewisserte mich, dass der Schrank mit dem Spiegel verschlossen war. Ich rammte meine Machete griffbereit neben dem Bett in den Boden und ließ mich auf die Laken fallen. Nicht einmal der Gedanke an mein Spiegelbild konnte mich davon abhalten, augenblicklich einzuschlafen.

Ich erwachte am nächsten Morgen mit dem Rauschen der Wellen in meinem Kopf. Ich hatte nicht lange geschlafen, dafür aber umso tiefer. Ich hatte in dieser Nacht auf zwei Ebenen geträumt. An das, was auf der tieferen Ebene geschehen war, erinnerte ich mich nur vage. Es war irgendein wirres Zeug gewesen, ein Zusammenschnitt der Ereignisse der letzten Tage. Auf der höheren Ebene hatte ich geträumt, dass Sam neben mir lag. Ich hatte gespürt, wie sie atmete, ganz deutlich hatte ich gesehen, wie sich ihre Brust hob und senkte.

Als ich erwachte, blieb ich lange liegen. Ich versuchte, in meinen Traum zurückzukehren, wollte die Realität nicht besiegeln, indem ich die Augen öffnete. Doch der Schlaf hatte seine Türen hinter mir verschlossen. Als ich die Augen aufschlug und den Kopf wandte, war alles, was ich sah, der Griff meiner Machete, der über die Bettkante hinausragte. Ich stieg aus dem Bett. Ich fühlte mich steif. Am Abend zuvor hatte ich nicht einmal die Kraft besessen, mir die Kleider auszuziehen. Ich packte den Griff der Machete und schob sie mir in den Gürtel. Anschließend leerte ich die Apfelsaftflasche, die ich aus der Küche gestohlen hatte, und verließ das Zimmer. Amrei wartete schon auf mich. Ich ignorierte ihren hoffnungsvollen Blick.

„Godric?“, fragte sie zaghaft, als ich schon an der Tür war. „Hast du es dir überlegt?“

„Nein“, sagte ich brüsk. „Ich habe geschlafen.“ Ich wandte mich zu ihr um. „Amrei, weißt du, was ich auf der *Swimming*

Island mit denen gemacht habe, die versucht haben, mich zu verarschen?" Amrei schüttelte stumm den Kopf. „Ich habe sie erwürgt."

„Aber mich wirst du nicht erwürgen", sagte Amrei kleinlaut.

„Was macht dich da so sicher?", knurrte ich.

„Weil du Godric End bist. Du kannst jeden Mann besiegen. Es heißt, du hättest einen Bären mit bloßen Händen getötet. Aber du tötest keine Kinder." Ich starrte sie an. Woher wusste sie das? „Baron Ashbee lässt nach dir suchen, weil du seinen Bruder tötetest. Aber seine Nichte und seinen Neffen ließest du am Leben, obwohl sie Zeugen deiner Tat waren. Obwohl sie deinen Namen kannten!" Amrei brach ab. Sie schluckte und blickte unsicher zu mir auf. Eine Zeit lang schwiegen wir. Ich fand es beunruhigend, wie viel von dem, das über mich erzählt wurde, stimmte.

„Du hast Recht", konstatierte ich. „Ich habe nicht vor, dich zu töten. Aber deine Geige bekommst du vorerst nicht." Ich trat vor sie. „Gib mir den Schlüssel", sagte ich und hielt meine Hand auf. Sie gehorchte, nicht ohne mir einen finsteren Blick zuzuwerfen. Ich schloss die Tür zu meinem Zimmer ab. „Verrate niemandem, dass ich noch lebe", warnte ich sie und verließ den Raum ohne ein weiteres Wort. Auf dem Weg zum Deck verbarg ich meine untere Gesichtshälfte wieder hinter dem Tuch und zog mir die Kapuze über den Kopf.

Der Hafen lag in der morgendlichen Röte der aufgehenden Sonne da. Die Schatten der Häuser klammerten sich mit langen Fingern an die Promenade und die Gasleuchten verloschen in dem Augenblick, da ich den Steg verließ. Nahe beim Horizont sah ich die Umrisse eines Schiffkutters. Unzählige Möwen stritten sich lautstark um Beute. Während ich der Kaimauer nach Norden folgte, bemerkte ich einen Klipper, der vor einem Tag noch nicht da gewesen war. Männer trugen Fässer aus dem Frachtraum des Segelschiffes und luden sie auf einen Karren. Dass neuerdings die Hälfte aller ehemaligen Insassen Fort New Ports in der Kanalisation von Treedsgow nistete, machte die

Stadt nicht weniger lukrativ für Händler. Im Gegenteil. Die Banditen verkauften gestohlene Ware zu Spottpreisen, die Bürger von Treedsgow mussten ihre Verluste ersetzen.

Ich folgte einem zweiten Karren, der von zwei Ochsen die Promenade hinab gezogen wurde. Gewiss fuhr er zum Marktplatz. Vielleicht würde ich dort mehr über *Sankt Laplace* erfahren. Außerdem konnte ich bei der Gelegenheit diesen Roberto Fonti kennenlernen. Nach einer Weile stießen wir auf eine Menschentraube. Ich erkannte die beiden Türsteher des *Fourier* wieder. Ein kalter Schauer lief mir den Rücken hinab. Ich dachte an die Augen des Täters. Eisblaue Augen, die leuchteten wie Wintermonde.

„Sie haben sie *gehen lassen*?", rief ein Mann mit Uniform und Oberlippenbart erbost. Die beiden Rausschmeißer wechselten einen beunruhigten Blick. „Sie lassen eine junge, blonde Frau mitten in der Nacht allein nach Hause gehen?"

„Wir haben ja versucht, sie aufzuhalten", brummte einer der Rausschmeißer. „Aber sie hat sich mit Zähnen und Klauen gewehrt. Sie war außer sich. Hat mich beleidigt."

„Wollen Sie mir weismachen, Sie hätten sie nicht aufhalten können?" Der Uniformierte schrie beinahe vor Wut. „Das hier ist nicht das Universitätsviertel. Oder ist es das, Mr. Harper?"

„Nein, Mister Lovelace", sagte ein Mann in einem grauen Anzug an der Seite des Uniformierten.

„Ist es nicht! Es ist der scheiß Hafen! Und Sie lassen sie einfach gehen? Sie ist tot!" Der Rauschmeißer kratzte sich im Nacken und blickte beschämt zu Boden. Der Uniformierte schien noch mehr sagen zu wollen, besann sich jedoch eines Besseren. Er schloss kurz die Augen und atmete einmal tief ein und wieder aus. „Halten Sie die Schaulustigen zurück, damit Mr. Harper und ich unsere Arbeit machen können. Das ist das Mindeste, was Sie tun können!" Die Menge begann sich aufzulösen.

„Schon wieder ein blondes Mädchen?", hörte ich jemanden fragen.

„Ja. Getötet mit dreizehn Messerstichen!"

Ich wandte den Blick ab und ging weiter. Ich passierte das *Fourier* und erreichte bald darauf den Marktplatz. Trotz der frühen Stunde hatten viele Händler ihre Waren schon ausgelegt. Die wenigsten hielt es allerdings hinter ihren Ständen. In dem Moment, da ein fahrbarer Herd von zwei Burschen auf den Platz geschoben wurde, verließen sie ihre Posten und strömten darauf zu. Dem Herd voraus lief eine kugelrunde Frau mit rotem Haar und Fältchen um die Augen. Aus dem Schutz einer Gasse heraus beobachtete ich die Gesichter der Menschen, die sich um den Stand versammelten. Das waren ehrliche Menschen wie Alen. Bauern, die Salat und Spinat und Rosenkohl in die Stadt brachten, Sammlerinnen, die Pilze im Wald suchten, um sie hier zu verkaufen, Fischer und Holzfäller sowie Schneider und Schuster, die mit den Maschinen konkurrierten, die sie im ganzen Land zu ersetzen drohten. Ihre Haltung war krumm, ihre Hände schwielig. Sie hatten tiefe Augenringe und ein oftmals zahnloses Lächeln. Sie waren es, die diese Stadt am Leben erhielten. Die Steuern und Schutzgeld zahlten und trotzdem jeden Lohntag ihr Geld zur Bank brachten, um zumindest die Zinsen ihrer Schulden zu tilgen. Wenn ich mit ihnen ins Gespräch kommen wollte, musste ich ihr Vertrauen gewinnen. Und dazu musste ich zunächst einmal ihnen vertrauen.

Ich schlug die Kapuze zurück und befreite mein Gesicht von dem Tuch. Dann mischte ich mich unter die Händler, die sich um den fahrbaren Herd drängten. Inzwischen hatten die beiden Burschen – vermutlich die Söhne der Köchin – einen provisorischen Tisch aufgebaut und mehrere Hocker drumherum gestellt.

„Mit oder ohne Ei?", fragte mich die Köchin, als ich an der Reihe war. Inzwischen hatte sich der Tumult gelegt. Die Händler saßen um den Tisch, schmatzten, lachten und redeten mit vollem Mund.

„Mit", sagte ich, obwohl ich nicht einmal wusste, wovon sie sprach. Die Frau zerschlug ein Ei auf der Herdplatte und musterte mich.

„Dich habe ich hier noch nie gesehen", kommentierte sie. „Siehst übel aus. Kommst du aus New Port?"

Ich schüttelte den Kopf. „Ich bin Söldner."

„Kannst es mir ruhig sagen, wenn du von dort bist", meinte die Frau. „Interessiert hier sowieso keinen. Der Konstabler hat nicht einmal genug Leute, um die Morde aufzuklären, die seit einer Weile im Hafen geschehen. Ich weiß eigentlich nicht, was ich schlimmer finden soll: Den Mörder oder diese dummen Geschichten, eine weiße Frau stecke dahinter."

„Aber ich *bin* Söldner", beharrte ich.

„Ich bin Emma", stellte sich die Frau vor. „Ich koche für die Händler. Wie heißt du?"

„Albert."

„Wieso bist du nicht in den Landen, Albert?", fragte Emma und streute Pfeffer und Salz auf das Ei. „Für einen Söldner gibt es hier nichts zu holen."

„Ich suche meine Schwester", sagte ich. „Sie wurde nach *Sankt Laplace* gebracht."

„In die Nervenheilanstalt", sagte Emma mit finsterer Miene und wendete das Ei. „Ich enttäusche dich ungerne, Albert, aber deine Chancen stehen schlecht, sie dort herauszubekommen." Sie nahm ein Brötchen aus einem Fass zu ihrer Rechten, schnitt es auf und belegte es mit dem Ei, Salat, Tomaten und gebratenem Fisch. Anschließend begoss sie es mit einer würzig riechenden Joghurtsoße und reichte es mir.

„Was meinst du damit?", fragte ich, den Ahnungslosen spielend, während ich zahlte, und wir gemeinsam zum Tisch gingen.

„Man kann *Sankt Laplace* nicht mehr betreten, heißt es." Emma ließ sich auf einem der Hocker nieder. „Nicht einmal Angehörige kann man besuchen."

„*Sankt Laplace*?", fragte einer der Händler, während auch ich mich auf einem Hocker niederließ und in mein Brötchen biss.

Emma nickte. „Seine Schwester ist dort."

„Warum?", fragte der Händler. „Ist sie durchgedreht?"

„Ich weiß nicht genau", behauptete ich. „In dem Brief, den sie mir schrieb, hat sie normal gewirkt. Sie konnte mir allerdings nicht genau sagen, was vorgefallen ist." Meine Worte lösten betretenes Schweigen aus.

„Ich will dich nicht mit irgendwelchen dummen Gerüchten beunruhigen, Mann …", sagte jemand.

„Und das wirst du auch nicht!", fuhr Emma scharf dazwischen.

Ich lächelte beschwichtigend. „Sehe ich aus, als ließe ich mich schnell beunruhigen?"

„Nun …"

„Ich habe schon Dinge über *Sankt Laplace* gehört. Über ein blaues Licht …" Mehrere Händler nickten. Emma wechselte einen flüchtigen Blick mit einem Mann. „Angeblich werden nicht nur Menschen, die geheilt werden müssen, dorthin gebracht", sagte er schließlich, „sondern auch Normale so wie ich oder du." Beinahe hätte ich geschnaubt. Niemand gehörte mehr ins Irrenhaus als ich. Stattdessen setzte ich eine ernste Miene auf und nickte. „Es gibt einen neuen Doktor dort. Einen ehemaligen Professor aus der Universität. Angeblich forscht er an den Patienten."

„Das reicht, Luke!", sagte Emma. „Kennst du auch nur einen Menschen, der dort hingebracht wurde, obwohl er nicht verrückt ist?"

„Jane", sagte Luke wie aus der Pistole geschossen.

Emma schnaubte. „Jane war total verrückt. Sie hat mich mal mitten in der Nacht aus dem Schlaf geklopft, weil sie meinte, sie könne hören, wie mein Mann im Schlaf redet. Ich solle doch bitte das Fenster schließen." Schweigen kehrte ein. Ich kaute auf meinem Bissen und dachte über das nach, was ich soeben gehört hatte. Es musste wohl stimmen, dass es einen neuen Anstaltsleiter aus der Universität gab.

„Ich habe gehört, es gibt eine Mauer um das Universitätsviertel", sagte ich nach einer Weile zu meinem Sitznachbarn.

„Scheiße ja", knurrte der Mann. „Und wenn du mich fragst, sind die Arschlöcher aus dem Universitätsviertel ebenso große Gauner wie Damon und seine Gardisten."

„Inwiefern?", fragte ich und biss erneut in mein Brot.

„Es wäre die Aufgabe des Bürgermeisters, uns vor diesen Kerlen zu beschützen", sagte der Mann. „Stattdessen lässt er in Windeseile eine Mauer hochziehen. Er hat extra Mauersteine und eine ganze Armee von Maurern mit dem Zug herbringen lassen. Mit unseren Steuergeldern! Und das ist längst nicht alles", fuhr der Mann fort. „Hinter dieser Mauer leben drei Adlige. Sie sind steinreich und finanzieren die Forschung an der Universität. Sie lassen ihr Vermögen auf der Bank und leben von den Zinsen. Lassen das Geld für sich arbeiten. Aber Geld arbeitet nicht! Nein, wir sind diejenigen, die arbeiten. Wir, die wir bei den Banken verschuldet sind. Wir reißen uns den Arsch auf und träumen von dem Tag, an dem wir unsere Schuld abbezahlt haben. Aber dann kommen die Banditen aus New Port und stehlen unser Geld und unser Essen. Und was machen diese Arschlöcher aus dem Universitätsviertel?" Der Mann redete sich offenbar in Rage. Seine Stimme wurde lauter, sein Gesicht lief rot an. Andere wandten uns die Köpfe zu. „Sie treiben Handel mit Damon. Kaufen bei ihm die Dinge, die er und seine Leute bei uns gestohlen haben."

„Sie haben die Bank in die Mauer eingebaut", mischte sich jemand Zweites ins Gespräch ein. „Auf der einen Seite zahlen wir das Geld ein, auf der anderen Seite heben sie es ab."

Der erste lachte. „Nach den Unabhängigkeitskämpfen nannten wir unsere Währung Liberty, um unsere Freiheit zu ehren. Ein treffender Name. Nicht weil wir frei sind, sondern weil wir mit unserer Freiheit bezahlen." Die Anwesenden murmelten zustimmend. Ich schwieg und lauschte den Gesprächen, während ich den Rest meines Brotes aß.

Schließlich verabschiedete ich mich und schlenderte über den Marktplatz. Inzwischen waren die ersten Käufer eingetroffen: Mädchen, die Zutaten für ihre Mütter kauften, in Begleitung ihrer Brüder, damit sie unterwegs nicht ausgeraubt oder entführt wurden. Mütterchen, die nur kamen, um mit den Händlern zu plaudern. Und vereinzelt Studenten, die es gewagt hatten, das Universitätsviertel zu verlassen, um den Marktplatz zu sehen. Jedem, der ihnen zu nahekam, warfen sie misstrauische Blicke zu.

Ich entdeckte das Coffee-House Coulomb in dem Halbkreis aus Gebäuden, der den Marktplatz zusammen mit der Kaimauer eingrenzte. Ich sah Roberto schon von Weitem. Er saß an einem der Tische, ließ sich die vormittägliche Sonne in den Nacken scheinen und las ein Buch. Ein Glas Cola stand vor ihm. Mit seinem zerzausten, dunklen Haar und einem Satz viel zu großer Kleidungsstücke wirkte er vermutlich jünger und hagerer, als er wirklich war. Trotzdem schätzte ich ihn nicht älter als fünfundzwanzig Jahre. Als ich mir einen Weg durch die Tische und Stühle bahnte, hob er den Kopf und winkte.

„Es freut mich, dass du es geschafft hast", sagte er. „Ich hätte dich fast nicht wiedererkannt. Setz dich. Möchtest du eine Cola? Ich bin süchtig nach dem Zeug." Während ich Platz nahm, winkte er einem Kellner.

„Was liest du?", fragte ich und nickte zu dem Buch.

Roberto zeigte mir den Einband. „Die unsterbliche Nimue. Ein klassisches Drama. Ironischerweise stirbt Nimue am Ende. Hast du es gelesen?" Ich schüttelte den Kopf. „Hätte ich mir denken können. Nimm es mir nicht übel, aber du siehst nicht aus wie jemand, der gerne liest."

„Ist es ein Buch aus deiner Heimat?"

„Die Geschichte stammt von einem izzianischen Schriftsteller", erklärte Roberto. „Sie ist sehr beliebt in meiner Heimat. Ich war überrascht, als ich sah, dass es eine Übersetzung ins Dustrische gibt. Ich war neugierig."

„Dein Dustrisch ist gut", bemerkte ich. Roberto nahm das Lob lächelnd hin, während ein Kellner ein Glas Cola vor mir auf den Tisch stellte. „Warum bist du nach Dustrien gekommen?", fügte ich hinzu und nahm einen Schluck. Ich verschluckte mich beinahe, so süß war es.

„Ich suche jemanden."

„Und du glaubst, dass du ihn hier finden wirst?", fragte ich.

„Nein." Er lächelte versonnen. „Ich hoffe, hier jemanden zu finden, der mir einen Hinweis auf ihn geben kann. Du kennst nicht zufällig eine Diane?" Dieses Mal verschluckte ich mich wirklich an der Cola. Kämpfte den Hustenreiz nieder und erwiderte Robertos Blick mit gelassener Miene.

„Noch nie von ihr gehört", sagte ich und räusperte mich. „Ich bin allerdings noch nicht lange hier."

„Woher kommst du?"

„Rust." Mich beschlich der Verdacht, dass Roberto nach mir suchte. Wenn er mit meinem ehemaligen Lehrer verwandt war, kannte er mit großer Wahrscheinlichkeit meinen und Emilys Namen. Und wusste, dass ich abtrünnig geworden war.

„Wie heißt du?"

„Albert." Ich bildete mir ein, dass Roberto ein Licht aufging. Seine Pupillen wurden schlagartig größer. Er öffnete den Mund einen winzigen Spalt breit. Zögerte nur eine Sekunde zu lang mit seiner nächsten Frage. Ich verfluchte mich stumm, dass ich mir den Namen meines Vaters gegeben hatte.

„Was ist dein Beruf, Albert?"

„Ich bin Söldner."

Roberto hob die Brauen. „Söldner? Dann solltest du in den Landen sein. Nach allem, was ich höre, werden Männer wie du dort gebraucht. Oder hat der Bürgermeister endlich Verstärkung beordert, um diese Banditen auszumerzen?" Er wollte mir auf den Zahn fühlen. Nun musste jedes Wort sitzen. Jeder Ton wohl gewählt sein. Wenn er hinter mir her war, mich wirklich verdächtigte, würde er sich nach mir umhören. Ich musste ihm dieselbe Geschichte erzählen wie allen anderen.

„Meine Schwester wurde nach *Sankt Laplace* gebracht", sagte ich. „Ich möchte sie dort rausholen."

„Wie ist ihr Name?" Ich ergatterte mir ein paar Sekunden zum Nachdenken, indem ich einen Schluck Cola trank. Hatte ich irgendwem Emilys Namen genannt?

„Saminthi", sagte ich.

„Das ist kein dustrischer Name", bemerkte Roberto.

Ich zuckte die Achseln. „Unserer Mutter hat er offenbar gefallen."

„Wie ist dein Nachname?"

Ich runzelte die Stirn. „Ist das ein Verhör? Ich heiße Walker. Albert Walker."

„Entschuldige bitte", sagte Roberto. „Da, wo ich herkomme, ist es üblich, dass man sich mit Vor- und Zunamen vorstellt." Izzian. Das Land von Ehre und Bildung. War Ehre der Grund, weshalb Roberto mich suchte? Vielleicht konnte Jasper mir mehr über den Namen Fonti sagen.

„Du hast gesagt, du willst dich erkenntlich zeigen", sagte ich, um das Gespräch auf ein anderes Thema zu lenken.

Roberto grinste jungenhaft. „So ist es", sagte er. „Du hast mir meinen Glücksbringer wiederbesorgt. Das Erinnerungsstück an meine Mutter. Ich möchte mich revanchieren. Ich hoffe, du erwartest jetzt kein Geld." Er griff in seine Hosentasche und holte einen Kettenanhänger aus silbernem Metall hervor. Er zeigte einen Kreis mit einer liegenden Acht darin. „Das steht für die Ewigkeit", erklärte er, während er eine Lederschnur durch den Kreis fädelte. „Er soll dich auf deinen Wegen beschützen, wie der Seeigel meiner Mutter mich beschützt." Er band einen komplizierten, verstellbaren Knoten und reichte mir den Anhänger.

„Danke", sagte ich und sah Roberto in die Augen. „Es ist gut, einen Freund in dieser Stadt zu wissen." Roberto lächelte stumm. Ich erhob mich und verabschiedete mich von ihm. Erklärte, dass ich noch etwas zu erledigen hatte, und nahm mir vor, bei Gelegenheit seine Unterkunft zu durchsuchen.

Ehre und Bildung

Roberto blickte ihm nach, bis er in der Menge verschwunden war. Seit Jahren suchte er Godric End, den ehemaligen Schützling seines verstorbenen Cousins, Rico Fonti. Seit er erfahren hatte, dass er ein Abtrünniger war. Als Rico Fonti bei einem Angriff des berüchtigten Piratenkapitäns Black Raven gestorben war, hatte die Familie Fonti dessen Schützlinge, Emily und Godric, ebenfalls für tot gehalten. Bis Godric End Jahre später in der Hafenstadt South Harrow wieder auftauchte und Baron Ashbee vor den Augen seiner Kinder ermordete … Es gab viele Gerüchte um das Ereignis. Tatsache war, dass End seinen Siegelring getragen und Baron Ashbee versichert hatte, dass es sein eigener war. Außerdem rühmte ihn manch einer dafür, dass er die Kinder verschont hatte. Roberto verstand das nicht. Wieso machte es End zu einem Helden, Kinder verschont zu haben? Er war und blieb ein Mörder. Ein Plünderer. Ein Pirat.

Roberto hatte mit der Hilfe von Baron End gerechnet. Immerhin ging es um seinen eigenen Sohn. Mit seiner Unterstützung wäre es wohl ein Leichtes gewesen, Godric End ausfindig zu machen. Doch Albert End, der einst der Familie Fonti eine Menge Geld gezahlt hatte, damit Robertos Cousin Rico seine Kinder unterrichtete, war verschwunden. Daraufhin hatte Roberto lange Zeit versucht, den nächsten Anlaufpunkt der *Swimming Island* vorherzusehen. Hatte vergangene Überfälle analysiert und nach einem Muster gesucht. Ohne Erfolg. Schließlich hatte er sich in Rust niedergelassen. In Schwarzwasserhafen hatte er von Diane erfahren. Angeblich hatte ihr Godric End persönlich Geld gegeben, um nach Treedsgow gehen zu können. Eine Spur. Doch Roberto war in Rust geblieben. Der Hafen der Metropole war der einzige Ort, an dem das Schiff Ravens regelmäßig ankerte. Und wieder war er enttäuscht worden. Die *Swimming Island* war nicht aufgetaucht. Vor wenigen Vierteln hatte er zum ersten Mal gehört, dass sie gesunken sei. Roberto hatte das nicht geglaubt. Raven hatte schon einmal solche Gerüchte gestreut, nur um wiederaufzutauchen, sobald sich die Menschen in Sicherheit geglaubt hatten. Das letzte Mal war er monatelang verschwunden geblieben. Also hatte Roberto beschlossen, Diane zu suchen. Nie im Leben hatte er sich erhofft, End in Treedsgow zu finden. Als in der Taverne *Zum Meeresgrund* ein bärtiger Kerl mit Bürstenschnitt ihm den Seeigel seiner Mutter zurückgegeben hatte, hatte er nicht auch nur den geringsten Verdacht gehegt. Heute, ohne Bart und Bürstenschnitt, war er ihm bekannt vorgekommen. Doch hatte er nicht gewusst, wieso. Bis End ihm seinen Namen genannt hatte. Albert. Der Name von Ends Vater.

Ist er es wirklich?, dachte Roberto, während er den Rest von Ends Cola in sein Glas schüttete. *Oder sehne ich mich so sehr nach einem Ende dieser Mission, dass ich es mir einbilde?* Er trank einen Schluck und nahm *Die unsterbliche Nimue* zur Hand. Er starrte auf die Zeilen, ohne zu lesen. Dachte darüber nach, welche Fragen er den Menschen über Albert stellen würde, und wie er herausfinden konnte, ob er End war. Roberto hatte noch nie getötet. Aber wenn nötig, würde er die Ehre seiner Familie mit allen Mitteln verteidigen.

End

Den Rest des Tages verbrachte ich damit, den Hafen zu erkunden. Ich betrat Cafés, Bars und Gasthäuser. Redete mit den Wirten, Fischern und Huren. Wann immer ich einen Mann aus Damons Garde sah, verbarg ich mein Gesicht. Zu Mittag aß ich im *Fourier*. Als ich jemanden aus Richtung der Treppe kommen sah, die zu den Gästezimmern führte, fragte ich ihn nach dem Preis. Ich brauchte eine neue Unterkunft. Einen trockenen Schlafplatz ohne Spiegel.

Der Mann zuckte die Achseln. „Ich zahle nicht. Ich bin Musiker. Trete regelmäßig hier auf und bekomme dafür ein Zimmer umsonst." Das brachte mich auf eine Idee. Nachdem ich die Mahlzeit beendet hatte, sprach ich den Mann hinterm Tresen auf das Angebot an.

Er musterte mich ungläubig. „Willst du mir weismachen, dass du ein Instrument spielst?" Er war ein großer Kerl mit Glatze und Armen so dick wie junge Bäume. Der einzige mir bekannte Mensch, der fast so groß war wie Bigass Bob von der *Swimming Island*.

„Ich kenne jemanden, der Geige spielt, aber kein Instrument hat", sagte ich. „Wenn sie hier auftreten darf, besorge ich ihr eines."

„Und dafür willst du ein Zimmer haben?" Der Mann ruckte zustimmend mit dem Kopf. „Meinetwegen. Aber ich möchte mich vorher von ihrem Talent überzeugen. Bring sie morgen bei Sonnenuntergang vorbei."

Am Abend saß ich in einer dunklen Ecke in der Taverne *Zum Meeresgrund*. Ich behielt die Kapuze auf und kehrte dem Saal den Rücken zu. Ich aß gebratenen Fisch mit einem Salat, der überwiegend aus Tomaten, Schafskäse und Schwarzbrot bestand, und lauschte Dereks Worten. Der alte Seemann war umringt von Zuhörern, die in meinem Alter sein mochten, und gab eine Geschichte von den Perlsüchtigen zum Besten. Es war interessant, zu erfahren, welche Gerüchte von dem, was auf und vor allen Dingen in der *Swimming Island* passierte, kursierten. Nachdem ich aufgegessen hatte, erhob ich mich und verließ die Taverne. Draußen kletterte ich aufs Deck und klopfte an die Fensterscheibe. Amrei öffnete die Tür.

„Du bist spät", flüsterte sie. Obwohl ihre Worte als Vorwurf gemeint waren, klangen sie doch eher wie eine Feststellung. Sie schwankte vermutlich zwischen Ärger und dem Wissen, dass sie keinen Streit anfangen sollte. Ich ging voraus und betrat ihr Zimmer. Schloss die Tür zu meinem auf und trat ein. Amrei folgte mir weder, noch sagte sie ein Wort. Sie musste vor Ungeduld platzen. Aber sie schien begriffen zu haben, dass sie mit Betteln bei mir nicht weit kam. Ich holte den Geigenkasten unter dem Bett hervor, verließ mein Zimmer und warf ihn auf Amreis Matratze. Das Mädchen sah mich fragend an. Misstrauen lag in ihren dunklen Augen.

„Wie gut kannst du spielen?", fragte ich.

Sie zögerte. „Ich weiß nicht. Ich habe noch nie vor Publikum gespielt. Vater sagt, es klingt schön. Er wollte mich dazu überreden, im Saal zu spielen …" Sie verstummte und berührte gedankenverloren das Mal in ihrem Gesicht.

„Aber du traust dich nicht wegen dieser Linien", konstatierte ich. Sie machte eine unbestimmte Geste, etwas zwischen Nicken und Achselzucken.

„Damit ist jetzt Schluss. Wenn du deine Geige wiederhaben willst, wirst du vor Publikum spielen müssen."

Amrei blickte entgeistert zu mir auf. „Wieso?"

„Weil ich ins *Fourier* umziehen werde. Wenn du dort spielst, muss ich keine Zeche zahlen."

„Wieso willst du umziehen?" Im selben Moment, da Amrei mich fragte, schien ihr ein Licht aufzugehen. „Wegen des Spiegels?", fragte sie ungläubig.

Ich tat so, als hätte ich ihre letzten Worte nicht gehört. „Wirst du spielen?"

„Aber ich kann nicht … ich meine …" Wieder berührte sie die Linien in ihrem Gesicht.

„Ich kann die Geige auch verkaufen. Ich bekäme wohl längst nicht die Summe, die sie wert ist, aber allemal genug, um ein paar Viertel durchzukommen."

„Nein!", sagte Amrei verzweifelt. „Ich … werde spielen." Tränen glitzerten in ihren Augen. Ich wies mit großzügiger Geste auf den Koffer auf ihrem Bett.

„Morgen Abend gehen wir zum *Fourier*. Bis dahin spiel dich ein bisschen ein."

„Und was sage ich Vater?"

„Zunächst gar nichts", sagte ich. „Ich kann ihn bei deiner ersten Aufführung nicht gebrauchen. Er würde mich wiedererkennen."

„Ich werde es nicht vor ihm verheimlichen können!"

„Dann sag ihm die Wahrheit", meinte ich und betrat mein Zimmer. „Nur verschweig ihm meinen Namen. Sag ihm, dass ein Gönner dein Talent fördern will. Denk dir irgendeinen Namen aus. Sag ihm, er leiht dir seine Geige, wenn du im Gegenzug im *Fourier* auftrittst."

„Und wie hat dieser Gönner von meinem *Talent* erfahren?"

„Lass dir was einfallen", sagte ich und schlug die Tür zu.

Am nächsten Tag verließ ich den Hafen und begab mich zum Herzen der Stadt. Oder besser gesagt zur Mauer, die es umgab. Da ich keine bessere Idee hatte, wie ich die Nervenheilanstalt betreten konnte, als auf Jaspers Ergebnisse zu warten, beschloss ich, einer anderen Spur zu folgen: jenen tränenförmigen Edelsteinen, die William aus Emilys Wohnung geborgen hatte. Vielleicht führten sie mich irgendwie zu meiner Schwester. Ich musste einen Weg zu Williams Wohnung und somit ins Universitätsviertel finden und wollte mir zunächst ein Bild von der Mauer machen. Es war ein merkwürdiger Anblick. Wenn man den Hauptstraßen folgte, gelangte man irgendwann vor ein Tor. Alle anderen Straßen endeten abrupt vor einer massiven Steinwand. In seltenen Fällen wie bei der Bank waren Gebäude in den Mauerring eingelassen. Ich beobachtete die Menschen, die dort ein- und ausgingen. Sie wirkten nicht reich, aber man sah ihnen an, dass sie nicht zur unteren Schicht gehörten. Sie trugen kein einfaches Leinen, sondern Kleidung aus feineren Stoffen, manchmal Accessoires wie Strohhüte, Mantillen oder ein weißes Taschentuch, das aus der Brusttasche ihres Sakkos ragte. Ihre Haut war rein und ihre Hände sauber.

Zwei bewaffnete Männer bewachten das Tor. Jeder, der herauskam, bekam eine Münze. Wer hineinging, gab eine ab. Außerdem musste man ein Papier vorzeigen, wenn man das Universitätsviertel betreten wollte. Den Blicken der Wachen nach zu urteilen, konnten sie die Bewohner des Viertels damit identifizieren. War es möglich, dass jeder Bewohner eine schriftliche Zugangsberechtigung mit Fotografie besaß? Ich knirschte mit den Zähnen.

Auf dem Weg zurück zum Hafen hielt ich nach Kleiderläden Ausschau. Der erste und einfachste Schritt bestand darin, angemessene Kleidung zu besorgen. Ich betrat zwei Kleiderläden, kaufte aber noch nichts. Ich wollte es mir nicht nehmen lassen, die Preise anderer Läden zu vergleichen. In dem Schaufenster eines Gemischtwarenladens entdeckte ich dann eine Stoffmaske, die nur die linke Gesichtshälfte sowie beide Augen umfasste. Mit smaragdgrünem Sand war ein verschnörkeltes Muster darauf geklebt worden. Ich kaufte sie für Amrei. Nicht, dass ich Mitleid mit ihr gehabt hätte. Von ihrem Erfolg hing ab, ob ich heute Nacht im *Fourier* schlafen oder eine weitere Nacht in dem Zimmer mit dem Spiegelschrank verbringen würde.

Zu Mittag aß ich wieder im *Fourier*. Dem Mann hinterm Tresen, bei dem es sich um niemand anderen als Haakon, den Besitzer des Lokals, handelte, teilte ich mit, dass Amrei heute auftreten würde.

Eine Stunde vor Sonnenuntergang suchte ich das Mädchen in ihrem Zimmer auf. Sie stand vor dem Schrankspiegel in meinem Zimmer und musterte sich mit Tränen in den Augen. „So kann ich nicht im *Fourier* auftreten", schluchzte sie. „Sie werden mich auslachen."

Ich musterte sie von oben bis unten. Sie hatte sich einen Zopf geflochten, trug eine schmutzige Bluse und einen schlichten Rock. Sie sah mich an und die Bahnen, die die Tränen auf ihren Wangen hinterlassen hatten, glitzerten im Licht jener merkwürdigen, biolumineszierenden Wasserpflanze, die in dem Glas an der Decke schwamm. „Und dann noch dieses Mal! Bitte zwing mich nicht dazu." Ich war drauf und dran, mit den Schultern zu zucken und zu sagen, dass sie es wohl tun müsse, wenn sie ihre Geige behalten wolle. Stattdessen ging ich einer spontanen Eingebung folgend vor ihr in die Hocke, legte ihr eine Hand auf die Schulter und sah ihr fest in die in Tränen schwimmenden Augen.

„Hast du geübt?", fragte ich ernst. Sie nickte. „Hat es dir Spaß gemacht?" Amrei schien ihre Angst für einen kurzen Moment zu vergessen.

„Natürlich", sagte sie irritiert und schniefte.

„Wenn du im *Fourier* auf der Bühne stehst, versuch zu vergessen, dass dort noch andere Menschen sind. Schließe die Augen und spiele nur für dich." Amrei schwieg nachdenklich. Sie hob die Hand und berührte die Linien in ihrem Gesicht. Ich holte die Maske hervor, die ich gekauft hatte. „Trage das hier, wenn du dich dann besser fühlst." Ich reichte sie ihr und sie betrachtete wie verzaubert den glitzernden, smaragdgrünen Sand. Sie setzte sie sich auf, verschnürte das Halteband geschickt hinterm Kopf und musterte sich im Spiegel. Mit der Maske wirkte sie dämonisch. Beinahe furchteinflößend.

Amrei schluckte. „Ich konnte Vater glaubhaft machen, dass ein Freund von Großvater mir die Geige geliehen hat", murmelte sie, ohne den Blick vom Glas des Spiegels zu wenden. „War gar nicht leicht. Und ich habe etwas in dem Geigenkasten gefunden", fügte sie hinzu. „Ein Tagebuch." Mir stockte der Atem. „Ein gewisser William Walker hat es geschrieben. Die Seite, die du bei dir hattest, ist aus dem Buch, nicht wahr?"

„Wo ist es?"

„Unter meinem Kopfkissen." Ich betrat Amreis Zimmer und riss das Kopfkissen weg. Da lag es. Das Tagebuch mit seinem ledernen Einband. Ich nahm es auf und strich darüber, wie um zu prüfen, ob es das Richtige war. Schlug es auf und blätterte darin. Ein vertrauter Geruch machte sich bemerkbar. Nach knittrigem Papier und gefrorener Tinte. Hatte jemand gewusst, dass ich das Instrument stehlen würde? Vielleicht Rocío? Oder war es durch Zufall zu mir zurückgekehrt? Ich klappte das Buch zu, steckte es in die Innentasche meiner Jacke und kehrte zu Amrei zurück.

„Bist du so weit?", fragte ich. Sie nickte und riss sich vom Anblick ihres Spiegelbildes los. Wir verließen das Zimmer und betraten das Deck. Nachdem ich mich vergewissert hatte, dass niemand auf dem Steg unterwegs war, half ich ihr, von der Fleute zu klettern. Bei Sonnenuntergang erreichten wir das *Fourier*.

„Ist sie das?", fragte Haakon. „Sie ist ja noch ein Kind! Und was soll diese Maske?"

„Sie ist eben stilvoll", entgegnete ich trocken.

Haakon schnaubte. „Ich sehe schon. Entweder wird man dich lieben, Kleines, oder bis in alle Ewigkeit verschreien." Amrei warf mir einen verzweifelten Blick zu. Ich verdrehte die Augen in der Hoffnung, ihr auf diese Weise unbemerkt mitzuteilen, was ich von Haakons Worten hielt. „Dann komm mal mit. Du bist gleich an der Reihe." Der Lokalbesitzer führte sie durch eine Seitentür aus dem Saal und kehrte wenige Minuten später zurück. Er bedeutete mir, ihm zu folgen, und wir ließen uns an einem der Tische nieder. Ich ließ den Blick schweifen. Es waren nicht viele Menschen im *Fourier*.

„Viertmorgens veranstalte ich eine offene Bühne", erklärte Haakon. „Jeder mit Bühnentalent kann sich da vorne hinstellen und es präsentieren. Dabei ist es egal, ob er bloß auf Spenden oder eine Anstellung hofft." Er winkte einem Kellner. „Ein Bier für mich und meinen Gast. Das geht auf mich", fügte er hinzu. Ich lehnte nicht ab. Haakon schien mich gut leiden zu können und es war wichtig, dass das so blieb. Falls Amrei nicht besser als passabel spielte, konnte Haakons Sympathie zu mir ausschlaggebend sein.

Nachdem die ersten beiden Teilnehmer die Bühne verlassen hatten, verkündete ein Mann im schwarzen Smoking und roter Fliege Amreis Namen.

„Ich bin gespannt", meinte Haakon und lehnte sich zurück. „Es treten nicht oft Violinisten auf. Noch dazu in dem Alter. Spielt sie gut?"

Ich zuckte die Achseln. „Ich habe sie auch noch nie spielen gehört", sagte ich.

Haakon sah mich ungläubig an. „Ist das dein Ernst?" In diesem Moment betrat Amrei die Bühne. Sie wirkte noch magerer als sonst. Die Hälfte ihres Gesichts, die sichtbar war, war weiß wie Schnee. Mit steifen Schritten trat sie vor. Es wurde still. Amrei hob für einen kurzen Moment den Blick, und der Sand auf der Maske glitzerte im Licht der Kronleuchter. Ich beobachtete Haakon aus den Augenwinkeln. Er betrachtete Amrei mit unentschlossener Miene. Wusste allem Anschein nach nicht, ob er ihr Auftreten interessant oder lächerlich finden sollte. Alles hing nun von ihrem Talent ab.

Amrei hob Geige und Bogen. Ihre Hände zitterten. Ich verschränkte die Arme vor der Brust und musterte sie. Vielleicht hätte ich mich doch besser von ihrem Talent überzeugt. Womöglich stellte sich dieser Abend als reine Zeitverschwendung heraus. Inzwischen war es so still, dass man das Rauschen der Wellen hören konnte. Amrei holte tief Luft. Sie setzte den Bogen auf und zog ihn über die Saite. Ein zittriger

Ton war zu hören. Gemurmel setzte ein. Jemand lachte; leise aber hörbar. Haakon warf mir einen Blick mit hochgezogenen Brauen zu. Amrei brach ab und sah mit verzweifelter Miene zu mir. Das Gemurmel wurde lauter. Ich strich mir mit der Hand über das Gesicht, wie um die Lider eines Toten zu senken. Amrei begriff. Sie schloss die Augen. Atmete tief ein und wieder aus.

Haakon stand auf. „Ich werde sie jetzt da runter holen", sagte er. „Das arme Kind blamiert sich ja total." In dem Moment, da er die Tür erreichte, die aus dem Saal zur Bühne führte, setzte Amrei erneut zu spielen an.

Blackworth

End verstummte mit einem Seufzen. Die Sonne erreichte soeben ihren Zenit, und die Zellen verwandelten sich in Backöfen. Und wieder folgte Stille. Ausnahmslos jeder hatte sein Hemd ausgezogen. Die Insassen waren ausgehungerte Gestalten, deren vernarbte Haut sich über ihre muskulösen Oberkörper spannte.

„Sie hat grässlich gespielt", sagte End in die Stille, während seine Augen auf dem schwarzen Schmetterling ruhten, der über seinen Handrücken krabbelte. Ein Hustenanfall packte Ronald. Schweigend warteten die Insassen, bis er sich beruhigt hatte. Dabei starrten viele mit traurigen Augen an ihre Zellenwand oder warfen zornfunkelnde Blicke zur Tür, die aus dem Zellengang führte.

„Geht es wieder, Genosse?", fragte Arwin in der Zelle gegenüber.

„Ich bin in Ordnung", flüsterte der Junge heiser. Die Tür zum Zellengang ging auf und die Essensausgeber betraten den Gang.

„Der Junge muss versorgt werden!", grollte einer der Insassen. End horchte auf. Er stand auf, lehnte sich neben der Zellentür an die Wand und linste mit einem Auge in den Gang. Die Essensausgeber wechselten einen unbehaglichen Blick.

„Schweig, Gefangener", sagte einer von ihnen und klatschte Brei auf einen Teller.

„Er hat Teerhusten!", rief der Insasse und wies auf Ronalds Zelle, wobei er den Arm durch die Gitterstäbe steckte. Es war der Mann in der zweiten Zelle auf der rechten Seite des Ganges.

„Weg von der Tür!", sagte der andere Essensausgeber in scharfem Ton. Er spielte seine Rolle überzeugend, bemerkte End.

„Mitleidlose Bastarde!", rief der Insasse in der Zelle gegenüber des ersten. „Warum richtet ihr uns nicht gleich, anstatt uns hier elendig verrecken zu lassen?“ Er zog die Nase hoch und spuckte auf den Gang.

„Keine Mahlzeit für dich, Gefangener“, sagte der Essensausgeber. Ends Brauen zogen sich kaum merklich zusammen. Die Essensausgeber verrichteten ihre Arbeit zügig. Bevor sie kehrtmachten und den Gang wieder verließen, warfen sie End einen knappen Blick zu und schüttelten kaum merklich den Kopf.

„Warum habt ihr nicht auch was gesagt?“, fragte der erste der beiden Gefangenen, der sich für Ronald eingesetzt hatte, sobald die Tür hinter ihnen ins Schloss gefallen war.

„Draußen waren wir Genossen!“, knurrte der Zweite. „Seid ihr nicht bereit, auf eure Mahlzeit zu verzichten, um für das Leben eures Freundes einzutreten?“

„Lass gut sein, Storm“, sagte Ronald schwach. „Es gibt kein Heilmittel für mich. Ich weiß es zu schätzen, dass du dich für mich eingesetzt hast. Aber seien wir ehrlich: Du hast dich umsonst um eine Mahlzeit gebracht.“ Bedrücktes Schweigen kehrte ein. Die Gefangenen aßen. Wieder einmal wartete End, bis der Letzte seine Schale geleert hatte. Dann räusperte er sich. „Nun, wie ich schon sagte. Amrei spielte grässlich. Aber dann …“

End

Gute Künstler lassen uns an ihren Gefühlen teilhaben. Ein Maler kann seine Freude in Farbe bannen, ein Bildhauer in Stein. Und ein Musiker ... ein Musiker kleidet sich in Töne, eine hörbare Aura, die unser Inneres in allen Farben des Gefühlsspektrums tränkt. Was aber unterscheidet diese bildenden Künste von jener darstellenden Kunst? Das Werk eines Malers oder Schriftstellers ist permanent. Seine Schöpfer sind feige. Sie verstecken sich in ihren Kammern, während sie daran arbeiten, und präsentieren nur die Vollendung. Der Musiker hingegen erschafft seine Kunst im Beisein des Publikums. Wie würde das Bild eines Malers werden, dessen Hand, die den Pinsel hält, zittert, weil ein Dutzend Männer und Frauen ihn beim Schaffen beobachtet? Amrei malte mit zitterndem Bogen auf die stille Leinwand des Saals. Ihr gelangen weder harmonisch geschwungene Töne noch gerade gezogene Linien. Das Publikum murmelte. Ich hörte Gelächter. Sah Männer die Köpfe schütteln und Frauen mitleidig lächeln. Die Gespräche wurden lauter und übertönten Amreis verzweifeltes Gekritzel. Ich ließ die Arme verschränkt und beobachtete das Mädchen genau. Die Blässe war aus ihrem Gesicht gewichen. Ihre Wangen leuchteten wie reife Herbstäpfel. Die Augen behielt sie geschlossen. Ihre Miene entspannte sich allmählich. Das Zittern wurde schwächer, der Ton klarer.

In diesem Moment betrat Haakon die Bühne. Er bemerkte nicht, welche Veränderung mit Amrei vorging. Er wollte sie fortschicken. Ich stand auf und lief los. Schlängelte mich zwischen Tischen, Stühlen und Gästen hindurch. Köpfe drehten sich nach mir um. Gespräche verstummten. Ich schwang mich lautlos auf die Bühne und erreichte Haakon in dem Moment, da er die Hand nach Amreis Schulter ausstreckte. Ich fasste sein Handgelenk und sah ihn eindringlich an, wobei ich einen Finger auf die Lippen legte. Der Besitzer sah zu mir. In seiner Miene spiegelten sich Verwunderung und Ärger. Ich schüttelte stumm den Kopf und nickte zu Amrei. Stille kehrte ein. Die Töne, die das Mädchen aus den Seiten lockte, färbten sie schwarz. Es war eine langsame Melodie. So dunkel wie die Tiefen des Meeres. So traurig wie der Tod der unsterblichen Nimue. So bedrohlich wie der Schatten, der mordend durch die Straßen von Treedsgow streifte. Amrei spielte wie in Trance. Sie schien vergessen zu haben, wo sie war. Wer hier war. Tränen rollten über ihre Wange. Und dann senkte sie den Arm, der den Bogen hielt, und spielte auf der höchsten Saite der Geige. Ihre Linke fasste das Griffbrett weit oben und vollzog ein Vibrato, das den Ton ins Schwingen brachte, als ob er von Schluchzern geschüttelt wurde.

Das Publikum war wie erstarrt. Ein Mann saß mit glasigem Blick da, während seine Zigarette auf den Tisch aschte. Eine Frau hielt ihr Glas so schief, dass es auslief. Der Inhalt breitete sich auf der Tischplatte aus und färbte den Ärmel eines Mannes dunkel, ohne dass dieser etwas davon bemerkte.

Amrei spielte keine Musik. Sie wirkte Magie.

Und ihr Zauber berührte auch mich. Die Melodie beschwor Erinnerungen herauf. Erinnerungen, die ich am liebsten für immer begraben hätte. Ich sah Sam mit dem Loch in der Stirn. Ihr Gesicht war verschwommen, als hätte es jemand mit Wachsstiften gezeichnet. Tränen liefen ihr aus den Augen, Blut über ihre Stirn. Die roten Bahnen vermischten sich mit den Ranken, die in ihre Kopfhaut tätowiert waren, und zeichneten ein neues Muster. Sie hatte die Arme um ihre Körpermitte geschlungen. Sie zitterte und sah mit gesenktem Blick an mir vorbei.

Plötzlich hatte ich einen Kloß im Hals. Ich schluckte schwer. Meine Augen brannten. Ich schäme mich nicht zu weinen, wisst ihr? Nicht zu weinen, wenn es angebracht ist, weil man sich dafür schämt, zeugt von Schwäche. Ich weinte, als ich dem Unterrumpf entkam und zum ersten Mal seit Jahren das Sonnenlicht sah. Aber nach Sams Tod habe ich nicht geweint. Ich habe Dutzende Piraten getötet. Bin fast erfroren. Habe um mein Leben und meinen Verstand gekämpft. Aber ich habe nicht geweint …

Die Melodie erstarb so sanft, dass ich es fast nicht merkte. Stille senkte sich herab. Ein Moment des Schweigens, eine halbe Minute, eine Ära der Geräuschlosigkeit. Bis jemand anfing zu applaudieren, und der ganze Saal in Beifall ausbrach. Haakon beglückwünschte Amrei, und das Mädchen verbeugte sich steif. Der Besitzer des *Fourier* führte sie durch den Spalt in den Vorhängen. Ich verließ die Bühne und durchquerte den Saal. Eine Schar Bewunderer wartete bereits auf Amrei und überhäufte sie mit Fragen und Beglückwünschungen, kaum dass sie den Saal betreten hatte. Das Mädchen wimmelte sie überraschend schnell ab und kam zu mir.

„God… ähm, Albert. Wir sollten zurück zu meinem Vater." Mit gesenkter Stimme fuhr sie fort. „Vielleicht hat er noch nicht mitbekommen, dass ich fort war." Ich nickte.

„Ich bringe Amrei jetzt nach Hause", verkündete ich vielen enttäuschten Gesichtern. „Ihr werdet bald Gelegenheit haben, ihr Fragen zu stellen." Ich sah zu Haakon. Der Besitzer des *Fourier* nickte knapp. Draußen auf der Straße gingen Amrei und ich schweigend nebeneinander her.

„Ich hasse dich", sagte das Mädchen nach einer Weile. Sie holte tief Luft, ehe sie fortfuhr. „Du hast mich dazu gezwungen, vor diesen Leuten zu spielen. Und alle haben mich ausgelacht." Ich schwieg. „Und dann", fuhr Amrei fort, „dachte ich an Großvater." Sie brach ab und einige Herzschläge lang hörten wir nur das Rauschen der Wellen und unsere Schritte auf der Promenade. „Ich fing an, das Lied zu spielen, das ich nach seinem Tod geschrieben habe. Gerade eben zum ersten Mal." Das war es also, was ich gehört hatte. Musik gewordene Trauer. Amrei schwieg wieder. Bis wir den Steg erreicht hatten, der zur Taverne *Zum Meeresgrund* führte, sagte keiner mehr ein Wort.

„Gute Nacht“, verabschiedete sich Amrei tonlos und betrat den Steg. Ich fasste sie am Handgelenk. Sie wandte sich um und ich zog sie in eine Umarmung.

„Ich hasse dich“, schluchzte Amrei und erwiderte die Umarmung mit festem Druck.

„Ich werde Haakon sagen, dass er für zukünftige Auftritte einen seiner Türsteher vorbeischicken soll“, sagte ich, als ich mich von ihr löste. Amrei schniefte und nickte.

„Gute Nacht“, sagte sie und ging. Ich kehrte zum *Fourier* zurück und ließ mir von Haakon mein neues Zimmer zeigen. Es war einer von vielen würfelförmigen Räumen im obersten Stockwerk des *Fourier*. Die Fenster wiesen nach hinten zur Stadt. Die Einrichtung war im Stile jenes Billigluxus, wie er typisch für das *Fourier* war. Es war warm und roch nach Kiefernholz. Es gab einen kleinen Heizofen und einen Schreibtisch unterm Fenster. Ein Bett, eine Truhe, eine Kommode und – das Wichtigste – keinen Spiegel. Ich ließ mich aufs Bett fallen und fing an zu weinen. Ich weinte immer noch, als ich lange Zeit später einschlief. Zum ersten Mal seit meiner Ankunft in Treedsgow schlief ich jedes bisschen Müdigkeit aus meinem Körper, ohne ein einziges Mal aufzuwachen. Ich träumte nicht von Sam.

Ich träumte von Rocío.

Am nächsten Tag betrat ich abermals mehrere Kleiderläden. Wie sich herausstellte, hatte ich nicht die geringste Ahnung von Mode. Ich sprach mit sechs verschiedenen Verkäufern und beobachtete eine geschlagene Stunde lang vom Flachdach eines Hauses aus die Menschen, die durch das Tor zum Universitätsviertel traten. Am Abend kehrte ich ins *Fourier* zurück, ohne etwas gekauft zu haben. Ich fragte Haakon, ob noch hin und wieder Studenten das Lokal besuchten. Vielleicht würde ja William selbst kommen. Er wüsste sicher, ob Emily noch in *Sankt Laplace* war.

„Am Viertende“, meinte Haakon. „Das *Fourier* ist beliebt bei den Studenten. Hier können sie die Sau rauslassen, ohne bei den

Herrschaften des Universitätsviertels in Ungnade zu fallen. Leider kommen längst nicht mehr so viele wie früher. Schätze, der einzige Grund, warum man hier überhaupt noch welche sieht, ist die Polizei."

„Polizei?", fragte ich.

„Sie kommen nur viertabends und ruhenachts", erklärte Haakon, „und patrouillieren dann sogar durch die Hauptstraße. Unfassbar, mmh? Konstabler Lovelace braucht dringend Unterstützung, um diesen Mörder zu finden, der Jagd auf blonde Frauen macht. Und dem Bürgermeister fällt nichts Besseres ein, als es den Studenten zu ermöglichen, am Viertende saufen zu gehen. Obwohl, angeblich haben sie es selbst organisiert. Sind allesamt verhätschelte Bälger aus reichen Familien. Aber mir gibt man die Schuld! Die Leute sehen nur, dass die Polizei hier ist, anstatt Damon und seine Garde zu zügeln."

„Wie viele Polizisten kommen?"

„Zwei."

„Und das hält die Gardisten fern?"

„Sie könnten wohl mit ihnen fertig werden", räumte Haakon ein, „aber so dreist sind sie nicht. Noch nicht. Am Anfang haben sie auch hier Schutzgeld eingetrieben. Nachdem die Studenten die Polizei organisiert hatten, hatte ich eine recht unangenehme Begegnung mit Damons Männern. Ich konnte mit Mühe und Not erklären, dass das nicht auf meinen Mist gewachsen ist. Seither lassen sie mich in Ruhe. Aber ich glaube, es ist nur eine Frage der Zeit, bis sie die Macht übernehmen."

„Gibt es niemanden, den der Bürgermeister um Hilfe bitten könnte?"

Haakon zuckte die Achseln. „Wir fragen uns alle, warum er den Duke von Westsithwell nicht um Hilfe bittet. Vielleicht interessiert es ihn nicht, was in seiner Stadt passiert, solange sein fetter Bauch voll ist und eine hohe Mauer zwischen ihm und den Banditen steht. Oder vielleicht ignoriert der Duke seine Hilferufe."

Tags darauf kaufte ich von zusammengeklautem Geld einen schwarzen Smoking, spitze Schuhe und eine Melone, die einigermaßen meine rattenzerfressene Ohrmuschel verbarg. Den Rest des Viertels verbrachte ich damit, die Stadt zu erkunden und ihre Bewohner zu studieren. Ich beobachtete Damons Gardisten, konnte aber nicht feststellen, dass sie regelmäßig kamen und gingen. Wenn sie Schutzgeld eintrieben, taten sie es abends. An keinem bestimmten Tag, jedoch neigten sie dazu, vermehrt Lohntagsabend und am Viertende die Runde zu drehen.

Mittviert trat Amrei zum zweiten Mal auf. Dieses Mal im Beisein ihres Vaters. Alen war anzusehen, dass er zwischen Stolz und Ärger schwankte, weil Amrei ihm nichts von ihrem ersten Auftritt erzählt hatte. Ich zog mich in mein Zimmer zurück, sobald ich mich davon überzeugt hatte, dass das Mädchen sich an ihren Teil der Abmachung hielt. Die Nachricht vom Wunderkind hatte sich offenbar rumgesprochen. Das und ein großes Schild auf der Promenade hatte viele Besucher ins *Fourier* gelockt. Sie wollten das Lied hören, das ihnen die traurigsten Momente ihres Lebens in Erinnerung rief. Sie wollten diesen Schmerz fühlen, eine Trauer so süß wie ein Schluck von Robertos Cola. Die ihnen half, ihrer Verluste zu gedenken und über sie hinwegzukommen. Ich hingegen wollte mich nicht erinnern.

Ich wollte vergessen.

Viertabend spielte Amrei erneut. Etwas anderes. Fröhlicheres. Ihr Vater war dieses Mal nicht gekommen, musste er sich doch um die Gäste in seiner Taverne kümmern. Inzwischen trat das Mädchen ohne Maske auf die Bühne. Nach ihrem zweiten Auftritt hatte man sie mehrfach aufgefordert, ihr Gesicht zu zeigen. Die Reaktion der Menschen beim Anblick des Mals hatte zwischen Neugier und Interesse geschwankt und nicht entfernt zwischen Angst und Abscheu, wie sie es von Gleichaltrigen gewohnt war. Nachdem ihr Auftritt beendet war, und sie die Zuhörer, die sie beglückwünschten und ihr Fragen stellten, hinter sich gelassen hatte, kam sie zu mir.

„Ich habe Vater erzählt, dass ein reicher Bekannter von Großvater mir die Geige geschenkt hat", sagte sie leise. „Ich habe mir sogar einen Namen für ihn ausgedacht: Sir Truman Archer. Er sucht nach unbekannten Talenten und investiert in sie. Du solltest aber mal mit Haakon reden. Er weiß nichts davon."

„Schon klar", sagte ich. „Ich rede mit ihm."

Später am Abend saß ich an einem runden Tischchen in der Nähe der Theke. Während ich so tat, als würde ich in einer Ausgabe der Treedsgow Gazette lesen, beobachtete ich die Menschen, die das *Fourier* betraten. Zunächst waren da die beiden Polizisten, von denen Haakon gesprochen hatte. Zwei Uniformierte, die sich an der Theke etwas zu trinken bestellten und dann zum Tisch in der dunkelsten Ecke des Saals gingen, wo kaum mehr als ihre Silhouetten und die Glut ihrer Zigaretten zu sehen waren. Bald folgten die ersten Gäste. Obwohl die Bewohner des Universitätsviertels darauf achteten, sich nicht auffällig zu kleiden, konnte ich sie doch deutlich von denen von außerhalb der Mauer unterscheiden. Treedsgow litt noch nicht lange unter der Banditenplage, doch hatte sie bereits Spuren bei jenen hinterlassen, die ihr ausgeliefert waren: tiefe Augenringe, Sorgenfalten auf der Stirn oder ein schleppender Gang. Müder Blick, strohiges Haupthaar, Schmutzflecken auf der Kleidung. Ich musterte die Gesichter derer, die aus dem Universitätsviertel kamen. Es waren überwiegend junge Menschen. Unmöglich zu sagen, wer von ihnen Student war. War William vielleicht schon unter ihnen? Inzwischen waren mehr Gäste im *Fourier* als an bislang jedem anderen Tag des Viertels. Stimmengewirr und Gläserklirren füllten den Saal. Ein Mann saß an einem Klavier am Rand der Bühne. Er hatte uns den Rücken zugekehrt und unterlegte die Klangszene mit Geklimper.

Die Tür des *Fourier* ging auf und zwei junge Männer mit Rucksäcken betraten den Saal. Von ihrer schmalen Statur mal abgesehen hätten die beiden verschiedener nicht sein können. Der eine groß mit zurückgekämmtem Haar, der andere klein mit zotteliger Mähne. Sie schwatzten ausgelassen und setzten sich an einen der Tische.

„Hast du an die Bücher gedacht?", fragte der mit der zotteligen Mähne.

„Jepp", sagte der andere, öffnete den Rucksack und legte zwei große Lektüren auf den Tisch.

„Aber das sind die Falschen", stöhnte der Zottelhaarige.

Sein Freund starrte entgeistert auf die Einbände. „Die Bibliothekarin muss sich vertan haben", murmelte er. Ich erhob mich und ging zum Tresen.

„Kennst du die?", fragte ich Haakon und nickte zum Tisch der beiden Neuankömmlinge.

Haakon folgte meinem Zeig und nickte. „Die kommen jeden Viertabend her", sagte er und kratzte sich am Kopf. „Scheiße, mir fallen ihre Namen nicht ein." Ich überlegte, ihn nach William zu fragen, verwarf den Gedanken aber wieder. Gewiss hatte man ihn mit Emily zusammen gesehen. Typen wie Roberto brauchten nur eins und eins zusammenzuzählen, um zu begreifen, dass Emily End die Schwester war, die ich suchte.

„Kannst du mich ihnen vorstellen?", fragte ich.

„Natürlich." Haakon wirkte überrascht, fragte aber nicht nach dem Grund.

„Aber sei diskret!", schärfte ich ihm ein.

„Lass mich nur machen." Ich nickte und kehrte zu meinem Platz zurück. Nahm die Zeitung und beobachtete, wie Haakon um den Tresen zu den Studenten ging.

„Dasselbe wie immer, Jungs?", fragte er und legte ihnen die Hände auf die Schultern.

„Wie immer, Mr. Brown."

„Kommt sofort. Habt ihr Sonnnacht schon was vor? Dann spielt unser jüngstes Talent auf ihrer Violine. Ich schwöre euch, so schön habt ihr noch niemanden spielen hören."

„Wir müssen eine Arbeit für die Universität fertig machen", sagte der Zottel mit bedauernder Miene.

„Na, wenn ich euch nicht überzeugen kann, dann vielleicht der Gönner unseres jüngsten Talents." Haakon ließ den Blick durch den Saal schweifen, als wüsste er nicht, wo ich saß. „Ich habe ihn doch gerade noch gesehen", murmelte und zwinkerte mir zu. „Albert! Komm doch mal her!" Ich erhob mich und schlenderte zu ihnen. „Erzähle ihnen von Amrei." Und er ging davon.

„Wir können Sonnnacht nicht", sagte der mit den gekämmten Haaren gequält. „Ehrlich nicht."

„Macht nichts." Ich zog einen Stuhl vom Nachbartisch heran und ließ mich darauf nieder. „Aber es würde sich lohnen, ihr bei Gelegenheit zuzuhören." Das Lachen war aus den Gesichtern der Studenten gewichen. Plötzlich saßen sie steif da und beobachteten mich misstrauisch. Ich ignorierte ihre offenkundige Abneigung. „Was habt ihr da?", fragte ich und zog die Bücher heran. *Handbuch der Mathematik von Adam Bradford* stand auf dem Einband. „Studiert ihr Mathematik?"

„Eigentlich Chemie. Aber die Bibliothekarin hat die Bücher vertauscht." Ich schlug das Buch auf und ließ den Blick über das Geflecht aus Formeln schweifen. Und dann geschah etwas Seltsames. In meinem Kopf klickte es. Und plötzlich ergaben diese merkwürdigen Zeichen einen Sinn. Mehrere Erinnerungen stürmten auf mich ein. Erinnerungen an die Zeit, als Emily und ich von Rico Fonti ausgebildet worden waren. Ich hatte Mathematik geliebt! Es war die einzige Disziplin gewesen, in der ich Emily trotz des Altersunterschieds immer voraus gewesen war.

Ich blätterte um und wieder klickte es. Erinnerungen an Formeln, Definitionen und Modifikationen bestürmten mich. So heftig, dass eine Region in meinem Hirn schmerzhaft zu pochen begann. *Einsetzen von Gleichung (1.65) in (1.64) liefert … Klick. Wobei n(x) die Steigung im untersuchten Intervall beschreibt … Klick. Für die untersuchte Differentialgleichung folgt …* Klick. Klick. Klick. Mir wurde schwindelig.

„Kannst du überhaupt lesen?", fragte einer der Studenten. Ich sah auf. Räusperte mich und klappte das Buch zu.

„Entschuldigung“, sagte ich und versuchte, Variablen, Gleichungen und Funktionen aus meinem Kopf zu verdrängen. In diesem Moment kehrte Haakon zurück und stellte drei Flaschen Bier auf den Tisch. Wir stießen an und tranken. Peinliche Stille kehrte ein. Plaudern zählte nicht zu meinen Stärken. Zudem schwirrte mir immer noch der Kopf. Die beiden Studenten starrten mich an, als versuchten sie, mich mit Blicken zu vertreiben. Das Schweigen wurde jede Sekunde unangenehmer. Mit den Bewohnern des Hafens war es einfacher gewesen. Sie trugen das Herz auf der Zunge. Aber vielleicht war es bloß die offenkundige Abneigung zwischen Bürgern aus dem Universitätsviertel und jenen von außerhalb der Mauer, die mir jetzt das Reden erschwerte. Trotz des Smokings, den ich mir gekauft hatte, sah man mir an, dass ich nicht zur oberen Schicht gehörte.

„Was ist mit deinem Ohr passiert?“, fragte der Zottelhaarige.

„Ein Streifschuss“, log ich und berührte instinktiv mein versehrtes Ohr.

Die beiden machten große Augen. „Streifschuss?“

„Ich bin Söldner“, erwiderte ich achselzuckend.

„Und was machst du in Treedsgow?“, fragte der mit den zurückgekämmten Haaren. „Hat der Bürgermeister endlich Männer angeheuert, um die Banditen in den Griff zu kriegen?“

Ich schüttelte den Kopf. „Ich suche meine Schwester.“

„Wie heißt du?“, fragte der mit den zotteligen Haaren.

„Albert. Und ihr?“

„Das ist Malcolm.“ Der Zottel wies mit dem Daumen auf seinen Sitznachbarn. „Ich bin Clive.“ Malcolm und Clive. Wieder klickte es in meinem Kopf. Dieses Mal aus einem ganz anderen Grund: William hatte sie in seinem Tagebuch erwähnt! Die beiden Chemiestudenten, die stets für gute Unterhaltung sorgten. Ich musterte sie eingehender und plötzlich war mir, als säße ich zwei alten Bekannten gegenüber.

„Ihr studiert also Chemie? Das klingt interessant.“ Malcolm und Clive tauschten einen Blick.

„Das ist so …“, begann Clive.

Mehrere Biere später waren die beiden in ihrem Element. Sie gaben eine Geschichte nach der anderen zum Besten; von Unfällen, die sich während der Laborarbeiten ereignet hatten – darunter die Geschichte von Dr. Evans, dessen Hose Feuer gefangen hatte –, dann von Vorfällen auf dem Campus. Nach dem ersten Bier verkündete ich, dass ich die nächste Runde ausgeben würde. Am Tresen schärfte ich Haakon ein, meine Flasche mit Wasser nachzufüllen.

„Wird gemacht“, sagte Haakon. Er warf mir einen misstrauischen Blick zu. „Du hast doch nichts Unrechtes mit ihnen vor, oder? Sie sind anständige Jungs und regelmäßige Gäste. Ich will nicht, dass ihnen etwas zustößt.“

Um Mitternacht waren Malcolm und Clive betrunken. Sie redeten viel, riefen sich gegenseitig immer wieder gemeinsame Erlebnisse in Erinnerung und lachten ausgelassen. Ihre gute Laune war so ansteckend, dass sogar ich lächelte. Hin und wieder erzählte ich eine erfundene Geschichte aus meinem falschen Leben als Söldner. Dazu modifizierte ich ein Ereignis aus meinem echten Leben. Statt auf einem Schiff war ich auf einem Bauernhof. Statt gegen Piraten kämpfte ich gegen Banditen. Malcolm und Clive lauschten mir mit großen Augen.

„Du bist ein anständiger Kerl“, meinte Clive irgendwann, wobei er mir einen Arm um den Hals schlang und mit seiner Flasche auf mich deutete. „Vor ein paar Stunden dachte ich noch: Scheiße, was für einen Verbrecher hat Haakon denn da an unseren Tisch geführt? Aber du bist ein anständiger Kerl.“ Er brach ab und richtete seinen Blick auf die Bühne, als der Ausrufer des *Fourier* die allgemeine Lautstärke übertönte.

„Ladies und Gentlemen. Begrüßen Sie mit mir die Perle des *Fourier*. Maria Vanburgh.“ Für einen kurzen Moment hatte ich erwartet, Dianes Namen zu hören. Tosender Applaus ertönte, als eine junge Frau die Bühne betrat. Ihr Kleid glänzte golden, als hätte man es aus ihrem Haar gewoben. Es lag eng wie eine zweite Haut an ihrem Körper. Das Publikum - insbesondere der männliche Anteil - klatschte und pfiff. Maria trat an den Rand der Bühne, und Stille kehrte ein. Sie senkte die Lider mit den langen Wimpern, wie um sich einen Moment zu besinnen. Dann schlug sie gekonnt die Augen auf und fing an zu singen. Ihre Stimme schwebte wie auf seidenen Flügeln durch den Saal. Sie füllte unsere Köpfe, befreite sie von allem anderen, ließ uns vergessen, wo wir waren. Sie sang ein langsames Lied. Ihr kennt es. Kohleweiß, das Lied, das mit Beginn der Aufstände verboten wurde.

Blackworth

Stille. End dachte an das Lied, das er an jenem Abend zum ersten Mal gehört hatte. Und dass er es, als der Sänger in diesem Moment anfing, es zu singen und nach und nach die Insassen mit einstimmten, nun wohl zum letzten Mal hören würde:

Die Uhren ticken im Rhythmus der Maschinen
Die Männer leben in den Kohleminen
Die Lungen schwarz vom Rauch der Kohlehütten
Die Menschen krank, doch der Baron lässt bitten.

Kohleweiß, so kohleweiß
ist das Gesicht unter Ruß und Schweiß
Der Knochenmann an unserem Tische
Der Aschetod in unserer Mitte.

Die Luft ist schwarz und schmeckt nach Rauch
Der Atem heiß und stickig auch
Die Menschen leben in Fabriken
Die Kinder hungern, doch der Baron lässt bitten.

Kohleweiß, so kohleweiß
ist das Gesicht unter Ruß und Schweiß
Der Knochenmann an unserem Tische
Der Aschetod in unserer Mitte.

Rabotnik zerstörte das Triebwerk der Maschinen
Tausend Menschen folgten, sie wehrten sich und schrien
nach Menschlichkeit und Recht und würdigeren Sitten
Getötet von Soldaten und der Baron lässt bitten.

Während sie sangen, blickte End aus dem Fenster. Seine Lippen blieben versiegelt. Er hatte die Zeilen schon aus unzähligen Kehlen gehört. Hatte sie wie Öl in die Flammen des Aufstands gegossen. Es waren bloß Worte, doch sie besaßen die Macht, die Wut des Arbeiters aufs Neue zu entfachen. Wie oft hatten sie jenen, die schon aufgegeben hatten, die Kraft gegeben, sich erneut zu erheben?

Als die Insassen verstummten, rollte eine Träne aus Ends Auge über seine rechte Wange, wo sie niemand sehen konnte. Er hielt die Hand auf und der schwarze Schmetterling krabbelte auf seine offene Handfläche. Wieder zerdrückte er ihn in der Faust, ehe er fortfuhr, als sei er nicht unterbrochen worden.

End

Das Publikum hing an Marias Lippen. Als sie schließlich endete, nahm sie den stürmischen Applaus mit einem bescheidenen Lächeln entgegen. Noch bevor der Beifallssturm verebbte, begann der Pianist ein schnelles Lied auf dem Klavier. My Ocean Darling. Es ist so anzüglich, dass Jungs, die es singen, von ihren Müttern mit dem Prügelstock gejagt werden. Maria fing erneut an zu singen. Dabei streichelte sie sich über die Hüften, warf ihr Haar zurück, dass es golden schimmerte, und Luftküsse ins Publikum.

„Sowas … gibt es nur im *Fourier*", kommentierte Malcolm heiser.

„Jaaa", sagte Clive gedehnt, den Blick wie hypnotisiert auf Maria gerichtet. Als Marias Vorstellung vorbei war, wollte der Beifall nicht enden. Die Perle des *Fourier* verbeugte sich mehrere Male, wobei sie weitere Luftküsse in den Saal warf, zwinkerte und lächelte.

„Wenn sie nur mit mir ausgehen würde", sagte Malcolm träumerisch.

Clive schnaubte. „Und dann? Willst du sie anstottern?" Malcolm schwieg und trank einen Schluck Bier.

„Tritt sie schon immer hier auf?", fragte ich einer Eingebung folgend.

„Erst seit ein paar Monaten", entgegnete Clive. „Vorher war Diane die Perle des *Fourier*."

„Was ist mit ihr?"

Malcolm und Clive tauschten einen Blick.

„Tot", sagte Clive schließlich.

Ich machte eine finstere Miene. „Die Banditen?"

„Nein", sagte Malcolm. „Lange vorher. Sie ist vom Leuchtturm gestürzt."

„Einfach so?"

„Es war ein Unfall", sagte Clive.

„Obwohl eine Zeit lang viele glaubten, William habe sie hinuntergestoßen", sagte Malcolm.

„William?", fragte ich und trank beiläufig einen Schluck aus meiner Flasche.

„Er war es sicher nicht", meinte Clive. „Er hat mir erzählt, was damals auf dem Leuchtturm geschehen ist. Ich glaube ihm."

„Aber etwas an seiner Geschichte war faul", entgegnete Malcolm. „Ed konnte sich an nichts erinnern, weil Diane ihn angeblich k.o. geschlagen hat. Anschließend stirbt Diane. William behauptete, es sei ein Unfall gewesen. Dass sie ihm eine Lektion erteilen wollte. Sie wurde wütend, wegen Missverständnissen selbstverständlich, und verlor die Kontrolle. Sie stürzte sich auf William, der ihr auswich. Fiel gegen das Geländer des Leuchtturms, das nicht hielt, und stürzte samt Rost und Eisen in die Tiefe."

„Ich hätte ihr durchaus zugetraut, dass sie durchdreht", meinte Clive achselzuckend. „Sie kam aus Schwarzwasserhafen."

„Das habe ich am Anfang auch gedacht", fuhr Malcolm unbeirrt fort. „Aber dann verschwand Ed." Er ließ seine Worte einen Moment lang wirken, ehe er fortfuhr. „Und kurze Zeit später verschwand auch William."

„Und Emily?", fragte ich. Ich biss mir auf die Zunge.

Malcolm und Clive starrten mich an. „Woher weißt du von ihr?"

Ich erwiderte ihre Blicke mit ebenso irritierter Miene. „Du hast doch gerade gesagt, dass William zu dem Zeitpunkt mit Emily zusammen war", sagte ich und flehte zu Tyr und den zwölf Wächtern, dass die beiden betrunken genug waren, um mir zu glauben.

Malcolm schloss die Augen und massierte sich die Schläfen. „Habe ich …?"

Clive lachte. „Natürlich hast du!"

„Entschuldigung. Ich bin bloß müde."

Ich atmete auf. „Was ist mit ihr geschehen, nachdem William verschwunden ist?"

„Sie wird immer noch in *Sankt Laplace* sein", meinte Clive. „Die Arme. Ich mochte sie. Aber entweder sie war wirklich verrückt ..."

„Oder William hat sie denunziert", schloss Malcolm.

Clive verdrehte die Augen. „Meinst du wirklich, William wäre dazu imstande gewesen? Er hat sie geliebt."

„Ich glaube, ich weiß, was passiert ist", sagte Malcolm wichtigtuerisch und trank mit vielsagender Miene einen Schluck Bier. „William hatte etwas mit Emily und Diane zur gleichen Zeit." Clive schnaubte, aber Malcolm fuhr fort, als hätte er es nicht gehört. „Diane hat es rausgefunden. Sie hat damit gedroht, es allen zu erzählen. Man hätte William von der Universität geworfen. Also beschloss er, Diane vom Leuchtturm zu stoßen." Clive sah aus, als wüsste er nicht, ob er lachen oder Malcolms Worte in Betracht ziehen sollte. „Vorher hat er Ed ausgeknockt, damit es keinen Zeugen gab. Aber dann hat Emily davon erfahren."

„Und wie bitte schön?", fragte Clive.

Malcolm zuckte die Achseln. „Was weiß ich. Vielleicht hat sie sein Tagebuch gelesen. Das übrigens nie gefunden wurde! Ed hat ihn doch immer damit aufgezogen, dass er eins führt. Sie sagte ihm, dass es das einzig Richtige sei, sich zu stellen und ZAPP-" Malcolm schlug mit der Hand auf den Tisch. „Ließ er sie nach *Sankt Laplace* bringen."

„Und Ed?", fragte Clive belustigt. „Wieso musste er auch verschwinden?"

„Er wurde misstrauisch, als Emily in die Nervenheilanstalt gebracht wurde", fuhr Malcolm fort. „So langsam kehrte seine Erinnerung zurück. Und ihm wurde klar, dass nicht Diane ihn ausgeknockt hatte. Deshalb musste William ihn ebenfalls ausschalten. Kurz vor Eds Verschwinden war er ganz seltsam. Erinnerst du dich?"

Clive drehte nachdenklich einen Untersetzer auf der Tischplatte. Einige Sekunden lang herrschte Schweigen. Dann hob Clive den Blick und fragte: „Glaubst du das eigentlich selbst?"

Malcolm grinste. „Natürlich."

„Genug jetzt", sagte Clive bestimmt. „Die drei waren meine Freunde und von ihnen zu reden, macht mich traurig. Ich brauche jetzt noch ein Bier." Ein paar Stunden später waren wir, abgesehen von einer Gruppe von Männern, die in einer Ecke des Saals Münzen spielten, die letzten Gäste im *Fourier*. Sogar die Polizisten hatten das Lokal vor einer halben Stunde verlassen. Malcolm und Clive waren sehr betrunken und lachten über jeden Unsinn, der ihnen durch den Kopf ging.

„Nie im Leben!", sagte Clive den Tränen nahe.

„Doch", sagte Malcolm ebenso beharrlich, wie er zuvor William verdächtigt hatte. „Schon klar, Professor McSanders hat eindeutig einen Stock im Arsch, aber wenn er aben's zu seiner Frau heimkommt, hat er einen Riesenstock in der Hose. Darauf würd' ich meinen Studienplatz verwett'n!" Es schien, als bekäme Clive vor Lachen keine Luft mehr. Schließlich japste er ein paar Mal und wischte sich die Augen.

„Weiß'u … weiß'u, was wir tun sollt'n?", lallte er, sobald er wieder sprechen konnte. „Wir sollt'n jetzt auf die Bühne gehen und was vorsingen."

„Wirklich?" Malcolm sah zur Bühne, als zöge er Clives Vorschlag ernsthaft in Erwägung.

Clive nickte eifrig. „Vielleicht is'as der Schlüssel zu Marias Herz'n."

Malcolm schnaubte. „Sie schläft längst. Vergiss Maria. Lass uns lieber einen Stuhl klauen." Dieser Gedankensprung schien für Clive absolut logisch zu sein.

„Aber ja!", rief er. „Haakon wird es gar nicht merken. Was meinst du, Albert?"

Ich sah sie abwechselnd an. Dann zuckte ich die Achseln. „Meinetwegen. Ich gehe zu Haakon und lenke ihn ab."

„Perfekt", sagte Malcolm und rieb sich die Hände. „Gib uns ein Zeichen." Ich stand auf und ging zum Tresen.

„Wir schließen gleich", sagte Haakon, als er mich sah. „Sag den Jungs, dass sie gehen müssen."

„Sie wollen gerade los", sagte ich. „Außerdem wollen sie einen Stuhl klauen."

„Diese Idioten", murmelte Haakon. „Alle paar Viertel kommen sie mit so einer bescheuerten Idee. Das letzte Mal haben sie versucht, sich bei Ladenschluss hier drin zu verstecken. Und davor wollten sie sich zu den Gästezimmern schleichen. Und davor ein Käserad aus der Küche stehlen."

„Warum?"

„Weil sie betrunken sind. Dann kommen sie auf so blöde Ideen. Am nächsten Morgen tut es ihnen leid, falls sie sich erinnern. Sie stellen sich allerdings ziemlich ungeschickt dabei an, und ich erwische sie jedes Mal."

„Ich möchte, dass du sie dieses Mal damit durchkommen lässt."

Haakon sah mich verständnislos an. „Wieso?"

Ich zuckte die Achseln. „Ich wüsste gerne, ob sie es durchziehen. Keine Sorge, ich erstatte dir den Stuhl."

„Also gut", meinte Haakon, wobei er verständnislos den Kopf schüttelte.

„Dann dreh dich jetzt um und tu so, als ob du eine Flasche im Regal suchst." Haakon gehorchte, und ich zeigte Malcolm und Clive den hochgeregten Daumen.

„Sind die beiden Türsteher noch draußen?", murmelte ich, während Clive vorausging, um Malcolm, der den Stuhl trug, die Tür aufzuhalten.

„Hab sie vor zehn Minuten reingeholt", meinte Haakon. „Gott, ist das bescheuert. Lasse ich gerade wirklich zwei betrunkene Studenten einen meiner Stühle klauen?"

„Schon geschehen", bemerkte ich, als die Tür hinter Clive ins Schloss fiel.

Haakon wandte sich um. „Und jetzt?“

„Folge ich ihnen. Mach dir keine Sorgen“, fügte ich hinzu, als ich seinen Blick bemerkte. „Ich werde sie nur beobachten. Nichts weiter.“ Ohne eine Antwort abzuwarten, verließ ich den Tresen. Ich war schon auf dem Weg zur Tür, da bemerkte ich, dass Malcolm und Clive ihre Bücher vergessen hatten. Bevor ich ihnen in die Nacht folgte, versteckte ich sie unter einer Sitzbank.

Die beiden hatten mich offenbar schon vergessen. Sie wankten so sehr, dass ich fürchtete, sie würden es nicht schaffen, auf der Hauptstraße zu bleiben – auf der, wohlgemerkt, zwei Kutschen problemlos aneinander vorbeifahren konnten. Sie brauchten gefühlt zwei Stunden, bis sie das Universitätsviertel erreichten. Grund dafür war der Stuhl, auf dem sie abwechselnd ruhten, wann immer sie einer Polizeipatrouille begegneten. Ich folgte ihnen im Schutz der Dunkelheit. Still wie ein Schatten. Ich fühlte mich unweigerlich an meine Zeit als Auftragsmörder erinnert; meinen jüngsten Opfern auf den Fersen …

„Seid ihr die letzten?“, fragte einer der Wächter am Tor.

„Sollen wir nochmal nachsehen?“, entgegnete Clive.

Malcolm gluckste. „Du bist ein Idiot, Clive.“

„Ein verdammt gut aussehender Idiot“, korrigierte ihn Clive. Der Torwächter kam nicht umhin zu schmunzeln.

„Habt ihr etwa einen Stuhl mitgehen lassen?“, fragte der andere Torwächter. Malcolm und Clive blickten zum Stuhl zurück, den sie mitten auf der Straße hatten stehen lassen, als sähen sie ihn zum ersten Mal.

„Jaaa“, sagte Malcolm gedehnt.

„Kanns'u … kanns'u Haakon was von uns ausrichten, Abe?“, fragte Clive, wobei er sich die Schläfen massierte. „Sag ihm, dass es uns leidtut.“

Abe schnaubte. „Das kannst du ihm morgen selbst sagen.“

„Ich fürchte nur, ich werde mich an nichts erinnern“, murmelte Clive, und er, Malcolm und die beiden Torwächter traten durch eine Tür seitlich am Tor.

Ich nahm den Stuhl und machte mich auf den Rückweg. Als ich beim *Fourier* ankam, war die Tür verschlossen. Ich ließ den Stuhl davor stehen und betrat einen der Bootsstege. Folgte ihm bis zum Ende und setzte mich. Ich ließ die Beine über dem Wasser baumeln und während ich auf den nächsten Tag wartete, dachte ich nach. Die Wellen erfüllten mich mit ihrem schläfrigen Rhythmus, ohne mich müde zu machen. Ich dachte an die beiden Männer, die mich bei meiner Ankunft in Treedsgow ausgeraubt hatten. Meine Machete und das Tagebuch hatte ich wiedergefunden. Irgendwo in dieser Stadt waren noch meine Pistole, mein Dolch, das schwarze Perl und mein Siegelring. Außerdem der Bärenpelzmantel, den die junge Frau mit den bernsteinfarbenen Augen gestohlen hatte. Der Wind blies mir kalt und stetig ins Gesicht. Die nächtliche Kühle betäubte meine Glieder und klärte meine Gedanken besser, als Schlaf es getan hätte. Ich dachte an Amrei und ihren Vater Alen. An Derek, den gesprächigen Seemann. Er war ein Schwätzer, aber er würde sich vielleicht noch als nützlich erweisen; ein Werkzeug, um falsche Tatsachen zu verbreiten. Ich bemerkte die schwarze Silhouette eines Vogels vor dem nachtblauen Himmel. Das Kreischen des Tieres, dem einer Möwe nicht unähnlich, ließ mein Herz langsamer schlagen. Mein Atem ging regelmäßig und ruhig. Ich dachte an Damon. Daran, wie spielend leicht er mit mir fertig geworden war, obwohl er mit geschlossenen Augen gekämpft hatte. Und ich dachte an Rocío. An die bedrohliche Anziehung, die von ihr ausgegangen war, an ihre geheimnisvolle Aura und an die Puppe, mit der sie über mein Leben und meinen Tod entscheiden konnte.

Irgendwann legte ich mich auf den Rücken, ohne die Augen zu schließen. Ich sah auf zu den Sternen – meine Füße baumelten nach wie vor über dem Wasser – und atmete die kühle Seeluft. Schmeckte das Salz auf der Zunge. Ich dachte an Leonardo Cavallina, alias Jasper. Er hatte versprochen, den Patienten zu suchen, dem es gelungen war, aus *Sankt Laplace* zu entkommen.

Das war nun acht Tage her. Ob er zurückkehren würde? Meine Gedanken trieben von Jasper zu Roberto Fonti. Wenn er wirklich hinter mir her war, hatte er vielleicht Verdacht geschöpft. Vermutlich stellte er schon Nachforschungen an. Ich sollte ihn im Auge behalten. Ich schloss für ein paar Sekunden die Augen und nacheinander sah ich die Gesichter von Haakon, Maria, Malcolm und Clive. Die beiden Studenten waren der Schlüssel zum Universitätsviertel. Ich überlegte lange, wie ich das, was ich über sie wusste, nutzen konnte. Als der Himmel sich rosa färbte, hatte ich einen Plan. Ich blieb auf dem Bootssteg, bis die Sonne über den Dächern von Treedsgow aufging und ihre Strahlen mein Gesicht wärmten. Ich dachte an Emily. Wie sie mit der Hand durch mein Haar fuhr, auf mich herabsah und lächelte. Wie sie rief: „Wer als erster im Hafen ist …“ und ihr Zopf wippte, als sie davonlief.

„Ich bin hier“, flüsterte ihre Stimme in meinem Ohr. „Du kannst es fühlen.“ Ich schreckte hoch. Ich musste kurz eingenickt sein. Die Sonne stand über den Dächern und die Schatten der Häuser hatten begonnen, sich an den Fuß der Häuserfront zurückzuziehen. Ich stand auf, kehrte mit steifen Gliedern zur Promenade zurück und machte mich auf den Weg zum Marktplatz. Unterwegs überlegte ich, wie ich unauffällig nach Roberto Fonti fragen konnte. Er durfte nicht erfahren, dass ich ihm nachspionierte. Das würde seinen Verdacht nur bestärken. Am Marktplatz fragte ich die wenigen Händler, die schon dort waren, stattdessen nach Leonardo Cavallina. Ich hoffte, dass sie aus dem Namen schlossen, dass es sich um einen Izzianer handelte und mich fälschlicherweise auf Fonti verwiesen. Doch erst der Vierte, mit dem ich sprach, bemerkte überhaupt den kulturellen Hintergrund des Namens. Zur Mittagszeit war ich immer noch ergebnislos. Ich war nicht am Ende meiner Geduld, aber ein wenig enttäuscht. Ich hatte erwartet, dass Roberto sich bereits nach mir umgehört hatte. In diesem Fall hätte sicherlich der ein oder andere irrtümlicherweise bei der Erwähnung des

Namens Leonardo Cavallina auf ihn verwiesen. Mit seinem dunklen Haar, Teint und Augen entsprach er dem typischen Bild eines Izzianers. Ganz anders als Jasper, dessen Augen so blau waren wie ein klarer Sommerhimmel.

Ich kaufte mir eine Mahlzeit bestehend aus Fisch, Kartoffeln und Linsensoße. Während ich aß, bemerkte ich einen Mann, der eindringlich auf einen schnauzbärtigen Händler einredete und dabei auf mich deutete. Der Händler wirkte unschlüssig. Dann rief er etwas und zwei weitere Männer traten hinzu. Der Schnauzbärtige deutete auf mich. Die Männer sahen kurz zu mir, wechselten ein paar Worte, gestikulierten. Dann ging der Händler um seinen Stand herum und kam auf mich zu, die anderen drei im Schlepptau. Ich ließ den Blick auf der Mahlzeit ruhen. Tat so, als bemerke ich sie nicht.

„Albert Walker?", fragte der Schnauzbärtige. Die vier Männer bauten sich um mich herum auf. Ich blickte auf und kaute langsamer. „Der angebliche Söldner aus Rust?" Ich schluckte meinen Bissen herunter und wartete schweigend. „Die Leute sagen, du seist Godric End." Jetzt wurde mir Einiges klar. Roberto hatte dieses Gerücht in die Welt gesetzt. Daran bestand kein Zweifel, hatte ich doch einzig dem Izzianer meinen falschen Nachnamen genannt. Vermutlich hatte Roberto jemanden engagiert, um das Gerücht zu verbreiten. Das würde erklären, warum keiner ihn kannte.

„Godric End ist auf der *Swimming Island*", sagte ich gelassen.

„Die *Swimming Island* ist gesunken", entgegnete der Händler.

Ich lachte leise. „Die alte Lüge. Wie oft habe ich dieses Gerücht schon gehört? Raven taucht so lange unter, bis die Menschen leichtsinnig werden, und schlägt zu, wenn wir es am wenigsten erwarten."

„Du kennst dich scheinbar gut mit seinen Strategien aus."

Ich zuckte die Achseln. „Wenn ihr mich zum Konstabler bringen wollt, mache ich euch keine Schwierigkeiten. Er kann es sicherlich kaum erwarten, euch mit Liberty zu überhäufen.

Ihr habt endlich den Mann gefunden, der End sein könnte, weil die Leute es sagen und die *Swimming Island* angeblich gesunken ist." Mein Sarkasmus war nicht zu überhören. Ebenso wenig die knirschenden Zähne des Händlers.

„Wir behalten dich im Auge, Bursche", knurrte er und nickte seinen Kumpanen zu, woraufhin alle vier abzogen. Fonti hatte es also nicht auf das Kopfgeld abgesehen. Ich tunkte ein Kartoffelstück in die Linsensoße und steckte es mir in den Mund. Er wollte mich hinter Gittern sehen. Und anstatt selbst nach einem Beweis für meine Identität zu suchen, verbreitete er Gerüchte über mich und ließ die Hafenbewohner für ihn arbeiten. Ein schlauer Kerl. Und dennoch bestand die Möglichkeit, dass ich mich irrte. Dass er jemand anderen suchte. Ich brauchte einen Beweis!

Ich beendete meine Mahlzeit, leckte im Anschluss den Teller ab und machte mich wieder auf die Suche. Am Abend musste ich einsehen, dass mein Plan nicht so leicht aufgehen würde, wie ich gehofft hatte. Ich lag noch lange im Bett und starrte mit offenen Augen an die Zimmerdecke, obwohl ich todmüde war. Sollte ich vielleicht doch nach Fonti selbst fragen? Nein. Ich musste mit größter Vorsicht vorgehen.

Am nächsten Morgen suchte ich weiter. Ich fragte im Coffee-House Coulomb, bei Fischern und Händlern und Wirten und bat sogar Amrei, Derek zu fragen. Ergebnislos. Ich weitete meine Suche auf außerhalb des Hafens aus. Fragte Bettler und Blumenmädchen. Ohne Erfolg. Einem Taschendieb, der mir den Geldbeutel hatte stehlen wollen, stellte ich in Aussicht, ihn nicht zu verprügeln, wenn er mir etwas dazu sagen konnte. Er bekam die Prügel. Es war, als hätte Fonti nie existiert. Schließlich kehrte ich ins *Fourier* zurück. Im Bett wälzte ich mich stundenlang hin und her, während ich mir den Kopf darüber zermarterte, wen ich noch fragen konnte. Erst als ein roter Streifen am Horizont den Tag ankündigte, hatte ich einen Einfall. Am Morgen des dritten Tages fragte ich die Menschen am Marktplatz nach Hotels. Wie sich herausstellte, gab es zwei Hotels am jeweiligen Ende des Hafens von Treedsgow: Whitehall Süd und Whitehall Nord, wobei Whitehall Nord den besseren Ruf genoss. Ich versuchte es zunächst dort und hatte auf Anhieb Glück. Nachdem der Mann an der Rezeption mich von oben bis unten mit einer Miene gemustert hatte, als würde ihm schlecht werden, und die beiden Polizisten im Empfangsbereich alarmiert die Hände auf ihre Schlagstöcke gelegt hatten (Und das, obwohl ich meinen Smoking trug!), schlug er ein Buch auf und fuhr mit dem Finger über die Zeilen. Es gäbe hier keinen Leonardo Cavallina aus Izzian, sagte er. Der einzige Izzianer sei ein Mann namens Roberto Fonti. Ich bedankte mich und ging. Draußen fiel mein Blick auf ein Plakat an der Eingangstür. Darauf abgebildet waren mehrere Tanzpaare in einem weiten Saal. Über ihnen hingen leuchtende Kugeln und darüber stand:

PREMIERE: ELEKTRISCHES LICHT IM WHITEHALL NORD

Ich riss das Plakat herunter und las das Datum unter dem Bild. Mittviert, 31. Frühlingsmond 1714. Das war übernächster Mittviert. Wenn es mir gelang, mich unter die Gäste zu mischen, konnte ich vielleicht zu Robertos Zimmer schleichen. Was es wohl mit diesem elektrischen Licht auf sich hatte? Ich faltete das Plakat zusammen und steckte es ein.

Den Rest des Tages verbrachte ich im Schutz des hohen Grases auf einem Hügel abseits der Stadt. Von hier hatte ich einen guten Blick auf die Eingangstür des Hotels. Ich setzte mich auf den Boden und lehnte mich an den Stamm einer jungen Eiche. Genoss die Sonne, die mein Gesicht wärmte, und lauschte dem Flüstern des Baumes im Wind. Ich wartete Stunden. Geduldig wie eine Katze. Es war später Nachmittag, als Fonti auftauchte. Die mittägliche Wärme war einer kühlen Brise gewichen. Grillenzirpen mischte sich unter das Rauschen der Wellen und vereinte sich mit dem Flüstern der Eiche. Fonti kam aus Richtung des Hafens und betrat das Hotel. Ich merkte mir den Stand der Sonne. Anschließend beobachtete ich die Fenster der Hotelzimmer aus allen Richtungen. Ich hatte Glück und sah Fonti schließlich in einem der Zimmer im dritten Stock. Es mag euch übertrieben erscheinen, dass ich einen halben Tag wartete, um an diese Informationen zu kommen. Aber das ist es, was ein Auftragsmörder tut. Er beobachtet sein Opfer, wenngleich ich nicht vorhatte, Fonti zu töten. Noch nicht.

Die untergehende Sonne tauchte das Meer in blutrotes Licht, als ich das *Fourier* erreichte. Der Duft nach Essen mischte sich unter den Salzgeruch. Vor dem flammend roten Horizont sah ich die Silhouette einer Frau am Ende eines Bootssteges. Sie winkte mir zu. Ich kniff die Augen zusammen und betrat den Steg.

„Hallo", sagte die Gestalt und ihre Stimme offenbarte, wer sie war.

„Hallo Maria." Ich stellte mich neben sie und steckte die Hände in die Hosentaschen meines Smokings.

„Du wohnst auch im *Fourier*, richtig?", fragte sie. „Ich sehe dich in letzter Zeit oft dort. Wie heißt du?"

„Albert", antwortete ich und fügte hinzu: „Warum bist du hier?"

„Deswegen", sagte sie lächelnd und nickte zum Meer hinaus. Die tiefstehende Sonne zwang sie, ihre Augen zu Schlitzen zu verengen. Ihr Haar und Gesicht schienen zu leuchten. „Sieht der Himmel nicht wie eine Ebene aus, die hinterm Horizont direkt ans Meer anknüpft?" Ich folgte ihrem Blick und eine Zeit lang schwiegen wir. Möwenschwärme zogen vor dem Horizont vorbei und kreischten vergnügt.

„Als ich dich das erste Mal sah, habe ich dich für einen entflohenen Sträfling gehalten", gestand Maria nach einer Weile. Ich spürte ihren Blick von der Seite und schwieg. „Du hast viele Narben", sagte sie leise. Sie hob ihre Hand, als wolle sie mein

Gesicht berühren, ließ sie dann aber wieder sinken. „Du bist nicht hässlich. Überhaupt nicht. Du siehst gefährlich aus. Nicht nur wegen der Narben." Sie schwieg ein paar Herzschläge lang, wohl in Erwartung, dass ich etwas erwiderte. Aber ich blieb stumm, und sie fuhr fort: „Es ist dein Blick. Ich dachte erst, deine Augen seien schwarz, aber das sind sie nicht. Sie sind von einem Dunkel, das tiefer ist als Schwärze." Ich wandte den Kopf und sah in ihre rehbraunen Augen. „Sie sind wie dunkle Brunnen." Marias Stimme war nunmehr ein Flüstern. „Und an ihren Gründen kauert eine Gestalt und weint." Sie verstummte und nur das Rauschen der Wellen und das Kreischen der Möwen war zu hören, während wir einander ansahen.

Dann bemerkte ich eine Bewegung aus dem Augenwinkel. Wir wandten die Köpfe. Eine abgerissene Gestalt kam über den Steg auf uns zu. Sie trug nur eine zerlumpte Hose. War schmutzig und voller Schürfwunden. In der Hand hielt sie eine Pistole. Ich reagierte sofort. Tat einen Schritt, um nicht das Ende des Steges im Rücken zu haben. Die Gestalt blieb stehen. Unsere Blicke trafen sich.

„Eagon?", fragte ich verwundert. Er war es. Der Junge, dem ich im Labyrinth unter der Kanalisation begegnet war. Der mich bei meiner Ankunft in Treedsgow zusammen mit seinem bärenhaften Freund ausgeraubt hatte.

„Hab seit Tagen nicht geschlafen", sagte Eagon mit zittriger Stimme. „Bitte. Bitte …" Ich musterte ihn scharf. Eagon wirkte ungesund. Er war abgemagert. Die Pistole in seiner Hand zitterte. Er hatte tiefe Augenringe. Sein Haar war zerzaust und schmutzig. „Bitte …" Ich sah ihm in die Augen, die geradewegs durch mich hindurchzusehen schienen. „Bitte gib es mir." Seine Iriden leuchteten im Licht der untergehenden Sonne.

„Was soll ich dir geben, Eagon?", fragte ich mit ruhiger Stimme, wobei ich ihn nicht aus den Augen ließ. Ich erkenne einen Süchtigen, wenn ich ihm gegenüberstehe. Eagon hatte zwar kein Perl genommen, zweifellos aber irgendeine andere

Droge. Und er litt unter Entzug. Er konnte jeden Moment die Nerven verlieren. War so gefährlich wie eine Granate, deren Lunte heruntergebrannt, aber die nicht explodiert war. Süchtige wie er fürchten ein Leben ohne ihre Droge mehr als den Tod.

„Bitte", wiederholte Eagon. „Wenn du es mir gibst, werde ich dir nichts tun."

„Ich habe nichts", sagte ich. Eagon sah mich an, eine steile Falte zwischen den Brauen, als sähe er mich zum ersten Mal.

„Du störst", sagte er und hob die Waffe.

„Wenn du mich erschießt, werde ich ins Wasser stürzen", sagte ich, „und das, wonach du suchst, geht verloren. Oder kannst du schwimmen?" Eagon zögerte. Der Lauf seiner Pistole deutete zitternd auf meine Stirn. Ein leichter Druck seines Fingers trennte mich vom Tod.

„Hast du es?", fragte er leise. Ich nickte und hob langsam die Hände. Griff in meinen Smoking, als holte ich etwas aus der Innentasche, und streckte ihm anschließend die hohle Faust entgegen. Eagon musterte sie mit der Miene eines Kindes, das ahnte, dass es reingelegt werden sollte. Er spürte, dass ich seine Droge nicht hatte.

In dem Moment, da ich die Faust öffnete, riss ich die Hand hoch und stieß die Pistole beiseite. Eagon feuerte. Die Kugel pfiff an meinem rechten Ohr vorbei. Ich hörte Marias Aufschrei, dann ein lautes Platschen. Ich ließ die Faust vorschnellen und gegen Eagons Schläfe krachen. Er brach wie ein nasser Sack zusammen. Seine Pistole fiel ins Wasser.

„Alber…" Marias Ruf brach ab. Sie hustete. „Ich ertrinke. Albert!" Ich blickte über den Rand des Steges. Marias Blick war panisch. Verzweifelt kämpfte sie darum, über dem Wasser zu bleiben. Der Steg war zu hoch, als dass ich sie mit der Hand hätte erreichen können. Ich zog meine Jacke aus, legte mich auf den Bauch und ließ das Kleidungsstück herabhängen. In diesem Augenblick rollte eine Welle über Maria hinweg und sie verschwand im dunklen Wasser. Ich fing in Gedanken an zu zählen. *Eins, zwei, …* Wenn sie bei fünf noch nicht aufgetaucht war, würde ich springen. *Drei, vier, …* Jäh durchstieß Marias Kopf die Wasseroberfläche. Sie schnappte nach Atem, schlug wild um sich und bekam den Ärmel meiner Jacke zu fassen.

„Festhalten", rief ich und holte sie mit kräftigen Zügen ein. Ich bekam ihren Arm zu fassen und brachte sie mit einem Schwung auf den Steg. Maria schlang die Arme um meine Körpermitte und klammerte sich an mich wie eine Ertrinkende an ein Stück Treibholz. Sie vergrub ihr Gesicht in meiner Brust, tränkte meine Kleidung mit Seewasser und schluchzte und hustete.

„Ich dachte, ich würde ertrinken", wiederholte sie mit brüchiger Stimme.

„Und ich dachte, er hätte dich erschossen." Maria schüttelte den Kopf. „Warum bist du dann gestürzt?"

„Hab mich erschrocken", murmelte sie.

„Maria?"

„Ja?"

„Könntest du mich loslassen?"

„Oh." Maria trat einen Schritt zurück und wich meinem Blick aus. „Was … was wollte er?", fragte sie und sah zu Eagon.

„Keine Ahnung."

„Wir sollten den Konstabler informieren", sagte Maria. „Ich gebe Haakon Bescheid. Pass auf ihn auf." Ich blickte ihr nach. Das Haar hing ihr in nassen Strähnen vom Kopf. Sie hinterließ eine dunkle Spur auf dem Steg. Warum hatte ich sie gerettet? Auf der *Swimming Island* hatten wir uns einen Spaß daraus gemacht, jenen beim Ertrinken zuzusehen, die über Bord gegangen waren. Ihr werdet sagen, dass ich Maria retten musste. Dass es auffällig gewesen wäre, hätte ich ihr tatenlos beim Sterben zugesehen, zumal man mich ohnehin schon verdächtigte, ein gesuchter Mörder zu sein. Aber ich fühlte, dass es einen anderen Grund gab. Es war dieser Ort. Diese Stadt, die trotz der Banditen Regeln und Moral kannte. Und zugleich erkannte ich, dass ich zwar skrupellos war, aber nicht grausam. Ich kann euch töten, ohne mit der Wimper zu zucken. Aber ich werde es nicht tun, wenn ihr mir keinen Grund dafür gebt. Und ich überlasse auch niemanden grundlos dem Tod.

Eagon erwachte in dem Moment, als Konstabler Lovelace mit zwei Polizisten im Schlepptau den Steg betrat. Die Polizisten zerrten ihn auf die Beine und führten ihn ab.

„Bitte", lallte Eagon. „Ich habe seit mehreren Tagen nicht geschlafen. Bitte." Lovelace sah ihnen kopfschüttelnd nach. Dann zückte er ein Notizbuch und wandte sich mir zu.

„Sie sind Zeuge des Vorfalls?" Ich nickte. „Ihr Name?"

„Albert Walker." Ich sah, wie Lovelace kurz innehielt, bevor er meinen falschen Nachnamen auf den Notizblock schrieb.

„Können Sie sich ausweisen?", fragte er. Ich schüttelte den Kopf. Er seufzte und fuhr fort: „Ich will gar nicht wissen, aus welchem Loch Sie gekrochen sind, Mister Walker. Sagen Sie mir einfach, was passiert ist." Ich erzählte ihm alles. Anschließend bedankte Lovelace sich und ging.

Die folgenden Tage verbrachte ich im Schatten der jungen Eiche in der Nähe des Whitehall Nord. Ich gab fast mein ganzes Geld für eine Taschenuhr aus. Außerdem kaufte ich einen Notizblock und einen Bleistift. Die endlosen Stunden, die ich verborgen im hohen Gras wartete, während ich den Eingang des Whitehall Nord beobachtete, vertrieb ich mir mit den Büchern, die Malcolm und Clive zurückgelassen hatten. Anfangs las ich nur; besser gesagt, ich verschlang die Seiten wie ein Süchtiger das Perl. Ich staunte über das, was in meinem Kopf passierte. Mir war, als fände ich zwischen jeder Seite ein verlorenes Puzzleteil. Als setzten sich Motoren in meinem Hirn in Bewegung, die vor langer Zeit zum Stillstand gekommen waren. Nach einer Weile fing ich an, eigene Berechnungen auf meinen Block zu kritzeln. Ich füllte etliche Seiten und kam zu immer neuen Erkenntnissen. Ich begriff hochkomplexe Herleitungen, die die Köpfe der klügsten Studenten zum Rauchen brachten, intuitiv.

An manchen Tagen wurde mir regelrecht schwindelig und ich musste Bücher und Block beiseitelegen. Dann lehnte ich mich an den Stamm von Enbalir und lauschte seinen Geschichten, während ich mit verträumter Miene den Hoteleingang beobachtete. Wann immer Fonti kam oder ging, notierte ich die Uhrzeit.

Viertabend traf ich Malcolm und Clive im *Fourier*. Das ganze Viertel über hatte die Sonne geschienen. Nun aber waren Wolken aufgezogen, und es regnete in Strömen.

„Hast du meine Bücher gesehen?", fragte Malcolm verzweifelt, während er und Clive ihre Regenschirme ausschüttelten. „Ich muss sie letztes Viertel vergessen haben."

„Gib es auf", meinte Clive und hängte seinen Regenschirm über die Lehne eines Stuhls. „Die hat sich jemand eingesteckt. So ein gedrucktes Exemplar bringt gutes Geld."

Malcolm hob die Hände zum Kopf, als wolle er sich die sauber zurückgekämmten Haare raufen, besann sich dann aber eines Besseren. „Das wird richtig teuer", meinte er. „Meine Eltern werden so wütend sein. Haakon hat sie nicht gesehen. Ich …"

„Ich hab sie", sagte ich. „Ich habe sie letztes Viertel gefunden und sie für euch verwahrt."

„Wirklich?" Ich nickte und Malcolm lachte vor Erleichterung. „Danke, Albert. Besten Dank. Ich gebe dir einen Finderlohn, jetzt sofort. Und wenn ich irgendwas für dich tun kann …"

„Ich würde die Bücher gern noch eine Weile behalten", sagte ich. Malcolm und Clive sahen mich verständnislos an.

„Warum?", fragte Clive.

Ich zuckte die Achseln. „Ich schmöker gerne."

„Du verstehst was von Mathematik?", fragte Clive.

„Du kannst lesen?", fragte Malcolm.

„Von Mathematik verstehe ich nicht viel", log ich. Fonti wusste womöglich genauestens über meine Ausbildung Bescheid. Ich machte mich nur verdächtig, wenn man erfuhr, dass ich, der Söldner, ein Naturtalent auf dem Gebiet der

Mathematik war. „Es ist lange her, dass ich das letzte Mal gelesen habe, und ich habe fast vergessen, wie es geht. Ich möchte ein bisschen üben."

Malcolm lachte. „Ich kann dir auch spannendere Bücher bringen", sagte er.

Ich schüttelte den Kopf. „Ist schon gut. Ich mag all diese mathematischen Zeichen. Sehen aus wie Zauberformeln."

Clive schnaubte. „Wenn Professor Clifford tot wäre, würde er sich jetzt im Grab umdrehen." Wir setzten uns an einen der Tische. Draußen prasselte der Regen gegen die Bogenfenster. Drinnen sorgten zwei Kamine und eine Vielzahl an Gästen für behagliche Wärme. Am seitlichen Rand der Bühne saß der Pianist des *Fourier* und unterlegte die Klangszene mit leisem Geklimper. Malcom schob mir den versprochenen Findelohn zu.

„Ich möchte euch etwas fragen", sagte ich und holte das zusammengefaltete Plakat hervor, das die Premiere des elektrischen Lichts im Whitehall Nord verkündete.

„Was hast du da?", wollte Clive wissen und neigte den Kopf.

„Premiere: Elektrisches Licht im Whitehall Nord", las Malcolm und schnaubte. „Damit wollen sie mehr Gäste zu sich ins Haus holen. Die Geschäfte laufen vermutlich nicht mehr so gut, seitdem die Mauern von Fort New Port eingestürzt sind."

„Was ist elektrisches Licht?", fragte ich.

„Schon mal von einer Glühlampe gehört?", wollte Clive wissen. Ich schüttelte den Kopf. „Es ist im Prinzip eine mit Vakuum gefüllte Glaskugel."

„Vacuúm?" Ich erinnerte mich an Teenas Worte. *Ein so starkes Gift, dass allein seine Dämpfe tödlich sind.*

Clive schüttelte den Kopf. „Man spricht es Vakuum aus. Das heißt, die Kugel ist mit nichts gefüllt. Nicht einmal mit Luft. Durch die Kugel führt ein Draht, durch den elektrische Energie fließt, sodass der Draht anfängt zu leuchten."

„Aber was ist elektrische Energie?", fragte ich.

Clive sah hilfesuchend zu Malcolm. Aber der zuckte die Achseln. „Wissen wir auch nicht genau. Wir studieren Chemie."

„Sie wird jedenfalls in Generatoren erzeugt", meinte Malcolm, „und durch Metalldrähte geleitet."

„Zu der Glühlampe führt also ein Draht?"

Malcolm nickte. „Und es führt ein Draht wieder weg. Ich glaube, man kann sich elektrische Energie wie eine Flüssigkeit vorstellen. Sie fließt durch eine Leitung in die Lampe, bringt den Draht darin zum Leuchten und fließt durch eine andere Leitung wieder ab."

„Und wie bringt sie den Draht zum Leuchten? Verbraucht sie sich?" Malcolm zuckte noch einmal die Achseln. „Und wenn man den Draht durchschneidet?"

„Geht das Licht aus", sagte Malcolm.

In diesem Moment trat Haakon an unseren Tisch. „Dasselbe wie immer, Jungs?"

„Wie immer, Mr. Brown", sagte Clive mechanisch. Wenig später kehrte die massige Gestalt des Wirtes mit drei Flaschen Bier zurück und stellte sie vor uns auf den Tisch.

„Wie ist es dir dieses Viertel ergangen, Albert?", fragte Clive. „Schon eine Spur von deiner Schwester?"

Ich schüttelte den Kopf. „Aber man hat mich beschuldigt, Godric End zu sein", sagte ich geradeheraus.

Clive verschluckte sich an seinem Bier. „Du?", hustete er. Ich nickte. Die beiden erfuhren am besten von mir von den Gerüchten.

„Aber ist dieser Godric End nicht auf der *Swimming Island*?", fragte Malcolm.

„Angeblich ist sie gesunken", sagte ich.

Malcolm sah mich entgeistert an. „Aber das erzählt man sich ständig. Begreifen die Menschen es nie?" Er schüttelte den Kopf. „Manchmal frage ich mich, ob Raven tatsächlich so durchtrieben ist, oder ob die Leute einfach nur dumm sind." Pfiffe und Jubel erklangen im vorderen Teil des Saals und Malcolm verstummte.

„Da kommt Maria", sagte Clive überrascht. „Was tut sie hier? Es ist noch lange nicht Mitternacht." Die Perle des *Fourier* durchquerte den Saal, wobei sie den Jubelnden zuwinkte und gekonnt lächelte. Malcolm drehte sich auf seinem Stuhl um und ein träumerischer Ausdruck trat auf sein Gesicht. „Himmel, sie ist wunderschön", seufzte er. „Als wäre ihr Haar aus Goldfäden gesponnen …"

Clive lachte. „Jetzt klingst du wie William."

„Als hätten Engel Sonnenstrahlen auf ihrem Haupt gepflanzt."

„Malcolm."

„Das Sommergold eines Ährenfeldes verblasst neben diesem Glanz."

„Malcolm, sie kommt direkt zu uns." Malcolm schien es abrupt die Sprache zu verschlagen. Im nächsten Moment erreichte Maria unseren Tisch.

„Hallo", sagte sie und lächelte zauberhaft.

„Hallo Maria", sagte ich. „Du kommst genau richtig. Mein Freund Malcolm hier hat gerade von dir geschwärmt."

„So?" Maria hob ihre geschwungenen Brauen. „Ich höre."

Malcolm räusperte sich und warf mir einen boshaften Blick zu. „Ich … ich ha-habe gesagt, dass dein Haar sehr schön aussieht", sagte er, senkte den Blick und fügte leise hinzu: „Als wäre es aus Goldfäden gesponnen."

Maria lächelte gerührt. „Wer hätte gedacht, dass Studenten poetisch sein können?", kicherte sie. Malcolm wurde dunkelrot und starrte auf seine Füße. Clive klammerte sich mit beiden Händen an seinen Stuhl, den Blick auf die Tischplatte geheftet. Sie erinnerten mich an Tiere, die sich aufgrund einer nahenden Gefahr totstellten. Wenn es mir gelang, sie dazu zu bringen, Maria um einen Kuss oder eine Strähne ihres Haars zu bitten, würde ich sie zu allem überreden können. Sogar dazu, mich ins Universitätsviertel zu bringen.

„Ich wollte nur mal deine Freunde kennenlernen", sagte Maria und berührte Malcolm sanft an der Schulter. Er zuckte zusammen, als hätte ihn etwas gebissen. Clive sah zu mir. Seine Augen waren weit geöffnet und mit einem Kopfrucken Richtung Maria fragte er stumm: *Du bist mit ihr befreundet!?*

„Wir hatten vor ein paar Tagen eine unschöne Begegnung mit einem Verrückten", erzählte ich.

„Und Albert hat sein Leben für mich riskiert", ergänzte Maria. Seither berichtete sie jedem, dass ich mich schützend vor sie gestellt hatte. Ein Missverständnis, hatte ich mich doch bloß vom Rand des Steges entfernen wollen. Aber es konnte nicht schaden, wenn auch ein paar Heldengeschichten über mich erzählt wurden.

Nachdem Maria wieder fortgegangen war, fiel Malcolm über mich her. „Wie konntest du mich nur derart bloßstellen? Hör sofort auf zu lachen!", fügte er an Clive gewandt hinzu. In diesem Moment rief der Mann mit der roten Fliege *Thomas Goldfield* aus. Ein Mann mit Smoking und Gitarre betrat die Bühne. Der Applaus war verhalten. Clive stöhnte.

„Wer ist Thomas Goldfield?", fragte ich.

„Irgendein reicher Schnösel aus dem Universitätsviertel", sagte Clive. „Er hat viel Einfluss im Rathaus und hat Haakon das Schankrecht verliehen. Wir vermuten, dass er nur hier auftreten darf, weil er es ihm genauso schnell wieder entziehen könnte."

„Spielt er so schlecht?", fragte ich, während Goldfield seine Gitarre stimmte. Malcolm und Clive wechselten einen Blick.

„Nicht mehr", sagte Malcolm. „Er tritt etwa einmal im Monat auf. Bisher haben die Menschen ihn hinter vorgehaltener Hand verspottet. Aber letzten Monat hat er sehr gut gespielt."

„Es war fast schon ein bisschen unheimlich", sagte Clive. „Es ist unmöglich, dass jemand in so kurzer Zeit derartige Fortschritte macht."

„Wir werden sehen", meinte Malcolm. „Vielleicht war es nur Glück." Im Saal kehrte Ruhe ein. Goldfield hatte seine Gitarre gestimmt und ließ die Augen auf dem Publikum ruhen. Er wartete, bis vollkommene Stille herrschte, und verharrte selbst dann noch einige Augenblicke reglos, als wolle er sich vergewissern, dass niemand mehr einen Mucks von sich gab. Erst dann schloss er die Augen und fing an zu spielen.

Er war gut. Mindestens so begabt wie Amrei oder Maria, obgleich das Stück, das er spielte, nicht so recht in die Atmosphäre eines Viertabends passen wollte. Seine rechte Hand griff zielsicher jeden Akkord. Die Finger seiner Linken tanzten auf den Saiten. Wie er so dasaß mit geschlossenen Augen und ein Lied nach dem anderen mit schlafwandlerischer Sicherheit spielte, erinnerte er mich an jemanden. Erst gegen Ende seines Auftritts wurde mir klar, an wen. Goldfields Augen waren geschlossen und er schien zu schlafen. Genau wie Damon, als er gegen mich gekämpft hatte. Ich dachte an Eagon, der, nachdem er jene violetten Blüten gegessen hatte, mir einen kurzen Moment lang ebenfalls wie Damon erschienen war. Und dann hörte ich Eagons Worte in meinem Kopf. *Nach dem Essen bin ich immer so müde.* Dieselbe Pflanze, die ich wenig später in Damons Vorkammer gesehen hatte. *Mann, hatte ich einen Traum. So real …* Und was hatte Eagon gesagt, als er mich und Maria vor wenigen Tagen auf dem Bootssteg überrascht hatte? *Hab seit Tagen nicht geschlafen.* Hatte er geglaubt, dass ich womöglich einige Blütenblätter aus dem Rattensumpf mitgenommen hatte? Oder hatte Maria …

In diesem Moment beendete Goldfield sein Spiel, und der Saal applaudierte widerwillig.

„Du hast dein Bier ja immer noch nicht ausgetrunken", bemerkte Clive und strafte mich mit einem tadelnden Blick. „Ich werde schon mal die nächste Runde holen." In dem Moment, da er aufstand, öffnete sich die Tür des *Fourier* und herein kam …

„Roberto", murmelte ich.

„Was?" Malcolm folgte meinem Blick. „Kennst du ihn?" Ehe ich antworten konnte, rief er: „Hey Roberto." Ich fluchte stumm. Roberto senkte seinen Regenschirm und sah zu uns. Seine dunklen Augen blitzten, als er mich erkannte.

„Hallo Albert", sagte er und kam zu unserem Tisch. „Was für ein Zufall."

„Er wohnt hier", plauderte Malcolm drauf los.

„Wirklich?", fragte Roberto milde überrascht. Als ob er das nicht längst gewusst hätte. „Ein Zimmer im *Fourier* ist gewiss nicht billig. Wie kann ein Söldner sich das leisten?"

„Ich habe eine Vereinbarung mit Haakon", erwiderte ich.

„Setz dich, Roberto." Malcolm zog einen zusätzlichen Stuhl heran, und Roberto ließ sich darauf nieder. „Willst du ein Bier?"

„Ich …" In diesem Moment kehrte Clive mit drei Flaschen zurück. „Seht mal, was ich haaabe", trällerte er und stellte die Flaschen auf den Tisch. Erst dann bemerkte er Roberto. „Wer ist das?"

„Er kennt Albert", sagte Malcolm.

Clive hob die Brauen. „Du hast noch *andere* Freunde?", fragte er mich mit beleidigter Miene.

„Hör mit dem Quatsch auf und hol noch ein Bier", sagte Malcolm. Clive ging noch einmal zum Tresen. „Bist du aus Telian?", fragte Malcolm an Roberto gewandt.

Roberto schüttelte den Kopf. „Izzian."

„Dein Dustrisch ist ziemlich gut", sagte Malcolm. „Beherrschst du noch andere Sprachen?"

„Ich spreche insgesamt sieben Sprachen", sagte Roberto. Malcolm verschluckte sich an seinem Bier.

„Sie-sieben?", fragte er heiser. Mein Blick verlor sich in der Vergangenheit. Aber ja! Auch mein ehemaliger Lehrer Rico Fonti hatte sieben Sprachen beherrscht. Und sogar ich hatte Telianisch beinahe fließend gesprochen, bevor Limbania jedes einzelne Wort aus meinem Gedächtnis radiert hatte.

„Was ist los?", fragte Clive, der soeben vom Tresen zurückkehrte und ein Bier vor Roberto auf den Tisch stellte.

„Unser Freund Roberto spricht sieben Sprachen", sagte Malcolm.

„Sieben?", wiederholte Clive ungläubig. „Welche?"

Roberto zählte auf: „Izzianisch, meine Muttersprache. Dustrisch, Land, Telianisch, Norsee, Tarmonisch und Orthogon." Malcolm und Clive wechselten einen Blick. Es schien ihnen regelrecht die Sprache zu verschlagen.

„Bestell ein Bier auf Telianisch", verlangte Clive. Roberto sagte ein paar Worte, wobei er das R rollte und einige Silben lispelte. „Und jetzt dasselbe auf Land." Dieses Mal kratzten die von harten Lauten begleiteten Worte in seinem Hals. Clive lachte verblüfft.

„Egal, was man auf Land sagt", kommentierte Malcolm. „Es klingt immer wie: Ich bringe dich um!"

„Ich habe mal versucht, Izzianisch zu lernen", sagte Clive. „Ich bin schon an den regelmäßigen Verben verzweifelt."

„Dann solltest du dich an Norsee versuchen", meinte Roberto. „Da brauchst du dir wegen der regelmäßigen Verben keine Sorgen zu machen."

„Wie meinst du das?"

„Es gibt keine", sagte Roberto schlicht. „Jedes Verb ist unregelmäßig."

„Wahnsinn …"

„Sie gilt als die schwierigste Sprache der Welt", fuhr Roberto fort. „Es gibt vier verschiedene Worte für *sein. Satea* beschreibt eine Charaktereigenschaft, *stadää* beschreibt einen Zustand, *hoöka* die körperliche Existenz, *haröka* die spirituelle Existenz. Es gibt sieben verschiedene Fälle, endlos viele Artikel, und neben Maskulinum, Femininum und Neutrum auch noch das Antrum."

„Antrum?", fragte Clive.

„Das Analog zu Neutrum." Roberto zuckte die Achseln. „Frag nicht. Ich verstehe es auch nicht. Norsee ist die einzige Sprache, die ich nur im Ansatz verstehe." Aber Rico Fonti hatte sie beherrscht; er hatte dieselben sieben Sprachen gesprochen.

Malcolm und Clive fanden offenbar Gefallen an Roberto. Sie wollten alles wissen; wo er herkam, wo er ausgebildet worden war, warum er nach Dustrien gekommen war. Ich lauschte aufmerksam jedem seiner Worte. Aber der Izzianer antwortete mit Bedacht oder wies die Fragen freundlich zurück. Roberto schien sich in der Gesellschaft der beiden Studenten zu amüsieren. Er lachte über ihre Späße und fragte sie ihrerseits über das Studentenleben in Treedsgow aus. Ich hingegen fühlte mich beobachtet. In Robertos Gegenwart musste ich genau überlegen, was ich sagte. Jede Lüge mehr, die ich in das Gespinst aus Unwahrheiten wob, konnte das Netz zum Reißen bringen. Und zugleich machte ich mich verdächtig, wenn ich permanent schwieg.

„Was läuft da zwischen dir und Maria?“, fragte Clive mich jäh.

„Wie bitte?“

„Tu nicht so. Denkst du, ich hätte nicht bemerkt, wie sie dich ansieht?“

„Es ist nichts.“

„Für Albert gibt es eben nur eine Frau“, kommentierte Malcolm und fuhr an Roberto gewandt fort: „Albert sieht zwar aus wie ein Schwerverbrecher, aber er ist einer der anständigsten Menschen, die ich kenne.“

Roberto hob die Brauen und sah mich an. „Tatsächlich?“

Malcolm nickte. „Er hat Maria das Leben gerettet, als man sie überfallen wollte“, erzählte er. „Und die Leute halten ihn auch noch für Godric End.“

„Es gibt ein Kopfgeld von eintausend Liberty zu holen“, sagte ich achselzuckend. „Da fangen die Leute an zu spinnen.“

„Kannst du dir das vorstellen?“, fragte Clive und sah zu Roberto. „Albert soll Godric End sein?“

„Unwahrscheinlich“, sagte Roberto, ohne den Blick von mir zu wenden, „aber möglich wäre es.“

„Jetzt hör aber auf.“ Clive lachte ungläubig.

Um Mitternacht betrat Maria die Bühne. Unsere Blicke trafen sich. Aus ihren Augen sprach verhohlene Bewunderung. *Denkst du, ich hätte nicht bemerkt, wie sie dich ansieht?* Wenn Clive

Recht hatte, war sie genauso dumm wie sie hübsch war. Wieder sah sie zu mir. Sie unterdrückte ein Lächeln, strich ihr goldenes Haar hinters Ohr und fing an zu singen.

Frauen, dachte ich, trank einen Schluck aus meiner Flasche und ärgerte mich zum ersten Mal, dass es kein Bier war. Nach ihrem Auftritt setzte Maria sich allein an einen Tisch. Es dauerte nicht lange, bis der erste Mann zu ihr kam. Er ließ ihr einen Cocktail bringen, doch sie wimmelte ihn ab. Nachdem sie auch dem zweiten Werber einen Korb gegeben hatte, wagte es niemand mehr. Ich tat so, als ob ich ihre Blicke nicht bemerkte. Malcolm und Clive, die sich offenbar überhaupt nicht daran störten, dass Roberto nach den ersten beiden Bieren auf nicht alkoholische Getränke umgestiegen war, waren schon nach kurzer Zeit so weit, dass sie über eine neue Herausforderung nachdachten.

„Wir könnten einen Stuhl klauen", schlug Malcolm vor.

Clive massierte sich mit geschlossenen Augen die Schläfen. „Ich hab gerade ein Déjà-vu", murmelte er. Roberto sah mich fragend an, woraufhin ich die Achseln zuckte und den Kopf schüttelte. Dann sagte ich: „Jungs, wieso stellt ihr euch nicht einer Herausforderung, bei der niemand zu Schaden kommt? Und mit niemand meine ich Haakon."

„Was schlägst du vor?", fragte Malcolm.

„Ich weiß auch nicht", sagte ich. „Wie wäre es, wenn ihr Maria bittet, euch einen Kuss zu geben? Oder eine Strähne ihres Haars?" Malcolm und Clive tauschten einen Blick. Wenn sie jetzt einwilligten, hatte ich die Gewissheit, dass ich sie dazu bringen konnte, alles zu tun.

„Ich weiß nicht", sagte Clive. „Wäre das nicht unangebracht?" Ich schnaubte, und auch Roberto musste lachen.

„Einen Stuhl zu klauen etwa nicht?"

„Sie ist dort ganz allein", sagte Roberto. „Jetzt oder nie."

„Nein, wir können doch nicht … Malcolm!" Clive sah seinem Freund nach, der sich von seinem Platz erhoben hatte und mit entschlossener Miene und steifen Schritten den Saal durchquerte. Fünf Minuten später kehrte er an unseren Tisch zurück. Mit hochrotem Kopf, aber zufrieden grinsend zeigte er uns eine Strähne von Marias goldenem Haar.

„Du hast es geschafft", sagte Clive ehrfürchtig.

„Und einen Kuss habe ich obendrein bekommen", sagte Malcolm stolz. Als sich die beiden Studenten einige Zeit später anschickten, das *Fourier* zu verlassen, verabschiedete sich auch Roberto.

„Komm doch nächsten Viertabend wieder", schlug Clive vor, während alle drei zur Tür gingen. „Wir sind jedes Viertel hier."

„Gerne", hörte ich Roberto noch sagen, ehe die Tür hinter ihnen ins Schloss fiel. Ich verfluchte Clive stumm. Er hatte Roberto soeben den perfekten Vorwand geliefert, jeden Viertabend ins *Fourier* zu kommen. Unter diesen Umständen konnte ich meine Pläne mit den beiden Studenten vergessen. Vielleicht wäre es das Beste, Roberto einfach kaltzumachen. Ich durchquerte den fast leeren Saal und betrat die Treppe zu den Zimmern. Auf Höhe des zweiten Stocks bemerkte ich Gesang, der sich unter das Prasseln des Regens mischte. Ein flackernder Lichtspalt zerschnitt den dunklen Flur. Ich folgte der Stimme und sah in das Zimmer, aus der sie schwebte. Dort saß Maria in ihrem goldenen Kleid vor einem Spiegel und kämmte ihr Haar. Im Schein des Ofenfeuers wirkte es rötlich. Ich lauschte ihrer Stimme, und eine Erinnerung fand mich. Die Erinnerung an ein bettelndes Mädchen, dem Emily und ich in Rust begegnet waren. Sie hatte am Straßenrand gestanden mit einem Hut vor ihren Füßen und so schön gesungen, dass sie die Passanten zu Tränen gerührt hatte.

In dem Moment, da Maria die Strophe beendete, sah sie mich im Spiegel. „Hallo Albert", sagte sie verhalten lächelnd. „Komm herein." Ich trat ein. „Was verschafft mir die Ehre zu so später Stunde?" Ich antwortete nicht und ließ den Blick durch den Raum schweifen. Das Zimmer war abgesehen von dem Spiegel genauso eingerichtet wie meines. Allerdings hatte Maria es mit einer persönlichen Note versehen: grüne Seidenvorhänge, ein Strauß Trockenblumen, Kerzen und eine gerahmte Fotografie mit Sepiaschleier. Auf der Kommode standen verschiedene Pflegeprodukte wie Salben und Öle. Rosenduft stieg aus dem frisch bezogenen Bett.

Maria stand auf und kam zu mir. Bei jedem Schritt zeichnete das Feuer ein neues Muster verlockender Schatten auf ihr Kleid. Sie blieb vor mir stehen und sah mit schüchternen, braunen Augen zu mir auf. Ich erwiderte ihren Blick. Machte keine Anstalten, sie zu berühren. Sie war schön. Makellos. Ihre Haut so rein wie eine Perle. Ihr Körper so zierlich wie der einer Elfe. Aber waren es nicht gerade die Makel gewesen, die ich an Sam so geliebt hatte? Ihre Narben, ihren Akzent, ihr manchmal schmutziges Haar, das nur an einer Seite ihres Kopfes herabgehangen hatte. Maria hob die Hand und streichelte meinen Arm. Eine Berührung so zart wie der Flügelschlag eines Schmetterlings. Mein Blick schweifte abermals durch den Raum. Streifte die Fläschchen, die vor dem Spiegel auf der Kommode standen.

„Maria?"

„Ja?" Ihre Stimme war kaum mehr als ein Flüstern. Sie hob die Hand und berührte die Kerbe in meiner Lippe. Ein Schauer lief mir den Rücken hinab.

„Was hattest du auf dem Steg zu suchen?" Sie zuckte kaum spürbar zusammen und ließ die Hand sinken.

„Was meinst du?" Klang sie verärgert? „Ich wollte den Sonnenuntergang sehen."

„Wirklich? Du hast nicht etwas abgeholt, das jemand dort für dich versteckt hatte?" Ich trat vor den Spiegel, nahm eines der Fläschchen zur Hand und hielt es gegen das Licht des Ofenfeuers. Das Wasser in seinem Innern schimmerte im selben Violett wie die Blüten, die Eagon gegessen hatte. Hatten Damon und Goldfield dasselbe Mittel genommen? Ich bezweifelte es. Maria hatte nie gewirkt wie eine Schlafwandelnde. Plötzlich brach sie in Tränen aus.

„Ich brauche es", schluchzte sie. „Ich habe furchtbare Schlafstörungen. Es ist ein Heilmittel dagegen."

„Schon gut." Also ging es Maria um eine andere Wirkung, als die jener Droge, die es ermöglichte, in den Zustand eines Schlafwandelnden zu wechseln. Ich stellte das Fläschchen zurück auf die Kommode und versuchte, mein Spiegelbild, das mich aus den Augenwinkeln beobachtete, zu ignorieren.

„Bitte verrate es niemandem", flüsterte Maria und wischte sich die Tränen aus den Augen.

„Dein Geheimnis ist bei mir sicher", versprach ich. „Gute Nacht, Maria."

Der Regen dauerte an. In den nächsten Tagen nutzte ich die Gelegenheit und folgte Roberto im Schutz der grauen Schleier, sobald er das Hotel verließ. Er traf sich scheinbar wahllos mit Bürgern der Stadt: mit Fischern, mit bettelnden Flüchtlingen aus den Landen, mit Schustern und Ladenbesitzern, mit Wirten und Fremden. Mir kam ein beunruhigender Gedanke. Wob Roberto womöglich ein Netz aus Informanten und Gerüchteköchen? Immerhin hatte er binnen kürzester Zeit die Leute glauben lassen, ich sei End. Ich fühlte mich beobachtet. Wusste Roberto womöglich, dass ich seine Gewohnheiten studierte? Was mochte es bedeuten, einen Mann zum Feind zu haben, dessen Intellekt es ihm erlaubte, sieben Sprachen - darunter Norsee - zu sprechen?

Trotz seiner zahlreichen Kontakte schien Roberto kein geselliger Mensch zu sein. Er sprach stets nur das Nötigste. Wenn er unterwegs war, wurden seine Augen oft glasig. Wenn er sich allein glaubte, redete er mit sich selbst. Ich vermutete, dass er unter den Hafenbewohnern nicht viele Freunde hatte. Gewiss langweilten ihn die Menschen. Vielleicht hatte er deshalb in der Nähe von Malcolm und Clive so zufrieden gewirkt. Sie waren Akademiker. Menschen seines Schlags.

Eines Abends kletterte ich über die Mauer des Whitehall Nord und kundschaftete den Garten aus. Regenschleier und die hereinbrechende Nacht schützten mich vor neugierigen Blicken. Im Zentrum des Gartens entdeckte ich einen Holzkasten, aus dem auf Brusthöhe ein Hebel ragte. In dem Holzkasten steckte ein Mast, um den mehrere in Ölpapier eingeschlagene Kabel gewickelt waren. Am oberen Ende des Mastes führten zwölf Kabel in parabelförmigen Bahnen zu anderen Mastspitzen. An ihnen aufgefädelt waren jene Glaskugeln, von denen mir Clive erzählt hatte. Schirme schützten sie vor dem Regen. Zwei weitere Kabel führten zum Hotelgebäude, an der Wand entlang abwärts und verschwanden in einem Kellerfenster. Dort musste der Generator stehen. Ich näherte mich dem Gebäude, wobei ich die Fenster, die zum Garten hinausgingen, im Auge behielt. Niemand wagte sich bei dem Wetter vor die Tür. Doch wenn jemand seine Nase an die Scheibe drückte, würde er mich trotz Regen und Dunkelheit sehen können. Eine dunkle Kapuzengestalt. Man würde zweifellos sofort das Hotelpersonal benachrichtigen.

Ich erreichte die Wand und folgte ihr nach links bis vor eine Tür. Vorsichtig drückte ich die Klinke herunter und spähte ins Innere. Ich blickte in eine von Gaslaternen in schummriges Licht getauchte Vorhalle. Neben jeder Laterne hing eine zweite, die nicht leuchtete, angeschlossen an ein in Ölpapier eingeschlagenes Kabel. Links wies ein Schild den Weg zum Abort. Gegenüber befand sich eine große Doppeltür mit Milchglas, hinter der das Foyer lag. Rechts führte eine Treppe hinauf zu den Gästezimmern, eine zweite direkt daneben in den Keller. Auch hier führten Kabel entlang der Wände treppauf- und treppabwärts.

Ich sah zu den Stufen, die zu den Gästezimmern hinaufführten. So viele Stunden hatte ich damit verbracht, Roberto zu beobachten. Nicht nur, um ihn besser kennenzulernen, sondern auch, um mich darauf vorzubereiten, sein Zimmer zu durchsuchen. Nun bot sich mir die Gelegenheit, einfach hinaufzugehen und es zu versuchen. Mit ein bisschen Glück würde mich niemand sehen.

Aber ich verlasse mich nicht auf mein Glück. Glück ist eine Hure. Es verbringt ein paar schöne Stunden mit dir und verkündet anschließend, dass du dich mit dem Freudenfieber angesteckt hast. Als ich als Auftragsmörder für Franco gearbeitet hatte, war ich die Dinge nie überstürzt angegangen. Jeder Mann, der auf seiner Liste gestanden hatte, war des Todes gewesen. Meine Opfer waren nicht am selben Tag gestorben, da Franco ihre Namen ausgehängt hatte. Auch nicht am Tag danach. Doch ab dem Moment, da die Liste gehangen hatte, hatten mich meine Schritte zu ihnen geführt. Und außer Saminthi hatte ich sie alle getötet.

Ich wandte mich nach rechts und stieg die Stufen hinab in den Keller. Nach wenigen Schritten hörte ich Stimmen. Sie kamen aus dem Raum, in dem meiner Einschätzung nach der Generator stehen musste. Ich ging daran vorbei, prüfte, ob die nächste Tür verschlossen war, und lehnte sie an. Anschließend kehrte ich zu dem Raum zurück, aus dem die Stimmen kamen.

„... möchte, dass Mittviert alles glatt läuft", sagte ein Mann soeben. „Das Whitehall Süd hat schon seit zwei Vierteln elektrisches Licht und das, obwohl wir den besseren Ruf genießen. Ich will nicht, dass die Lichter ausfallen. Das wäre eine totale Blamage."

„Keine Sorge, Mr. Edwards. Motoren, Generatoren und Verteiler wurden getestet. Das Whitehall Süd hat die gleichen Modelle und sie laufen seit Inbetriebnahme problemlos."

„Aber wenn eine Komponente ausfällt, gibt es kein Licht im ganzen Hotel", sagte Mr. Edwards.

„Ich sah es bloß als meine Pflicht, Sie über die Risiken aufzuklären, Mr. Edwards. Die Auftretenswahrscheinlichkeit ist äußerst gering. Zudem haben wir für einen solchen Fall vorgesorgt, um die Folgeschwere zu mindern. Wie Sie sehen, stehen von jeder Komponente drei zur Verfügung. Wenn ein Gerät ausfällt, dauert es höchstens fünfzehn Minuten, bis das andere läuft."

„Also gut." Schritte näherten sich der Tür. Ich huschte davon und verschwand durch die Tür des benachbarten Raums, die ich zuvor angelehnt hatte. „Ich verlasse mich auf Sie, Mr.

Weeks." Eine Tür fiel zu, ein Schlüssel drehte sich im Schloss. Die Schritte entfernten sich. Ich zählte in Gedanken bis zehn, ehe ich mich aus meinem Versteck wagte. Ich begann, mit zwei Nadeln in dem Schloss herumzustochern, das die beiden Männer soeben verriegelt hatten. Teena hatte mir beigebracht, wie man Schlösser knackte. Kurz darauf klickte es, und ich öffnete die Tür. Jetzt war das Rauschen des Regens wieder zu hören. Ein Geruch nach Motoröl und Benzin lag in der Luft, der mich in der Zeit zurückversetzte. Ein ähnlicher Geruch hatte die verborgene Kammer über dem Maschinenraum der *Swimming Island* gefüllt, in der ich lange gelebt hatte. An den Wänden hingen mehrere Schilder, die alle das Gleiche geboten: Rauchen und offenes Licht verboten. In der Mitte des Raumes standen drei durchnummerierte Motoren. Aus ihren stählernen Gehäusen ragte jeweils ein Treibriemen, der sich einmal um die Zahnwelle eines Generators schlang. Ich strich mit den Fingern über das Gehäuse eines der Energiewandler. Zu gerne hätte ich es geöffnet und mir sein Inneres angeschaut. Doch hatte ich weder die Zeit noch das Werkzeug. Ich spähte durch das Loch im Motorgehäuse, durch das der Treibriemen verschwand. Wenn es mir gelang, die Leistungsübertragung zu unterbrechen, stünden mir fünfzehn Minuten nächtlicher Dunkelheit zur Verfügung. Fünf Minuten, um zu Robertos Zimmer zu gelangen, fünf Minuten, um es zu durchsuchen, fünf Minuten, um mich wieder davonzumachen. Wenn ich Roberto richtig einschätzte, würde er dem Lärm der Feier davonlaufen. Elektrisches Licht war sicher nichts Neues für ihn. Ich schnippte gegen den straff gespannten Treibriemen von Motor Nummer eins. Dann zog ich ein Messer und schnitt ihn an einer Stelle von beiden Seiten an. Es war nur eine Frage der Zeit, bis er im laufenden Betrieb reißen würde. Ich verließ den Raum, anschließend das Hotelgelände.

Am Tag der Premiere regnete es nicht. Der Himmel blieb bedeckt und ein unsteter Wind wehte. Das elektrische Licht konnte wie geplant im Garten des Whitehall Nord eingeweiht werden. Mit anderen Worten: Es würden nur wenige Gäste auf den Fluren sein. Das größte Risiko bestünde, während ich das Schloss von Robertos Zimmertür knackte.

Am Abend wartete ich an meinem gewohnten Beobachtungsposten darauf, dass Roberto das Hotel verließ. Ich täuschte mich nicht in ihm. Nach Einbruch der Dunkelheit trat er durch den Ausgang des Whitehall Nord, vermutlich um der lärmenden Feier zu entkommen. Ich war mir sicher, dass er erst zurückkommen würde, wenn Ruhe eingekehrt war. Ich warf einen Blick auf meine Uhr. Mir blieben noch zwei Stunden, bis alle Lichter im Whitehall Nord gelöscht und die elektrischen Lampen entzündet würden. Ich verließ meinen Posten und stieg auf die Kuppe des benachbarten Hügels. Von hier aus hatte ich den Hotelgarten im Blick. Auf den Wegen und Wiesen des Geländes bewegten sich die Gäste, aßen vom Buffet und tranken Wein. Der Wind drehte und ich hörte Musik und Gelächter. Es roch nach Speisen und nasser Erde. Ich empfand die Brise als angenehm, trotz des ohnehin kühlen Abends, und eine Gänsehaut überzog meine Unterarme. Eine halbe Stunde vor Mitternacht beobachtete ich, wie die Lichter hinter den Zimmerfenstern eines nach dem anderen verloschen. Schließlich brannten nur noch die Gasleuchten im Garten. Zehn Minuten vor Mitternacht begann jemand, eine Rede zu halten. Der Wind trug nur Bruchstücke von dem an meine Ohren, was der Redner sagte. Zuletzt rief er etwas. Und dann erstrahlten alle Zimmerfenster auf einen Schlag. Die Glaskugeln, die über den Köpfen der Menschen schwebten, erwachten zum Leben. Ein Raunen ging durch die Menge, gefolgt von begeistertem Applaus. Mein Herz schlug schneller. Bald würde der Treibriemen reißen. Bald würden die Lichter ausgehen. Ich konzentrierte mich darauf, ruhig zu atmen. Indessen löschte das Hotelpersonal auch die Gasleuchten im Garten. Zehn Minuten verstrichen. Ich hockte da wie ein Sprinter in Startposition. Bereit, jede Minute zu nutzen, die mir zur Verfügung stehen würde. Aber wenn der Riemen nicht riss? Weitere zehn Minuten verstrichen. Womöglich hatte jemand den Schnitt bemerkt und den Schaden behoben. Allmählich wurden meine Beine taub. Ich stand auf und ging ein paar Mal auf und ab. Wieder vergingen zehn Minuten, ohne dass etwas passierte. Gut möglich, dass sie einen der anderen Motoren gestartet hatten. Inzwischen konnte auch Roberto wieder zurückkommen, auch wenn ich es für unwahrscheinlich hielt. Vielleicht sollte ich den Plan aufgeben …

In diesem Moment verloschen die Lichter. Ich reagierte sofort. Rannte den Hügel hinab und zog mich die Mauer hinauf. Noch bevor alle Gäste begriffen hatten, was geschehen war, setzten meine Füße auf dem Hotelgelände auf. Ich bewegte mich zwischen den Menschen hindurch, die murmelten und die Köpfe drehten. Ein Schatten unter vielen. Ich erreichte die Hotelwand und folgte ihr bis zur Tür.

Eine Minute. Ich betrat das Hotel. Auch drinnen war alles dunkel. Ich wandte mich nach rechts und hastete die Stufen hinauf.

Zwei Minuten. Ein Gast, der mich vorbeieilen sah und offenbar für Personal hielt, fragte, was passiert sei. Ich ignorierte ihn. Im dritten Stock folgte ich einem Flur, bis er einmal abknickte, und fing an, die Zimmer zu zählen. Vor der Tür zu Robertos Zimmer blieb ich stehen und zog meine Nadeln.

Drei Minuten. Ich fing an, in dem Schloss herumzustochern. Kurze Zeit später öffnete ich die Tür und trat ein.

Vier Minuten. Ich schloss die Tür und ließ den Blick schweifen. Es waren nur dunkle Schemen zu erkennen. Ich holte eine Streichholzschachtel aus der Hosentasche und entfachte ein Zündholz. Die Flamme offenbarte eine Gasleuchte an der Wand. Ich hielt das Hölzchen an den Glühstumpf und drehte den Gashahn auf. Die Lampe erwachte mit einem Fauchen zum Leben.

Fünf Minuten. Ihr weißes Licht fiel auf einen Schreibtisch. Darauf lagen sauber nebeneinander eine Schreibfeder, ein Tintenfass und ein Stapel unbeschriebenen Papiers. Ich wandte mich um und zuckte zusammen. Vor mir an der Wand hing ein Spiegel. Die Augen meines Spiegelbildes glühten dämonisch. Während es die Mundwinkel zu einem teuflischen Grinsen verzog – langsam, als kostete es ihn große Mühe, sich aus dem Zwang zu befreien, meinen Bewegungen zu folgen –, füllte ein lauter werdendes Rauschen meine Gedanken.

Sechs Minuten. Ein Kreischen in meinem Kopf wie Fingernägel, die über eine Tafel kratzten, ließ meine Glieder erstarren. Mein Spiegelbild streckte eine Hand nach dem Glas aus …

Sieben Minuten. Ich riss den Blick los. Zwang mich, in eine andere Richtung zu sehen, obwohl der Spiegel meinen Blick anzuziehen schien. Ich ballte die Hände zu Fäusten und schloss die Augen. Schluckte kräftig, während ich darum kämpfte, Herr über meinen Körper zu werden. Ich kehrte dem Spiegel den Rücken. Erst dann wagte ich, die Augen wieder zu öffnen. Ich rief mir in Erinnerung, warum ich hier war. Mit steifen Bewegungen streckte ich eine Hand nach dem Griff der Schreibtischschublade aus. Mir war, als umgebe mich eine dickflüssige Masse. Meine Instinkte flehten mich an, die Gefahr in meinem Rücken im Auge zu behalten. Es war eine Falle. Wenn ich hinsah, zog mein Spiegelbild mich in seinen Bann. Es beraubte mich der Kontrolle über meinen Körper und gewann zugleich an Macht.

Acht Minuten. Ich öffnete die Schublade. Darin lagen ein paar Banknoten, eine Zündholzschachtel und mehrere Ersatzfedern. Ich schob sie wieder zu und versuchte es mit der Schreibtischtür darunter. Sie war verschlossen. Ich wandte mich ab und ging zum Nachttisch. Er war bis auf eine Zahnbürste leer. Oben auf lag *Die unsterbliche Nimue.* Ich bemerkte eine Bewegung aus den Augenwinkeln – zweifellos wieder mein Spiegelbild, das sich nicht so verhielt, wie es sollte – und versuchte angestrengt, sie zu ignorieren. Und dann vernahm ich ein Scharren. Ich sah zum Schreibtisch. Einige Herzschläge lang war ich wie erstarrt. Ich konnte nicht begreifen, was geschah. Das Tintenfass rutschte wie von Geisterhand bewegt auf die Tischkante zu. Schob mein Spiegelbild es auf der anderen Seite über den Tisch? Und dann begriff ich, was es bedeutete, sollte das Fässchen auf dem Boden zerschellen. Begriff, dass Roberto wissen würde, dass jemand in sein Zimmer eingebrochen war. Ich sprang auf. Stürmte zum Schreibtisch. Das Tintenfass erreichte die Tischkante. Fiel. Ich streckte eine Hand aus. Meine Finger schlossen sich um das Glas, als es nur noch wenige Zentimeter vom Boden entfernt war. Ich keuchte erleichtert. Fast hätte ich meinem Spiegelbild einen hasserfüllten Blick zugeworfen. Ich stellte das Fässchen zurück auf die Tischplatte.

Neun Minuten. Ich nahm abermals meine Dietriche zur Hand und machte mich an der Schreibtischtür zu schaffen. Es klickte und sie sprang auf.

Zehn Minuten. Allerhöchste Zeit, dass ich von hier verschwand. Ich spähte ins Innere des Schranks. Darin lag ein braunes Lederportfolio. Ich nahm es heraus, schlug es auf und sah als erstes einen Steckbrief meiner Selbst. Ich blätterte um und fand eine Liste von Einträgen, jeweils versehen mit einem Datum. Ich überflog sie. Ausnahmslos jeder Eintrag hatte mit mir zu tun. Eine Spur. Ein Gerücht. Eine Vermutung. Roberto suchte mich. Und wie er mich suchte! Er ging mit der Systematik eines Profis vor. Mit der Beharrlichkeit eines Fanatikers. Und das, wie es schien, schon seit Jahren. Es war ein Wunder, dass er mich nicht längst gefunden hatte! Er hatte sich notiert, wann und wo die *Swimming Island* gesichtet worden war. In einer beiliegenden Landkarte hatte er sich die Positionen markiert und mit roten Linien verbunden. Er hatte Zeitungsartikel ausgeschnitten und beigefügt, Zeugenaussagen protokolliert und deren Glaubwürdigkeit bewertet.

Zu guter Letzt fand ich ein Bündel unterschiedlicher Stadtkarten. Ich erkannte sogleich, dass er hier seine Netze aus Spionen in allen Städten, in denen er nach mir gesucht hatte, markiert hatte.

Elf Minuten. Zu gerne hätte ich nach der Karte von Treedsgow gesucht. Aber ich musste das Hotel so schnell wie möglich verlassen. In weniger als vier Minuten würden die Lichter wieder angehen. Ich legte das Portfolio zurück und schloss den Schrank. Mit meinen Dietrichen verschloss ich die Schreibtischtür und löschte die Gasleuchte.

Zwölf Minuten. „Mach's gut, Arschloch", murmelte ich meinem Spiegelbild zu und verließ das Zimmer. Ich verriegelte auch die Zimmertür und eilte den Flur zurück.

Dreizehn Minuten. Ich konnte es schaffen. Es würde knapp werden, aber wenn ich mich beeilte, hätte ich das Hotelgelände verlassen, ehe die Glühbirnen entflammten.

„Wer da?", fragte ein Mann, als ich an ihm vorbeieilte und hinter der Flurbiegung verschwand. Wenn ich Glück hatte, dauerte die Umstellung auf den anderen Generatoren sogar ein oder zwei Minuten länger. Wenn ich Glück hatte …

In diesem Moment entflammten die Lichter. Glück ist eine Hure. Hatte ich das schon erwähnt? Ich hatte soeben das Treppenhaus erreicht. Unter mir hörte ich Jubelrufe und Schritte, die aufwärts kamen. In meinem Rücken hinter der Flurbiegung stieß auch der Mann, an dem ich soeben vorbeigegangen war, einen Freudenschrei aus. Mir blieben nur Sekunden. Ich riss willkürlich eine Tür auf und betrat das Zimmer, schloss die Tür und wandte mich um. Vor mir stand eine Frau. Sie starrte mich mit weit aufgerissenen Augen an. Öffnete den Mund zu einem Schrei, der wohl im ganzen Hotel zu hören sein würde. Und dann … verdrehte sie die Augen und fiel in Ohnmacht. Ich atmete erleichtert aus. Ging zum Fenster, durch das der Lärm der Feier in seiner ursprünglichen Lautstärke zu hören war, und zog die Vorhänge zu. Dann hob ich die Frau hoch und legte sie aufs Bett. Ich setzte mich neben sie, bereit, ihr den Mund zuzuhalten, sollte sie aufwachen. Was jetzt? Ich konnte nicht gehen, ehe das Fest vorbei war. Und wenn die Frau von ihrer Begegnung mit mir berichtete, würde Roberto womöglich Verdacht schöpfen. Ich ließ den Blick durchs Zimmer schweifen. Es war genauso möbliert wie das des Izzianers. Dankenswerterweise waren die Läden ihrer Spiegelkommode verschlossen. Es roch nach Parfüm und – täuschten mich meine Sinne? – nach frisch gemähtem Gras. Merkwürdig. Ich stand auf und ging zum Schreibtisch. Öffnete wie zuvor in Robertos Zimmer zuerst die Schublade, dann die Schreibtischtür. Darin fand ich ein Paket. Ich nahm es heraus, löste die Schnüre und klappte den Deckel auf. Das Paket war bis unter den Rand mit kleinen Glasphiolen gefüllt, die eine durchsichtige Flüssigkeit enthielten. Ich nahm eine heraus und entkorkte sie. Schnupperte. Der Geruch nach gemähtem Gras war nun so intensiv, dass er unnatürlich wirkte. Ich verkorkte das Fläschchen wieder und legte es zurück ins Paket. Als ich mich umwandte, sah ich, dass die Augen der Frau offenstanden. Ihre Lippen bebten, während sie mit angsterfüllten Augen zu mir aufsah. Warum hatte sie nicht längst um Hilfe gerufen?

Sie setzte sich auf und rutschte mit dem Rücken zur Wand. „Wirst du mir wehtun?", fragte sie.

„Nein", sagte ich und fügte in Gedanken hinzu: *Ich werde dich vielleicht töten, aber ohne dir wehzutun.*

„Wer bist du?" Ich schwieg. „Geh oder ich rufe das Personal", sagte die Frau mit zitternder Stimme.

„Tu es", sagte ich. Ein ungläubiger Ausdruck trat in ihr Gesicht. „Was ist? Willst du das Personal doch nicht rufen? Hast du Angst, dass sie das hier finden?" Ich stieß mit dem Fuß gegen die Schranktür. Die Frau wurde blass und schwieg. „Ich mache dir einen Vorschlag. Ich frage nicht, was das ist, und du fragst mich nicht, was ich hier mache." Die Frau senkte den Kopf. Dann nickte sie kaum merklich. „Sollte ich später erfahren, dass du irgendjemandem von unserer Begegnung erzählt hast, werde ich ebenfalls plaudern."

„Was wirst du jetzt tun?", fragte die Frau.

„Warten, bis alle schlafen, und dann gehen."

„Darf … ich das Zimmer verlassen?“ Ich schwieg, während ich darauf wartete, dass sie die Antwort aus meinen Zügen las. „Man erwartet mich auf dem Fest. Ich habe Wein über mein Kleid geschüttet und wollte mich umziehen, als das Licht ausging. Oh.“ Die Erkenntnis stand ihr ins Gesicht geschrieben. „Hast du …?“

„Wenn du zum Fest musst, dann geh“, fuhr ich dazwischen, als könne ich ungeschehen machen, dass sie verstanden hatte, indem ich nicht zuließ, dass sie es aussprach. „Ich warte hier. Erzähl niemandem von mir. Bring niemanden her.“

„Ich … habe mich noch nicht umgezogen“, murmelte sie und wurde rot. Ich erwiderte nichts. Ging zum Fenster und spähte durch den Spalt in den Vorhängen. Die Feier war wieder in vollem Gang. Ein Mann jagte eine Frau durch den Garten, deren Schreie in Gelächter umschlugen, als er sie erwischte. Die Gäste aßen, tranken und rauchten. Es würde noch eine Weile dauern, bis ich das Hotel verlassen konnte.

Die Frau stieg aus dem Bett und ging zum Schrank. Kurze Zeit später mahnte sie mich, mich nicht umzudrehen. Ihr Kleid raschelte, als sie es auszog. Kurz reizte mich die Vorstellung, sie zu sehen. Ich hatte seit Sam bei keiner Frau gelegen. Doch ich behielt den Garten im Auge.

„Hilfst du mir mit den Schnüren?“, fragte sie. Ich drehte mich um. Sie stand da und hatte mir den Rücken zugewandt. Ich trat hinter sie, zog die Schnüre ihres Kleides stramm und band sie zu.

„Erzähle niemandem von mir“, mahnte ich erneut, ehe sie das Zimmer verließ.

Die Feier dauerte bis in den Morgen. Die Frau kehrte um drei Uhr zurück. Sie war betrunken und wirkte enttäuscht, als sie mich sah. Vermutlich hatte sie gehofft, dass ich schon gegangen wäre, wenn sie zurückkehrte. Vielleicht auch, dass ich nur eine Einbildung gewesen wäre. Sie setzte sich aufs Bett, schlug die Beine übereinander und verschränkte trotzig die Arme vor der Brust.

„Es ziemt sich gar nicht, in das Zimmer einer Dame zu platzen", sagte sie. Der Alkohol sprach ihr offenbar Mut zu.

„Es ziemt sich auch nicht für eine Dame, mit Drogen zu handeln", entgegnete ich, während ich wieder einmal durch den Spalt in den Vorhängen spähte.

„Es sind keine Drogen", sagte die Frau. „Es ist Chlorosomnium. Besser bekannt als Traumgrasextrakt. Und es in dieser Form zu sich zu nehmen, ist tödlich."

„Ist es legal, damit zu handeln?" Das war eine rhetorische Frage. Die Frau schwieg. „Wie heißt du?"

„Summer."

„Wozu braucht man dieses Chlorosomnium, Summer?", fragte ich.

„Ich habe schon zu viel gesagt", murmelte sie und massierte sich die Schläfen. „Wir haben einen Deal. Ich frage dich nicht, was du hier machst, und du fragst mich nicht, was das ist."

Ich musterte sie einige Sekunden lang schweigend. „Ich habe den Verdacht, dass jemand in diesem Hotel mir nachstellt", sagte ich schließlich, „und wollte sein Zimmer durchsuchen, um herauszufinden, ob es wahr ist."

Summer hob überrascht den Kopf. „Du hast nur sein Zimmer durchsucht?", fragte sie. „Du hast niemanden erdolcht? Nicht einmal was gestohlen?" Ich schüttelte den Kopf.

Summer seufzte erleichtert und stützte das Kinn auf die Handballen. „Man kann aus diesem Chlorosomnium etwas herstellen", sagte sie. „Etwas wie eine Droge. Es ist sicher nicht legal, aber die Banditen zahlen gut dafür. Wenn du mich fragst, ist der Schmuggel der Grund, warum überhaupt noch Händler nach Treedsgow kommen." Sie legte sich aufs Bett. „Wer möchte schon Schutzgeld zahlen?", murmelte sie. Wenige Augenblicke später fing sie an, leise zu schnarchen. Ich blieb am Fenster und behielt den Garten im Auge. Um halb fünf Uhr morgens kehrte auch der letzte Gast ins Hotel zurück. Eine halbe Stunde später verließ ich Summers Zimmer und schloss leise die Tür hinter mir. Ich war schon fast wieder im Erdgeschoss, als ich ihre Stimme in meinen Gedanken hörte. *Du hast nichts gestohlen?* Malcolms Finderlohn für die Bücher aus der Universitätsbibliothek, auch wenn er großzügig ausgefallen war, gab nicht mehr viel her.

Ich drehte um und folgte der Treppe hinauf in den Flur des ersten Stocks. Dort lauschte ich an mehreren Türen. Wenn auf der anderen Seite nichts zu hören war, probierte ich vorsichtig, sie zu öffnen. Nicht wenige Türen waren unverschlossen. Nach kurzer Zeit fand ich, wonach ich suchte. Ein Mann lag quer über seinem Bett und schnarchte. Er war offenbar sturzbetrunken, hatte er es doch nicht mal mehr fertiggebracht, seinen Smoking auszuziehen. Ich betrat das Zimmer und gab mir gar nicht erst die Mühe, leise zu sein. Nicht einmal ein Kanonenschlag hätte den Mann geweckt. Behutsam tastete ich ihn ab. Dabei fand ich ein Portemonnaie aus braunem Leder in der Innentasche seines Jacketts, in dem sich nicht weniger als einhundert Liberty befanden. Ich steckte das Geld ein. Draußen im Garten warf ich das Portemonnaie in den Dreck und trat darauf herum. Der Mann würde denken, dass er es im Suff verloren hatte, und einen der anderen Gäste verdächtigen, sein Geld gestohlen zu haben.

Der runde Raum

Die Glühbirne flackerte. An die Bahre in der Mitte, die im Fünfundvierzig-Grad-Winkel zum Boden stand, war eine Frau geschnallt. Sie rührte sich nicht. Der Augensammler stand hinter ihr und verband ihre Augen – oder besser gesagt den Teil ihres Gesichtes, wo einmal ihre Augen gewesen waren. Sie hatte Heterochromie gehabt: schöne blaue Augen mit braunen Sprenkeln. Nicht dass er sie hätte entfernen müssen, auch wenn der Eingriff durch die leere Augenhöhle einfacher gelang. Aber sie brauchte sie ohnehin nicht mehr. Der Böse Geist sah ab jetzt für sie.

Der Augensammler ging um die Bahre herum, setzte sich die Lupenbrille auf, die er bislang auf der Stirn getragen hatte, und nahm die Hand der Bewusstlosen in seine. Nachdem er ausgiebig ihre Fingerspitzen betrachtet hatte, fasste er ihr ans Kinn und öffnete ihren Mund. Noch war nicht zu erkennen, wie der Böse Geist, der in ihrem Kopf saß, ihren Körper verändern würde. Dass er ihre Fingernägel zu Klauen machen würde und ihre Zähne spitz, als hätte man sie zugefeilt. Der Augensammler deutete ein zufriedenes Lächeln an. Dann schaltete er das Licht aus und verließ den Raum. Besser er ließ die Patientin in den Keller bringen, solange sie noch bewusstlos war.

End

Am nächsten Viertabend wartete ich im *Fourier* auf Malcolm und Clive. Wieder peitschten schwere Tropfen gegen die Fenster. Ich rauchte eine Zigarette und ging in Gedanken noch einmal meinen Plan durch. Heute Nacht wollte ich Malcolm und Clive dazu bringen, mir ins Universitätsviertel zu verhelfen, wo ich hoffentlich einen Hinweis auf Emily finden würde. Ich musste sie dabei glauben lassen, dass ich nur ihr Spiel mitspielte. Mein stärkster Verbündeter: der Alkohol.

Ich winkte Haakon, und der Besitzer des *Fourier* trat an meinen Tisch. „Was hast du an Schnaps da, Haakon?"

„Dannischen Whisky aus den Copperlands und Wodka."

„Aus Urmunien?"

„Ist den Preis nicht wert", meinte Haakon. „Da, wo ich den kaufe, wird er fast so gut gebrannt wie in Urmunien und kostet nur die Hälfte."

„Hast du auch etwas für … besondere Anlässe?" Haakon hob die Brauen. „Ich möchte Malcolm und Clive einen Gefallen tun."

„Warum werde ich das Gefühl nicht los, dass du etwas im Schilde führst?", brummte Haakon. „Ich hätte da noch eine Flasche Seegeist. Kostet aber auch ihre zehn Liberty." Haakon ging zum Tresen und kehrte mit einer Flasche mit klarem blauem Inhalt zurück. „Du hast aber nichts Unrechtes mit ihnen vor, oder?", fragte er und stellte die Flasche auf den Tisch.

„Sie sind meine Freunde, Haakon. Ich möchte nur mit ihnen feiern."

Als Malcolm und Clive den Schnaps sahen, tauschten sie einen begeisterten Blick. „Das ist gutes Zeug", meinte Clive und studierte das Etikett. Malcolm holte drei Gläser vom Tresen und öffnete die Flasche.

„Warum gießt du nicht ein?", fragte Clive und klopfte ungeduldig mit dem Glas auf den Tisch.

„Man muss ihn atmen lassen."

„Jetzt mach schon." Malcolm füllte die Gläser jeweils bis zur Hälfte.

„Auf Albert", sagte Clive, und wir stießen an. Der Schnaps rann wie flüssiges Feuer die Kehle hinab, wobei er ein würziges Aroma hinter sich herzog. Clive seufzte und bedachte das Glas mit einem Blick, wie ich ihn bisher nur bei Männern gesehen habe, die einer Frau nachschmachteten.

„Hallo Malcolm. Hallo, ihr zwei." Maria war an unseren Tisch gekommen. Sie trug schon jetzt ihr goldenes Kleid. Ein dezenter Duft nach Sommerblumen umgab sie. „Darf ich mich setzen?" Sie deutete auf den letzten freien Stuhl an unserem Tisch. Malcolm blickte zu ihr auf, als könne er nicht glauben, dass sie *ihn* gefragt hatte. Er wechselte einen Blick mit mir und Clive, ehe er sich räusperte und sagte: „Natürlich." Maria schenkte mir ein flüchtiges Lächeln und setzte sich zwischen Malcolm und mich.

„Was habt ihr denn da?", fragte sie und nahm die Flasche.

„Seegeist", sagte Malcolm. „Albert hat sie uns spendiert. Ich hole dir ein Glas. Du kannst sicher … darf sie?"

„Ich probiere aus deinem Glas." Ehe Malcolm etwas erwidern konnte, hatte Maria es schon an die Lippen gesetzt. Der Schnaps trieb ihr die Tränen in die Augen. „Er ist stark", hustete sie und schob es zu Malcolm zurück.

„Musst du dich nicht auf deinen Auftritt vorbereiten?", fragte ich freundlich. Ich war alles andere als erfreut, dass sie hier war. Wenn Malcolm und Clive betrunken waren, konnte ich sie vielleicht dazu überreden, mich ins Universitätsviertel zu bringen, ohne dass sie Verdacht schöpften. Maria hingegen würde zumindest bis zu ihrem Auftritt nicht viel trinken. Sie würde mich vermutlich durchschauen.

Die Perle des *Fourier* tat meine Frage mit einem Zwinkern ab und sagte dann zu Malcolm: „Du warst wirklich sehr süß letztes Viertel.“ Malcolm lief dunkelrot an. Clive klappte die Kinnlade herunter. „Ich habe euch schon oft hier gesehen. Woher kommt ihr?“

„W…w…wir sind Studenten“, stammelte Malcolm.

„Und was studiert ihr?“, fragte Maria, wobei sie eine gelockte Strähne ihres Haars um einen ihrer Finger wickelte.

„Chemie“, murmelte Malcolm.

„Wirklich?“, fragte Maria schwer beeindruckt. „Das soll wahnsinnig schwierig sein.“

Malcolm lachte nervös. „Es geht so …“

„Wenn du wirklich so denkst, musst du einer der besten sein.“

Malcolm zuckte mit den Achseln. „Meine Noten sind ganz gut“, meinte er. „Aber die Mädchen sagen trotzdem immer, dass die Chemie nicht stimmt.“ Maria kicherte mädchenhaft und berührte kurz Malcolms Hand. Malcolm lächelte nervös.

„Ich komme gleich wieder“, sagte sie und erhob sich. „Ich möchte nur Haakon bitten, mir einen Drink für Damen zu machen.“ Sie zwinkerte Malcolm zu, schenkte Clive ein Lächeln und mir einen flüchtigen Blick.

„Oh, Mann!“ Clive beherrschte nur mit Mühe seine Stimme. „Sie steht total auf dich!“

„Ich glaube kaum“, murmelte Malcolm. Clive machte eine verständnislose Miene. „Letztes Viertel war sie noch hinter Albert her. Ich glaube, sie versucht bloß, ihn eifersüchtig zu machen.“

„Bist du dir sicher?“, fragte Clive.

„Ich habe drei Schwestern“, entgegnete Malcolm. „Ich weiß, wie Frauen ticken.“

Clive sah zu mir. „Wieso schnappst du sie dir nicht?“

„Ich bin ein treuer Mensch“, sagte ich.

„Du hast eine Liebste?“ Ich nickte und Clive lachte. „Aber doch nicht hier in Treedsgow.“ Er schüttelte den Kopf. „Ich lasse mich immer noch von deinem Äußeren täuschen. Man sieht dir nicht an, was für ein anständiger Kerl du bist." Beinahe hätte ich laut aufgelacht.

„Sie kommt", zischte Malcolm und stieß Clive mit dem Ellbogen in die Seite. „Sie kommt zurück. Was mache ich jetzt?"

Clive verdrehte die Augen. „Geht's noch auffälliger?" Schon war Maria wieder da und stellte ein Glas mit einem rosa Getränk auf den Tisch. Der Rand war mit Zucker bestreut und mit Zitronenscheiben dekoriert.

„Rhabarbercocktail", erklärte sie. Dabei sah sie abwechselnd zu Malcolm und Clive und tat so, als hätte sie mich vergessen. „Möchte mal jemand probieren?" Sie reichte Malcolm das Glas.

In diesem Moment ging die Tür zum *Fourier* auf. Kurz war das Rauschen des Regens auf der Promenade zu hören. Im Eingang stand Roberto und schüttelte seinen Regenschirm. Ich musste mir auf die Unterlippe beißen, um nicht zu fluchen.

„Da ist Roberto", rief Clive und winkte. Roberto lächelte jungenhaft und winkte zurück. „Ich bin sofort bei euch", sagte er und verschwand durch die Tür zum Abort.

„Toll, dass er gekommen ist." Clive sah begeistert in die Runde. Sein Blick traf mich unvorbereitet. „Stimmt irgendwas nicht?"

„Was? Nein, ich ..." Ich bemühte mich, den düsteren Gesichtsausdruck abzuschütteln. Alle sahen mich an. Mein Blick und der Marias trafen sich. Und plötzlich hatte ich einen Einfall. „Es ist bloß so", sagte ich und schnalzte mit der Zunge, „dass ich Roberto nicht ausstehen kann." Malcolm und Clive wechselten einen überraschten Blick. Maria beobachtete mich aufmerksam. „Er ist ein Angeber. Tut immer so geheimnisvoll und reibt allen unter die Nase, dass er sieben Sprachen spricht."

„Er ist in Ordnung, Albert", meinte Clive.

Ich seufzte und sah in mein Glas. „Du hast Recht", sagte ich, als würde ich mich für meine Worte schämen. „Ich glaube, ich habe es ihm bloß übelgenommen, dass er meinte, ich könnte Godric End sein."

„Das hat er doch nur so gesagt“, meinte Malcolm versöhnlich, der jetzt, da ihm nicht mehr Marias ungeteilte Aufmerksamkeit galt, seine Sprache wiedergefunden hatte.

„Spricht er wirklich sieben Sprachen?“, fragte Maria. Malcolm und Clive nickten. „Nicht zu fassen.“ Ich unterdrückte ein Lächeln. Als Roberto zurückkehrte, rückte Maria zur Seite, sodass er gezwungen war, seinen Stuhl zwischen sie und Malcolm zu stellen. Sie kehrte mir den Rücken zu und hatte plötzlich nur noch Augen für ihn. Malcolm und Clive sahen abwechselnd zu Maria und mir. Sie befürchteten wohl, dass sich meine Haltung Roberto gegenüber noch verschlechtern würde. Ich zwinkerte und prostete ihnen zu. Sie wussten ja nicht, dass Maria genauso reagierte, wie ich gehofft hatte. Sie hatte viele Fragen. Abgesehen von dem einen oder anderen flüchtigen Blick, den sie mir zuwarf, schien sie vergessen zu haben, dass ich am Tisch saß.

„Ist das nicht faszinierend?“, fragte sie Malcolm und Clive, als Roberto vor ihr seine Sprachkenntnisse ausbreitete. Woher er stamme, wollte Maria wissen. Aus Izzian. Einer Provinz im Süden. Warum er in Dustrien sei? Er suche jemanden. Wen, dürfe er nicht sagen. Wie er sein Geld verdiene? Mal so, mal so. Er habe viele Talente. Ich hatte den Eindruck, dass Roberto lieber schwieg, als zu lügen. Die geheimnisvolle Aura, mit der er sich umgab, verfehlte ihre Wirkung nicht. Schon bald blieben Marias flüchtige Blicke ganz aus. Ihr Interesse schien Roberto aus dem Konzept zu bringen. Der Izzianer wurde zwar nicht rot wie Malcolm oder Clive und fing auch nicht an zu stammeln, aber wenn er zu Maria sah, rangen Begehren und schlechtes Gewissen in seinem Blick. Ich erwischte ihn, wie er mehrmals zur Tür blickte, als wolle er nichts lieber tun, als uns seinen Stuhl in den Weg zu werfen und hinauszustürmen. Ich dachte an Jaspers Worte. *Dieser Orden ist ein Verbund verbockter, alter Narren, der es seinen Mitgliedern nicht einmal erlaubt, sich mit Weibern abzugeben.* Roberto mochte in Malcolms oder Clives Alter sein. Gut möglich, dass er genauso wenig Erfahrung mit Frauen hatte wie die Studenten. Nur dass Roberto keine schmächtige Leseratte war. Mir war nicht entgangen, wie die Frauen ihn ansahen, wenn sie zufällig an unserem Tisch vorbeigingen. Nein, wenn Roberto bisher enthaltsam gewesen war, dann weil er irgendeinem konservativen, izzianischen Orden angehörte.

„Was ist das?", fragte Maria plötzlich und zog ein Buch aus der Tasche von Robertos Jackett. Es war *Die unsterbliche Nimue.* „Ich habe die Geschichte einmal im Theater gesehen. Darf ich es mir ausleihen?" Roberto willigte ein. Als Maria schließlich aufstand und verkündete, dass sie sich für die Show fertigmachen müsse, sprach tiefste Erleichterung aus Robertos Blick. Kaum war Maria außer Hörweite, sagte Clive zum zweiten Mal an diesem Abend: „Sie steht total auf dich!" Malcolm öffnete den Mund, wohl um zu widersprechen, fing aber meinen Blick auf und schwieg.

Roberto seufzte. „Ich fürchte ja."

„Ich fürchte ja?", wiederholte Clive und rang in fassungsloser Geste die Hände.

Roberto blickte verlegen zu Boden. „Ich … sollte nicht …"

„Magst du sie?", wollte Clive wissen.

„Das ist nicht von Belang."

„Unsinn!", fuhr Clive dazwischen. „Wenn du das schönste Mädchen, das unsere Hafenstadt zu bieten hat, weiter mit deiner Ablehnung strafst, trete ich dir in den Arsch. Sie ist total scharf auf dich, und ich werde es dir niemals verzeihen, wenn du dir diese Chance entgehen lässt." Der Alkohol lockerte offenbar seine Zunge. Roberto grinste verlegen und blickte auf seine Flasche.

Malcolm schmunzelte. „Versuchst du etwa, Eds Platz einzunehmen?", fragte er so leise, dass nur Clive und ich ihn hörten.

Um Punkt Mitternacht betrat Maria die Bühne. Während sie sang, beobachtete ich Roberto. Seine Augen waren auf sie gerichtet, doch sein Blick war glasig. Ich konnte den Konflikt hinter seiner Stirn nahezu rumoren hören. Als Marias Auftritt endete, setzte sie sich allein an einen Tisch und fing an, in Robertos Buch zu lesen.

„Geh zu ihr und frag sie, ob sie was trinken will", drängte Clive.

„Ich kann nicht", sagte Roberto gequält.

„Sie ist nicht irgendein Mädchen", insistierte Clive. „Sie ist die Perle des *Fourier*. Sie ist die beste Sängerin in Treedsgow. Und sie sieht gut aus!"

„Du kannst dich ja einfach nur mit ihr unterhalten", meinte Malcolm.

„Wenn du nicht gehst, gehe ich", sagte ich kühl.

„Also gut", seufzte Roberto. „Was sage ich ihr?"

„Frag sie, wie ihr das Theaterstück der unsterblichen Nimue gefallen hat", schlug Malcolm vor. Clive nickte bekräftigend.

„Also gut. Aber in spätestens einer halben Stunde bin ich wieder zurück", sagte Roberto mit entschlossener Miene. Eine Stunde später saß er noch immer mit Maria an einem Tisch und machte keine Anstalten, sich von dort zu entfernen.

„Du bis' uns doch nicht böse?", fragte Clive besorgt. Er und Malcolm hatten inzwischen den Seegeist sowie mehrere Flaschen Bier geleert.

Ich schüttelte den Kopf. „Ich sehe es als Wiedergutmachung", sagte ich und sah ihnen abwechselnd in die Augen. „Ich war Roberto gegenüber nicht fair. Er ist ein netter Kerl."

„Prost", sagte Clive und leerte sein Glas.

„Welcher Herausforderung werdet ihr euch heute stellen?", fragte ich beiläufig.

„Da denke ich schon seit geraumer Zeit drüber nach", sagte Malcolm.

„Ich weiß schon!", rief Clive. „Albert lenkt Haakon ab, und wir schleichen uns hinter die Bühne. Wir könnten was aus der Garderobe des Personals anprobieren." Malcolms Augen leuchteten auf.

Ich schüttelte abermals den Kopf. „Haakon ist misstrauisch geworden seit der Sache mit dem Stuhl. („Welcher Stuhl?“, murmelte Malcolm.) Eher würde ich heute Nacht ins Universitätsviertel spazieren, als dass ihr euch unbemerkt hinter die Bühne schleicht.“

„Wohl wahr“, bemerkte Clive.

Malcolm starrte mich an, als hätte ihn soeben der Geistesblitz getroffen. „Sag das nochmal!“

Ich sah ihn ahnungslos an. „Ich sagte, Haakon ist misstrauisch geworden seit der Sache mit dem Stuhl.“

„Nein, das andere.“

„Eher würde ich heute Nacht ins Universitätsviertel spazieren?“

„Genau!“ Malcolm sah zu Clive. „Wir bringen Albert ins Universitätsviertel!“

Ich runzelte die Stirn. „Was will ich denn im Universitätsviertel mitten in der Nacht?“, fragte ich und warf alle Gedanken an Emily aus meinem Kopf.

Malcolm zuckte die Achseln. „Keine Ahnung. Es is' der schönste Teil der Stadt.“

„Treedsgow war früher die Sommerresidenz der Adligen“, erklärte Clive. „Die Gebäude sin' prächtig und ziemlich alt. Die Universität war früher mal ein Schloss.“

„Es geht ja auch nur darum, dass wir es schaffen“, fügte Malcolm hinzu.

„Und wie wollt ihr es schaffen, mich an den Wachen vorbeizubringen?“, fragte ich. „Ich würde mich ja selbst nicht rein lassen.“

„Ohne Passierschein wird's schwierig“, räumte Clive ein.

„Wenn du deinen Hut trägst, sieht man deine Narben im Dunkeln nicht“, sagte Malcolm. „Wir sagen, du bis' ein Freund.“

„Ich weiß nicht“, meinte Clive nachdenklich. „Ich glaube nich', dass das reicht.“

„Es sei denn“, sagte ich, als wäre mir die Idee gerade erst gekommen, und sah zu Clive, „wir spielen ihnen vor, dass du betrunken bist.“

Clive erwiderte meinen Blick mit dumpfer Miene. „Was meins' du? Ich *bin* betrunken."

„Ich meine, so richtig betrunken", fuhr ich fort. „Du spielst den Schlafenden, während Malcolm und ich dich tragen. Du, Malcolm, behauptest, dass ich nur helfen soll, Clive nach Hause zu bringen. Wenn du sagst, dass man mir vertrauen kann, und ich meinen Hut trage, könnte es klappen." Malcolm und Clive waren begeistert. Eine halbe Stunde später verließen wir das *Fourier*. Beim Hinausgehen sah ich zu Roberto. Seine Aufmerksamkeit galt einzig und allein Maria. Er bemerkte nicht einmal, dass wir gingen.

Inzwischen hatte es aufgehört zu regnen. Auf dem Weg zum Tor sprachen Malcolm und Clive unablässig über den Plan. Es war genau, wie ich gehofft hatte. Ihre Begeisterung für die Herausforderung und der Alkohol machten sie blind für meine eigentlichen Intentionen.

„Ich kann den Torwächter schon sehen", meinte Clive. „Ihr solltet mich tragen." Ich griff ihm unter die Arme und Malcolm hob ihn bei den Fußgelenken hoch. So näherten wir uns dem Tor.

„Hallo Abe", schnaufte Malcolm, als wir in Hörweite waren. „Clive hat es ein bisschen übertrieben."

„Wer ist das?", fragte Abe misstrauisch und sah zu mir.

„Ein Freund", sagte Malcolm. Ich nickte zum Gruß. Mit Clive hatte ich einen guten Grund, meinen Hut nicht zu lüften.

„Hat er einen Passierschein?"

„Nein", sagte Malcolm. „Aber er muss mir helfen, Clive zu tragen."

„Kommt nicht in Frage", sagte Abe bestimmt. „Lass ihn hier liegen. Wenn er aufwacht, kann er selbst gehen." Malcolm, dem der Schweiß auf der Stirn stand, gab mir ein Zeichen und wir legten Clive auf den Boden. Clive rührte sich nicht. Dabei ließ er unnötigerweise die Zunge heraushängen. Zum Glück bemerkte Abe Clives Mangel an schauspielerischen Fähigkeiten nicht.

„Er wird nicht aufwachen, Abe", sagte der Student. „Sieh ihn dir doch an."

„Dann schleif ihn eben nach Hause", meinte Abe stur. „Oder lass ihn auf der anderen Seite liegen. Mir egal. Aber der hier ..." Er wies mit einem Kopfrucken auf mich. „... kommt ohne Passierschein nicht rein."

„Wenn jemand von der Universität ihn sieht, steckt er in großen Schwierigkeiten", sagte Malcolm.

Abe verschränkte die Arme und sah in eine andere Richtung. „Wer säuft, muss mit den Konsequenzen leben."

„Und wenn ihm etwas zustößt?", fragte Malcolm. „Das Universitätsviertel is' nicht absolut sicher."

„Unsinn. Gerade weil wir niemanden ohne Passierschein rein lassen, ist es dort sicher."

„Un' was ist mit dem Geist?" Ein erschrockener Ausdruck trat auf Abes Gesicht. Er schwieg. „Has'u nicht gesagt, dass du ihn selbst gesehen hast?" Abe wechselte einen Blick mit der anderen Torwache. Dann fluchte er.

„*Ich* helfe dir, ihn nach Hause zu tragen", sagte er verärgert. „Seid froh, wenn ich euch nicht anschwärze." Malcolm warf mir einen verzweifelten Blick zu. Was nun? Ich trat zur Seite, um Abe Platz zu machen. Ließ den Blick schweifen, als hoffte ich, die Antwort auf der Straße zu finden.

„Bereit?", fragte Abe, und er und Malcolm hoben Clive hoch. Mein Blick fiel in eine dunkle Gasse direkt hinter mir – eine Gasse von der Sorte, in der Gefahr lauert – und plötzlich hatte ich einen Einfall. Ich keuchte. Floh vom Eingang der Gasse und starrte in die Dunkelheit, als hätte mich etwas in den Rücken gezwickt. Alle Köpfe wandten sich mir zu. Abe ließ beinahe Clive fallen. Die andere Torwache legte die Hand auf den Knauf ihres Kurzschwertes.

„Entschuldigung", sagte ich und räusperte mich. „Hab mich erschrocken."

„War da was?", fragte die Torwache. Selbst im fahlen Licht der Gasleuchten sah ich, dass sie blass geworden war.

„Ich dachte, ich hätte jemanden gesehen." Abe und sein Kollege tauschten einen Blick.

„Vielleicht sollte lieber ich mitgehen, Abe", meinte der andere Torwächter.

„Hast du Angst?", fragte Abe.

„Hast *du* Angst?", erwiderte sein Kollege.

„Natürlich nicht", brummte Abe. „Aber vielleicht ist es doch keine so gute Idee, wenn wir unseren Posten verlassen. Es ist schließlich gegen die Vorschriften. Vielleicht ... sollten wir ihn einfach passieren lassen." Bei diesen Worten wies er kopfnickend zu mir.

„Das ist auch gegen die Vorschriften."

„Aber is' es nich' eure Pflicht, das Wohlbefinden der Bürger zu sichern?", fragte Malcolm.

„Er hat Recht", bemerkte Abe und sah zu Clive. Er seufzte. „Also gut. Ihr könnt durch. Aber du kommst anschließend sofort zurück", fügte er an mich gewandt hinzu, und er und Malcolm legten Clive wieder auf dem Boden ab. Malcolm und ich hoben ihn hoch und traten durch das Tor. Kaum waren wir auf der anderen Seite, fing Clive an zu beben vor unterdrücktem Lachen.

„Scht!", machte Malcolm, aber auch er grinste breit. Zwei Straßen weiter traten wir um eine Biegung und somit außer Sichtweite der Torwachen. Wir legten Clive ab, und er und Malcolm mussten sich die Münder zuhalten, um nicht laut loszulachen. Sogar ich musste grinsen.

„Ich dachte schon, ich müsste dich den ganzen Weg nach Hause tragen", sagte Malcolm den Tränen nahe. Clive, der sich gerade beruhigt zu haben schien, bekam einen neuerlichen Lachanfall. Sein Gesicht wurde so rot, dass ich fürchtete, es würde explodieren, wenn er sich weiter den Mund zuhielt.

„War da wirklich jemand in der Gasse?", fragte Malcolm, sobald er und Clive sich einigermaßen beruhigt hatten.

„Ich glaube schon", log ich. Besser sie wussten nicht, wie listig ich wirklich war.

Clive erschauerte. „Unheimlich."

„Was hat es mit dem Geist auf sich?", fragte ich Malcolm.

Der zuckte die Achseln. „Gar nichts, wenn du mich fragst. Ein paar Leute - einschließlich Abe - glauben, eine weiße Gestalt gesehen zu haben. Ich vermute, dass sich irgendjemand einen dummen Spaß erlaubt."

„Klingt nach etwas, das ihr machen würdet", sagte ich und lachte. Wir schlenderten durch die Straßen des Universitätsviertels. Der Unterschied zu außerhalb der Mauer war erstaunlich. Man mochte nicht glauben, dass es dieselbe Stadt war. Die Straßen waren breit und sauber. Das Licht elektrischer Straßenlaternen spiegelte sich auf dem regennassen Pflaster. Ich sah einen Brunnen mit einer Statue von Ethan Roswell, dem Anführer der Unabhängigkeitsbewegung von 1406, sowie mehrere Alleen und Grünanlagen. Die Gebäude waren größer und in gutem Zustand. Sie ähnelten vom Stil her der Nervenheilanstalt *Sankt Laplace*. Bögen spannten sich über die Türschwellen, und in Stein gemeißelte Abbildungen zeigten die drei Pole Dustriens: Seine Ureinwohner, die Norvolken. Orence, dessen Kolonie es einst war. Und die Unabhängigkeitskriege von 1406.

„Wo ist eure Wohnung?", fragte ich beiläufig.

„Nicht weit von der Universität", sagte Clive. „Etwas abseits vom Zentrum des Viertels."

„Und die eures Freundes? Der, der verschwunden ist?"

„Du meinst Ed? Ganz in der Nähe. Wir kommen daran vorbei." Ob die tränenförmigen Edelsteine noch dort waren?

„Gleich kommen wir durch die Straße der Persönlichkeiten", sagte Malcolm. Wir bogen um eine Häuserecke und traten auf eine Straße, die zu beiden Seiten von sorgsam gepflegten Rasenflächen flankiert wurde. Darauf standen in regelmäßigen Abständen die Statuen von Männern und Frauen, die Bedeutendes an der Treedsgow University geleistet hatten. Jeder hatte zwei Finger auf die rechte Schläfe gelegt.

„Das ist Temple Wallace“, sagte Malcolm und deutete auf einen Mann mit Brille. „Er hat 1660 Kreuzungsexperimente mit Kartoffeln gemacht. Damals hat man ihm keine Beachtung geschenkt, aber inzwischen stellen seine Arbeiten die Grundlage der Genetik dar.“

„Harry Bunce“, sagte Clive und deutete auf eine andere Statue, „untersuchte die Zusammenhänge zwischen Elektrizität und Magnetismus.“

„Thomas Bloomwell“, fuhr Malcolm fort und zeigte wieder auf eine Statue, „hat bewiesen, dass es keinen Äther gibt. Jetzt fragen sich alle Physiker, wie sich das Licht durch den Raum fortpflanzt.“ So ging es weiter, bis wir das Ende der Gasse erreichten. Wir traten durch einen Torbogen und standen mit einem Mal vor einer weiten Grünanlage, die vor einem prächtigen u-förmigen Gebäude endete.

„Der Campus“, sagte Clive und wies feierlich auf das Schloss. „Früher war es die Sommerresidenz von Duke Harold von Silverbridge. Angeblich hat er liebend gern experimentiert und deshalb unzählige Räume zu Laboren umbauen lassen. Seine Statue hat einen Ehrenplatz vor dem Haupteingang.“

„Nach und nach hat er immer mehr Wissenschaftler eingestellt, die ihn bei seinen Forschungen unterstützten“, sagte Malcolm, „bis er die klügsten Männer der Provinz um sich versammelt hatte. Sie wiederrum stellten Gehilfen ein. Aber weil sie nicht helfen konnten, wenn sie nicht verstanden, fingen sie an, ihr Wissen an sie weiterzugeben. Schließlich richtete der Duke Hörsäle ein, und es entstand die Treedsgow University.“

„Das dort ist die Bibliothek“, sagte Clive und deutete auf ein Gebäude aus weißem Stein, das erhöht auf einem Podium stand und aufgrund mehrerer Säulen an einen Tempel erinnerte. „Auf der anderen Seite der Universität gibt es weitere Gebäude. Werkstätten, das Hemisphärion, die Rohrpostzentrale, noch mehr Labore und so weiter. Alles ist irgendwie miteinander vernetzt, und im ersten Semester habe ich mich oft verlaufen.“

„Im Schloss verliert man auch schnell den Überblick", meinte Malcolm und lächelte. „Es ist in der Vergangenheit öfter mal vorgekommen, dass ein Wissenschaftler schnell von einem Labor zum nächsten musste. Also haben sie neue Durchgänge geschaffen."

„In manchen Laboren hingegen wurden so empfindliche Experimente durchgeführt, dass man seine Zugänge zumauerte", fuhr Clive fort. „So konnte niemand sie durch unachtsames Betreten ruinieren. Sie sind nur durch geheime Türen zugänglich und ausschließlich Studenten mit besonderen Privilegien wissen, wie man sie betritt."

Während die beiden erzählten, sah ich unverwandt zur Universität. Ich hatte sie mir anders vorgestellt. Kleiner. Dass William ihr angesichts dieser Pracht nicht mehr Zeilen gewürdigt hatte, war mir ein Rätsel. Er hatte sich offenbar mehr für Bogenlampen und Hochräder interessiert, denn für das Schloss. Vielleicht, weil er vom Landhaus seines Vaters nichts anderes gewohnt war.

„Angeblich gibt es im Keller auch Labore, die zugemauert wurden, weil dort verkommene Experimente durchgeführt wurden", sagte Malcolm mit geheimnisvoller Stimme.

„Am Ende glaubst du auch an eine geheime Bibliothek?", fragte Clive spöttisch.

Malcolm zuckte die Achseln. „Ich wollte es bloß ein wenig spannend machen." Wir folgten dem Rand der Grünanlage und bogen dann in eine Straße ein.

„Hier wohnen fast nur Studenten", sagte Clive und deutete zu den Fenstern. „Unser Studentendorf ist ein bisschen weiter von der Universität entfernt als dieses hier, aber dafür kostet es weniger."

„Das war die Wohnung von Ed und William", sagte Malcolm zwei Häuserblocks weiter. „Dritter Stock, glaube ich. Ihre Eltern sind ziemlich reich und konnten sich das hier leisten. Soweit ich weiß, haben sich noch keine neuen Mieter gefunden – vermutlich zu teuer."

Wenig später erreichten wir das Studentendorf, in dem Malcolm und Clive wohnten.

„Wir haben keine eigene Wohnung“, sagte Malcolm. „Küche und Bad teilen wir mit den anderen Studenten unseres Stockwerks. Außerdem schlafen wir im selben Zimmer. Aber ich möchte mich nicht beschweren. Ich bin froh, dass meine Eltern es mir überhaupt ermöglichen können, an der Treedsgow University zu studieren. Immerhin gilt sie als die beste Universität Dustriens. Da macht es mir nichts aus, ein bisschen bescheidener zu leben.“

„Sehen wir uns nächstes Viertel im *Fourier*?“, fragte Clive, als wir vor ihrer Tür standen. Ich nickte.

„Sieh zu, dass du auf schnellstem Wege aus dem Universitätsviertel kommst“, sagte Malcolm, während er mir die Hand reichte. „Sonst bekommen wir Ärger mit Abe.“

„In Ordnung.“ Ich verspürte einen Stich. Fühlte ich mich etwa schuldig? Ich hatte schon viel Schlimmeres getan. Aber vielleicht lag es daran, dass Malcolm und Clive unschuldig waren. Ravens Männer hatten bis auf wenige Ausnahmen allesamt den Tod verdient.

„Bis dann, Jungs, und danke für die Stadtführung“, sagte ich, und Malcolm schloss die Tür. Ich ließ den Blick über die menschenleere Straße schweifen. Nichts bis auf das elektrische Summen der Straßenlaternen und das Zirpen einer einsamen Grille war zu hören. Ein kühler Wind wehte, aber der Geruch des Meeres war hier nicht mehr so intensiv. Stattdessen roch es nach brennender Kohle und Kiefernholz. Obwohl der Winter längst vorüber war, standen noch immer Rauchfahnen über den Dächern Treedsgows.

Ich folgte dem Weg zurück und bog in die Straße ein, in der sich Williams ehemalige Wohnung befand. Ich ließ meine Augen eine Zeit lang auf der Fassade ruhen, während ich das, was ich mir vorgestellt hatte, und die Realität in Einklang brachte. Ich blickte zu dem dunklen Fenster im dritten Stock und dachte daran, wie William einst dort gestanden und Diane nachgeblickt haben musste. Würde ich gleich erfahren, was es mit den Tränen auf sich hatte?

Ich griff in die Innentasche meines Smokings. Doch in dem Moment, da sich meine Finger um die Dietriche legten, bemerkte ich etwas: Hinter dem schwarzen Fenster stand jemand. Zunächst glaubte ich, meine Augen spielten mir einen Streich. Erinnerte ich mich so intensiv an die Zeilen aus Williams Tagebuch, dass ich mir einbildete, ihn dort zu sehen? Aber nein. Die Gestalt eines Menschen, nur deshalb sichtbar, weil sie noch schwärzer war als die sie umgebende Dunkelheit, war real. Nach wenigen Sekunden verschwand sie genauso plötzlich wie ein Albtraum, aus dem man erwacht. Und genau wie ein Albtraum hinterließ sie nur die Erinnerung und ein ungutes Gefühl. Meine Nackenhaare stellten sich auf. Ich witterte Gefahr. Meine rechte Hand suchte wie von selbst den Griff meiner Machete. Vergeblich. Sie lag unterm Kissen in meinem Quartier im *Fourier*. Mit einer Waffe hätten die Torwachen mich niemals vorbeigelassen. Aber das würde mich nicht davon abhalten, die Wohnung zu betreten. Wenn es dort einen Hinweis auf Emily gab, würde ich ihn finden.

Ich holte meine Nadeln hervor und steckte sie ins Schloss der Haustür. Wenig später öffnete sie sich mit einem Klicken. Ich trat ein und stieg das dunkle Treppenhaus empor. Im dritten Stock machte ich mich am Schloss der Wohnungstür zu schaffen. Auch sie widerstand meinen Dietrichen nicht lange. Die Scharniere knarrten, als ich sie öffnete. Vor mir lag ein Flur, der nach wenigen Schritten einen Knick beschrieb. Das Licht der Straßenlaternen, das durch zwei Fenster hereinfiel, überzog Boden und Wand abwechselnd mit hellen und dunklen Streifen. Die Dielen seufzten unter meinen Schritten. Jemand war hier. Ich konnte es spüren. Ich lauschte angestrengt der Stille. Versuchte, die Dunkelheit mit meinen Blicken zu vertreiben. Ich passierte eine offene Tür. Das Bad. Vor meinem inneren Auge sah ich William, wie er nach jener durchzechten Nacht, in der er Diane kennengelernt hatte, aus seinem Zimmer hineingestürzt war, um sich zu übergeben. Ich ging weiter. Auf der Höhe des Knicks war eine weitere Tür. Als ich die Hand auf den Drehknauf legte, fuhr mir ein kalter Schauer über den Rücken. Eine ungute Vorahnung beschlich mich. *Tu es nicht. Geh einfach.* Ich drehte den Knauf und schob die Tür auf. Woher wusste ich, dass es Williams Zimmer war? Er hatte es in seinem Tagebuch nicht beschrieben, aber aus irgendeinem Grund hatte ich es mir genau so vorgestellt. Das Bett war leer. Das Licht der Straßenlaternen zeichnete saubere Quadrate an die Wand und auf den Schreibtisch. Ich zögerte. War ich allein? Ich rang den Instinkt nieder, mich zunächst umzusehen, und begann, nach der Schatulle mit den tränenförmigen Edelsteinen zu suchen. Je eher ich sie fand, desto eher konnte ich diesen Ort wieder verlassen. Er gab mir ein ungutes Gefühl. Ich öffnete die Schreibtischschubladen, in denen immer noch Williams Mitschriften und Bücher lagen. Durchwühlte den Kleiderschrank, tastete die Matratze ab, kroch unter das Bett und suchte nach losen Dielenbrettern. Aber die Schatulle fand ich nicht. Ich ließ den Blick schweifen und überlegte, wo sie sonst versteckt sein könnte. Ein Knarren ließ mich herumfahren. Ich huschte zur Tür und drückte mich an die Wand, nahm einen Kerzenleuchter in Griffweite zur Hand und hielt ihn hoch – bereit, der ersten Person, die das Zimmer betrat, den Schädel einzuschlagen.

Stille.

Niemand kam. Ich trat zurück, ohne den Türrahmen aus den Augen zu lassen, und näherte mich von der anderen Seite. Keiner war dort. Nur Schatten und jenes eigentümliche Rauschen, das in dunklen Räumen den Blick trübt. Gleichzeitig spürte ich stärker als zuvor die Gegenwart von etwas. Ich konnte mir nicht länger etwas vormachen. Ich ignorierte das Flehen meines Instinkts, verließ das Zimmer und folgte dem Flurverlauf tiefer in die Wohnung, bis ich den nächsten Raum erreichte: Eds Zimmer. Sein Bett war größer als das von William und dominierte den Raum. Es gab weniger Bücher, dafür eine Gitarre. William hatte sie mit keinem Wort erwähnt. Abermals begann ich, das Zimmer zu durchsuchen. Bis auf ein paar Liberty und eine wertvoll aussehende Taschenuhr fand ich nichts, das mein Interesse weckte. Ich verließ den Raum, nicht ohne mich zu vergewissern, ob mir jemand neben der Tür auflauerte. Ich folgte dem Flur bis zu seinem Ende und betrat das Wohnzimmer. Es war klein. Gerade groß genug, um drei Sessel und ein Tischchen, auf dem eine Vase mit vertrockneten Blumen stand, zu fassen. Es roch nach kaltem Brennholz und abgestandener Luft. Ich durchquerte den Raum und gelangte in die Küche. Vielleicht war die Schatulle hier.

Ich öffnete eine Besteckschublade, als ich aus den Augenwinkeln eine Bewegung bemerkte. Ich hob den Blick. Ein Schatten huschte davon. Die Vase auf dem Tischchen fiel um, rollte über die Tischplatte und fiel zu Boden. Klirrend zerbrach der Moment der Stille. Ich nahm ein Messer mit hölzernem Griff aus der Schublade und huschte an der Wand entlang zurück ins Wohnzimmer. Ließ den Blick schweifen, während ich das Messer in der Rechten hielt, bereit zum Zustechen. Da war ein Schatten hinter einem der Sessel neben dem Kamin. Ein Mann, der aufrecht stand und sich nicht rührte. Glaubte er, vor der nachtschwarzen Wand unsichtbar zu sein? Ich fühlte, dass er böse war. Fühlte es so deutlich, wie man das Böse in einem Albtraum ahnt, lange bevor es in Erscheinung tritt. Ich tat so, als wolle ich im Flur suchen. Schlich auf den Durchgang zu und näherte mich auf diese Weise der Gestalt. Plötzlich wirbelte ich herum. Stieg auf einen der Sessel und warf mich auf den Mann. Mein Messer glitt durch leeren Stoff und schrammte über Stein. Ich prallte gegen einen Kleiderständer und mit der Schulter gegen die Wand. Der Ständer kippte und schlug scheppernd auf dem Kaminsims auf. Ich strauchelte. Aus den Augenwinkeln sah ich erneut eine Bewegung. Ich hob das Messer. Ein Schatten verließ geräuschlos den Raum. Ich folgte ihm in den Flur und sah gerade noch, wie er in Williams Zimmer verschwand. Ich knurrte. Genug gespielt. Ich riss die Tür zu Williams Zimmer auf. Geduckt trat ich ein. Stach in die Luft neben der Tür und drehte mich einmal um die eigene Achse. Niemand war hier. Ich lauschte auf den Atem von jemandem, der sich versteckte. Auf die bloße Gegenwart eines Schattens. Da war nichts. Dann fiel die Tür hinter mir ins Schloss. Ich wirbelte herum. In großen Buchstaben stand dort ins Holz geschnitzt:

DIE ZWÖLFTE STUNDE SCHLÄGT

Daneben steckte ein Messer in der Tür. Ich trat näher und fuhr mit den Fingern über die Furchen. Sie waren zuvor nicht hier gewesen. Ganz sicher. War es möglich, dass jemand nach mir das Zimmer betreten und die Botschaft in die Tür getrieben hatte? *Die zwölfte Stunde schlägt.* Die Worte kamen mir bekannt vor. Was mochten sie bedeuten? Ich betrachtete das Messer genauer. Der Anblick wirkte vertraut. Hatte nicht Diane auf eben diese Weise eine Botschaft für Emily hinterlassen? Hatte sie nicht *Hure* in ihre Tür geschnitzt und ihr Messer ins Holz gerammt? Ich zog die Waffe heraus und betrachtete die Klinge im Licht der Straßenlaternen. War es Dianes Messer? Plötzlich fühlte ich mich beobachtet. Ich hob den Kopf und mein Blick traf den meines Spiegelbildes im Fensterglas – schwach vor dem hellen Licht der Straßenlaternen, aber sichtbar. Und dann sah ich weitere Spiegelbilder. Schemen, die durch das Glas huschten. Ich trat näher. Meine Rechte umklammerte den Griff von Dianes Messer. Draußen auf der Straße war jemand. Ein Mann mit weißer Haut und weißem Haar. Ein Perlsüchtiger.

Stille. Ends Blick, auf den schwarzen Schmetterling an der Zellenwand gerichtet, war glasig geworden. Er war so sehr in seiner eigenen Geschichte versunken, dass er für einen Moment vergessen hatte, wo er war. Schließlich holte er tief Luft und sagte: „Es war, als suche mich ein lange vergessener Albtraum heim."

„Wo kam er her?", fragte der Sänger.

„Die Perlsüchtigen, die den Untergang der *Swimming Island* überlebten – und viele können es nicht gewesen sein –, streiften vermutlich seither durchs Land; halb wahnsinnig und angetrieben von ihrem Verlangen und der Hoffnung, das zu finden, was sie begehren", sagte End. „Dieser hier muss zufällig in die Nähe von Treedsgow gelangt sein und somit in den Radius der Anziehung des schwarzen Perls. Vermutlich hatte er die Wachmänner an einem der Tore ausgeschaltet, um ins Universitätsviertel zu kommen."

„Einen Moment mal", sagte der Sänger. „Du meinst also, der Süchtige konnte das Perl durch alle Wände hindurch sehen wie du damals im Unterrumpf?" End nickte und das Gesicht des Sängers löste sich in Entsetzen auf. „Wenn es ihm die gleiche Kraft gab wie damals dir oder diesem Chemo, hätte er in seinem Wahnsinn ein Blutbad anrichten können."

End wiegte den Kopf. „Ich hatte jahrelang abwechselnd Rausch und Entzug erfahren", sagte er. „Chemo hatte sich vermutlich einer Überdosis ausgesetzt, die selbst den Pelz in den Wahnsinn getrieben hätte. Dieser Mann war dem Anschein nach bloß ein harmloser Perlsüchtiger. Aber du hast Recht. Wenn er das schwarze Perl eingenommen hätte, hätte das schlimme Folgen für die Bürger von Treedsgow haben können. Doch dieser Gedanke kam mir erst später.

Nein, ich dachte zuerst, dass ich dort, wo das Perl war, vielleicht auch meine Pistole und mein Messer finden würde.“ End blickte auf seine Handflächen. „Ohne sie fühlte ich mich unvollständig.“

End

Ich stürmte aus dem Zimmer über den Flur zurück. Mehrere Stufen auf einmal nehmend, hastete ich das Treppenhaus hinab und verließ das Gebäude. Ich sah gerade noch, wie der Süchtige hinter einer Hausecke verschwand. Ich folgte ihm in gebührendem Abstand. Ich konnte hören, wie er unablässig mit sich selbst sprach. Seine Worte verschwammen zu einem unverständlichen Brei, nur unterbrochen von gelegentlichen Ausrufen wie: „Das ist nicht fair!" oder „Sie gehört mir, mir, MIR!" Der Süchtige betrat den Campus der Universität. Er lief im Zickzack durch die Grünanlage. Mal rannte er, mal wankte er, mal rastete er. Er pflügte durch ein Tulpenbeet und riss sich die Kleidung an einer Hecke auf. Schließlich gelangte er vor einen der Schenkel des u-förmigen Universitätsgebäudes. Er blickte auf, als frage er sich, woher die Mauer käme. Lief ein paar Mal auf und ab und entschied sich zuletzt, rechts um das Schloss herumzugehen. Auf der anderen Seite erstreckte sich ein Labyrinth aus Gebäuden. Ein Dorf im Zentrum der Stadt. Während wir hindurchgingen, scheinbar ziellos, sah ich eine Vielzahl an Werkstätten. Nicht selten waren es Gebäude mit zwei offenen Wänden. Tagsüber wurde hier gedreht und gefräst, gebohrt und geschliffen, geschweißt und gelötet, geschmiedet und gegossen. Materialien wie Stahl, Holz und Stein wurden zu Bauteilen mit komplexer Geometrie verarbeitet, die zu noch komplexeren Prototypen zusammengesetzt wurden. Ich sah halbfertige Objekte, die über Nacht in den Spannfuttern der Maschinen verweilten, technische Zeichnungen an riesigen Tafeln und fast fertige Maschinen. Die Labore hingegen waren verschlossen. Offenbar herrschte ein vertrautes Klima, wenn es um Werkzeuge oder Material ging. Geistiges Eigentum hingegen schienen die Wissenschaftler der Universität eifersüchtig zu hüten, zumindest bis zu ihrer Veröffentlichung, waren doch vielerorts sogar die Vorhänge hinter den Fenstern der Labore zugezogen.

Schließlich schien der Süchtige sein Ziel erreicht zu haben. Aus dem Schutz einer dunklen Gasse heraus beobachtete ich, wie er vor einem würfelförmigen Gebäude stehen blieb und zum ersten Mal schwieg. Er setzte sich wieder in Bewegung und verschwand hinter dem Labor. Ich wollte ihm gerade folgen, da tauchte er auf der anderen Seite wieder auf. Er umrundete es drei Mal, ehe er anfing, an der Tür zu schnüffeln und mit den Fingernägeln am Rahmen zu kratzen. Plötzlich trat er mit Wucht gegen das Holz. Die Scharniere ächzten.

„MACH DIE TÜÜÜR AUF!", schrie er und trat erneut zu. Mit einem Splittern gab sie nach. Der Süchtige johlte triumphierend. Plötzlich traten mehrere bewaffnete Männer hinter einem der gegenüberliegenden Gebäude hervor auf die Straße. Waren sie zufällig in der Nähe gewesen?

„Weg von der Tür!", rief einer von ihnen und zog ein Kurzschwert. Zwei weitere hatten die Läufe ihrer Gewehre auf den Süchtigen gerichtet. Er beachtete sie nicht und betrat das Labor. Ich biss mir auf die Unterlippe. Falls er sich das schwarze Perl unter die Zunge legte, wäre es hier nicht länger sicher. Zwei Wachmänner folgten dem Süchtigen durch den dunklen Türrahmen. Sie ahnten ja nicht, in welcher Gefahr sie schwebten. Von drinnen ertönte Kampfeslärm. Ein metallisches Scheppern war zu hören, gefolgt von einem Splittern. Jemand stöhnte.

„Wir brauchen Hilfe!", rief einer der Soldaten. Zwei weitere Wachmänner folgten. Der letzte bezog neben der Tür Posten. Dumpfe Schläge ertönten. Der Süchtige schrie vor Wut. Plötzlich war es still. Im dunklen Türrahmen erschienen zwei der vier Wachmänner und schleiften den Süchtigen hinter sich her. Er war bewusstlos. Ihnen folgten die anderen beiden. Sie sahen arg mitgenommen aus. Einer von ihnen blutete aus der Nase, der andere aus einer Wunde an der Stirn.

„Das solltest du untersuchen lassen, Rick", meinte einer der Wachmänner, während sie an meinem Versteck vorbei der Straße folgten.

„Professor Waterstone hatte Recht", sagte jemand anderes. „Ich habe ihn für paranoid gehalten, aber offenbar versucht wirklich jemand, seine Formel zu stehlen."

„Da kommt er!" Ein großer, hagerer Mann im Nachthemd eilte ihnen entgegen. Er hatte einen perfekt gestutzten Schnurrbart und trug eine Schlafmütze.

„Ich habe Lärm gehört", sagte er atemlos. „Habt ihr jemanden?"

„Er hat die Tür zum Labor aufgebrochen", sagte einer der Wachmänner. „Wir konnten ihn drinnen überwältigen. Es gingen leider ein paar Dinge kaputt."

„Was stimmt nicht mit ihm?", fragte Waterstone und musterte den Mann, der abgesehen von seiner Kleidung vollkommen weiß war. Die Wachmänner schwiegen.

Waterstone räusperte sich. „Bringt ihn ins Gefängnis. Ich will ihn morgen befragen."

„Natürlich. Aber ich sollte Sie warnen, Mister Waterstone. Er wirkte ein wenig … verrückt."

Waterstone hob die Brauen. „Verrückt?"

„Sie werden sehen", meinte der Wachmann. Die Gruppe verschwand hinter einer Biegung und die Stimmen wurden leiser. Wie unvorsichtig von diesem Waterstone. Seine Leute hatten den Einbrecher überwältigt, doch hatte er sein Labor offen und unbewacht zurückgelassen. Ich wartete, bis sie nicht mehr zu hören waren. Dann verließ ich mein Versteck und betrat das Labor. Im Innern des kleinen Gebäudes, das nur aus einem einzigen Raum zu bestehen schien, war es dunkel. Nur das spärliche Licht der Straßenlaternen, das durch die Tür hereinfiel, ließ etwas erkennen. Nun, nicht ganz. Ich bemerkte zunächst das Summen. Dann sah ich eine Decke, die über ein Objekt geworfen worden war. Durch die Fasern des Stoffes drang ein gelbes

Leuchten. Ich trat näher und ein Geruch machte sich bemerkbar, der mich an ein nahendes Sommergewitter erinnerte. Ich fasste einen Zipfel der Decke und zog. Zum Vorschein kam eine kreisförmige Anordnung gebogener Metallstangen. In ihrem Zentrum schwebte ein Kristallsplitter, der aussah wie Bernstein und so hell leuchtete, dass er das ganze Labor mit gelbem Licht füllte. Staunend betrachtete ich meinen Fund. Es war nicht das gelbe Leuchten, das mich faszinierte, auch nicht die Tatsache, dass der Kristall einfach so in der Luft schwebte. Es war die Energie, mit der er mich erfüllte. Ich hatte das Gefühl, Wunder wirken zu können, wenn ich nur wüsste, wie. Es dauerte eine Weile, bis mir wieder einfiel, warum ich hier war. Ich wandte mich um und mein Blick fiel auf eine Tafel, die fast eine ganze Wand des Labors für sich beanspruchte. Sie war bis auf den letzten Zentimeter mit Berechnungen gefüllt. Ich trat näher. Schon nach wenigen Sekunden begriff ich, dass dieser Waterstone ein Genie war. Mir schwirrte der Kopf. Seine Kenntnisse der Mathematik gingen weit über meinen Horizont hinaus. Von den meisten Kniffen, die er als Ansatz verwendete, um seine Formel zu lösen, hatte ich nicht einmal gehört. Während ich die Tafel nach einem bekannten Ansatz absuchte, fand mich die Erinnerung an etwas, das mein ehemaliger Lehrer Rico Fonti zu Emily und mir einmal gesagt hatte: „Mathematik basiert lediglich auf den Grundaxiomen der Logik und ist somit keine Naturwissenschaft, sondern eine Geisteswissenschaft.“ Die Zahlen und Symbole, die mir wie die Bestandteile eines unleserlichen Mosaiks erschienen waren, setzten sich zögerlich vor meinen Augen zusammen wie die Teile eines Puzzles. Der Ansatz war gut. Offenbar hatte er Schwierigkeiten bei der Rücktransformation seiner Gleichung gehabt. Wenn ich nur …

Jäh sah ich die Lösung vor mir – so intuitiv wie ein musikalisches Talent, das ein Instrument zur Hand nimmt und anfängt zu spielen, ohne je etwas von Tonleitern, Akkorden oder auch nur Noten gehört zu haben. Als hätte ich während der Stunden mit Adam Bradfords Handbuch der Mathematik auf dem Hügel beim Whitehall Nord nur auf diesen Moment hingearbeitet, entwickelte ich aus dem, was ich gelernt hatte, etwas völlig Neues.

Ich nahm ein Stück Kreide. Beinahe traumwandlerisch glitt meine Hand über die Tafel. Ich schaffte es kaum, meinen Gedanken zu Ende zu bringen, da rief jemand hinter mir: „Ergreift ihn!" Ich wirbelte herum. Waterstone stand im Eingang zum Labor in Begleitung von drei Wachmännern, die ihre Gewehre auf mich richteten.

„Dachtest du wirklich, ich wüsste es nicht?", fragte er und lächelte. Offenbar war er sich nicht bewusst, wie lächerlich er im Nachtgewand und mit Schlafmütze aussah. „Gar nicht dumm. Ihr schickt einen Irren als Ablenkung vor und dann den professionellen Dieb hinterher. Habt ihr den armen Kerl aus *Sankt Laplace* geholt?" Ich schwieg. „Legt ihm Handschellen an. Wehr dich nicht. Sonst fällt deine Strafe nur schlimmer aus." Kurz erwog ich zu kämpfen, entschied mich aber dagegen. Die Wachmänner machten keinen gefährlichen Eindruck, doch sie waren zu dritt und bewaffnet. Ich streckte die Hände aus.

Waterstone und seine Männer brachten mich geradewegs zum städtischen Gefängnis, wo sie mich durchsuchten und mir die Dietriche, Eds Taschenuhr und alles Geld, das ich bei mir trug, abnahmen. Konstabler Lovelace selbst nahm meine Daten auf. Anschließend führte er mich in eine Zelle, wobei er sich murmelnd darüber beschwerte, dass er Nachtschichten schieben musste, bloß, weil seine Männer unten im Hafenviertel patrouillierten, damit irgendwelche nichtsnutzigen Studenten sich im *Fourier* das Hirn wegsaufen konnten. In meiner Zelle legte ich mich auf die Pritsche und verschränkte die Arme hinterm Kopf. Waterstone wechselte ein paar unverständliche Worte mit dem Konstabler. Dann fiel eine Tür ins Schloss. Stille kehrte ein. Ich schloss die Augen und genoss die kühle Berührung einer nächtlichen Brise, die durch das vergitterte Fenster schwebte. Ich überlegte, was ich tun konnte, und die Erkenntnis, dass es da nichts gab, außer abzuwarten, verschaffte mir Erleichterung. Ich konnte nur die Augen schließen und der Nacht und meinen Gedanken lauschen.

„Albert?", kam es aus der Dunkelheit in der gegenüberliegenden Zelle. Ich öffnete die Augen und setzte mich auf. Aus den Schatten trat ein magerer Junge ins Zwielicht. Die Gitterstäbe vor meinem Fenster zeichneten dunkle Bahnen auf das Gesicht des Gefangenen und zwangen mich, zwei Mal hinzusehen, ehe ich ihn erkannte.

„Eagon?" „Warum hat der Schlaumeier dich einsperren lassen?"

„Wer?"

„Der Schlaumeier", wiederholte Eagon.

„Ich … bin in sein Labor eingebrochen."

„Du musst mir helfen, Albert", flüsterte Eagon. „Sie wollen mich nach *Sankt Laplace* bringen." Ich musterte ihn schweigend. Eagon war noch dünner und blasser als bei unserem letzten Treffen. In seinen Augen stand blanke Angst. „Ich will dort nicht hin. Man erzählt schreckliche Geschichten über die Anstalt. Ich bin nicht verrückt! Ich gebe ja zu, dass ich mich falsch verhalten habe. Aber das lag an dieser Pflanze. Sie hat mich durchdrehen lassen. Bitte. Hilf mir!"

„Eagon", fuhr ich ihm dazwischen. „Ich sitze genau wie du in einer Zelle. Wie sollte ich dir helfen?"

„Ich weiß nicht", flüsterte Eagon verzweifelt. „Du bist diesem Etwas entkommen. Dann kannst du auch dieser Zelle entkommen."

„Kann ich nicht."

„Bitte."

„Ich kann nichts tun!", sagte ich barsch.

„Haltet eure verdammten Mäuler!", brüllte jemand aus der Zelle zu meiner Linken. Daraufhin wagte Eagon es nicht mehr zu sprechen. Ich begegnete seinem flehenden Blick mit kühler Miene. Schließlich ließ er den Kopf hängen und zog sich ins dunkle Hintere seiner Zelle zurück. Ich legte mich wieder auf die Pritsche, richtete meinen Blick an die Decke und dachte an das, was heute Nacht geschehen war. Manchmal schien es mir, als habe der Konsum des Perls einen bleibenden Schaden in meinem Verstand hinterlassen. Es geschahen seltsame Dinge, die niemand sonst zu bemerken schien. Was hauste in der ehemaligen Wohnung von William und Ed? War es ein Geist? Womöglich der, von dem Malcolm gesprochen hatte? Und was war das für ein Kristall in Waterstones Labor? Allein die Erinnerung an die Energie, die mich in seiner Nähe durchflutet hatte, weckte in mir den Wunsch, dorthin zurückzukehren. Bei dem Gedanken an die Tafel juckte es mir in den Fingern. Ich versuchte, mich abzulenken und meine Gedanken wanderten zu dem Perlsüchtigen. Ich verspürte einen Kloß im Hals. Sein Anblick hatte ungebetene Erinnerungen wachgerufen. Ob er der einzige war?

Nach einer Weile fielen mir die Augen zu und ich döste ein, den Klang von Eagons Wimmern in den Ohren.

Unbestimmte Zeit später weckten mich Stimmen im Zellentrakt.

„Sie haben ihn doch erst vor wenigen Stunden eingeliefert", sagte der Konstabler genervt. „Woher wissen Sie überhaupt, dass er hier ist?"

„Wir haben eine Nachricht per Rohrpost erhalten", entgegnete jemand mit dunkler Stimme.

„Und das konnte nicht bis morgen warten?"

Drei Gestalten – der Konstabler und zwei hünenhafte Männer – passierten meine Zelle.

„Kann man hier nicht mal in Ruhe schlafen?", wütete der Gefangene links von mir. Der Konstabler ignorierte ihn.

„Dort liegt er", sagte er.

„Immer noch bewusstlos?"

„Ich habe ihm etwas zur Beruhigung gegeben." Ich hörte, wie der Konstabler die Zellentür aufschloss. Anschließend Rascheln und Schnaufen. Wenig später passierten die Hünen erneut meine Zelle. Der Perlsüchtige trug nun eine Jacke, die seine Arme an seinen Körper fesselte. Einer der Männer trug ihn.

„Und der Andere?“ Aus Eagons Zelle tönte ein ängstliches Schluchzen. Der Konstabler schloss auf.

„Nein, nein, nein“, schluchzte Eagon. „Bitte. Ich bin nicht verrückt. Albert! Albert, hilf mir.“ Eagon versuchte, an dem Hünen vorbeizurennen. Aber der streckte bloß den Arm aus, und Eagon lief davor wie vor einen umgestürzten Baumstamm.

„Mach kein Theater“, knurrte der Hüne. Während er den Jungen bei den Schultern hielt, betrat sein Kumpane die Zelle, stülpte auch ihm eine Zwangsjacke über den Kopf und zurrte die Gurte fest. Anschließend warf er sich Eagon über die Schulter, als spüre er dessen Gewicht gar nicht.

„Albeeert“, heulte Eagon und wand sich im Griff des Hünen, während sie ihn und den Perlsüchtigen den Gang zurücktrugen. „Lass nicht zu, dass sie mich mitnehmen. Ich bin nicht verrückt. Ich bin nicht verrückt.“ Die Tür fiel hinter ihnen ins Schloss.

Ich verharrte reglos auf meiner Pritsche. Auch mein Zellennachbar gab keinen Ton von sich. Als wolle er um jeden Preis vermeiden, die Aufmerksamkeit dieser Männer auf sich zu ziehen, die Eagon und den Perlsüchtigen nach *Sankt Laplace* brachten. Ich blies die Wangen auf. Kein Wunder, dass man sich Schauergeschichten über die Anstalt erzählte. Ich könnte jetzt anfangen, zu schreien und zu spucken, und wahrscheinlich würde Lovelace die beiden Hünen stehenden Fußes zurückpfeifen. So konnte er sich des Störenfriedes entledigen und hatte zugleich wieder eine Zelle frei für den nächsten Gesetzesbrecher, an denen es in Treedsgow nicht mangelte. Das wäre vermutlich der einfachste Weg in die Anstalt. Doch dann? Ich war stark, aber nicht unbesiegbar. Was, wenn die Gerüchte stimmten? Ich wollte nicht als Versuchskaninchen auf dem Operationstisch eines Wahnsinnigen landen.

Ein „Psst“ fuhr in meine Gedanken. Jemand war am Fenster. Ich wandte mich herum und blickte zu dem von außen beleuchteten Quadrat auf. Ich sah die Silhouette eines Kopfes mit gelockter Haarmähne. „Waterstone schickt mich. Du sollst dich ruhig verhalten und bis morgen warten. Er wird dich rausholen.“ Es war die Stimme einer Frau.

Ich hob die Brauen. „Und wieso?“

„Du hast, sagen wir, etwas auf seiner Tafel hinterlassen, das sein Interesse geweckt hat.“ Ich konnte hören, dass sie lächelte. Allmählich gewöhnten sich meine Augen an das Gegenlicht und ich sah ihr Gesicht. Sie musste flammend rote Locken haben, schimmerten sie doch trotz der Dunkelheit rötlich. Außerdem trug sie eine Fliegerbrille mit runden Gläsern und Messinggestell.

Meine Augen verengten sich. „Ich kenne dich! Du hast meinen Mantel gestohlen!“ Jetzt erkannte ich auch die Bernsteinaugen der Fremden, die sich hinter den Brillengläsern weiteten, und sie verschwand so plötzlich wie ein verschreckter Fuchs. Ich legte mich zurück auf die Pritsche. Dieser Waterstone gab sich mit zwielichtigen Gestalten ab. Ein Professor an der Treedsgow University, der ein Mädchen als Boten schickte, das nachts umherstreifte und Leichen plünderte? Aber ja. Wie sonst war er in den Besitz des schwarzen Perls geraten? Zweifellos hatte der Süchtige genau danach gesucht. Waterstone musste Handel mit den Banditen treiben.

Ich erwachte am nächsten Morgen, als der Konstabler meine Zellentür aufschloss.

„Du kannst gehen“, sagte er. Er hatte wirres Haar und tiefe Ringe unter den Augen. „Zuvor gäbe es da allerdings noch etwas zu klären.“ Er führte mich in ein kleines Büro, wo er hinter einem Schreibtisch und ich ihm gegenüber Platz nahm.

Lovelace legte die Spitzen seiner Finger aneinander. „Waterstone sagt, er hat keine Lust, sich mit einem Taugenichts wie dir rumzuschlagen“, sagte er. „Somit entfällt die Strafe für deinen

Einbruch. Die für unbefugtes Betreten des Universitätsviertels wirst du aber noch entrichten müssen."

„Wie viel?"

„Dreißig Liberty. Zahle die Strafe innerhalb der nächsten zehn Tage bei der Wache im Hafenviertel oder wir werfen dich aus der Stadt." Zweifellos eine leere Drohung. Die Polizei hatte genug mit den Banditen zu tun. Sie würde sich nicht die Mühe machen, nach mir zu suchen.

„Es sei denn ...", fügte Lovelace zögerlich hinzu. „Du hast eine schöne Uhr." Ich hob die Brauen. „Sieh mich nicht so an! Ich weiß, es ist nicht richtig, aber so, wie du aussiehst, wirst du die Strafe ohnehin nicht zahlen. Meinem Bruder wurde eine Taschenuhr gestohlen, und ich würde sie ihm gerne ersetzen. Als ... nun ja ... kleine Wiedergutmachung dafür, dass ich und meine Männer die Situation nicht mehr so richtig im Griff haben. Also, wenn du mir die Uhr gibst, vergessen wir den Vorfall."

„Du kannst sie haben", sagte ich.

„Meinen besten Dank." Lovelace öffnete eine Schublade seines Schreibtischs, stopfte meine Habseligkeiten in einen Beutel und reichte ihn mir. „Dann habe ich noch eine letzte Frage: Wie bist du hereingekommen?"

Ich erhob mich. „Du wirst ohne meine Hilfe herausfinden müssen, welcher deiner Männer Scheiße gebaut hat", sagte ich und verließ sein Büro. Draußen warteten zwei Wachmänner, die mich zum Tor begleiteten. Auf der anderen Seite der Mauer begab ich mich auf direktem Wege zum Hafen. Ich hatte Hunger. In Gedanken schon bei einem Fischbrötchen, bemerkte ich den Gardisten erst, als er „Hey!" rief. Ich wandte mich um. Sah das rote Halstuch und wurde mir schlagartig bewusst, dass er mein Gesicht sehen konnte. Hatte er mich erkannt?

Der Gardist schloss zu mir auf. „Damon will etwas klarstellen", sagte er. „Hier lang." Der einzige Grund, warum ich ihn nicht einfach an Ort und Stelle tötete, war, dass er in eine Gasse wies, die ohnehin zum Marktplatz führte. Ich ging voraus und geriet mitten in eine Menschenmenge. Im Zentrum, auf dem weitläufigen Dach einer Bude, stand Damon. Selbst auf die Entfernung sah ich seine Augenringe. Auf dem Rücken trug er einen schweren Bidenhänder; eine Waffe, die seit etwa zweihundert Jahren unzeitgemäß war. Vor ihm knieten, gefesselt und geknebelt, drei Männer.

„Man erzählt sich Geschichten über einen Mann, der sich weigerte, Schutzgeld zu zahlen", rief Damon soeben. „Der es angeblich allein mit zweien meiner Männer aufnahm und ungeschoren davonkam. Eben diese Gerüchte ermutigten offenbar diese drei heldenhaften Schwanzlutscher, es ihm gleichzutun." Bei diesen Worten tätschelte er den Kopf eines der geknebelten Männer. „Um derartige Missverständnisse in Zukunft zu vermeiden, möchte ich eines klarstellen: Ich persönlich habe euer Vorbild in den Tod geschickt. Er hat mir einen meisterhaften Kampf geboten und mir sogar ein Stück von meinem Ohr weggeschossen, ehe ich ihn dem Etwas, das in den Gängen der Kanalisation lebt, zum Fraß vorwarf." Die Menschen murmelten. Ich verschränkte die Arme vor der Brust. Damon hob Schweigen gebietend die Hand, und Stille kehrte ein.

„Ich sehe euch als Einheit", sprach er zu der Menge, „und wenn sich einer von euch einer Dummheit schuldig macht, macht ihr euch alle einer Dummheit schuldig. Entsprechend werde ich euch alle bestrafen, indem ich einen von euch bestrafe." Entsetztes Schweigen. Nur durchbrochen von den gedämpften Rufen der Geknebelten. „Wer es sein soll, überlasse ich ganz dem Zufall", sagte er und deutete in die Menge. „Ene, mene, mu …"

Panische Rufe gingen durch die Reihen der Menschen. Bewegung kam auf. Wer am Rand stand, versuchte zu entkommen, wurde aber sogleich von den Gardisten, die in jeder Gasse und auf der Promenade standen, zurückgeschoben.

„… und … tot … bist …" Damon lächelte die Person an, auf die er nun deutete. Dann drehte er sich um, wies in die Menge und sagte: „Du." Es war offenkundig, dass er von Anfang an gewusst hatte, wen er wählen würde. Zwei seiner Männer schoben sich durch die Menge und zerrten jemanden zu Damons Podest. Sie hoben ihn hoch, Damon packte ihn unter den Armen und stellte ihn neben sich aufs Dach. Es war Derek, der Geschichtenerzähler. Er war leichenblass und offenbar starr vor Schreck. Die Menschen sprachen wild durcheinander. Einige Männer schrien empört. Es herrschte wildes Gedränge.

Damon lächelte. „Welch ein Zufall, dass ausgerechnet der Mann hier steht, der wieder und wieder die Geschichte von jenem heldenhafte Fremden erzählte und überdies behauptete, besagter Held sei noch am Leben." Damon zog seinen Bidenhänder und holte weit aus. „Willst du diesen Männern und Frauen nicht die Wahrheit sagen, Derek? Wie lautet sie?"

„D-d-das weiß keiner", stammelte Derek.

Damon schnaubte. „Das glaube ich dir aufs Wort", sagte er und ließ die Klinge durch die Luft fahren. Die Menge schrie auf. Dutzende Frauen fielen in Ohnmacht. Dereks Kopf wirbelte durch die Luft, sein Torso kippte vom Dach. Tränen rannen über die Gesichter der Geknebelten. Die Menschen liefen wild durcheinander auf der Suche nach einer Möglichkeit, dem Marktplatz zu entkommen. Damons Gardisten traten jenen, die versuchten zu fliehen, mit gezogenen Waffen entgegen und feuerten Warnschüsse in die Luft.

„RUHE!", brüllte Damon über das Tosen der Menschen hinweg. Schlagartig kehrte Stille ein. „Ich hoffe", fuhr der Banditenanführer mit kräftiger Stimme fort, „ich habe klargestellt, welche Konsequenzen eine Dummheit nach sich zieht." Während er sprach, schnitt er die Fesseln der Gefangenen los und stieß sie einen nach dem anderen vom Dach. „Ich hoffe, diese drei Männer, derentwegen Derek sterben musste, haben ihre Lektion gelernt." Indessen schleifte ein Gardist Dereks Körper zur Kaimauer, wobei er eine breite Blutspur hinterließ, und warf ihn ins Wasser. Ein anderer schleuderte den Kopf hinterher. „Das Hafenviertel steht unter meiner Gewalt. Vielleicht war das dem einen oder anderen nicht klar, weil ich unten in der stinkenden Kanalisation gelebt habe. Deshalb werde ich meinen Sitz an einen Ort verlegen, der eines Anführers angemessen ist: ins Whitehall Nord." Damon sprang vom Dach und marschierte durch die Menge, ohne seinen Schritt zu verlangsamen. Die Menschen bildeten eine Gasse, wohl aus Angst, aber es schien, als zollten sie ihm Respekt. Seine Gardisten folgten ihm und endlich konnten die Hafenbewohner den Platz verlassen. Ich ließ mich in dem Strom aus Menschen treiben. Sah blasse Gesichter und tränenüberströmte Wangen. Die Hafenbewohner zitterten. Flüsterten. Sie waren derartige Grausamkeit nicht gewohnt. Sie hatten nie mit angesehen, wie jemandem Arme und Beine abgeschnitten wurden und man ihn in einem Käfig am Bugspriet steckte, wo ihm die Möwen die Augen auspickten, noch ehe er verhungerte. Ich hingegen schon. Entsprechend hatte der Vorfall mir den Appetit nicht verdorben. Ich hoffte nicht länger darauf, ein Fischbrötchen am Marktplatz zu bekommen, also ging ich zum *Fourier*. Auch dort sprach man über nichts anderes. Ich trat an den Tresen, wo Haakon sich in gedämpftem Ton mit einem Mann unterhielt.

„Warum Derek?", fragte er soeben. „Er war ein alter Narr. Ein Schwätzer. Jeder kannte ihn …"

„Vermutlich gerade deshalb", meinte sein Gegenüber.

Haakon sah zu mir. „Warst auch dort, Albert?"

„Ja. Sag mal, Haakon, gibt es schon was zu essen?" Haakon und der Gast starrten mich an.

„Wie kannst du jetzt nur an Essen denken?", fragte Haakon ungläubig.

„Ich habe noch nicht gefrühstückt", entgegnete ich.

Haakon sah mich an. Vermutlich fragte er sich, ob es wahrscheinlicher war, dass ich einen Scherz machte, oder tatsächlich Hunger hatte. Dann wandte er sich kopfschüttelnd um und betrat die Küche.

„Vanessa wärmt dir die Reste von gestern auf", sagte er, als er wenig später die Küche wieder verließ. Ich bedankte mich mit einem Kopfnicken und begab mich auf mein Zimmer, wo ich den Smoking gegen eine weite Hose und ein lockeres Hemd tauschte. Anschließend versteckte ich ein Messer, eine geladene Pistole und meine Machete an meinem Körper. Unter den gegebenen Umständen hielt ich es für das Beste. Nach kurzem Zögern steckte ich auch Williams Tagebuch ein. Als ich zurückkehrte, stand bereits ein dampfender Teller Bohneneintopf, in dem zwei saftige Mettwürste schwammen, für mich bereit. Ich zahlte und verschlang die Mahlzeit bis auf eine der Mettwürste binnen weniger Minuten. Die Wurst nahm ich auf die Hand und verließ der *Fourier*, während ich daran knabberte. Auf der Promenade lief mir ein Hund entgegen. Erst beim zweiten Hinsehen erkannte ich, dass es Dexter war.

„Bist du ausgebüchst?", fragte ich ihn und streichelte ihm über den Kopf. Ich biss ein letztes Mal in die Wurst und warf sie Dexter vor die Pfoten. Der Hund verschlang sie ebenso schnell wie ich vor wenigen Augenblicken den Eintopf. „Dann wollen wir dich mal wieder zurückbringen." Ich folgte der Promenade Richtung Taverne *Zum Meeresgrund*. Dexter eilte mir voraus. Immer wieder blieb er stehen, wandte den Kopf und bellte, als wolle er mich antreiben. Als ich den Bootssteg erreichte, der zu Alens Fleute führte, bemerkte ich etwas auf dem Wasser. Es war Dereks Kopf. Als wäre er nach Hause zurückgekehrt. Ich sah ihm eine Weile dabei zu, wie er auf den Wellen wippte und schließlich mehrmals mit der Stirn gegen den Rumpf der Fleute stieß. In dem Moment, da ich einen Fuß auf den Bootsteg setzte, sagte jemand hinter mir: „Godric End."

Meine Muskeln spannte sich an. Ich wandte mich um, äußerlich vollkommen ruhig, innerlich jedoch dazu bereit, denjenigen schnell und leise auszuschalten, der scheinbar meine wahre Identität kannte. Als ich sah, wer gesprochen hatte, legte sich ein Lächeln über meine Lippen. Es war Jasper. Das Bild von ihm, wie er dort stand mit vollkommen gelassener Miene, als wäre es nur selbstverständlich, dass er zurückgekehrt war, hat sich in mein Gedächtnis eingebrannt. Es war der Moment, in dem ich merkte, dass seine Loyalität echt war. Der Wind zerrte an seinem schwarzen Haar. Seine weite Kleidung, wie sie in Izzian in Mode war, flatterte um seine Arme und Beine wie eine Schiffsflagge. Seine Augen, strahlend blau, blitzten im Licht der Mittagssonne. Er verbarg sein Gesicht nicht; weder hinter dem Halstuch der Gardisten noch hinter irgendeinem Tuch. Die Male unseres Kampfes waren fast vollends verheilt.

„Ist das nicht gefährlich?", fragte ich.

Der Izzianer schüttelte den Kopf. „Damons Gardisten haben mein Gesicht nie gesehen. Sie würden mich vermutlich eher mit Halstuch wiedererkennen." Seite an Seite schlenderten wir entlang der Promenade Richtung Güterhafen. Dexter folgte uns. Jasper bot mir eine Zigarette an und zündete sich dann selbst eine an.

„Hier hat sich einiges verändert", sagte er und wies mit weiter Geste in den Hafen. „Ich habe viele Gardisten gesehen."

„Damon macht ernst. Er hat seinen Sitz von der Kanalisation ins Whitehall Nord verlegt."

Jasper nickte anerkennend. Er wirkte nicht sonderlich überrascht. „Es war nur eine Frage der Zeit, bis er den Laden übernimmt." Er wies mit einem Kopfnicken zu Dexter. „Hast du jetzt einen Hund?"

„Scheint so." Ich zog an der Zigarette. „Was hast du zu berichten? Hast du den Kerl gefunden?"

Jasper nickte. „Es war nicht leicht. Ich habe zwei Viertel lang vergeblich in Treedsgow gesucht, ehe ich nach Minersfort gereist bin."

„Minersfort?"

„Eine Siedlung von Bergmännern", erklärte Jasper. „Sie gehört zu Treedsgow. Die Miene, um die sie errichtet wurde, gehört Baron Forewell, einem der reichsten Männer der Stadt. Fast jeder, der dort lebt, arbeitet für ihn."

„Wird er uns helfen?“

„Forewell?“, fragte Jasper verwirrt.

„Unser Mann“, entgegnete ich ungeduldig.

„Er heißt Uther.“ Jasper zog an seiner Zigarette. „Ehrlich gesagt, halte ich ihn für ein ziemliches Arschloch. Er sagt keinen Satz, ohne zu fluchen oder jemanden zu beschimpfen. Aber sagt man nur ein falsches Wort, ist er tödlich beleidigt.“

„Er kann ein noch so großes Arschloch sein, solange er weiß, wie man unbemerkt in die Anstalt gelangt.“

„Er behauptet, dass er es weiß“, sagte Jasper.

„Weiß er von den Hunden?“

Jasper sah mich entgeistert an. „Sie haben *Hunde* in *Sankt Laplace*?“, fragte er. Ich nickte und er blies die Wangen auf. „Uther wird durchdrehen.“

„Was meinst du?“

„Er wollte uns ohnehin nicht helfen“, sagte Jasper. „Er sagte, er sei gerade erst aus diesem Höllenloch geflohen und wäre bescheuert, würde er dorthin zurückkehren. Er wolle nur so weit weg wie möglich.“

„Warum ist er dann immer noch hier?“

„Treedsgow liegt mitten in den Westsithwell. Wo hätte er hingehen sollen?“

„Riverton?“

„Ist auf der anderen Seite des Flusses“, sagte Jasper. „Ihn mit der Fähre zu überqueren oder mit einem Schiff zum Hafen von Riverton überzusetzen, ist zu riskant. Geschweige denn mit dem Zug zu fliehen.“

„Er soll uns nur sagen, wie er es geschafft hat, von dort zu entkommen“, warf ich ein. „Er muss uns nicht begleiten.“

„Das habe ich ihm auch gesagt. Er sagte mir, ich solle mich verpissen. Als ich versuchte, ihn zu bestechen, drohte er wortwörtlich, mir das Scheißloch aufzureißen. Nicht, dass er könnte.“

„Also wird er uns nicht helfen?“, fragte ich.

„Das wird sich noch herausstellen. Nachdem ich es schon aufgegeben hatte, kam er zu mir und sagte, er wolle dich treffen. Aber ich fürchte, wenn er von den Hunden erfährt, wird er sich gleich wieder verabschieden." Wir erreichten den Güterhafen. Zu unserer Linken reihten sich ein Dutzend Lagerhäuser aneinander. Denen gegenüber ragte je ein Landesteg ins Wasser. Gleise führten unter den verschlossenen Toren der Lagerhäuser hindurch bis auf die Stege. Auf gleicher Höhe, wo je eine Brücke aufs Deck der ankernden Schiffe führte, stand ein Kran. Unter dem Viertel fuhren die Hafenarbeiter Loren zwischen den Schiffen und Lagerhäusern hin und her, bedienten die Kräne und verwalteten das Gut. Heute aber, an der Ruhenacht, beherrschte eine eigentümliche Stille das Gebiet, nur unterbrochen vom Glucksen des Wassers unter den Landestegen und dem Kreischen der Möwen.

„Er ist nicht nach Treedsgow zurückgekehrt, um beim ersten Anzeichen von Schwierigkeiten zu kneifen", mutmaßte ich. „Er macht uns etwas vor. Aber mit welchem Ziel? Er verlangt ohnehin keine Bezahlung, wenn ich das richtig verstanden habe?!" Jasper schüttelte den Kopf. „Was die Hunde angeht, müssen wir uns etwas einfallen lassen. Ich habe mal von einer Flöte gehört, die sie verjagt."

Jasper blickte nachdenklich aufs Meer hinaus. Er blies den Rauch seines letzten Zuges in die Luft und schnippte den Zigarettenstummel ins Wasser. „Es gibt eine Substanz, die unseren Geruch neutralisiert", sagte er. „Angeblich vertrauen Hunde ihrer Nase mehr als allen anderen Sinnesorganen zusammen. Wenn sie dich nicht riechen, existierst du für sie nicht."

„Was ist das für eine Substanz?"

„Sie heißt Chlorosomnium. Aber ich weiß nicht, wo man sie auftreiben kann. Genauso wenig wie deine Flöte."

„Schon gut", sagte ich und unterdrückte ein Lächeln. „Ich kümmere mich darum. Wann und wo treffen wir uns?"

„Heute nach Sonnenuntergang. Hinterm letzten Lagerhaus."

„Heute?"

Jasper sah mich entschuldigend an. „Uther bestand darauf."

„Ich werde dort sein", sagte ich und schnippte meinerseits den Zigarettenstummel ins Meer. Wir kehrten um. Während wir den Güterhafen verließen und Richtung Marktplatz schlenderten, fragte ich Jasper nach dem Namen Fonti aus Izzian.

„Die Fontis sind eine der ältesten Adelsfamilien unseres Landes", erklärte der Izzianer. „Mächtig und geheimnisvoll. Wieso fragst du?"

„Mein ehemaliger Lehrer hieß Fonti", sagte ich. „Er ist schon vor Jahren gestorben. Aber wie es scheint, sucht einer seiner Verwandten nach mir."

Jasper sog scharf die Luft ein. „Das ist nicht gut", sagte er.

„Was meinst du?"

„Die Familie Fonti verkörpert sozusagen die Grundsätze von Izzian: Ehre und Bildung. Jeder Fonti wird in seiner Jugend zu einem Bewahrer des Wissens oder einem Bewahrer der Ehre ausgebildet."

„Dann war mein Lehrer ein Bewahrer des Wissens", schlussfolgerte ich.

Jasper nickte. „Sie geben ihr Wissen weiter, meist nur an Familienmitglieder, in seltenen Fällen auch an andere. Gegen eine große Summe Geld, versteht sich. Aber niemals an jemanden, der nicht würdig ist, es zu empfangen."

„Wer ist würdig?"

„Er oder sie muss adlig sein", sagte Jasper. „Der Sohn eines Barons zum Beispiel. Er muss jung sein, damit er empfänglich für die Moralvorstellung der Familie ist. Zu Beginn stellt der Lehrer seinen Scharfsinn auf die Probe. Wie genau, weiß ich nicht. Nur wer alle Voraussetzungen erfüllt und die Probe besteht, wird als Schüler akzeptiert."

„Und was ist ein Bewahrer der Ehre?"

„Sie liefern diejenigen ans Messer, die sich des Wissens als unwürdig erweisen, oder töten sie, wenn nötig, selbst." Jasper bedachte mich mit einem vielsagenden Blick.

„Habe ich mich als unwürdig erwiesen?“

„Kommt drauf an“, sagte Jasper. „Bist du *der* Godric End?“ Ich nickte. „Dann stehst du auf ihrer Liste. Zweifellos.“

„Ist ein Bewahrer der Ehre ein ernst zu nehmender Gegner?“

Jasper blies die Wangen auf. „Ich fürchte ja. Die erste von sieben Disziplinen, die man sie lehrt, ist der Kampf. Angeblich legt man ihnen ein Faschinenmesser in die Wiege.“

„Ich verstehe.“

„Möchtest du, dass ich mich um diesen Fonti kümmere?“

„Könntest du das denn?“, fragte ich.

Jasper zuckte die Achseln. „Als ich noch den Honoren angehörte, hätte ich nein gesagt. Aber seit ich zum Abtrünnigen geworden bin, habe ich gelernt, unehrenhaft zu kämpfen.“ Er grinste jungenhaft.

„Seine Familie würde jemand anderen schicken“, erwiderte ich, „und du stündest dann auch auf ihrer Liste.“

„Mein Leben für deines“, erwiderte Jasper ungerührt.

Ich schüttelte den Kopf. „Er weiß noch nicht, ob ich der bin, den er sucht. Wenn wir ihn töten, verraten wir uns, und es wird jemand anderes kommen. Wir müssen ihn täuschen.“ Jasper nickte. Eine Zeit lang sagte keiner etwas, während jeder seinen eigenen Gedanken nachhing. Wir schwiegen immer noch, als wir den Bootssteg zu Alens Taverne erreichten. Dort verabschiedete ich mich von Jasper.

„Von jetzt an nenne mich nur noch beim Namen meines Vaters: Albert“, schärfte ich ihm ein.

Jasper nickte. „Eine Sache noch“, sagte er. „Traue diesem Uther nicht. Ich verstehe nicht, warum er beschlossen hat, uns zu helfen. Als ich ihn danach fragte, drehte er durch. Er schrie und sagte, es gehe mich einen Scheiß an. Ich solle froh sein, dass er bereit dazu sei.“ Jasper schüttelte den Kopf. „Er führt etwas im Schilde.“

„Danke, Jasper.“ Wir reichten uns zum Abschied die Hände. Anschließend ging ich in Begleitung von Dexter zum Marktplatz. Ich musste Summer finden und ihr ein paar Phiolen Chlorosomnium abkaufen. Da Damon das Whitehall Nord übernommen hatte, hoffte ich, auf dem Markt etwas herauszufinden. Bis auf drei Männer, die Dereks Blut mit Eimern voll Seewasser wegspülten, war niemand hier.

„Sie werden sich in den Unterkünften am Hafen verteilt haben", meinte einer von ihnen, als ich fragte, was aus den Gästen des Whitehall Nord geworden sei. „Oder im Whitehall Süd." Ich fuhr mir mit der Hand durchs Haar und ließ den Blick schweifen. Dachte daran, wie lange es gedauert hatte, Roberto zu finden, und seufzte.

In der ersten Herberge, in der ich nach den Gästen des Whitehall Nord fragte, sagte man mir, es gäbe hier keinen Leonardo Cavallina. Es dauerte einen Moment, bis ich begriff, dass die Wirtin offenbar glaubte, dass ich denselben Mann wie vor zwei Vierteln suchte. Auf die Frage, ob hier noch andere Gäste aus dem Hotel lebten, beäugte sie mich misstrauisch. Es dauerte eine halbe Stunde, bis es mir gelang, sie mit einer halbwegs glaubwürdigen Geschichte zu überzeugen. Dann nochmal eine halbe Stunde, bis ich herausfand, dass es sich bei den einzigen beiden Gästen aus dem Whitehall Nord nicht um Summer handelte. Mir war klar, dass ich sie nur mit viel Glück vor Sonnenuntergang finden würde. Trotzdem suchte ich weiter.

In den nächsten Herbergen kam ich nicht schneller zu einem Ergebnis. Die Besitzer begegneten mir mit Misstrauen; nicht verwunderlich nach dem, was geschehen war. Am Abend war ich immer noch genauso ergebnislos wie zuvor. Ich sah zur Sonne, die bereits im Meer zu versinken drohte, und musste einsehen, dass ich es nicht schaffen würde. Zähneknirschend machte ich mich mit Dexter auf den Weg zum vereinbarten Treffpunkt. Als ich den Güterhafen erreichte, war die Nacht schon hereingebrochen. Auf halbem Wege zum letzten Lagerhaus trat eine Gestalt hervor. Es war Jasper.

„Wo warst du?", fragte er, sobald er in Hörweite war. „Uther wird ungeduldig."

„Wieso? Die Sonne ist eben erst untergegangen."

„Er wartet schon seit zehn Minuten. Flucht die ganze Zeit. Er ist kurz davor, einfach wieder zu gehen." Schnellen Schrittes überquerten wir die Gleise.

„Hast du bemerkt, dass du verfolgt wirst?", fragte Jasper unvermittelt.

„Habe ich nicht", sagte ich überrascht, war aber so umsichtig, mich nicht umzudrehen. „Du bist der schlechteste Wachhund, den ich je gekannt habe", fügte ich an Dexter gewandt hinzu. Der Hund sah mich unschuldig an.

„Er wird herausfinden wollen, was wir machen", sagte Jasper, während wir kaum merklich die Schritte verlangsamten, um Zeit zu gewinnen.

„Vermutlich wird er sich im Lagerhaus verstecken", sagte ich mit Blick auf das offene Tor. „Die Wände sind nicht besonders dick. Dort kann er uns belauschen, ohne gesehen zu werden."

„Glaubst du wirklich, er wird sich so nah heranwagen? Der Hund würde ihn riechen."

„Vielleicht auch nicht ..."

„Wir unterhalten uns kurz mit Uther", schlug Jasper vor. „Wir geben dem Spion Zeit, sich zu verstecken. Dann überraschen wir ihn."

„Hat er gesehen, dass du ihn bemerkt hast?"

„Ich glaube nicht."

„Hat das Lagerhaus eine Hintertür?" Jasper nickte. „Du wartest dort. Ich gehe durch das Tor und treibe ihn hinaus. Dann schlägst du zu."

„Er wird den Plan durchschauen."

„Vielleicht aber auch nicht. Einen Versuch ist es wert." Wir traten um die Ecke des Lagerhauses Nummer 12. Dort wartete ein kleiner pummeliger Mann auf uns. Er hatte schütteres Haar, einen fransigen Bart und wässrige Augen. Von dem Moment an, da sich unsere Blicke zum ersten Mal trafen, konnte ich ihn nicht ausstehen. Alles an ihm, von seinen braunen Lederschuhen bis hin zu seinem spärlichen Haar, ließ meine Fingerspitzen zucken in dem Wunsch, ihn zu erwürgen.

Hätte ich es bloß getan.

„Wo bist du so verfickt lange gewesen?", fauchte er.

Ich hob die Brauen. „Wie bitte?"

„Wir waren verabredet. Bei Sonnenuntergang. Hast du ihm das gesagt, Jasper?" Jasper sah zu mir und verdrehte die Augen. „Was soll dieser Scheißblick?", fragte Uther. „Habt ihr über mich gelästert? Ihr könnt mich mal."

„Nun bin ich ja hier", sagte ich ruhig. Etwas in meiner Stimme ließ Uther Gefahr wittern. Seine wässrigen Augen richteten sich auf mich. „Jasper sagte, du kennst einen Weg in die Nervenheilanstalt."

„Den kenne ich in der Tat", sagte Uther und leckte sich über die Lippen. „Ich werde euch hineinführen."

„Es würde uns schon reichen, wenn du uns den Weg beschreibst."

„Wir machen es verfickt nochmal so, wie ich es sage, Arschloch", fauchte Uther. „Glaubst du, ich bin durch einen glücklichen Zufall entkommen? Natürlich nicht! Ich habe viertellang die Gewohnheiten der Wachen studiert. Ich weiß, wann und wo sie entlangpatrouillieren. Ich könnte euch sagen wie, aber ihr dummen Arschlöcher würdet vermutlich blind in den nächsten Wachmann laufen." Ich begegnete Uthers Blick mit kühler Miene. Auch wenn er nichts von den verschärften Sicherheitsvorkehrungen wusste, musste ihm klar sein, dass die Wachen ihre Gewohnheiten in der Zwischenzeit womöglich geändert hatten.

„Ich hoffe, meine Schwester dort zu finden", sagte ich. „Weißt du, ob sie dort ist?"

„Woher soll ich wissen, wie deine scheiß Schwester aussieht?"

Meine Fingerspitzen zuckten. Meine Stimme blieb ruhig. „Sie ist ein paar Jahre älter als ich. Dunkles Haar." Ich dachte an Williams Beschreibung. „Spitze Nase. Kleiner Mund. Ein Mal über der Braue."

Uther grinste. „Ich kenne sie. Hübsches Ding. Habe mehr als einmal an sie gedacht, während ich mir einen runtergeholt habe." Ich ballte meine Hände zu Fäusten. Ich sah zu Jasper und wies mit einem Kopfnicken zum Lagerhaus. Er nickte knapp und ging an Uther vorbei zur Rückseite des Gebäudes.

„Warte kurz", murmelte er und berührte den kleinen Mann flüchtig an der Schulter. Uther zuckte zusammen, als hätte er sich verbrannt, und warf ihm einen hasserfüllten Blick zu.

„Wohin gehst du?", fragte er. Ich wandte mich um und ging zur Vorderseite des Lagerhauses. „Wollt ihr mich verscheißern, ihr Arschlöcher?", rief Uther. Ich ließ den Blick durch den Hafen schweifen. Wenn mein Verfolger mich lediglich im Auge behalten wollte, konnte er überall sein. Zum Lauschen jedoch war das Innere des Lagerhauses der ideale Platz. Ich jedenfalls hätte mich dort versteckt.

Ich trat unter das Tor. Während sich meine Augen an die Dunkelheit gewöhnten, lauschte ich angestrengt. Da war nichts außer Uthers Flüchen, die das Rauschen des Meeres übertönten. Leere Kisten stapelten sich bis unter das Dachgebälk. Ein klammer Geruch nach moderndem Holz umfing mich. Ich zog meine Machete. Der Spion mochte sich hinter einem Kistenstapel verstecken. Vorsichtig setzte ich einen Fuß vor den anderen, darum bemüht, keinen Laut von mir zu geben. Jedes Mal, wenn eine Welle verstummte, lauschte ich aufmerksam in den Moment der Stille, bis die nächste Welle brach. Die Dunkelheit wurde mit jedem Schritt undurchdringlicher. Die Schatten schienen sich zu bewegen. Ein drei Meter hoher Kistenstapel, nur als schwarze Säule erkennbar, schien sich mir entgegenzuneigen. Erst in letzter Sekunde begriff ich, dass das keine Täuschung war. Ich hechtete zur Seite. Stolperte über eine Kiste, stieß einen weiteren Stapel um und stürzte. Donnernd fielen die Kisten durcheinander. Ein Schatten kletterte katzengleich hinauf ins Dachgebälk. Im selben Moment öffnete Jasper die Hintertür und das fahle Licht ferner Gasleuchten fiel herein. Innerhalb weniger Augenblicke hatte er die Situation überschaut. Er warf die Tür hinter sich ins Schloss und schob einen Stapel Kisten davor. Dann folgte er dem Schatten unters Dach. Indessen balancierte der Spion zu einer Dachluke. Mehrmals trat er mit Wucht dagegen, wobei er scheinbar mühelos auf einem Bein balancierte. Holz splitterte. Ich rappelte mich auf, packte eine Kiste und schleuderte sie nach ihm. Der Schatten wehrte sie mit beiden Händen ab, doch immerhin schien ich ihn aus dem Gleichgewicht gebracht zu haben. Er ging in die Hocke und stützte sich mit beiden Händen am Balken ab in einer Position, die an ein Raubtier erinnerte. In diesem Moment sprang Jasper vom benachbarten Deckenbalken auf den des Spions. Er zog seinen Säbel und balancierte so sicher wie eine Katze. Ich packte die nächste Kiste und warf. Der Schatten wich ihr aus, indem er auf Jasper losging. Er zog ein langes Messer und ein hitziges Duell entbrannte. Noch während ich meine Machete zog, sprang der Spion. Mit beiden Händen hielt er sich am nächsten Balken fest, schwang nach vorn und trat die oberste Kiste von einem Stapel. Ich wich ihr aus und trat dem Mann entgegen. Er täuschte einen Angriff auf meinen Kopf an und senkte die Klinge im letzten Moment herab; eine Finte, mit der er wohl einen Anfänger übertölpelt hätte. Ich blockte den Angriff und schlug nach seinem Gesicht. Er wich zurück. Sofort ließ ich den nächsten Angriff folgen. Er war geschickter als ich, also ließ ich mich nicht auf ein Duell ein. Stattdessen schlug ich mit brachialer Gewalt zu. Ich führte schnelle Streiche, die es ihm unmöglich machten, zu mir durchzudringen oder in dem schmalen Gang zwischen den Kisten auszuweichen. Wo meine Machete auf eine der morschen Holzkisten traf, brach sie einfach hindurch. Holzsplitter flogen durch die Luft. Der Spion hatte keine andere Möglichkeit, als zurückzuweichen. Dann stand Jasper hinter ihm. Er trat ihm in die Kniekehle und der Unbekannte knickte ein. Ich schlug ihm das Messer aus der Hand und richtete die Spitze der Machete auf seine Kehle.

Der Spion hob die Hände. „Ich ergebe mich." Ich stutzte. Diese Stimme ...

„Roberto?"

Jasper sah fragend zu mir. „Du kennst den Kerl?"

„Er ist mein Freund", sagte ich. „Zumindest habe ich ihn dafür gehalten ..." Roberto blickte zähneknirschend zu mir auf.

„Freund?", wiederholte er. „Du hast mir nicht einmal deinen richtigen Namen genannt, *Albert Walker*."

„Und wie lautet mein richtiger Name?", fragte ich kühl.

Roberto schwieg. Dann sagte er leise: „Godric End."

Ich schnaubte. „Glaubst du jetzt auch diesen Unsinn, den sich die Leute im Hafen erzählen?"

„Versuch nicht, mich für dumm zu verkaufen!", sagte Roberto plötzlich wütend. „Du kannst vielleicht Malcolm und Clive an der Nase herumführen, aber ich weiß, wer du wirklich bist. Ich habe keinen Beweis dafür, dass du Godric End bist, und ja, vielleicht irre ich mich, aber ich habe dich durchschaut, Albert. Du bist verdorben und hinterlistig. Du hast deine Freunde benutzt, um ins Universitätsviertel zu gelangen. Dieses Mädchen Amrei spielt für dich auf einer gestohlenen Geige, und ich habe dich jetzt gerade dabei ertappt, wie du planst, in die Nervenheilanstalt einzubrechen." Meine Überraschung darüber, wie viel Roberto über mich wusste, wurde nur von meinem Ärger übertroffen.

„Fick dich, Roberto", spie ich aus. „Meine Schwester sitzt in dieser Nervenheilanstalt und wird womöglich von irgendeinem kranken Doktor gefoltert. Hast du eine Ahnung, wie das ist? Mir sind alle Mittel recht, um sie dort rauszuholen."

„Nun bist du derjenige, der unsinnige Gerüchte glaubt", spottete Roberto.

„Sagt mir jetzt mal einer, was verfickt nochmal hier los ist?" Uther war soeben unter das Tor getreten. Seine Silhouette zeichnete sich schwarz vor dem Nachthimmel ab.

„Das ist Uther", sagte ich. „Er war Patient in *Sankt Laplace* und konnte entkommen. Sag, Uther, was tut der Doktor mit seinen Patienten?" Uther schien einen Moment lang darüber nachzusinnen, ob er mir weitere Beleidigungen an den Kopf werfen sollte. Schließlich sagte er: „Er bohrt ihnen eine Nadel ins Hirn. Wer vorher nicht verrückt war, ist es spätestens, wenn er aus Schwarzbergs Turm zurückkehrt." Roberto schwieg verunsichert.

„Du solltest uns keinen Vorwurf machen", sagte ich kühl. „Im Gegenteil. Wenn du der gute Mensch bist, für den du dich hältst, wirst uns nach *Sankt Laplace* begleiten." Roberto schnaubte. „Außerdem", fuhr ich einer Eingebung folgend fort, „weiß ich aus sicherer Quelle, dass sie dort einen Mann von der *Swimming Island* festhalten."

Roberto horchte auf. „Einen Piraten?"

Ich schüttelte den Kopf. „Einen Perlsüchtigen. Wenn du mitkommst, werde ich mich ihm zeigen. Nennt man Godric End nicht auch den Perlkönig? Müsste der Süchtige mich nicht erkennen?" Wieder schwieg Roberto. Dann nickte er.

„Ich werde euch begleiten", flüsterte er. „Aber wenn du lügst, töte ich dich." Ich nickte mit ernster Miene und ließ die Machete sinken. Ich bezweifelte, dass Roberto ein klares Wort aus dem Süchtigen herausbekommen würde, geschweige denn, dass er mich wiedererkennen würde; vorausgesetzt wir fanden ihn überhaupt. Roberto stand auf, und Jasper reichte ihm sein Messer.

„Einen Scheiß wird er", sagte Uther. „Ich sagte, ich würde *euch* reinbringen. Von dem Arsch war nie die Rede."

„Wir brauchen ihn", sagte ich kühl.

„Das entscheide ich!", schrie Uther und deutete auf seine Brust. „Ich! Ich! Ich!"

„Weil du die Gewohnheiten der Wachen kennst?"

„Habe ich doch gesagt, Arschloch!"

„Und wie gedenkst du, an den Hunden vorbeizukommen?"

Uther stutzte. „Hunde?“, fragte er. *„Hunde?!* Das reicht! Ich bin raus aus der Nummer.“

„Roberto kennt die Lösung.“ Ich sah zu ihm. „Wieso hat Dexter dich nicht bemerkt, als du mir gefolgt bist?“

Der Izzianer zögerte. „Es gibt da ein Mittel ...“, sagte er.

„Chlorosomnium“, murmelte Jasper. Roberto sah zu ihm, dann zu mir und nickte.

„Ich habe nichts mehr davon“, sagte er, „aber ...“

„Du kennst die Person, die es verkauft“, beendete ich seinen Satz. Ich unterdrückte ein Lächeln. Roberto hatte in Treedsgow ein Netz aus Spionen gesponnen. Natürlich kannte er Summer, hatten sie doch im selben Hotel gewohnt.

„Was soll das für ein Zeug sein?“, zischte Uther.

„Es neutralisiert deinen Geruch und macht dich unsichtbar für Hunde.“

Uther schnaubte. „Hältst du mich für ein saudummes Kind?“

„Du kannst dich selbst davon überzeugen“, sagte ich und wies kopfnickend zu Dexter, der an der Kaimauer entlangjagte und Möwen aufschreckte. „Wie lange brauchst du, um es aufzutreiben?“, fragte ich an Roberto gewandt.

„Nicht länger als eine Stunde“, sagte Roberto.

Ich nickte. „Wir warten hier.“ Roberto warf mir einen scharfen Blick zu und verließ das Lagerhaus. Jasper und ich ließen uns auf je einer Kiste nieder, während Uther sich mit verschränkten Armen an den Türrahmen lehnte. Lange Zeit sagte niemand etwas. Während der Himmel dunkler wurde, blies der Wind immer stärker. Die Wellen warfen sich schäumend gegen die Kaimauer. Die nächtliche Kälte jagte mir einen Schauer über den Körper. Über dem Meer sah ich Wetterleuchten, gefolgt von fernem Donnergrollen.

„Wer garantiert uns, dass er nicht einfach die Wachen holt?“, fragte Uther nach einer Weile. Jasper und ich schwiegen. „He! Hallo. Ich rede mit euch.“ Uther trat vor mich. Selbst im Sitzen war ich kaum kleiner als er. Er beugte sich vor und kam mit dem

Gesicht dem meinen so nahe, dass ich seinen widerlichen Atem riechen konnte. „Was ist los, Hackfresse? Hat es dir die scheiß Sprache verschlagen?“ Ich spielte kurz mit dem Gedanken, ihn an Ort und Stelle zu erdrosseln.

„Er wird nicht die Wachen holen“, sagte ich ruhig.

„Ach nee“, sagte Uther. „Jetzt bin ich aber beruhigt.“ Ich unterdrückte ein Seufzen. Wieder herrschte Schweigen, von Uthers gemurmelten Flüchen abgesehen. Die Minuten verstrichen, während wir das Wetterleuchten über dem Meer beobachteten. Nach einer Weile lehnte ich den Hinterkopf an einen Stapel Kisten und schloss die Augen.

„Er ist nun seit mehr als einer Stunde fort“, merkte Jasper an, so leise, dass Uther ihn nicht hören konnte.

„Das ist es ja, was mich beruhigt“, murmelte ich, ohne die Augen zu öffnen. „Hätte er die Wachen geholt, wären sie längst wieder hier.“

„Was flüstert ihr da?“, keifte Uther. „Hört mit dieser Geheimnistuerei auf, oder ich hau ab.“ Wieder kehrte Schweigen ein. Dann näherten sich Schritte.

„Lass mich durch“, sagte Uther hektisch. Er drängte sich an mir und Jasper vorbei, kletterte unbeholfen über die Kisten, die überall verstreut lagen, und schob den Stapel beiseite, mit dem Jasper die Hintertür blockiert hatte. „Wenn er jemanden mitgebracht hat, hat es mich nie gegeben.“ Roberto kehrte allein zurück. Um seine Schulter hing eine lederne Kuriertasche, aus der er fünf Phiolen holte.

„Eine für jeden“, sagte er, „und eine, um es jetzt auszuprobieren.“ Er entkorkte eine der Phiolen und reichte sie Uther, der sie mit misstrauischer Miene entgegennahm. Ein Geruch nach frisch gemähtem Gras breitete sich im Lagerhaus aus.

„Riecht wie Scheiße“, kommentierte Uther.

„Du musst es auf dir verteilen“, sagte Roberto. „Möglichst gleichmäßig.“ Uther träufelte das Chlorosomnium nach und nach auf seine Handfläche und benetzte Wangen, Arme, Beine und Rumpf damit. Zum Schluss griff er sich in den Schritt und grinste in die Runde.

„Mein Schwanz stinkt heute wie Fisch“, meinte er. „Der braucht eine Extraportion.“ Niemand lachte.

„Dexter“, rief ich. Wenige Sekunden später stürmte der Hund ins Innere des Lagerhauses, stemmte seine Vorderpfoten in meine Brust und versuchte, mir das Gesicht abzulecken. „Mach irgendwie auf dich aufmerksam“, sagte ich und schob ihn von mir.

„Hey, du Köter“, rief Uther. Dexter sah in seine Richtung, dann wieder zu mir. Uther trat näher und stieß ihm in die Seite. Dexter sah zu ihm. Schnüffelte. Und sah dann wieder zu mir. Uther grinste. Und dann, ehe ich ihn aufhalten konnte, trat er mit voller Wucht zu. Dexter gab ein ersticktes Heulen von sich, flog einen halben Meter weit und landete auf der Seite. Er rappelte sich auf und lief knurrend und zähnefletschend auf Uther zu. Uther wich zurück. Wieder sah Dexter zu mir. Bellte. Winselte. Da ich ihm nach Uther am nächsten war, glaubte er, ich hatte ihn getreten. Er zog den Schwanz ein und floh winselnd aus dem Lagerhaus.

„Das war doch mal witzig“, bemerkte Uther. Wieder musste ich mich beherrschen, um sein Gesicht nicht einfach zu Brei zu schlagen.

„Also wirst du uns helfen?“

„Aber ja doch!“

„Dann können wir ja mit den Vorbereitungen beginnen.“

„Vorbereitungen?“ Uthers Lippen kräuselten sich. „Wir gehen jetzt.“ Stille. Alle sahen mit entgeisterten Mienen zu dem kleinen, pummeligen Mann.

„Es wäre sehr riskant, das zu tun“, sagte ich mit mühsam beherrschter Stimme.

„Ich entscheide hier, Arschloch“, knurrte Uther. „Und ich sage, wir gehen jetzt.“

„Es ist doch auch in deinem Interesse, dass …“

„Wir gehen *jetzt*!", schrie Uther und spuckte mir ins Gesicht. Das war der Moment, in dem ich mir schwor, dass ich ihn umbringen würde. Einzig der Gedanke an Emily hielt mich davon ab, es auf der Stelle zu tun. Uther musste bemerkt haben, dass eine Veränderung in meinem Gesicht vorgegangen war. Für einen kurzen Moment beherrschte nicht länger Wut seine Miene, sondern Sorge.

Ich wischte mir über die Wange. „Wie du willst", sagte ich leise. „Du gehst voraus."

Der kleine Mann grinste. „Da hat wohl endlich jemand begriffen, wer hier das Sagen hat." Er verließ das Lagerhaus und watschelte über die Gleise des Güterhafens. Wir folgten ihm schweigend. Er blieb vor dem ersten Lagerhaus stehen und begann, mit einem Dietrich in dem schweren Schloss herumzustochern. Er brauchte eine geschlagene Viertelstunde und geschätzt über fünfzig Flüche, ehe es aufsprang.

„Rein mit euch", zischte er und schloss das Tor hinter uns. Keiner fragte, was wir hier taten. „Hier entlang", sagte Uther. Wir folgten seinen Flüchen durch die Dunkelheit. „Hier ist eine Falltür", raunte er. „Ich muss sie knacken. Dass könnte eine Weile dauern." Wortlos trat ich vor, zog meine Dietriche und schob Uthers Hände beiseite.

„Was soll das werden, Arschloch?", fauchte er. Ich tastete nach dem Schloss und steckte die Dietriche hinein. „Oh, bitte. Wenn du meinst, du kannst es besser …" Es klickte. Ich öffnete kommentarlos die Falltür und stieg als Erster die Leiter hinab. Unten herrschte absolute Finsternis. Ich entfernte mich tastend von der Leiter.

„Du hältst dich jetzt wohl für jemand ganz Tolles, Hackfresse", sagte Uther. Ich antwortete nicht. „Hier muss es irgendwo eine Öllampe geben." Etwas raschelte. Dann flammte ein Zündholz auf. Ratten flohen vor dem Licht. „Dort." Er entfachte die Lampe und gelbes Licht füllte den Raum. Inzwischen waren auch Jasper und Roberto unten angelangt. Uther sah uns der Reihe nach an und grinste sein fieses Koboldgrinsen.

„Gleich werdet ihr das Verrückteste sehen, das ihr je in euren armseligen Leben gesehen habt“, sagte er. Er trat ans Ende des Raumes, wo ein mannshohes Objekt stand, das von einem Leinentuch verdeckt wurde. Er packte es an einem Zipfel, sah zu uns und ließ die Brauen springen. Dann zog er daran.

Es war ein Spiegel.

Jedoch kein gewöhnlicher Spiegel. Er stand auf zwei Füßen, war so groß wie eine Tür und in einen schweren Eichenholzrahmen eingelassen. Jemand hatte rundherum Runen hineingeschnitzt.

„Das ist nicht möglich“, flüsterte Roberto und trat vor das Glas. Auch Jasper und ich blickten wie erstarrt in den Spiegel. Er zeigte zwar den Raum, aber keinen von uns. „Alle Albenspiegel befinden sich im Besitz der Familie Fonti.“ Roberto legte eine Hand auf das Glas. Zu unser aller Überraschung sank sie darin ein, als handele es sich um Quecksilber.

„Nicht!“, schrie Uther, packte ihn am Arm und zog. Einen Moment lang schien es, als wolle der Spiegel ihn nicht wieder hergeben. Dann löste sich Robertos Hand aus dem Glas, und er und Uther stolperten rückwärts.

„Habe ich dir gesagt, dass du den scheiß Spiegel anfassen sollst?“, schrie Uther mit hochrotem Kopf und besprühte Roberto mit Spucke. Er wandte sich uns zu. „Vielen Dank für eure scheiß Hilfe.“ Er begann fluchend im Kreis zu laufen. „Dieser Spiegel ist gefährlich! Ihr hört mir besser gut zu, oder wir überleben den Ausflug nicht.“ Er zog geräuschvoll die Nase hoch. „Wer durch das Glas schreitet, betritt eine andere Welt.“ Jasper und ich tauschten einen vielsagenden Blick. „Sie ist genau wie unsere Welt, nur spiegelverkehrt. Dort gibt es niemanden. Mit anderen Worten: Wir werden einfach nach *Sankt Laplace* rein spazieren.“

„Was habe ich davon?“, fragte ich. „In dieser Welt werde ich meine Schwester nicht finden.“

„Falsch, Hackfresse.“ Uther grinste breit. „Auf dem Gelände der Anstalt in einem Schuppen befindet sich ein zweiter Spiegel. Durch den kehren wir in die normale Welt zurück.“

„Das ist verrückt“, flüsterte Jasper. Roberto schien es schlicht die Sprache zu verschlagen.

„Inwiefern ist das so gefährlich?“, fragte ich.

Uthers Grinsen verblasste. „In dem Spiegel ist etwas. Etwas, das uns folgen wird von dem Moment an, da wir die andere Welt betreten.“

„Wovon sprichst du?“, fragte Roberto.

„Ich weiß es nicht.“ Uther erwiderte seinen Blick. Zum ersten Mal sah ich Aufrichtigkeit in seinen Augen. „Ich habe es nicht gesehen. Denn wenn du es ansiehst, holt es dich.“ Ein paar Sekunden lang sagte niemand etwas.

„Woher weißt du das?“, fragte ich.

„Ich bin nicht allein geflohen“, sagte Uther. „Brandon kam mit. Er ging hinter mir. Auf halbem Wege fragte er, ob ich es auch spürte. Etwas war hinter uns. Und es machte ihm Angst. Ich sagte Brandon, er solle sich nicht umdrehen. Aber er hörte nicht auf mich. Er schrie und dann verstummte er für immer. Ich ging weiter. So sehr mein Instinkt mich auch anflehte, mich umzudrehen, tat ich es nicht.“

„Woher wusstest du, wo der andere Spiegel war?“, fragte Jasper.

„Ihr werdet es spüren“, entgegnete Uther. „Wir gehören nicht in diese Welt. Aber es gibt kein Zurück. Eure Schritte tragen euch von selbst zum nächsten Ausgang.“

Ich sah zu Jasper. „Hast du das gewusst?“

„Was?“

„Dass Uther nicht als einziger in *Sankt Laplace* vermisst wird.“

„Nein.“

„Dann nur, weil der Anstaltsleiter nicht nach diesem Brandon fahnden ließ“, schlussfolgerte ich. „Stellt sich die Frage, woher der Arzt gewusst hat, dass er gestorben ist.“

„Doktor Schwarzberg.“ Uther zog die Nase hoch und spuckte aus. „Mit dem kranken Wichser stimmt etwas nicht. Gut möglich, dass er was weiß.“

„Er wird vielleicht wissen, dass wir kommen."

„Willst du jetzt den Schwanz einziehen, Hackfresse?", fragte Uther.

„Nein", sagte ich. „Ich frage mich nur, warum du bereit bist, das Risiko einzugehen."

„Du hörst besser auf, dich das zu fragen, Arschloch", sagte Uther und deutete drohend auf mich. „Ein falsches Wort ..."

„Und du bist raus aus der Nummer?" Ich erwiderte Uthers Blick mit kühler Miene. „Du hast von den Hunden erfahren und bist noch hier. Anstatt zu dritt sind wir nun zu viert und du bist noch hier. Dieser Doktor Schwarzberg wird uns womöglich kommen sehen, aber du bist noch hier. Und du willst mir weismachen, dass du kurz davor bist zu gehen?" Uther blieb mir eine Antwort schuldig. „Was willst du in der Anstalt?"

„Ich will einen Freund befreien."

„Lüge", schnitt ich ihm mit ruhiger Stimme das Wort ab. „Was willst du in der Anstalt?"

„Es geht dich einen Scheiß an!", schrie Uther.

„Wir wissen jetzt, wie wir hineingelangen", sagte ich. „Sag es uns, oder wir lassen dich zurück."

„Nehmt mich mit, oder ich renne als erstes zu den Wachen und schwärze euch an", schrie Uther.

„Sag es uns, oder ich werde dich hier und jetzt töten." Roberto keuchte. Uther warf ihm einen Blick zu. Seine Augen blitzten.

„Also dann", sagte er listig und breitete die Arme aus. „Töte mich." Ich zog meine Machete.

„Nein!", rief Roberto und stellte sich zwischen mich und Uther. „Das lasse ich nicht zu."

„Wieso beschützt du ihn?", knurrte ich.

„Weil ich kein Mörder bin."

„Du wirst ihn ja auch nicht töten, sondern ich."

„Wer tatenlos dabei zusieht, wie jemand ermordet wird, ist selbst ein Mörder", sagte Roberto und legte seine Hand auf den Griff seines Faschinenmessers.

„Zu schade", höhnte Uther hinter Robertos Rücken. Ich erwog, sie beide zu töten. Das war die Gelegenheit, zwei Probleme auf einen Streich zu beseitigen.

„Entspannt euch", sagte Jasper beschwichtigend. „Albert, lohnt es sich wirklich, ihn zu töten? Er ist ein Arschloch, ja, aber was kann er tun? Wir bleiben die ganze Zeit in seiner Nähe." Ich erwiderte feindselig Uthers Blick, der mich über Robertos Schulter hinweg ansah. Nur mit größter Mühe rang ich den Drang nieder, ihn anzugreifen. Dann ließ ich die Machete sinken.

„Wie willst du Godric End töten", fragte ich Roberto verächtlich, „wenn du nicht einmal imstande bist, dieses Arschloch seinem Schicksal zu überlassen?"

„Wer sagt, dass ich ihn töten will?"

„Entweder das oder du lieferst ihn aus", sagte ich. „So oder so wird er sterben."

„Er hat es verdient", entgegnete Roberto kühl.

„Tragt jetzt alle das Chlorosomnium auf", kam Jasper dazwischen. Keiner sagte ein Wort, während wir unsere Körper mit der Flüssigkeit benetzten.

„Also dann", sagte Uther. „Wer geht voraus?"

„Du", sagte ich.

„Nein", sagte Uther lachend und schüttelte den Kopf. „Geh du zuerst."

„Ich gehe zuerst", sagte Jasper bestimmt. Ehe jemand etwas einwenden konnte, war er schon vor den Spiegel getreten und drückte mit beiden Handflächen gegen das Glas. Wie zuvor Robertos Hand sanken auch seine darin ein. Schon steckte er bis zu den Ellenbogen darin. Wenige Augenblicke später hatte der Spiegel ihn vollends absorbiert. Wir beobachteten, wie er in die Mitte des Raumes trat. Seine Gestalt verschwamm. Wie Uther es uns geraten hatte, drehte er sich nicht um.

„Jetzt ich", sagte Uther und lehnte sich gegen den Spiegel. Er begann, darin einzusinken wie in einer sehr zähen Flüssigkeit.

„Du als nächster“, sagte ich zu Roberto, sobald Uther auf der anderen Seite war. „Ich gehe zuletzt. Es sei denn, du möchtest.“

„Nein“, flüsterte Roberto. Er trat vor den Spiegel und tauchte durch das Glas. Ich atmete einmal tief ein und wieder aus. Dann legte ich meine Hände auf die Oberfläche des Spiegels. Er war kühl. Obwohl ich keinen Druck ausübte, sank ich sofort darin ein. Ein Schauer jagte mir über den Rücken. Sobald ich bis zu den Handgelenken im Glas steckte, wusste ich, dass ich dem Sog nicht mehr entkommen konnte. Ich fühlte mich ausgeliefert; versuchte, den Prozess zu beschleunigen und stemmte mich gegen das Glas. Ich sank unbeirrt langsam jedoch unaufhaltsam tiefer ein. Schon steckte ich bis zu den Schultern im Spiegel. Instinktiv holte ich Luft und hielt den Atem an, bevor ich mit dem Gesicht eintauchte.

Dann war ich auf der anderen Seite.

Das Gefühl, in einer zähflüssigen, kühlen Masse zu stecken, fiel augenblicklich von mir ab. Ich atmete ein paar Mal ein und wieder aus. Etwas schien meine Lungen zusammenzuschnüren. Außerdem herrschte leichter Druck auf meinen Trommelfellen. Es war still. Unnatürlich still.

„Immer dran denken“, sagte Uther. „Nicht umdrehen!“ Ich hörte seine Worte klar und zugleich blechern. Die Wände schienen kein Echo zurückzuwerfen. „Los jetzt!“ Wir stiegen die Leiter hinauf, Jasper allen voran, und verließen das Lagerhaus. Eine unsichtbare Strömung schien uns erfasst zu haben. Ich konnte weder schneller noch langsamer gehen. Mit jedem Schritt, den wir taten, wurde das Verlangen, sich umzudrehen, größer.

Etwas war hinter uns.

Auch das Rauschen der Wellen klang unnatürlich. Weder kam es aus der Ferne, noch verhallte es über dem Meer. Stattdessen rauschte es und hörte einfach wieder auf zu rauschen. Und der Himmel …

„Heilige Scheiße", murmelte ich. Auch der Rest der Gruppe hatte den Blick gehoben. Der Himmel war wolkenlos und schwarz. Nicht nachtblau und auch nicht von Sternen übersät. Einfach schwarz. Jedoch durchzogen von violetten Rissen. Es sah aus, als spanne sich eine Glaskuppel über die Welt. Und jemand hatte mit einem schweren Gegenstand zwei Mal auf sie eingeschlagen.

„Das ist die falsche Richtung, Jasper", sagte ich.

„Täusch dich nicht", entgegnete Uther. „Die Welt ist spiegelverkehrt. Achte einfach auf die Strömung." Wir gingen schweigend. Immer öfter glaubte ich, eine Bewegung aus den Augenwinkeln zu sehen. Ich zwang mich, stur geradeaus zu blicken. Wir erreichten das Ende des Hafens und wateten durch das hohe Gras dem felsigen Hügel entgegen, auf dem die Festung thronte. *Sankt Laplace.* Einst ein militärischer Stützpunkt. Nun ein Sanatorium. Und ein Gefängnis. Als wir den Weg erreichten, der im Zick-Zack den Hügel hinaufführte, passierte es. Jemand hinter mir flüsterte meinen Namen.

„Godric End." Ein eisiger Schauer jagte mir über den Rücken. Ich zwang mich, nach vorn zu blicken. Fragte mich, ob Roberto die Stimme gehört hatte. Ihm war nichts anzumerken. Dann spürte ich, wie eine Hand meinen Oberarm packte. Ich schielte zur Seite. Die Finger, die sich um meinen Bizeps gelegt hatten, waren so schwarz wie der Himmel über uns. Dunkler Rauch umspielte sie. Grob erahnte ich eine Gestalt hinter mir. Ich packte die Hand und zerrte daran, doch ihr Griff war eisern. Ich gab auf und richtete meinen Blick wieder nach vorn. Das Gehen fiel mir schwerer. Die Hand zog an mir. Der Abstand zum Rest der Gruppe wurde größer. Ich zwang mich, nicht zu rufen. Wenn sie sich umdrehten, waren sie verloren. Auf halber Höhe des Hügels fasste eine zweite Hand mein Hemd. Sekunden später eine dritte mein Hosenbein. Geflüster folgte mir. Ich biss die Zähne zusammen und kämpfte mich vorwärts. Jasper, Uther und Roberto waren inzwischen hinter der nächsten Biegung

verschwunden. Schweiß rann mir über die Stirn. Hatte Uther gewusst, dass das passieren würde? Ich trat um die Biegung und fand den Weg menschenleer vor. Schwer atmend setzte ich einen Fuß vor den anderen. Ich fühlte mich, als kämpfe ich mich bergauf durch zähen Honig. Jeder Schritt kostete mich ungeheure Anstrengung. Die Muskeln in meinen Oberschenkeln schrien.

Ich erreichte die nächste Biegung.

Wie lange würde ich noch durchhalten? Mein Herz raste, mein Atem keuchte. Unter meinen Armen zeichneten sich dunkle Schweißflecken ab. Hinter mir hörte ich ein spöttisches Lachen wie ein Echo, nah und fern zugleich. Ich ballte meine Hände zu Fäusten. Die Wut gab mir frische Kraft.

Ich erreichte die nächste Biegung.

Immer noch kein Ende in Sicht. Resigniert stöhnte ich auf. Meine Beine zitterten. Meine Lungen schmerzten. Bald wäre ich am Ende meiner Kräfte angelangt. So kurz vor meinem Ziel. Emily. Meine Schwester hockte vermutlich in irgendeiner Zelle des Sanatoriums, ohne Hoffnung auf Rettung, und wartete darauf, dass dieser Doktor Schwarzberg kam und ihr eine Nadel in den Kopf bohrte. Der Gedanke an sie machte das Unmögliche möglich. Ich erreichte die nächste Biegung. Ich sah, wie der Weg eine Kurve beschrieb und dabei langsam abflachte. Zwanzig qualvolle Schritte später zogen zwar immer noch die Hände an mir, aber ich war wieder auf ebenem Grund unterwegs. Der Weg führte geradewegs durch das Tor in der Mauer der Festung. Ich konnte es schaffen!

Dann packte eine vierte Hand meinen anderen Oberarm.

Ich stöhnte. Versuchte, mich loszureißen. Ohne Erfolg. Ich stemmte mich gegen den Sog. Jeder Schritt dauerte eine Ewigkeit. Der Schweiß rann mir nun in Strömen über das Gesicht. Gefühlte Stunden verstrichen, bis ich das Tor erreichte. Ich griff in die Mauerfugen und zog mich unter dem Torbogen hindurch. Und jetzt? Wo war dieser Schuppen? Aber es spielte ohnehin keine Rolle mehr. Ich war am Ende meiner Kräfte. Vor mir ragte die Festung empor, mit dunklen Fenstern, die mich anstarrten, wie ein Gott, der gekommen war, um mir beim Sterben zuzusehen.

Dann war da plötzlich wieder die Strömung. Stärker als zuvor wies sie mir nicht nur die Richtung, sondern riss mich mit sich. Anstatt auf die Knie zu sinken, wandte ich mich nach rechts. Dort, im Licht der violetten Risse, sah ich die Kontur einer Hütte. Ich heftete meinen Blick darauf. Meine Wahrnehmung reduzierte sich ausschließlich auf sie. Das Flüstern in meinem Rücken verwandelte sich in ein Zischen. Die Strömung wurde noch stärker. Ich erreichte die Tür des Schuppens und trat ein. Der Spiegel lehnte an der gegenüberliegenden Wand. Jasper, Roberto und Uther erwarteten mich bereits. Als sie mich sahen, weiteten sich ihre Augen vor Schreck. Ich streckte meine Hand nach dem Spiegel aus. War nur wenige Zentimeter von der Oberfläche entfernt, als eine fünfte Hand mein Hemd fasste und zog. Meine Fingerspitzen verharrten eine Haaresbreite vor dem Spiegelglas. Das Blut rauschte in meinen Ohren. Meine Muskeln versagten. Dann wurde ich langsam zurückgezogen. Ich sah zu Jasper. Unsere Blicke trafen sich.

Mein Leben für deins.

Jasper trat durch den Spiegel. Weitere Hände packten mich an den Armen und Beinen. Sie zogen an meinen Haaren und Kleidern. Sie legten sich über mein Gesicht, nasskalte Hände wie bei einer Wasserleiche, und schoben ihre Finger in meinen Mund. Ein Arm legte sich um meine Mitte. Dann war Jasper bei mir. Er zog seinen Säbel und ging einfach an mir vorbei. Im nächsten Moment ließen die Hände los. Ich stolperte vorwärts in den Spiegel hinein. Der Sog erfasste mich und zog mich durch das Glas. *Nein.* Auf der anderen Seite packte Roberto meine Hand. Ich stolperte in die Hütte.

„Jasper!" Ich wirbelte herum und starrte in den Spiegel. Da war Schwärze, die Hände und Köpfe formte. Schatten, die annähernd die Gestalt von Menschen hatten. Sie griffen nach Jasper wie eine Horde wild gewordener Süchtiger, die schwarzes Perl gerochen hatten. Jasper trat furchtlos in ihre Reihen. Nach nur wenigen Schritten hatte die Dunkelheit ihn verschluckt.

„Nein“, flüsterte Roberto verzweifelt.

„Was passiert da?“, fragte Uther. Die Schatten rückten weiter vor. Die Hütte im Spiegel erzitterte. Und dann wurde sie fortgerissen, wie von einem mächtigen Sturm erfasst. Nun sahen wir, dass die Gestalten nicht nur in der Hütte waren, sondern überall. Ein Meer aus schwarzem Nebel, das das Gelände der Anstalt füllte. In manchen der Gesichter, die die Dunkelheit formte, flammten violette Augen auf. Sie traten zur Seite und offenbarten den Blick auf die Festung. Sie schien langsam davonzugleiten! Dabei drehte sie sich und sank herab. Der ganze Hügel schien zu sinken. Schneller und schneller, bis schließlich der Dachfirst an unseren Augen vorbeiglitt und sich uns die Landschaft offenbarte. Schattengestalten, soweit das Auge reichte. Ein Heer aus Dunkelheit. Und ein schwarzer Mahlstrom. Er absorbierte Bäume, Felsen und das Heer aus Finsternis. Er verschlang die Nervenheilanstalt samt des Hügels, auf dem sie erbaut worden war, und zog Treedsgow und den Wald zu sich heran, als wäre es Gedeck auf einem Tischtuch. Immer schneller drehte er sich, während er Flüsse, Städte und Berge verschluckte. Zuletzt war nur noch ein Wirbel aus Farben zu erkennen und dann …

Schwärze.

Wir alle schwiegen fassungslos, als das Bild der Hütte in das Glas zurückkehrte. Erst jetzt bemerkte ich, dass es in Strömen regnete. Das Wasser prasselte auf das Hüttendach. An mehreren Stellen tropfte es. Draußen grollte der Donner.

„Was tun wir jetzt?“, flüsterte Roberto. Ich hörte ihn nicht. Unverwandt starrte ich auf den Spiegel. Jasper war tot. Wieso ging mir das so nahe? Ich hatte Dutzende Menschen getötet, ohne mit der Wimper zu zucken. Doch in der kurzen Zeit, die ich Jasper gekannt hatte, war er mir ans Herz gewachsen. Er hatte mir Treue geschworen. Ich hatte gewusst, dass ich mich auf ihn verlassen konnte, fast wie auf einen Bruder, und zugleich hatte er mir geähnelt. Er war ein bisschen ehrbarer gewesen, ja, und nicht ganz so skrupellos, aber im Grunde waren wir nicht so verschieden gewesen. Ich ballte die Hände zu Fäusten. Warum starben alle Menschen, die mir nahestanden? Womöglich war auch Emily nicht mehr am Leben. Lodernder Hass kochte in mir hoch. Hass auf das Geschick. Hass auf das, was in den Spiegeln lebte. Ich zog meine Pistole und richtete sie auf das Glas.

„Nicht!“, rief Roberto im Flüsterton. „Albert, wir müssen doch wieder zurück!“

„Glaubst du wirklich, ich geh da nochmal rein?“, knurrte ich.

„Es würde doch nichts bringen“, zischte Roberto. „Die Kugel würde vermutlich einfach vom Glas absorbiert werden.“

„Ich werde es auf einen Versuch ankommen lassen.“

„Man wird den Schuss auf dem ganzen Gelände hören.“ Roberto trat einen Schritt näher. „Denk an die Wachen.“ Er legte eine Hand auf meinen Arm und drückte ihn mit sanfter Gewalt herunter. „Denk an deine Schwester.“ Ich seufzte resigniert.

„Das ist scheiße gelaufen“, kommentierte Uther. Ich wirbelte herum. Packte ihn am Kragen und drückte ihm den Pistolenlauf an die Stirn.

„Hast du davon gewusst?“, fragte ich laut. Draußen bellte ein Hund.

„Still!“, zischte Roberto.

„Schieß doch“, sagte Uther. Sein Kopf wurde rot. „Schieß, und deine Schwester ist für immer verloren. Den da schickst du auch in den Tod. Genau wie dich selbst.“

„Er hat Recht“, flüsterte Roberto.

„Hast du es gewusst?“, wiederholte ich mit Nachdruck.

„Nein“, rief Uther ebenso laut. „Nein, nein, scheiße verfickt nochmal, nein! Es war beim letzten Mal anders.“ Ich suchte in

Uthers Blick nach einem Anzeichen dafür, dass er log. Zum ersten Mal fiel mir auf, dass eines seiner Augen grün, das andere blau war. Ich ließ ihn los und steckte die Pistole zurück in den Holster. Fuhr mir durchs Haar und schloss für einen Moment die Augen.

Nach kurzem Schweigen sagte Uther: „Wir müssen zum Fenster des Kontrollraumes. Es ist das einzige, das nicht vergittert ist."

„Wir können nicht raus", entgegnete Roberto verzweifelt. „Der Regen. Das Wasser macht das Chlorosomnium unwirksam."

„Und das sagst du uns *jetzt*?", brauste Uther auf. „Hat dir jemand ins Hirn gesch…"

„Halt den Mund, Uther", knurrte ich. „Halt einfach den scheiß Mund, oder ich schneid dir die Zunge raus." Und ausnahmsweise hörte Uther auf mich. Ich blickte mich in dem Schuppen um. In einem Regal lagen vielerlei Gerätschaften, die zur Gartenpflege dienten. Daneben stand eine Truhe. Sie war leer. Dann fiel mein Blick auf einen Lumpen neben dem Spiegel. Eine Decke?

„Die war um den Spiegel geschlungen", meinte Roberto, während ich sie ausbreitete. „Nicht besonders dick." Außerdem löchrig.

„Unsere einzige Chance", entgegnete ich. Ich ging zur Hüttentür und öffnete sie einen Spalt breit. Regen und Dunkelheit ließen nicht viel erkennen. Alle Fenster in Sichtweite waren vergittert. In diesem Moment blitzte es mehrmals in schneller Folge. Kurz zeichneten sich die Gebäudeumrisse vor dem Himmel ab. Dann folgte der Donner. Ich hob den Blick und bemerkte ein unstetes blaues Licht hinter einem der Turmfenster. Ich dachte an Dereks Worte. *In manchen Nächten sieht man ein blaues Licht hinter einem der Turmfenster. Keiner weiß, was es bedeutet. Man munkelt, dass der Doktor den Insassen das Hirn aufschneidet und mit elektrischer Energie experimentiert.* Wieder blitzte es und in einiger Entfernung sah ich einen Mann mit Regenschirm in der einen Hand und einer Leine, an deren Ende ein großer Rottweiler lief, in der anderen. Ich schloss die Tür und wandte mich um.

„Du sagtest, du kennst die Gewohnheiten der Wachen", sagte ich zu Uther.

Der kleine Mann nickte. „Sie patrouillieren stündlich um das Gebäude", sagte er. „Außerdem stündlich auf der Mauer, sodass jede halbe Stunde ein Wachmann eine Runde dreht." Ich nickte und legte einen Finger auf die Lippen. Dann öffnete ich die Hüttentür abermals einen Spalt breit. Der Wachmann passierte soeben unser Versteck. Der Hund blieb stehen. Hob den Kopf und sah zu mir. Unsere Blicke trafen sich.

„Was soll das, Rusty?", fragte der Wachmann und zog an der Leine. Der Hund wandte den Blick ab und setzte sich in Bewegung. Ich schloss leise die Tür.

„Es ist gerade jemand vorbeigegangen", flüsterte ich.

„Dann ist jetzt der richtige Zeitpunkt", zischte Uther.

„Sollten wir nicht warten, dass der Regen nachlässt?", fragte Roberto.

Ich schüttelte den Kopf. „Uns bleiben wenige Stunden bis zum Morgengrauen. Jede Minute zählt." Roberto schluckte. Dann nickte er.

„Vermeidet unnötigen Lärm", sagte er. „Trotz des Chlorosomniums können die Hunde euch sehen und hören. Sie halten euch zwar für nicht existent, sobald sie keinen Geruch feststellen können, aber möglicherweise kommen sie angelaufen oder bellen."

„Also dann", sagte ich. Nachdem ich mich ein weiteres Mal vergewissert hatte, dass der Wachmann weitergegangen war, stellten wir uns in einer Reihe auf und hielten den Lumpen über unsere Köpfe. So verließen wir die Hütte.

„Nach links", zischte Uther. So schnell wir konnten, bewegten wir uns vorwärts. Binnen weniger Augenblicke hatte der

Regen die Decke durchnässt. Schwere Tropfen fielen auf unsere Köpfe und Schultern. Mehrmals peitschten Windböen den Regen von der Seite. Aus der Dunkelheit löste sich ein quaderförmiges Objekt: Eine Hundehütte. Ein Rottweiler streckte seinen Kopf ins Freie und blickte uns nach.

„Wie weit ist es noch?", zischte ich nach hinten.

„Wir müssten gleich da sein", murmelte Uther. „Hier war es doch irgendwo …" Es sei denn, sie haben auch dieses Fenster vergittert, schoss es mir durch den Kopf. Wieder blitzte es.

„Dort!", flüsterte Uther aufgeregt. Auch ich hatte es gesehen. Ein unvergittertes Fenster. Und dem gegenüber eine weitere Hundehütte.

„Wartet", flüsterte ich, sobald wir dort angelangt waren. Ich kletterte auf das Fensterbrett. Unter dem Fenstersturz war es halbwegs trocken. Erst jetzt bemerkte ich, dass das Fenster Vorhänge hatte. Durch den Spalt glomm ein gelbes Licht.

„Beeil dich", flüsterte Roberto. Ein Blick über die Schulter verriet mir, dass der Rottweiler die Hundehütte verlassen hatte und zu uns gelaufen kam. Ich zog ein Messer und steckte es zwischen Rahmen und Maueröffnung. Es war kein gut gesichertes Fenster. Schon nach wenigen Sekunden brach die untere Hälfte auf. Als ich mich jedoch daranmachte, die obere Hälfte zu öffnen, blitzte es mehrmals, direkt gefolgt vom Donner. Das Messer verrutschte und fiel klirrend auf die Fensterbank. Hinter mir ertönte ein Knurren. Ich zwang mich zur Ruhe und bückte mich nach der Klinge.

„Wie lange dauert das noch?", fluchte Uther. In diesem Moment knackte es, und das Fenster schwang auf.

„Los jetzt", zischte ich und reichte Uther die Hand. Ich zog ihn aufs Fensterbrett und er sprang durch den Spalt in den Vorhängen in den Kontrollraum. Der Rottweiler fing an zu bellen. Seine Haltung ließ erkennen, dass er Roberto gleich anfallen würde. Ich sprang hinab und zog meine Machete. Ohne zu zögern trieb ich sie in den Schädel des Hundes. Winselnd verendete das Tier. Entsetzt starrte Roberto auf das Blut, das sich mit dem Regen vermischte und in Strömen über den Hundeleib floss.

„Rein mit dir“, flüsterte ich. Das schien den Izzianer daran zu erinnern, wo er war. In einer fließenden Bewegung zog er sich aufs Fensterbrett und verschwand im Innern des Kontrollraums. Ich breitete unsere Decke über dem Kadaver aus und folgte ihm. Drinnen schloss ich das Fenster.

„Zieh die Vorhänge zu“, flüsterte Uther.

„Wir haben vielleicht noch eine halbe Stunde“, sagte ich. „Maximal eine Stunde.“

„Was?!“

„Ich musste den Hund töten“, entgegnete ich. „Die nächste Patrouille wird den Kadaver finden. Wenn nicht die auf der Mauer, dann die auf dem Gelände.“ Uther fluchte. Ich blickte mich um. Bis auf einen Schrank und eine Konsole, die eine Wand für sich beanspruchte, war der Raum leer. Das gelbe Licht rührte von mehreren Glühbirnen her, die aus dem Steuerpult ragten. In einer Ecke waren die Worte *Hazelwood Industries* in die Messingoberfläche eingeschlagen.

„Was ist das?“, fragte ich und nickte zu der Konsole.

„Es ist die Steuerung für die Türöffnungen“, sagte Uther und wies auf das Pult. „Die Hebel schalten hydraulische Ventile. Eine brennende Glühbirne zeigt an, dass die Türen verschlossen sind.“

„Woher wissen wir, welcher Hebel welche Tür öffnet?“, fragte ich.

„Sieh genau hin“, sagte Uther. „Auf dem Pult befindet sich der Gebäudegrundriss des Erdgeschosses. Jedes Stockwerk hat sechs Flure, die mit den Buchstaben A bis F gekennzeichnet sind. Wenn beispielsweise diese Glühbirne erlischt …“, er tippte gegen eine der Glaskugeln, „… öffnen sich die Türen von Flur A. Die Hebel sind entsprechend beschriftet.“

„Es öffnen sich *alle* Türen?“

Uther schüttelte den Kopf. „Im Erdgeschoss ja. Im ersten und zweiten Stockwerk sind die Türen zusätzlich durch ein Schloss gesichert."

„Wieso?", fragte Roberto.

„Weil die Insassen im ersten Stockwerk gefährlich sind." Uther feixte. „Im zweiten Stockwerk sitzen die richtig Geisteskranken."

„In welchem Flur ist … meine Schwester?" Beinahe hätte ich sie bei ihrem Namen genannt.

„Sie ist im ersten Stockwerk", sagte Uther. Ich hob die Brauen. Uther zuckte die Achseln und fügte hinzu: „Sie scheint etwas angestellt zu haben. Vielleicht war das Erdgeschoss auch nur überbelegt."

„Kennst du das genaue Zimmer?" Uther schüttelte den Kopf.

„Also müssen wir die Flure ablaufen", sagte Roberto.

„*Wir*", sagte Uther und deutete auf sich und auf mich. „*Du* nicht. Jemand muss hierbleiben und unseren Rückweg sichern."

„Was meinst du?", fragte ich forsch.

„Die Treppen zum nächsten Stockwerk werden jeweils durch ein Gitter versperrt", sagte Uther und tippte gegen eine rote Glühbirne auf der Konsole. „Wir können sie von hier aus öffnen. Aber wenn jemand den Kontrollraum betritt und sie schließt, während wir oben sind, sitzen wir in der Falle."

„Und wieso sollte *ich* hierbleiben?", fragte Roberto.

Uther feixte. „Weil ihr mir nicht vertraut. Und weil der da …", er nickte zu mir, „… sicherlich selbst nach seiner Schwester suchen will."

„Das ist doch …"

„Ruhe", zischte ich. „Ich glaube, ich höre jemanden." Roberto und Uther verstummten. Schritte näherten sich der Tür. Stumm bedeutete ich den anderen, sich zu verstecken. Roberto stellte sich neben den Schrank. Uther und ich traten hinter die Vorhänge. Die Tür schwang auf und jemand betrat das Zimmer. Der Wachmann pfiff leise vor sich hin. Ich hielt den Atem an. Beim nächsten Wetterleuchten würden meine und Uthers Umrisse hinter den Vorhängen sichtbar sein. Ob unsere Füße herausragten? Ich wagte nicht einmal, nach unten zu blicken. Ein Füllfederhalter kratzte über ein Blatt Papier. Der Wachmann murmelte. Dann blitzte es mehrmals. Ich schloss die Augen und betete, dass er nur auf seine Notiz blickte. Schritte ertönten und der Schrank wurde geöffnet. Ich spannte meine Muskeln. Jeden Augenblick rechnete ich mit einem überraschten Aufschrei. Ich war bereit, vorzustürmen und ihn nach bester Auftragsmördermanier zum Schweigen zu bringen, ehe er Alarm schlagen konnte. Papier raschelte. Dann schloss er den Schrank wieder. Pfeifend verließ er das Zimmer. Die Tür fiel hinter ihm ins Schloss. Mehrere geschlagene Minuten lang verharrten wir in unseren Verstecken. Schließlich wagte ich mich als Erster hervor. Ich ging zum Schrank und öffnete ihn.

„Was hat er aufgeschrieben?“, flüsterte ich.

„Dort“, sagte Roberto und deutete auf eine Mappe aus braunem Papier. „Sie lag vorhin auf der Konsole.“

„Gutes Gedächtnis.“ Ich nahm die Mappe und schlug sie auf. „Er hat den Zustand der Konsole notiert.“ Ich sah nacheinander in die Gesichter der anderen. „Jemand muss das Tor schließen, sobald die anderen beiden oben sind. Sonst wissen sie, dass wir hier sind.“ Uther und ich sahen zu Roberto.

„Unsinn“, flüsterte Roberto kopfschüttelnd. „Uns bleiben höchstens fünfzig Minuten, bis sie den Hundekadaver finden. Wann wird schon das nächste Mal jemand diesen Kontrollraum überprüfen?“

„Laut dieser Liste in einer halben Stunde“, sagte ich und tippte auf das Papier. „Zwanzig Minuten können alles entscheiden.“

„Ich bin nicht euer Komplize“, zischte Roberto, „sondern aus eigenen Interessen hier. Der Deal war, dass du dich dem Süchtigen zeigst.“

„Jasper ist für mich gestorben“, fauchte ich und ballte die Hände zu Fäusten. „Deine Paranoia bezüglich meiner Person sind mir scheißegal. Er hat sein Leben für *mich* gegeben. Wir suchen zuerst meine Schwester. Ich bringe sie hierher. Wenn dann noch Zeit bleibt, gehen wir nochmal hoch und suchen den Süchtigen. Sie und Uther würden uns den Rückweg sichern. Ob das gelingt, hängt davon ab, wie viel Zeit wir noch vertrödeln." Dass ich Uther töten würde, sobald ich meine Schwester gefunden hatte, behielt ich für mich. Roberto knirschte mit den Zähnen. Dann nickte er widerwillig.

„Also dann", sagte ich, trat vor die Konsole und betrachtete den Grundriss. „Der Weg ist nicht weit. In einer Minute legst du den Hebel um. Lass das Tor eine weitere Minute geöffnet und schließe es dann wieder." Roberto nickte abermals. Seine Miene blieb verschlossen.

„Wenn du uns etwas mitteilen willst, schicke uns eine Nachricht per Rohrpost", sagte Uther.

„Wie soll das gehen?"

„Sieh mal." Uther nahm ein zylinderförmiges Gefäß aus dem Schrank und ging zur Konsole. „Du legst etwas in diese Büchse und steckst sie in das Loch hier. Mit dem Hebel stellst du den Zielort ein." Er zog an einem Hebel und nacheinander leuchteten auf der Konsole die Worte *Kontrollraum: Erdgeschoss, Kontrollraum: erster Stock* und *Kontrollraum: zweiter Stock* auf. „Dann ziehst du an diesem Hebel und ab die Post."

„Es gibt auch einen Kontrollraum im Keller?", fragte ich mit Blick auf die unterste Schaltstellung des Hebels. Uther nickte. „Was ist dort?"

Der kleine Mann zögerte. „Ich weiß nicht. Angeblich Doktor Schwarzbergs misslungene Experimente. Aber das sind nur Gerüchte."

„Ihr solltet jetzt gehen", sagte Roberto. „Es bleibt nicht viel Zeit." Ich nickte ihm zu. Dann ging ich zur Tür und öffnete sie einen Spalt breit. Vergewisserte mich, dass die Luft rein war, und sah zu Roberto. *Eine Minute,* formten meine Lippen. Dann bedeutete ich Uther, mir zu folgen. Wir traten hinaus auf den

Flur und setzten uns nahezu lautlos in Bewegung. Das Rauschen des Regens schien aus weiter Ferne zu kommen, dann und wann unterbrochen vom Grollen des Donners. Ein fader Geruch hing in der Luft. Eine Mischung aus Iod und Waschsoda. Zu unser beider Seiten führten in regelmäßigen Abständen Durchgänge in die Zimmer der Patienten. Sie sahen alle gleich aus: ein Bett, in dem ein Insasse schlief, eine Kleidertruhe am Fußende und ein kleiner Tisch samt Stuhl unterm Fenster. Statt einer Tür versperrte ein verschiebbares Gitter den Einlass. An der Decke des Flurs verliefen dünne Kupferrohre, die auf Höhe jeder Tür zu einem Zylinder abzweigten.

„Warte mal", flüsterte ich, nachdem wir etwa die Hälfte des Weges zurückgelegt hatten, und hielt Uther mit vorgestrecktem Arm zurück. Als ich ihn berührte, zuckte er zusammen. Er öffnete den Mund, wohl um eine Beleidigung zu zischen. Ich legte einen Finger auf die Lippen und wies kopfnickend auf den kreuzenden Flur vor uns. Schritte näherten sich von rechts. Ich drückte mich mit dem Rücken gegen die Wand und bedeutete Uther, es mir gleichzutun. Sekunden später trat ein Mann auf die Kreuzung. Ich legte die Hand auf den Griff meines Messers. Noch hatte er uns nicht gesehen. Der Mann blieb stehen. Ein Zündholz flammte auf, und er hüllte seinen Kopf in Rauch. Beißender Tabakgeruch stieg uns in die Nase. Der Mann ließ seufzend einen Rauchstrom aus Nase und Mund entweichen; dann setzte er seinen Weg fort, ohne sich noch einmal umzudrehen. Noch bevor er hinter der nächsten Biegung verschwunden war, überquerten Uther und ich die Kreuzung.

„Beeilung", flüsterte ich. „Uns bleiben höchstens dreißig Sekunden." Wir rannten bis zum Ende des Flurs und wandten uns nach rechts. In dem Moment, da ich den Durchgang zum Treppenhaus sah, setzte sich das Gitter in Bewegung.

„Los doch", zischte ich. Allein hätte ich es zweifellos geschafft. Aber unter keinen Umständen wollte ich dieses Gitter zwischen mich und Uther geraten lassen. Der kleine, pummelige Mann schnaufte wie eine Dampflok. Ich stürmte voraus, stellte mich zwischen Wand und Tor und stemmte mich mit aller Macht dagegen. Die Bewegung verlangsamte sich minimal.

„Ich bin da", keuchte Uther und erschien an meiner Seite. Ich fasste sein Handgelenk, betrat das Treppenhaus und zog ihn unsanft durch den schrumpfenden Spalt. Dabei stieß er sich die Nase am Tor. Uther verzog das Gesicht vor Wut und Schmerz. Ich legte einen Finger auf die Lippen, wobei ich ein genugtuendes Lächeln nicht unterdrücken konnte. Nun, eigentlich *wollte* ich es nicht unterdrücken. Uthers Augen funkelten vor Hass, während er aus der Nase in seinen Ärmel blutete. Doch er blieb stumm. Mein Blick fiel auf einen Hebel, der auf Höhe des ersten Treppenabsatzes aus der Wand ragte.

„Wozu ist der gut?"

Uther zuckte gereizt mit den Schultern. „Was weiß ich? Vielleicht lässt sich die Toröffnung auch von hier steuern." Kurzentschlossen zog ich daran. Nichts geschah. „Vielleicht ist es auch eine zusätzliche Sicherheit. Man kann das Tor von hier schließen, aber nicht öffnen. Ist doch egal. Wir müssen weiter." Wir stiegen die Treppen empor in den ersten Stock. Auch hier versperrte ein Gitter den Zugang zum nächsten Stockwerk. Wir verließen das Treppenhaus. Uther wandte sich nach rechts und wir folgten dem Flur bis zum Ende. Wandten uns nach links und betraten einen weiteren Flur, der durch ein großes Schild an der Wand als Flur A gekennzeichnet wurde. Links von uns befanden sich abermals Durchgänge zu den Zellen der Insassen, rechts reihten sich Arkadenfenster aneinander. Wir gingen langsamer, während ich in jede einzelne Zelle spähte. Mein Herz schlug schmerzhaft schnell. Die Sehnsucht nach Emily, die ich so lange verloren geglaubt hatte, schwoll jetzt, da ich kurz davor war, sie wiederzusehen, an wie ein Ballon. Emily, die mir immer durchs Haar gestrichen hatte. Die mich beschützt hatte, wenn ich nach einem Albtraum zu ihr ins Bett gekrochen war. Die mir wie eine Mutter gewesen war. Meine Augen brannten.

Ich wusste, wenn ich sie nur sah, würde alles wieder gut werden. Alles, was geschehen war – der Unterrumpf, die Piraten, die Morde –, würde ungeschehen werden. Würden verrauchen wie das Gefühlsecho eines Albtraums unter der Bettdecke der großen Schwester. Wenn sie mich nur in die Arme schließen konnte. Wenn ich nur ihren Namen schluchzen konnte.

Ich hatte Emily seit mindestens sechs Jahren nicht gesehen, aber ich wusste, wenn ich ihr gegenüberstand, würde ich sie auf der Stelle wiedererkennen. Die meisten Insassen konnte ich ohnehin auf den ersten Blick ausschließen. Entweder waren sie männlich, deutlich älter oder blond. Einmal musste ich warten, bis das Wetterleuchten die Zelle erhellte, ehe ich mir sicher war. Im ersten Stock schlief nur etwa die Hälfte der Menschen. Außerdem trugen viele Zwangsjacken. Ein glatzköpfiger Mann saß auf seinem Stuhl und schlug immer wieder seinen Kopf gegen die Tischplatte. Ein anderer Mann war an sein Bett gefesselt und geknebelt worden. Bei jedem Wetterleuchten zerrte er an seinen Riemen und stieß gedämpfte Schreie aus. Eine Frau stand mit leerem Blick vor der blanken Wand und zog Kreise mit ihrem Finger. Keiner schien Notiz von uns zu nehmen. Wir erreichten das Ende von Flur A, bogen zwei Mal links ab und gingen in umgekehrter Richtung durch Flur B zurück.

„Das ist der Kontrollraum“, flüsterte Uther auf halber Höhe. „Ich sehe nach, ob dieser Roberto uns eine Nachricht geschickt hat.“ Kurze Zeit später kam er wieder heraus und schüttelte den Kopf. Wir gingen weiter. Mit jeder Zelle, in der Emily nicht war, wurde ich unruhiger. Am Ende von Flur B angelangt, bog ich rechts ab. Ich fuhr mir mit der Hand durchs Haar, in Gedanken bei Emilys Gesichtsausdruck, wenn sie mich sähe. Ich konzentrierte mich so sehr darauf, dass ich nicht einmal bemerkte, wie wir das Treppenhaus passierten. Bemerkte nicht, dass das Tor zum zweiten Stock nun einen Spalt breit aufstand.

„Ich nehme an, das Gebäude ist symmetrisch aufgebaut?“, fragte ich Uther, als ich Flur C betrat. „Die Flure D bis F befinden sich gegenüber?" Der kleine Mann antwortete nicht. In dem Moment, da ich mich umwandte und feststellte, dass er nicht mehr hinter mir war, ertönte ein Scharren wie von Metall auf steinernem Boden. Von dort, wo ich stand, sah ich nur seine Hand, die auf einem Hebel ruhte, der auch hier auf Höhe des ersten Treppenabsatzes aus der Wand ragte. Ich lief zurück. Im Rennen zog ich mein Messer zum Wurf. Als ich das Tor erreichte, sah ich gerade noch, wie Uther hinter dem zweiten Treppenabsatz, der nach oben führte, in Deckung ging.

„Was hast du vor, Uther?", knurrte ich.

„Das wirst du gleich erfahren." Ihm war anzuhören, dass er zufrieden grinste. „Aber bevor ich tue, weswegen ich hier bin, möchte ich, dass du etwas weißt." Offenbar bebte er vor unterdrücktem Lachen. „Ich ha-habe es gewusst. Ich habe gewusst, dass der Letzte, der durch den Spiegel geht, sterben würde. Es war bei meiner Flucht nicht anders. Der Spiegel fordert immer ein Opfer." Einen Moment lang herrschte Stille, während Uther scheinbar darum rang, nicht laut loszulachen. „Ich hätte nicht gedacht, dass du freiwillig den Abschluss bilden würdest, Godric End." Er wusste also, wer ich war. „Ich dachte schon, wir würden die Aktion abbrechen müssen. Aber dann hat dieser Idiot von einem Izzianer sich für dich geopfert." Er lachte lautlos. Lachte wie ein Irrer. Glühender Hass stieg wie heiße Lava in mir auf. Ich wandte mich um und rannte den Flur zurück zum Kontrollraum. Uther würde nicht weit kommen. Ich packte den Hebel, der das Tor zur Treppe öffnete. Er klemmte. Ich hieb mit beiden Fäusten auf die Messingoberfläche der Konsole. Das also hatte Uther wirklich getan, als er vermeintlich nachgesehen hatte, ob Roberto uns eine Nachricht geschickt hatte. Erst da bemerkte ich, dass tatsächlich eine Nachricht per Rohrpost gekommen war. Ich nahm die Büchse heraus und öffnete sie. Darin lag eine Seite, die Roberto aus einer Mappe aus dem Schrank genommen haben mochte. Sie trug die Überschrift *Waschtag*. Vielleicht eine Seite aus einem Reglement? Roberto hatte einen Absatz mit einem Stift umkreist.

Die Vorbereitungen für den Waschtag sowie die Vorgehensweise am Waschtag müssen mit größter Sorgfalt getroffen werden. Die Zellen werden am Vorabend aufgeschlossen. Sonnnachts nach dem Frühstück werden die Flure nacheinander in der unten aufgeführten Reihenfolge geöffnet, und die Patienten zum Waschsalon geführt. Wichtiger Hinweis: Patienten aus der ersten und zweiten Etage müssen je nach geistigem Zustand zunächst sediert werden. Um zu vermeiden, dass die Patienten die Medikamente ohne Wissen der Aufseher nicht schlucken, werden sie dem Frühstück beigemengt.

Darunter stand hastig hingekritzelt: *Morgen ist Waschtag!!!* Ich ließ den Blick über die Konsole schweifen. Ich konnte also mit wenigen Handgriffen die Insassen des gesamten ersten Stocks befreien. Ob Uther das gewusst hatte? Bei dem Gedanken an ihn flammte wieder die Wut in mir auf. Ich besann mich zur Ruhe. Ich konnte versuchen, den Hebel zu reparieren. Aber vielleicht war es klüger, die Suche nach Emily fortzusetzen. Uther war jetzt im zweiten Stock. Er konnte mir nicht entwischen und obwohl ich ein ungutes Gefühl hatte, gab es keinen Grund anzunehmen, dass sein Vorhaben sich gegen mich richtete. Immerhin kannten wir uns geradem al seit wenigen Stunden.

Ich verließ den Kontrollraum und kehrte in Flur C zurück. Auch hier war Emily nicht. Ich betrat Flur D. Im dritten Zimmer, in das ich spähte, sah ich den wohl bislang merkwürdigsten Insassen. Er saß an seinem Tisch und kritzelte auf dem obersten Blatt eines ganzen Stapels Papier. Auf dem Boden und dem Bett verstreut lagen kindhafte Zeichnungen. Immer wieder dasselbe Strichmännchen mit übermäßig langen Armen und Beinen. Außerdem auch gewöhnliche Strichmännchen, über denen ein Kreuz schwebte. Ich wandte mich um und blickte in das gegenüberliegende Zimmer. Mein Herzschlag beschleunigte sich. Im Bett schlief eine junge Frau. Sie lag auf der Seite, sodass nur ihr glänzend schwarzes Haar zu sehen war. Ich trat vor das Gitter.

„Emily", zischte ich. Die junge Frau rührte sich nicht. „Emily!" Meine Hände begannen zu zittern. War sie es? „Wach auf. Bitte, wach auf."

„Sagtest du gerade Emily?" Ich wandte mich um. Der Insasse, der vor wenigen Augenblicken noch an seinem Schreibtisch gesessen und emsig gezeichnet hatte, stand nun im Durchgang seines Zimmers und umklammerte die Gitterstäbe. „Kennst du sie?" Ich musterte ihn. Er war jung und schlank und abgesehen von einer langen Narbe, die sein Gesicht teilte, sah er normal aus.

Er nickte. „Ist sie das?", fragte ich und deutete in die gegenüberliegende Zelle. Der Patient fing an zu zittern. Er trat zurück und fing an, wahllos Zettel zusammen zu klauben. „Kannst du ihr das hier geben?", fragte er, ohne auf meine Frage einzugehen. Er faltete einen Stapel Papier zusammen und reichte ihn mir durch die Gitterstäbe. Ich nahm die Seiten kommentarlos entgegen und sah den Patienten fragend an. Als er keine Erklärung von sich gab, steckte ich sie in meine Hosentasche. Es hatte offenbar keinen Sinn, ihn irgendwas zu fragen. Vermutlich kannte er Emily nicht einmal wirklich.

„Bist du es?", fragte jemand hinter mir. Die Insassin war aufgewacht. Ich wandte mich um und blickte in ein vertrautes Gesicht. Ein Gesicht, das nicht das meiner Schwester war.

„Rocío?" Damons Vertraute lächelte und das Mosaik aus Recht- und Dreiecken gestaltete ihr Antlitz neu. „Was tust du hier?"

„Meinen Vorrat an Alchemiezutaten auffüllen", entgegnete sie so nebensächlich, als wäre sie nicht in einer Zelle eingesperrt. „Damon braucht …" Sie verstummte. Ich wartete mit hochgezogenen Brauen, aber Rocío schwieg.

„Du suchst in einer Nervenheilanstalt nach Alchemiezutaten?", forschte ich nach.

„Es gibt ein Labor", sagte sie. „Sie stellen ihre Medikamente selbst her."

„Und wie kommst du voran?“, fragte ich mit spöttischem Blick auf ihr weißes Nachtgewand.

„Lass den Unsinn“, zischte sie. „Hol mich hier raus.“

„Ich wäre schön blöd jemanden zu befreien, der eine Puppe hat, die mich töten kann“, sagte ich kühl.

„Ich gebe dir diese Puppe, wenn du mich rausholst“, entgegnete sie verzweifelt.

„Abgemacht.“ Im nächsten Moment öffneten sich die Tore aller Zellen im Flur. Der Mann hinter mir gab einen erschrockenen Laut von sich, floh hinters Bett und fing leise an zu wimmern. Rocío überwand die Überraschung als Erste.

„Der Deal ist soeben geplatzt“, sagte sie mit einem zuckrigen Lächeln auf den Lippen und entschwebte der Zelle. Ich blieb ihr eine Erwiderung schuldig.

„Wer hat die Tore geöffnet?“, flüsterte ich. Konnte Uther es getan haben? Er war im zweiten Stock. Hatte er von dort Zugriff auf die Steuerung im Stockwerk darunter? Ich verließ Flur D und kehrte in den Kontrollraum zurück. Rocío folgte mir. Noch hatte niemand außer ihr seine Zelle verlassen, soweit ich das beurteilen konnte. Vermutlich schliefen die meisten. Als ich den Raum betrat, sah ich sofort, dass etwas nicht stimmte. Alle Glühbirnen waren erloschen. Dafür leuchtete eine Reihe roter Lichter am oberen Rand der Konsole. Darunter die Worte *Außer Betrieb*. In diesem Moment erschien eine Büchse im Rohrpostschacht. Ich nahm sie heraus und las Robertos hastig gekritzelte Nachricht: *Konsole ausgefallen. Alle Tore haben sich geöffnet.*

„Im Erdgeschoss ist es genauso“, sagte ich leise und fügte in Gedanken hinzu: Und im Keller vermutlich auch. Ich dachte an Uthers Worte – *Angeblich sind dort Doktor Schwarzbergs misslungene Experimente* – und biss mir auf die Lippe. Der kleine Mistkerl hatte allein bei dem Gedanken an das, was im Keller lauern mochte, ausgesehen, als ob ihm übel werden würde. Mein Blick fiel auf die Glühbirne, die das Tor zum zweiten Stock markierte. Auch sie war verloschen. Ob der Zugang nun frei war? Aus dem

Erdgeschoss tönten Rufe. Dann Schritte auf der Treppe. Natürlich hatte das, was passiert war, die Wachmänner alarmiert. Ich musste Emily finden, bevor Chaos ausbrach.

„Wohin gehst du?", fragte Rocío, als ich den Kontrollraum verließ.

„Ich werde Doktor Schwarzberg selbst fragen, wo Emily ist", knurrte ich und zog meine Machete.

„Emily?", fragte Rocío, während sie sich bemühte, mit mir Schritt zu halten.

„Meine Schwester."

Als wir das Treppenhaus erreichten, kamen drei bewaffnete Wachmänner die Treppen hinaufgestürmt. Sie beachteten uns nicht und rannten weiter in den zweiten Stock. Vermutlich hielten sie uns für Patienten.

„Du solltest besser von hier verschwinden", sagte ich, als Rocío Anstalten machte, mir zu folgen.

Die Südländerin schnaubte. „Meine Tasche ist noch irgendwo hier. Vermutlich im Westturm. Es befinden sich Tränke darin, die besser nicht in falsche Hände geraten."

Ich zuckte die Achseln und ging voraus, den Wachleuten folgend. Auf halber Höhe hörten wir Schüsse. Männer, die wild durcheinanderriefen. Dann verwandelten sich ihre Rufe in Schmerzensschreie. Sekunden später kehrte Stille ein. Wir wechselten einen Blick und legten den Rest des Weges zurück – darum bemüht, keinen Laut von uns zu geben. Wir verließen das Treppenhaus und blickten in Flur C des zweiten Stocks. Die Wachmänner waren tot. Ihre Leiber mit Stichwunden übersät. Ihre Gliedmaßen verdreht und gebrochen. Eine Blutspur zeugte davon, dass jemand schwer verletzt über den Boden geschleift worden war. Es donnerte und mehrere Blitze erhellten die Szene. Ich stand einen Moment lang reglos da. Dann donnerte es wieder, lauter als zuvor. Der Schreck zwang Rocíos Stolz in die Knie. Plötzlich war sie direkt neben mir und klammerte sich an meinen Arm. Der Regen schien einen Moment lang stärker zu strömen.

„Wie konnten sie sie so zurichten?", flüsterte sie entsetzt. „Und sieh nur! Es gibt keinen einzigen toten Patienten. Wir haben doch Schüsse gehört."

„Sie haben ihre Toten fortgebracht", sagte ich und deutete auf die Blutspur. Ich zog meine Machete und wandte mich nach rechts, fort von den Leichen.

„Warte", flüsterte Rocío. „Lass mich nicht allein. Du musst mir helfen, meine Tasche zu finden."

„Einen Scheiß muss ich."

„Darin sind Tränke, die uns sehr nützlich sein können", entgegnete Rocío.

„Ich brauche deine Tränke nicht." In diesem Moment trat ein Mann hinter der nächsten Biegung in wenigen Schritten Entfernung hervor. In der Hand hielt er einen Holzsplitter, den er aus seinem Bett gebrochen haben mochte. Seine Miene, wenngleich ausdruckslos, ließ keinen Zweifel, dass er entschlossen war, zu töten. Ihm folgten zwei weitere Männer. Der eine mit einer Holzlatte bewaffnet, der andere so groß und muskulös, dass er keine Waffe zu benötigen schien. Der Erste holte aus und schlug nach mir. Rocío keuchte. Ich blockte den Angriff mit der Machete, doch die Klinge blieb im Holz stecken. Ich trat meinem Gegner vor die Brust, und er ließ seine Waffe los. Zog die Machete aus dem Holz und stieß sie dem Zweiten, der soeben mit der Latte ausholte, in den Rachen. Im nächsten Moment sah ich die Faust des Riesen auf mich zufliegen. Ich ließ die Machete in dem Mann stecken und drehte mich weg, konnte aber nicht verhindern, dass er mein Gesicht streifte. Ich ignorierte den Schmerz und ließ meinerseits die Faust gegen das Kinn meines Gegners krachen. Das handelte mir schmerzende Fingerknöchel ein, schien den Riesen allerdings kalt zu lassen. Er legte seine Arme in täuschend liebevoller Geste um mich. Dann hob er mich hoch und drückte zu. Die Luft wich aus meinen Lungen. Ich spannte meine Körpermitte an. Hoffte, dass er mir nicht alle Rippen brechen würde. Indessen tastete ich nach dem Griff meiner Pistole. Es gelang mir, sie aus dem Holster zu ziehen. Ich richtete ihren Lauf auf den Fuß meines Gegners und zog den Abzug durch. Der Knall war ohrenbetäubend. Beißender Schwefelgeruch stieg mir in die Nase. Der dumpfe Aufschlag des Projektils verriet mir, dass ich getroffen hatte. Der Riese grunzte. Dann drückte er noch fester zu. Ich spürte, wie der letzte Rest Luft aus meinen Lungen gepresst wurde. Wie meine Rippen sich bogen, bis sie zum Zerreißen gespannt waren. Ich knurrte. Reckte den Hals und grub meine Zähne in die Halsschlagader meines Gegners. Warmes Blut spritzte mir über das Gesicht, als ich meinen Kiefer schloss. Wieder grunzte der Riese. Dann lockerte sich sein Griff. Ich schob ihn von mir, richtete die Pistole auf seine Stirn und feuerte. Der Riese stürzte wie ein gefällter Baum. Ich wandte mich um. Der letzte verbleibende Gegner - der, der anfangs mit einem gesplitterten Stück Holz auf mich losgegangen war - stand jetzt über Rocío. Ihre Knie hatten offenbar nachgegeben. Der Mann hatte ihren schlanken Hals mit beiden Händen umfasst und scherte sich einen Dreck darum, dass sie sein Gesicht zerkratzte. Noch immer war seine Miene leer. Ich zog die Machete aus dem Toten und eilte zu ihnen. Griff in das Haar des Verrückten, riss seinen Kopf zurück und zog die Machete über seinen Hals. Blut sprenkelte über Rocíos weißes Nachthemd. Der Mann ließ sie los. Ich zog ihn von ihr herunter und stieß ihm die Machete durchs Herz.

„Bei Lotin", stammelte Rocío. „Bei Tyr, Ea, Stahl und allen zwölf Wächtern." Sie starrte mich an, während ich mir das Blut aus dem Gesicht wischte. „Du hast ihm in den Hals gebissen!"

„Ich habe schon Schlimmeres getan", sagte ich. „Wir sollten uns beeilen."

Als wir Flur B passierten, vernahmen wir ein Schluchzen. Auf halber Höhe des Gangs hockte ein Mädchen. Das schwarze, verfilzte Haar verbarg ihr Gesicht wie ein Vorhang. Wieder schluchzte sie und die Haare in meinem Nacken stellten sich auf.

„Sollten wir ihr helfen?", flüsterte Rocío. Ich musterte das Mädchen. Bildete ich es mir nur ein oder funkelte sie uns durch den Vorhang aus Haaren hindurch an? Ich ließ den Blick durch die Zellen schweifen. Bemerkte den Zipfel eines Hosenbeines von jemandem, der neben einem Durchgang lauerte. Sah einen Patienten in seinem Bett, der schlief oder vielleicht auch nur so tat.

„Es ist eine Falle", sagte ich. Eine Falle für Menschen, die Mitleid kannten. „Hier entlang." Wir erreichten Flur A und wandten uns nach rechts. Traten durch einen Durchgang und fanden uns in Flur F wieder. Misstrauisch behielt ich jede Zelle im Blick, während wir vorbeigingen. Die Blitze warfen gleißende Muster durch die Arkadenfenster. Die meisten Patienten waren vom Kampfeslärm geweckt worden. Immer noch hatten nur wenige ihre Zellen verlassen. Ich versuchte, zu erahnen, was in ihren Köpfen vorging. Doch ich konnte in ihren Mienen nicht lesen, hatte der Wahnsinn doch die Zeilen in ihren Gesichtern verrückt. Und wieder hörten wir Kampfeslärm. Schüsse und Schreie, gefolgt von Grabesstille. Wir traten durch eine Tür am Ende des Flurs und folgten einer Wendeltreppe dahinter nach oben. Zwei Stufen auf einmal nehmend, schraubte ich mich Windung um Windung höher. Rocío hatte Mühe, mit mir Schritt zu halten. Schließlich gelangten wir vor eine Tür. Blaues, flackerndes Licht drang unter dem Türspalt hervor. Ich sah zu Rocío und legte einen Finger auf die Lippen. Drückte die Türklinke herunter und öffnete sie einen Spalt breit. Der dahinterliegende Raum war rund. Der Geruch nach Iod sehr intensiv. In der Mitte war ein nackter Mann in einer mehr aufrechten denn liegenden Position mit Ledergurten an eine Bahre geschnallt. Er war ohnmächtig, vielleicht sogar tot. Das Kinn ruhte auf seiner Brust. Auf seine Stirn war eine dreieckige Rune tätowiert. Hinter ihm stand eine hochgewachsene Gestalt. Dem weißen Kittel nach zu urteilen, Doktor Schwarzberg persönlich. Er war schlank, hatte kurzes graues Haar und trug einen weißen Mundschutz. In seinen Händen lag ein Instrument, das einer überdimensionierten Spritze ähnelte. Der Zylinder enthielt etwas wie flüssige, elektrische Energie. Die Kanüle steckte im Nacken des Mannes und während er langsam den Kolben vorschob, flackerte die Flüssigkeit wie eine beschädigte Glühbirne. Ich glaubte, gedämpfte Schreie zu hören. Wagte es, die Tür ein kleines Stück weiter zu öffnen, und sah drei Gestalten am Boden. Eine von ihnen sträubte sich mit aller Kraft gegen die Fesseln, die ihre Hand- und Fußgelenke zusammenbanden. Ihre Schreie wurden von dem Knebel verschluckt. Die anderen beiden waren entweder starr vor Angst oder standen unter Drogen.

„Ruhig, Junge", sagte Doktor Schwarzberg leutselig, während er den letzten Rest der blauen Substanz in die Wirbelsäule seines Opfers injizierte. „Es bringt doch nichts." Er zog die Nadel heraus und wischte sie mit einem Tuch ab. Ich schob die Machete in meinen Gürtel und zog die Pistole. Dann stieß ich die Tür auf und richtete die Waffe auf den Anstaltsleiter. Der Mann hob den Blick. Wirkte überrascht, aber keinesfalls verängstigt.

„Wer sind Sie?", fragte er.

„Ich suche meine Schwester", sagte ich geradeheraus. „Sie ist Patientin in diesem Haus. Ihr Name ist Emily End. Wo ist sie?"

„Emily End", murmelte der Mann und legte die Stirn in Falten. „Emily … End. Dieser Name sagt mir etwas. Aber ja! Sie war die Erste, der es gelungen ist, zu entkommen. Sie ist geflohen, junger Mann, schon vor Monaten." Ich knirschte mit den Zähnen. Das einzig Gute an dieser Nachricht war, dass Emily demzufolge nicht der Gefahr ausgesetzt war, die von den Patienten ausging. Ich zog ein Messer, reichte es Rocío und bedeutete ihr, die Fesseln der Gefangenen zu lösen.

„Was weißt du über Emily?", fragte ich.

„Nichts", sagte Schwarzberg. „Ich war noch nicht der Leiter dieser Anstalt, als es passierte. Nach allem, was ich weiß, hat sie sich in Luft aufgelöst." Ich unterdrückte ein Seufzen.

„Was hast du mit ihm gemacht?“, fragte ich und nickte zu dem nackten Mann.

„Wieso sollte ich dir das verraten?“, fragte der Doktor.

„Wie bist du Doktor geworden?“, fragte ich spöttisch, trat vor und setzte ihm den Lauf der Pistole auf die Stirn. Schwarzberg jedoch blieb unbeeindruckt, soweit es sein Mundschutz erkennen ließ. Der nackte Mann stöhnte.

„Ist alles in Ordnung?“, fragte der Doktor besorgt, eilte zu ihm und fing an, die Gurte zu lösen. Im selben Moment ging etwas Merkwürdiges vor sich. Das Rauschen des Regens schien leiser zu werden. Ich blickte zum Fenster und stellte fest, dass es schwarz geworden war. Obwohl draußen rabenschwarze Nacht herrschte und drinnen eine Glühbirne brannte, reflektierte das Glas nichts von allem.

„Mein Kopf“, murmelte der Mann und fasste sich an die Stirn.

„Das ist normal am Anfang.“

„Bin ich ich? Oder bin ich er?“, murmelte der Nackte.

„Ich weiß, dass es jetzt noch verwirrend ist, aber ich kann Ihnen versichern, dass Sie Esper sind“, sagte der Doktor, während er den letzten Gurt um seine Körpermitte löste.

„Einen Spiegel“, verlangte der Mann. Der Doktor nickte und ging zu einem Schrank, der über einer Anrichte an der Wand befestigt war. Er schien vergessen zu haben, dass ich hier war und ihn mit einer Pistole bedrohte. Der Nackte wandte sich um und zum ersten Mal, seit er erwacht war, sah ich sein Gesicht. In dem Dreieck auf seiner Stirn hatte sich ein drittes, kreisrundes Auge aufgetan. Es blinzelte und leuchtete wie das Mondlicht. Für den kurzen Moment, da es zu mir blickte, hatte ich das Gefühl, vollkommen nackt zu sein. Ich sah zu Rocío, wie um mich zu vergewissern, dass auch sie es sah. Doch ihre Aufmerksamkeit galt etwas Anderem. Ich folgt ihrem Blick in den Schrank, den Schwarzberg soeben geöffnet hatte: eine unscheinbare Stofftasche. Rocíos Tasche? Auf der Innenseite der Schranktür befand sich ein Spiegel. In dem Augenblick, da das Glas auf mich gerichtet war, während Schwarzberg ihn zu dem Nackten herum schwang, traf mein Blick den meines Spiegelbildes. Es hob die Pistole. Doch schon im nächsten Moment war es fort. Der nackte Mann lächelte. Dort, wo sich sein Spiegelbild hätte befinden müssen, war niemand. „Ich bin ich", sagte er. „Ich bin Esper. Es ist so lange her. Ich war in der materiellen Welt und zugleich nicht." Der Doktor lächelte wissend. Indessen ließ Rocío von dem sich windenden Mann am Boden ab und ging zum Spiegelschrank. Dabei ließ sie Schwarzberg und seinen eigenartigen Patienten nicht aus den Augen. Die beiden hingegen behandelten sie wie Luft.

Esper blickte an sich hinab. „Wieso bin ich nackt?"

„Ich dachte, Sie wollen sich selbst einkleiden", entgegnete Schwarzberg.

Esper nickte. Dann deutete er auf das schwarze Fenster. Schatten lösten sich aus seiner Oberfläche, schlangen sich um seine Arme, legten sich um seinen Körper und materialisierten sich zu einem altmodischen Frack aus dunkelblauem Stoff mit goldenen Stickereien. Hätte er noch einen Zylinder gehabt, man hätte ihn für einen Duke halten können. Ich ließ die Waffe sinken. Rocío, die inzwischen ihre Tasche an sich genommen hatte, und der sich windende Gefangene am Boden rangen ebenfalls um Fassung.

„Mein Stab", sagte Esper und wieder löste sich die Dunkelheit aus dem Fenster und ein Gehstock, der in seinem Knauf einen mondsilbernen Stein fasste, materialisierte sich in Espers Hand. Dann sah er zum ersten Mal zu uns. „Wer sind die?"

„Ich kenne sie nicht", entgegnete Schwarzberg. Esper streckte seine freie Hand nach mir aus. Ich richtete die Pistole auf ihn. Im nächsten Moment schloss Esper die Hand zur Faust und mir war, als umfassten eiskalte Finger mein Herz. Die Pistole glitt mir aus der Hand. Meine Kehle schnürte sich zu und schwarze Punkte verdeckten meine Sicht. Ich ging auf die Knie. Weißes

Rauschen füllte meine Ohren. Rocío schrie wie aus weiter Ferne. Dann wurde es schwarz um mich.

Ich konnte nicht lange ohnmächtig gewesen sein. Als ich meine Augen öffnete, lag ich noch immer in Schwarzbergs Arbeitszimmer. Das erste, was ich sah, war eine Wand aus Eis, die den Raum in zwei Halbkreise teilte. Ich setzte mich auf und spürte einen stechenden Schmerz im Herzen. Ich stöhnte und griff mir an die Brust.

„Was ist passiert?", fragte ich heiser.

„Ich habe eine Eiswand gezogen", sagte Rocío, als wäre es das Natürlichste auf der Welt. Sie hockte neben dem letzten Gefangenen, der immer noch gefesselt und geknebelt war, aber aufgehört hatte zu schreien. Zum ersten Mal sah ich ihm ins Gesicht.

„Eagon", sagte ich. Der Junge nickte. Rocío schnitt seinen Knebel durch, und Eagon atmete auf.

„Er wollte mir seine Nadel in den Nacken bohren", jammerte er, während Rocío die Schnüre an seinen Händen und Füßen löste. Ich erhob mich und wieder spürte ich einen stechenden Schmerz in der Brust.

„Was ist das?", fragte ich und legte eine Hand auf die Eiswand.

„Ich habe doch gesagt, dass ich mächtige Tränke habe", entgegnete Rocío zufrieden lächelnd. Ich starrte sie an. Als sie keine Erklärung von sich gab, rief ich fassungslos: „Aber das ist unmöglich! Das ist Magie!"

„Alchemie", korrigierte Rocío und lächelte verhalten. „Die letzte Form der Zauberei, die uns noch geblieben ist. Die wahre Magie hat unsere Welt vor langer Zeit verlassen."

„Verlassen?", wiederholte ich um Fassung ringend. „Wenn das, was dieser Esper getan hat, keine Magie war, was war es dann?" Rocío schwieg. In ihren Augen spiegelte sich Ratlosigkeit. Einige Sekunden lang, während derer ich versuchte, ihre Worte zu verdauen, sagte keiner etwas. „Und der Doktor? Und Esper?", fragte ich schließlich.

„Sind gegangen." Rocío erschauerte. „Es schien ihnen egal zu sein, ob wir leben oder sterben."

„Wie kommen wir da durch?"

„Sie bricht irgendwann von selbst zusammen", meinte Rocío. Ich zog meine Machete und hieb probehalber mit dem Knauf gegen die Oberfläche. Dann trat ich einmal mit Wucht dagegen. Es knackte. Ein weiterer Tritt und ein spinnennetzartiges Muster durchzog die Wand. Der letzte Tritt brachte sie zum Einsturz. Mit einem letzten Blick auf die anderen beiden Gefangenen, die immer noch mit leerem Blick geradeaus starrten, verließen wir den Raum und folgten den Windungen der Wendeltreppe abwärts. Schon jetzt hörten wir, dass auf den Fluren Chaos herrschte. Man hörte Schüsse und Rufe. Irres Geschrei und Hundegebell.

„Zeigt keine Angst", zischte ich, als wir Flur F betraten. Deutlich mehr Patienten hatten inzwischen ihre Zellen verlassen. „Sie halten euch mit euren Kitteln für die Ihrigen. Und ich sehe auch nicht aus wie ein Wachmann." Trotzdem trafen mich viele durchdringende Blicke. Ich begegnete ihnen mit herausfordernd kühler Miene. Wir durchquerten unbeschadet Flur F, wandten uns nach links und betraten das Treppenhaus. Im Erdgeschoss angelangt hörten wir Stimmen, die aus dem Keller kamen. Ich glaubte, Esper zu hören. Ich legte einen Finger auf die Lippen und bedeutete den anderen zu warten.

„Du willst doch nicht da runter?", flüsterte Rocío mit aufgerissenen Augen.

„Ich will wissen, was das alles zu bedeuten hat."

„Weißt du nicht, was dort unten ist?", zischte Rocío. „Es heißt …"

„Schwarzbergs misslungene Experimente. Ja, ich kenne die Gerüchte. Ich bleibe nicht lange." Bevor Rocío ein weiteres Wort sagen konnte, wandte ich mich um und lief die Stufen hinab in die Dunkelheit. Im Keller musste ich nicht lange suchen. Esper stand in einem Kreis aus sechs Personen nicht weit vom Treppenhaus in einem der Flure. Schwarzberg war bei ihnen. Der Stein in Espers Gehstock tauchte die Szene in silbernes Mondlicht. Ich betrat den Flur. Uther hatte auch die Tore im Keller geöffnet. In der ersten Zelle, in die ich sah, war kein Patient. Sie war mit einem Regal ausgestattet, das bis unter die Decke reichte. Die Regalbretter waren bis auf das letzte mit Gläsern besetzt, in denen Augäpfel schwammen. Der Anblick ließ mich ein paar Sekunden lang erstarren. Ich hatte schon viel Grausamkeit erlebt, aber das hier war einfach nur krank. Ich zwang mich weiterzugehen. Ein Blick in die nächste Zelle verriet mir, dass Schwarzbergs misslungene Experimente durch zusätzliche Vorkehrungen gefangen gehalten wurden. Eiserne Schellen, die aus der Wand ragten, lagen um ihren Mund und ihre Körpermitte sowie um ihre Fuß- und Handgelenke. Außerdem hatte man ihre Augen verbunden. Oder, wie mir in diesem Moment klar wurde, die Stelle, an der einmal ihre Augen gewesen waren. Ich versuchte, nicht daran zu denken und stahl mich in eine der Zellen in Hörweite der Gruppe. Der Gefangene wandte mir den Kopf zu und verharrte reglos.

„Ich bleibe bei meinem Entschluss", sagte Esper soeben.

„Ihr verdankt dem Gott der Würmer, dass ihr wieder ihr selbst seid", sagte Schwarzberg. „Ihr steht in seiner Schuld."

„Gott der Würmer", höhnte Esper. „Er trägt seinen Spottnamen wie einen Titel. Er war einmal wer, aber das ist lange her. Man hat ihm die Flügel gestutzt. Er versteckt sich seit Jahrhunderten wie ein Feigling. Und du möchtest uns weismachen, dass er zurück ist?"

„So ein Pathos", pflichtete ihm einer der anderen bei.

„Von Zurück kann nicht die Rede sein", entgegnete Schwarzberg. „Er ist der Einzige, der nie fort war. Er ist immer da. Er lebt in den Schatten. Er wandelt auf der Straße, über der keine Sterne scheinen. Er sät seine Saat auf allen Kontinenten."

„Er hat verloren, als die Magie unsere Welt verließ", sagte eine Frau barsch.

„Er hat nicht verloren. Sein Sieg hat sich nur hinausgezögert. Er wird siegen! Auf allen Ebenen. Seine Augen sind überall. Sie sehen für ihn das, was kommen wird. Ja, Esper, du bist nicht der Einzige, der durch die Schleier der Zeit sieht." Einen kurzen Moment lang herrschte Schweigen. Ich wagte es, einen Blick um die Ecke zu werfen. Außer Esper und Schwarzberg waren dort drei weitere Männer und eine Frau. Einer von ihnen hatte langes weißes Haar, einen kurzen, ebenso weißen Bart und stand in einer Wolke aus schwarzen Schmetterlingen, wie es schien. Der nächste war schlank und fast so groß wie Schwarzberg. Er trug einen Kapuzenmantel und eine silberne Maske, die ein Gesicht zeigte, das weder Mund noch Augen hatte. Der Dritte war bis auf eine Hose nackt. Dafür umgab ihn ein Kranz blassblauen Feuers. Auf seiner Haut glommen silberne Runen. Er hatte kurzgeschorenes Haar und wirkte klein an der Seite des Mannes mit der silbernen Maske. Die Frau auf seiner anderen Seite war von gefährlicher Schönheit. Sie trug ein schwarzes seitlich geschlitztes Kleid und lange schwarze Handschuhe sowie dunklen Lippenstift. Ihr dunkles Haar fiel in Wellen herab und glänzte im Licht von Espers Gehstock. Um ihre Schultern lag ein Mantel, der aus seidener Dunkelheit gewoben zu sein schien.

„Vielleicht hat er Recht", sagte der Mann mit den silbernen Runen auf dem Leib. Ich zog mich wieder in die Zelle zurück. „Er ist schon so lange auf der Flucht. Konnte nie gefasst werden. Es ist ihm gelungen, uns zurückzuholen. Wenn er siegt, möchte ich nicht auf der Seite seiner Feinde stehen."

„Wir werden auf Niemandes Seite stehen, Fiur", entgegnete Esper kalt. „So wie die Hibridia es schon immer getan haben."

„Du entscheidest, Esper?", fragte Fiur zornig. „Wieso fragst du nicht deine Geschwister?"

„Weil ich ihre Antworten bereits kenne." In Espers Worten lag eine gefährliche Ruhe. „Wag es nicht, meine Entscheidung in Frage zu stellen, Bruder."

„Wieso …"

„Weil ich dich aus den Kerkern von Noviomaridum befreit habe", sagte Esper kalt. „Weil ich Tybalt davor bewahrte, in den Feuern von Maridmagus zu brennen. Weil ich Nathaniel sein Gesicht zurückgab und Aliona von den Toten zurückholte."

„Wenn er die Zukunft kennt ...", setzte Fiur an, aber Esper fuhr ihm mit scharfer Stimme dazwischen.

„Wenn er die Zukunft kennt, weiß er, dass niemand als Sieger aus diesem Krieg hervorgehen kann." Esper sah zu Schwarzberg. „Nicht jeder, der durch die Zeit sieht, kann das Wahrscheinliche vom Unwahrscheinlichen unterscheiden. Er sieht seinen Sieg, weil er ihn sehen möchte." Wieder herrschte ein Augenblick der Stille.

„Euer Entschluss steht fest?", fragte Schwarzberg kalt.

„Das tut er", entgegnete Esper. Schritte näherten sich meinem Versteck. Ich drückte mich gegen die Wand. Einen Augenblick später passierte Schwarzberg die Zelle.

„Für wie wahrscheinlich hast du das hier gehalten, Esper?", rief er. Etwas klackte. Ich lehnte mich ein Stück zur Seite und sah, dass der Doktor einen Hebel umgelegt hatte. Ich begriff in letzter Sekunde. Wandte den Kopf und sah, dass die Schellen des Gefangenen sich geöffnet hatten. Der Platz an der Wand war leer. Schwarzbergs misslungenes Experiment stand neben mir. Seine Hände schnellten vor und legten sich um meinen Hals. Klauenartige Fingernägel gruben sich in mein Fleisch. Ich riss das Knie hoch und rammte es ihm in den Magen. Das Wesen stolperte zurück. Fauchte und offenbarte zwei Reihen nadelspitzer Zähne. Ich zog meine Machete. In diesem Moment verspürte ich erneut einen stechenden Schmerz auf der Höhe meiner linken Brust. Die Waffe glitt mir beinahe aus der Hand. Das Wesen ging wieder auf mich los. Trotz der Augenbinde schien es genau zu wissen, wo ich war. Es schlug nach mir wie eine Katze, riss mein Hemd in Fetzen und hinterließ vier blutende Striemen auf meinem Oberarm. Ich biss die Zähne zusammen. Überwand den Schmerz in meiner Brust und verpasste meinem Gegenüber einen Faustschlag, der es drei Schritte zurückwarf. Ich hastete aus der Zelle. Ein Blick nach links verriet mir, dass die Hibridia in einer Wolke aus schwarzen Schmetterlingen verschwunden waren. Sie verschluckten das silberne Licht, das von Espers Gehstock ausgegangen war, und ließen nur noch Schatten erkennen. Auch Schwarzberg war nicht mehr da. Ich rannte durch den Flur zurück zum Treppenhaus. Wich dem Angriff eines weiteren Wesens aus und schlitzte einem Dritten im Vorbeigehen die Kehle auf. Auf den Stufen erwartete mich die nächste Gestalt. Ich hob die Machete, bereit, sie meinem Gegenüber in den Schädel zu treiben …

„Godric." Es war das erste Mal, dass Rocío meinen Namen nannte. „Ich bin es. Schwarzberg ist gerade an mir vorbei. Er …"

„Lauf!", rief ich. Wir hasteten die Stufen hinauf. Im Erdgeschoss holte Rocío eine Phiole mit eisblauer Flüssigkeit aus ihrer Tasche, entkorkte sie und goss es in einer Linie vor die Treppe. Binnen Sekunden wuchs eine Eiswand daraus hervor und füllte den Durchgang aus. Dasselbe hatte sie offenbar vor der Treppe nach oben getan. Verschwommene Gestalten dahinter schlugen mit harten Gegenständen auf die Wand ein. Zahllose Risse durchzogen sie.

„Sie hält nicht mehr lange", sagte Rocío. Eagon nickte mit panischem Blick.

„Hier entlang", sagte ich und rannte voraus in den Flur, durch den Uther und ich gekommen waren. Auf dem Weg zum Kontrollraum zählte ich fünf tote Wachmänner. Wir traten durch die Tür. Ich schlug sie hinter uns zu und schob den Schrank davor. Roberto war nicht mehr da.

„Durchs Fenster", sagte ich und riss die Vorhänge beiseite. Es hatte aufgehört zu regnen. Das Gelände des Sanatoriums hatte sich in ein Schlachtfeld verwandelt. Überall lagen Tote: Patienten und Wachmänner gleichermaßen. Hundekadaver und Menschen mit zerbissener Kehle. Vereinzelt wurden noch Kämpfe ausgetragen, doch offenbar hatten die Patienten gewonnen. Ich riss das Fenster auf, ließ Eagon und Rocío hinausklettern und folgte ihnen in die Nacht. Ich bedeutete den beiden, mir zu folgen, und ging voraus Richtung Tor; mit gezogener Machete bereit, jeden, der sich uns in den Weg stellte, abzustechen. Als der Schuppen in Sichtweite kam, bemerkten wir einen Mann, der vor drei Patienten floh. Kurz bevor er in die Hütte stürmte und die Tür hinter sich zuschlug, rissen die Wolken auf und silbernes Mondlicht erhellte sein Gesicht. Es war Roberto. Die Patienten schlugen und traten gegen das Holz. Zerrten am Knauf und versuchten, die Tür aufzustemmen. Ich blieb stehen.

„Was ist?“, zischte Rocío. „Lass uns weitergehen.“ Ich antwortete nicht.

Du kannst ihn sterben lassen, sprach Jaspers Stimme in meinem Kopf. *Dann werden bald mehr Fontis hier sein. Oder du rettest ihm das Leben und sicherst dir seine ewige Treue.* Ich lief auf die Hütte zu.

„Godric, nein!“, zischte Rocío. Ich ignorierte sie. Die Patienten bemerkten mich nicht, bis ich dem ersten die Machete von hinten durch den Leib stieß. Bevor sie begreifen konnten, was geschehen war, hatte ich dem zweiten die Kehle aufgeschlitzt. Der letzte wich zurück und zog ein Messer. Er gab keinen Laut von sich. Sah mich bloß mit durchdringendem Blick an. Ich hob die Klinge, doch wieder spürte ich einen stechenden Schmerz in der Brust. Ich verzog das Gesicht. Der Patient griff an. Ich biss die Zähne zusammen, umklammerte den Griff meiner Waffe und trat in den Schmerz hinein. Die Machete sauste herab. Das Messer des Patienten und dessen abgetrennte Finger wirbelten durch die Luft. Ich trat ihm vor die Brust, und er fiel auf den Rücken. Schon stand ich über ihm und stieß ihm die Machete in den Leib. Dann ließ ich die Waffe fallen. Sank auf ein Knie und griff mir stöhnend an die Brust. Ich holte mehrmals tief Luft und wartete, bis der Schmerz verklungen war. Dann erhob ich mich und klopfte an die Tür der Hütte.

„Roberto?“ Keine Antwort. Ich öffnete die Tür und sah die Silhouette eines Mannes vor dem Spiegel. „Geh nicht durch das

Glas", sagte ich und unterdrückte ein Stöhnen, als eine neue Welle des Schmerzes mein Herz befiel. „Uther sagte mir, dass der Spiegel immer ein Opfer fordert." Die Gestalt wandte sich um. Plötzlich war ich mir nicht mehr sicher, ob sie wirklich Roberto war. Ich legte die Finger auf den Griff meiner Pistole. Die Gestalt trat näher.

„Was ist passiert, Albert?", fragte sie, und ich atmete aus.

„Uther hat uns betrogen. Er hat die Tore geöffnet." Ich trat zurück und ließ Roberto ins Freie. Der Izzianer musterte die drei Toten vor der Tür.

„Du hast mir das Leben gerettet?" Ich nickte knapp. „Es waren zu viele", stammelte Roberto. „Ich habe fünf von ihnen getötet. Dann habe ich mein Messer verloren." Er sah mir in die Augen. „Fünf Menschen sind durch meine Hand gestorben. Dutzende starben heute Nacht, weil ich euch half, hierherzukommen."

„Wir hätten es auch ohne deine Hilfe getan", entgegnete ich. „Es ist nicht deine Schuld. Glaubst du, die Patienten dieses Sanatoriums waren so, als sie hierhergebracht wurden? Nein, sie sind das, was Schwarzberg aus ihnen gemacht hat. Etwas Furchtbares ist hier geschehen, und es ist für alle das Beste, dass es heute Nacht ein Ende gefunden hat." In diesem Moment stießen Rocío und Eagon zu uns.

„Jemand hat das Tor der Mauer geöffnet", sagte Rocío. Wir folgten ihrem Fingerzeig und sahen, dass sich die Patienten alle in eine Richtung bewegten. Auch der Haupteingang des Sanatoriums stand offen und weitere Patienten strömten in die Freiheit. Zuletzt eine Reihe von Gestalten, die, der hellen Hautfarbe nach zu urteilen, lange Zeit im Dunkeln verbracht hatte. Selbst auf diese Entfernung sah ich, dass ihre Hände in Klauen endeten.

„Wir warten, bis sie gegangen sind", sagte ich und die anderen nickten. Wir zogen uns hinter die Hütte zurück, setzten uns nebeneinander auf die schlammige Erde und lehnten uns mit den Rücken gegen die Hüttenwand. In meine Gedanken kehrte Ordnung ein. Ich ließ Revue passieren, was ich heute gesehen hatte. Ich war durch einen Spiegel getreten und durch eine Parallelwelt gelaufen. Hatte gesehen, wie Rocío Magie mit Tränken wirkte. Hatte vier Männer und eine Frau gesehen, die eindeutig über übernatürliche Kräfte verfügten. Magie war real. Niemand glaubte an sie. Sie hatte unsere Welt verlassen, wie Rocío und die gefährlich schöne Frau namens Aliona gesagt hatten. Aber sie kehrte zurück. Was das zu bedeuten hatte, konnte ich nur mutmaßen. Ich legte den Kopf in den Nacken und blickte auf zum wolkenverhangenen Nachthimmel. Zwei von zwölf Wächtern waren verschwunden. Vom Firmament radiert, als wären sie wahrhaft so klein und unbedeutend, wie sie von hier aus wirkten. Ob dieser Gott der Würmer etwas damit zu tun hatte? Schwarzberg wusste etwas. Und diese Magier, die sich *Hibridia* nannten, wussten es auch.

Neben mir ertönte ein Schluchzen. Ich wandte den Kopf und sah, dass Roberto das Gesicht in den Händen vergraben hatte. Mir war klar, dass er zutiefst bereute, sich auf mich eingelassen zu haben. Ob er zum ersten Mal im Leben getötet hatte? Vermutlich plagte ihn sein Gewissen. Würde seine Familie ihn verstoßen? Ich seufzte stumm und ließ den Kopf hängen. Ich hatte ihn benutzt wie Malcolm und Clive. Hatte ihn belogen und überredet, uns zu helfen. Er war fast noch ein Kind. Vermutlich älter als ich; schwer zu sagen, erinnerte ich mich doch nicht an mein Geburtsdatum. Aber von *meiner* Kindheit war ohnehin nur ein schleimiger Brei geblieben, der in den Därmen des Unterrumpfes gor. Warum scherte mich Roberto? Wieso plagte mich mein Gewissen, weil ich jemandes Leben ruiniert hatte?

„Es tut mir leid", sagte ich leise. Roberto blieb stumm. Ich ließ den Blick über die anderen beiden schweifen. Auch sie mussten noch jung sein. Eagon, mit seinem flaumigen Bart, war vermutlich der Jüngste. Er stocherte verträumt mit einem Stock im schlammigen Untergrund herum. Rocío mochte im selben Alter sein wie ich. Sie hatte gesagt, dass sie hier sei, um ihren Vorrat an Alchemiezutaten aufzufüllen. Dass Damon etwas brauchte. Was hatte Summer, die Dealerin, die ich im Whitehall Nord getroffen hatte, gesagt? *Man kann aus diesem Chlorosomnium etwas herstellen. Etwas wie eine Droge. Es ist sicher nicht legal, aber die Banditen zahlen gut dafür.* War es dieselbe Droge, die ich in Marias Zimmer gefunden hatte? Vielleicht etwas Verwandtes. Damon hatte geschlafen und war zugleich lebendiger denn je gewesen. Ähnlich wie dieser Thomas Goldfield, der auf der Bühne des *Fourier* auf seiner Gitarre gespielt hatte. Gewiss brauchte man noch ein paar andere Dinge außer dem Chlorosomnium und den Blüten, die Eagon gegessen hatte, um diese Wunderdroge herzustellen. Wenn ich mich nicht sehr irrte, hatte Rocío nach genau diesen Dingen in der Anstalt gesucht. Hatte ihr Leben für Damon riskiert. Sie war hierhergekommen, an den grausigsten Ort, den Treedsgow zu bieten hatte. Ich bezweifelte, dass sie aus Loyalität gehandelt hatte. Sie war verliebt. Auf eine naive und aufopferungsvolle Weise, wie man es nur beim ersten Mal ist. Ob sie und Damon ein Paar waren, wusste ich nicht. Aber eines war sicher: Damon liebte sie nicht. Er benutzte sie, so wie ich Roberto benutzt hatte. Unsere Blicke trafen sich. Als hörte sie meine Gedanken, hielt sie meinem Blick nur kurz stand und ließ dann den Kopf hängen.

Wir warteten gefühlt zwei Stunden. Erst als wir uns mehrmals davon überzeugt hatten, dass niemand mehr auf dem Gelände war, wagten wir uns hinter der Hütte hervor und traten durch das Tor. Im Morgengrauen erreichten wir Treedsgow. Roberto trennte sich von uns ohne ein Wort des Abschieds. Eagon murmelte etwas wie, er wisse, wo er unterkäme, und verschwand in einer dunklen Gasse.

„Also dann", sagte Rocío und blickte an der Promenade entlang Richtung Whitehall Nord. Sie räusperte sich. „Danke für deine Hilfe." Ich schwieg. Unsere Blicke trafen sich ein letztes Mal, dann wandte sie sich um und ging davon. Ich blickte ihr nach, bis ich sie nicht mehr sah. Die kalte Meeresluft zerrte an meinem Hemd. Ich vergrub die Hände in den Hosentaschen und stieß auf die Zeichnungen, die mir der Patient in der Zelle gegenüber von Rocíos gegeben hatte. Ich holte sie hervor und faltete sie auseinander. Auf der ersten Seite war das Strichmännchen mit langen Armen und Beinen zu sehen. Es hatte ein rotes und ein schwarzes Auge. Das zweite und dritte Blatt zeigten gewöhnliche Strichmännchen. Dünne Linien verbanden ihre Arme und Beine mit je einem Kreuz, das über ihnen schwebte. Marionetten? Ich betrachtete das vierte Blatt. Wieder der Mann mit den langen Armen und Beinen und den verschiedenfarbigen Augen. In der Hand hielt er einen runden Handspiegel. War es Zufall, dass er kein Spiegelbild hatte? Beim nächsten Blatt handelte es sich wohl um eine herausgerissene Seite aus einem handgeschriebenen Buch. Dann erkannte ich die Handschrift.

3. Blätterfall 1713, Viertmorgen

Ich blickte auf die Worte, die das Papier bis zum Rand füllten. Eine Spur darauf, wo meine Schwester war? Es konnte kein Zufall sein, dass man es mir gegeben hatte. War es eine Falle? Oder wollte jemand, dass ich sie fand? Ich blickte auf zum inzwischen sternenklaren Himmel, als hoffte ich eine Antwort am Firmament zu sehen. Stattdessen fand ich eine weitere Frage. Statt der ursprünglichen zwölf Wächter waren dort nur noch neun. Magnus war in dieser Nacht verloschen.

Treedsgow

Wenige Stunden vorm Morgengrauen erreichten die ersten Patienten die Stadt. Die unter ihnen, die am schlimmsten unter Schwarzbergs Behandlung gelitten hatten, brachen willkürlich in die Häuser ein. Aus ihren Köpfen war jeglicher Sinn und Verstand radiert worden. Sie überraschten die Bewohner im Schlaf und töteten sie, wenn sie nicht von einem Wachhund angefallen oder von einem wachsamen Hausherrn erschossen wurden. Schlimmer waren jene, die sich daran erinnerten, wer sie einmal gewesen waren. Sie versteckten sich hinter der Maske ihres früheren Lebens. Die, die aus Treedsgow stammten, kehrten zu ihren Familien zurück. Sie wirkten normal. Doch in den nächsten Vierteln sollten mehrere blutige Gräueltaten die Bürger von Treedsgow in Angst und Schrecken versetzen. Die meisten Patienten jedoch zogen sich in die Kanalisation zurück, wo ehemals Damon lebte, oder schlossen sich den bereits zahllosen obdachlosen Flüchtlingen auf der Straße an. Einzig Schwarzbergs misslungenen Experimente verschwanden vorerst spurlos.

Indessen ereignete sich etwas unbemerkt von allen im Keller des Lagerhauses Nummer eins. Noch brannte die Öllampe, die der ehemalige Patient Uther Rutherford vor einigen Stunden entzündet hatte. Die Oberfläche des Spiegels hatte sich schwarz verfärbt, als wären die Hibridia in der Nähe. Rauch stieg daraus hervor. Er schwebte in die Mitte des Raumes, wo er die Gestalt von Leonardo Cavallina aus Izzian, alias Jasper, annahm. Cavallina lächelte und strich zwei Mal über den Stoff seiner Jacke. Kurz erstrahlten seine Iriden violett wie ein Amethyst im Sonnenlicht. Dann verließ er das Lagerhaus.

Blackworth

Stille. Das Land hinter den vergitterten Fenstern badete im rötlichen Licht des Abends. Die Schatten der Schornsteine wuchsen in die Länge. Irgendwo zirpte eine Grille. Am Horizont kündete eine Wolkenfront, die sich von West nach Ost erstreckte, das Ende dieser kurzen sonnigen Zeit. Wind strich durch das hohe Gras, wirbelte Staub und Asche auf und brachte lindernde Kühle in die Zellen von Block 13.

End blickte aus dem Fenster. Auch er hatte die Hitze kaum ertragen. Trotzdem bedauerte er, den Anblick der Sonne nicht mehr genossen zu haben. Sie war, ohne dass er es bemerkt hatte, schon vor Stunden aus dem Sichtfeld seines Fensters verschwunden. Das war vielleicht das letzte Mal, dass er sie gesehen hatte. Wenn diese Narren, die sich Ender nannten, ihn nur befreien würden, hätte er vielleicht Gelegenheit, den Sonnenuntergang zu sehen, überlegte er. Ein letztes Mal, bevor er den Weltuntergang sehen würde. Als hätten sie seine Gedanken gehört, öffneten die Essensausgeber in just diesem Moment die Tür und betraten den Zellengang.

„Wir haben ihn", sagten sie. „Wir haben den Schlüssel." So kurz vor ihrem Ziel gaben sie sich keine Mühe, ihre wahre Identität zu verbergen. Sie ließen den Kessel am Eingang stehen und kamen durch den Gang zu Ends Zelle gerannt. Mit zitternden Fingern steckten sie den Schlüssel ins Schloss. End erhob sich. Er schien zu zögern. Seine Miene drückte Misstrauen aus wie bei einem Tier, das nicht verstand, warum man die Tür seiner Zelle öffnete.

„Worauf wartest du?"

„Der Schlüssel klemmt."

„Es ist doch nicht der Falsche?"

„Doch, ist es." Jacob Raysomes Stimme schnitt durch den Gang wie ein Peitschenhieb. Die beiden Ender zuckten zusammen und wirbelten herum. Drei Soldaten traten mit ihm durch die Tür und richteten ihre Waffen auf die Ender. „Bringt sie ins Exclamatio", befahl Raysome. „Bravo, Block 13. Ihr habt es euch verdient, heute ohne Abendessen schlafen zu gehen." Der Schreck schien die beiden Ender gelähmt zu haben. Widerstandslos ließen sie sich abführen. Raysome bildete den Schluss, und die Tür fiel hinter ihnen ins Schloss.

„Sie waren auf unserer Seite?", rief Storm entgeistert.

„Das waren sie", entgegnete End. „Offenbar befindet sich eine Ratte unter uns." Empörtes Raunen ging durch die Reihen der Insassen. End streckte die Hand aus und der schwarze Schmetterling flatterte auf seine Handfläche. Erneut schloss er die Faust um das Tier. Schwarzer Rauch trat zwischen seinen Fingern hervor und materialisierte sich wieder zum Schmetterling, der hinaus auf den Zellengang flatterte.

„Bist du es, Kenan Rutter?", fragte End. Der Sänger begegnete seinem Blick sprachlos. „Ich glaube kaum", fuhr End fort. „Wie hättest du es den Wachen mitteilen sollen, ohne dass jemand von uns es bemerkt?" Der Schmetterling flatterte weiter. „Wer sitzt in der Zelle neben mir und gegenüber?", fragte End.

„Baxter und Jed", sagte der Sänger mit bleichem Gesicht.

„Ihr könntet es sein", sagte End, während der Schmetterling vor ihren Zellen auf der Stelle tanzte. „Ihr habt gehört, was die beiden Essensausgeber an diesem Morgen gesagt haben. Ihr wusstet, dass sie Ender sind."

„Ich ...", sagte einer von ihnen, aber End schnitt ihm das Wort ab.

„Es muss aber jemand gewesen sein, der es nicht mit Sicherheit wusste", sagte er und der Schmetterling flatterte weiter. „Warum sonst hat Jacob Raysome ihnen einen falschen Schlüssel zugespielt und gewartet, bis sie versuchen, meine Zelle zu öffnen? Die Ratte hat gesehen, dass wir miteinander gesprochen haben, uns aber nicht verstanden." Der Schmetterling erreichte Ronalds Zelle. „Hast du gehört, was wir gesprochen haben, Ronald?“

„Das habe ich“, sagte Ronald schwach.

„Dann hat Arwin es auch“, sagte End. „Aber du wusstest es nicht, habe ich Recht, Storm?“

„Nein“, gestand er.

„Wer ist dein Gegenüber?“

„Baine“, antwortete Baine selbst.

„Eure Wut darüber, dass die Essensausgeber nicht bereit waren, Ronald zu helfen, war nicht gespielt“, sagte End. „Ihr seid es nicht.“ Der Schmetterling erreichte die letzten Zellen. „Wer sitzt dort ganz hinten?“ Kurz herrschte Schweigen. Dann sagte der Sänger: „Adam und George.“

„Es ist einer von euch gewesen“, rief End durch den Zellengang. „Oder vielleicht beide?“

„Verräter!“, schrie George und deutete auf Adam, wobei er den Arm durch die Gitterstäbe streckte.

„Hört nicht auf ihn!“, sagte Adam. „Er ist der Verräter.“

„Wag es nicht!“, brüllte George.

„Spart euch die Worte“, sagte End kalt. „Ich weiß bereits, wer es ist.“ Wieder kehrte Stille ein. „Die Ratte kann nur durch das Fenster mit Raysome kommuniziert haben.“ Der Schmetterling flatterte nach links. „Du warst es, Adam.“

„Was will das Vieh von mir?“, fragte Adam. Das Tier flog auf sein Gesicht zu. „Hau ab.“ Er schlug nach ihm, doch es löste sich bloß in schwarzen Rauch auf und manifestierte sich wieder, ohne sich in seinem Flug aufhalten zu lassen. „Pfeif es zurück“, rief Adam und wich zurück, bis er mit dem Rücken gegen die Wand stieß. „Ich bin es nicht!“ Der Schmetterling war nur noch wenige Zentimeter von seinem Gesicht entfernt. Adam legte seine rechte Hand über Mund und Nase und hielt die Luft an. Das Tier landete auf seinen Fingern und wartete. In seiner Zelle schloss End die Augen und zählte die Sekunden. Adam schlug mit der freien Hand weiter nach dem Schmetterling – mit dem gleichen Ergebnis wie zuvor. Schließlich amtete er aus und holte Luft. In dieser kurzen Zeit löste sich das Tier in Rauch auf und verschwand in Adams Lungen.

„Was ist das für ein Teufelswerk?", keuchte der Verräter. „Es soll aus mir verschwinden. Ich gestehe, End. Ich gestehe und bereue, was ich getan habe. Ich hatte Angst. Sie haben meine Familie. Bitte, lass nicht zu, dass es mir etwas tut."

„Hatten die beiden Ender auch Familie?", fragte End kalt. „Ich wette, du weißt es nicht mal. Du bist tot, Adam." Adam fing an zu schreien. Er durchlitt eine Hölle, weit schlimmer als Schmerzen. Die Qual verwandelte ihn in ein Kind. Er schluchzte und heulte. Schrie nach seiner Mutter und pisste sich ein. Nach fünf Minuten, die zäh wie Honig verstrichen, hatte der Spuk ein Ende.

Wieder herrschte Schweigen. Ronald hustete leise.

„Du wirst sterben, Ronald", sagte End in die Stille hinein, „und es wird kein leichter Tod. Aber du kannst Lotin und den Bösen Geistern danken, dass du nicht Adams Schicksal teilst. Sein Herz mag aufgehört haben zu schlagen, aber der Tod hat ihn noch lange nicht erlöst."

Im Verwunschenen Tal

Der Marionettenmann hob den Deckel des Schwans – ein bauchiges Glas mit langem Hals –, steckte einen langen Finger in die Öffnung und tippte mit der Spitze gegen das menschliche Auge, das knapp unterhalb der Oberfläche des Suds schwamm. Er ließ es schon seit knapp zwei Tagen digerieren. Inzwischen hatte die Iris jene charakteristische rötliche Färbung angenommen, die indizierte, dass der Prozess abgeschlossen war. Der Marionettenmann war nicht umhingekommen, sich das rechte Auge aus der Höhle zu schneiden, um an den Splitter zu gelangen. Welch höllischer Schmerz! Aber das war es wert gewesen. Zum einen konnte er den Spiegel nun wieder zusammensetzen. Zum anderen war der Lohn für seine Qualen ein neues Auge. Ein besseres.

Er nahm den Augapfel aus dem Schwan und drückte ihn sich in die leere Höhle. Dann kniff er die Lieder fest zusammen. Als er sie wieder öffnete, spiegelten sich die Kerzen in seinem neuen Auge. Der Marionettenmann blinzelte ein paar Mal. Er sah nach links und nach rechts. Dann trat er vor die Splitter, die noch immer auf seinem Tisch lagen, und betrachtete sich darin. Zerbrochen war das magische Artefakt nichts weiter als ein gewöhnlicher Spiegel. Der Marionettenmann fixierte seine Augen und wandte den Kopf abermals nach links und rechts. Beide Augäpfel folgten. Seine Mundwinkel hoben sich so weit, dass seine Lippen einen beinahe waagerechten Strich formten. Der Eingriff war ein voller Erfolg. Er war gespannt, ob das Auge taugte, was die Aufzeichnungen versprachen. Jetzt aber galt es, den Spiegel zu reparieren. Wie viele Tage waren vergangen, seit Emily ihn zerstört hatte? Vielleicht sogar Viertel … Es war nicht auszumalen, was in der Zwischenzeit alles passiert sein mochte. Aber egal, wo sie die Tränen versteckte, der Spiegel würde sie finden.

Der Marionettenmann ging zum Athanor, löste den Froschmund von der Retorte und goss etwas von dem Destillat in ein Glas. Anschließend brachte er es zum Tisch und fügte dort eine weitere klare Flüssigkeit hinzu. Nach wenigen Sekunden nahm das Gemisch Farbe und Konsistenz von Quecksilber an. Er tunkte einen Pinsel in die silberne Flüssigkeit und bestrich damit den Rand des ersten Splitters. Er arbeitete von Sonnenauf- bis Sonnenuntergang ohne Unterlass. Ohne etwas zu essen. Lias Gesang begleitete ihn, manchmal auch Carls Summen, und wenn weder der eine noch die andere einen Laut von sich gab, füllte das Murmeln aller Schrumpfköpfe den Hüttenraum. Als der Mond über den Bergkämmen des Verwunschenen Tals aufstieg, war es vollbracht. Der Marionettenmann nahm den Spiegel mit Samthandschuhen auf. Noch war seine Macht nicht wiederhergestellt. Die Klebenähte waren deutlich zu sehen. Der Marionettenmann ging zum Kessel, in dem eine nachtblaue Flüssigkeit stand. Obwohl die Hüttendecke zwischen Kessel und Himmel lag, spiegelten sich in der Oberfläche des Tranks die Sterne. Der Marionettenmann tauchte den Spiegel in die Flüssigkeit und ließ ihn eine Minute lang darin verweilen. Als er ihn wieder hervorholte, waren die Risse verschwunden. Ebenso das Bild des Marionettenmannes. Stattdessen zeigte er eine Flut von Bildern, als wolle er die Zeit, die er inaktiv gewesen war, nachholen. Die Mundwinkel des Marionettenmannes hoben sich und zum ersten Mal seit langer Zeit formten sie ein Lächeln, das jeder als solches erkannt hätte. Geduldig wartete er, bis der Spiegel sich beruhigt hatte. Dann sah er Emily. Was nun folgte, entsprach nicht seinen schlimmsten Erwartungen. Es übertraf sie um Längen.

End

Weitere Bände zu „13“ befinden sich in Planung.
Aktuelle Informationen finden Sie stets auf unserer Website
www.acabus-verlag.de

Der Autor

© Andrea Zmrzlak

Carl Wilckens, Jahrgang 1990, gehört zu der Generation, die von Fantasy-Literatur geprägt aufgewachsen ist. Zu seinen ersten literarischen Kindheitseindrücken gehören Vorlesestunden, gemeinsam mit seinen fünf Geschwistern, die seine spätere Leidenschaft für das Lesen und Schreiben entfachen halfen.

Sein Maschinenbau-Studium führte den Jung-Autoren vom Niederrhein in den Ruhrpott nach Duisburg. Hier widmet er sich neben dem Studium und der Schriftstellerei in seiner Freizeit dem Geigenspiel, dem Sprachenstudium und dem Zeichnen von Cartoons.

Bewusst hat der Autor sich für ein technisch-mathematisches Studium entschieden: „Ich wollte vermeiden, dass meine Leidenschaft - das Schreiben - der beruflichen Routine verfällt", so Wilckens.

In seinem Erstling verbindet er an ausgewählten Stellen auf beeindruckende Weise Fantastisches mit technischem Verständnis und naturwissenschaftlichem Knowhow. Neben Romanen schreibt Carl Wilckens Kurzgeschichten und Gedichte, die er in Ausschnitten auf der Leipziger Offenen Bühne bereits der Öffentlichkeit vorgestellt hat.

Weitere Titel im acabus Verlag

Gabriele Albers

Nordland
Hamburg 2059 – Freiheit
Roman

Buch-ISBN: 978-3-86282-549-3
BuchVP: 18,00 EUR
672 Seiten
Paperback

„Er lenkte die Limousine um die nur scheinbar harmlosen Pfützen herum. Im Schanzenviertel durfte man nichts und niemandem trauen."

Hamburg im Jahr 2059. Die Bundesrepublik ist Geschichte. Die nördlichen Bundesländer haben sich zu „Nordland" zusammengeschlossen, einem Staat, in dem allein das Geld regiert. Politiker, Richter, Frauen – in Nordlands Hauptstadt Hamburg ist alles käuflich. Als ein Mann aus dem heruntergekommenen Schanzenviertel für ein Verbrechen hingerichtet wird, das er nicht begangen hat, regt sich ein lang vergessener Widerstand. Lillith, die zu den reichen Birds gehört, sympathisiert mit den Rebellen. Sie ahnt, dass mehr hinter dem Aufstand steckt. Aber Nordland ist ein gefährlicher Ort für Frauen, die das bestehende System hinterfragen. Die Männer an der Spitze räumen jeden aus dem Weg, der das fragile Gleichgewicht des Landes bedroht. Und Lilliths Vater ist nicht dafür bekannt, Ausnahmen zu machen …

Torsten Weitze

Nebula Convicto
Grayson Steel und der Verhangene Rat von London
Roman

Buch-ISBN: 978-3-86282-525-7
BuchVP: 16,00 EUR
408 Seiten
Paperback

„Mr. Steel, hören Sie mir jetzt gut zu. Das Wesen, das Sie angegriffen hat, war eine Banshee."

Detective Grayson Steel bearbeitet im modernen London die unbequemen Fälle des Scotland Yard. Als er den rätselhaften Tod einer jungen Frau untersucht, stößt er auf Geheimnisse, die normalen Menschen verborgen bleiben.

Er wird in eine Gesellschaft hineingezogen, die verborgen neben der menschlichen Welt existiert; die Nebula Convicto ist durchsetzt von geheimen Räten, magischen Attentaten und Wesen, die eigentlich nur in Fabeln und Mythen existieren sollten. In der magischen Gemeinschaft soll Steel die Rolle eines Sonderermittlers übernehmen und binnen kürzester Zeit ein entführtes Mädchen finden. Rettet er das Kind nicht, bevor ein neuer Anführer der Nebula Convicto gewählt wird, droht die gesamte Welt in einem zweiten Mittelalter zu versinken.